GREG BEAR

DIE MACHT DER STEINE

Roman

Aus dem Amerikanischen übersetzt
von
MARTIN GILBERT

Deutsche Erstausgabe

WILHELM HEYNE VERLAG
MÜNCHEN

HEYNE SCIENCE FICTION & FANTASY
Band 065509

Titel der amerikanischen Originalausgabe
STRENGHT OF STONES
Deutsche Übersetzung von Martin Gilbert
CoverArt von John Harris

Umwelthinweis:
Dieses Buch wurde auf
chlor- und säurefreiem Papier gedruckt.

Redaktion: Wolfgang Jeschke

Erstveröffentlichung by Ace Books, New York
Mit freundlicher Genehmigung des Autors
und Paul und Peter Fritz, Literarische Agentur, Zürich
(# 1516/4069)

Printed in Germany 1996
Umschlaggestaltung: Atelier Ingrid Schütz, München
Technische Betreuung: M. Spinola
Satz: Schaber, Satz- und Datentechnik, Wels
Druck und Bindung: Elsnerdruck, Berlin

ISBN 3-453-10947-3

HEYNE BÜCHER

SCIENCE FICTION

Herausgegeben
von Wolfgang Jeschke

INHALT

11 »Was ist meine Kraft, daß ich
ausharren könnte;
und welches Ende wartet auf mich,
daß ich geduldig sein sollte?

12 Ist doch meine Kraft nicht aus Stein
und mein Fleisch nicht aus Erz

13 Hab ich denn keine Hilfe mehr,
und gibt es keinen Rat
mehr für mich?«

DAS BUCH HIOB 6, Masoretischer Text

Prolog

Die letzten Jahre des zwanzigsten Jahrhunderts auf der Erde waren kataklysmisch. Die fundamentalistischen islamischen Staaten überzogen die gemäßigten mit verheerenden Kriegen und verwüsteten dabei weite Teile Afrikas und des Nahen Ostens. In nicht einmal fünf Jahren hatte der während der zweiten Hälfte des Jahrhunderts stetig anhaltende Siegeszug des Islam sich in einen Amoklauf des Terrors und der Apostasie verwandelt, eine der schlimmsten religiösen Aufwallungen in der Menschheitsgeschichte.

Christliche Splitterkulte übten sich weltweit in jeder nur denkbaren Form des zivilen Ungehorsams, um das Eintreten des lange überfälligen Tausendjährigen Reiches zu beschleunigen, aber es erschien kein zweiter Messias. Ihre Renitenz färbte auf alle Christen ab.

Was die Juden betrifft – die Welt hatte noch nie einen Grund benötigt, um die Juden zu hassen.

Die in der Diaspora verstreuten Kinder Abrahams lebten ihre Sturm- und Drang-Dekade aus, und sie bezahlten dafür. Notdürftig geeint durch eine Welt, die sich anderen Religionen zu- und von ihnen abwandte, ratifizierten Juden, Christen und Moslems im Jahre 2020 den Gottespakt. Verzweifelt beschworen sie vergangene Zeiten, um eine gemeinsame Basis zu finden. Nachdem sie das Heilige Land aller drei Weltreligionen verwüstet hatten, gab es keinen Ort mehr auf der Erde, an dem sie sich vereinigen konnten.

In den letzten Jahren des einundzwanzigsten Jahrhunderts richteten sie den Blick auf das Weltall. Die Himmelswanderung begann im Jahre 2113. Nach weiteren Dekaden der Verfolgung und Erniedrigung bündelten sie ihre finanziellen Ressourcen und erwarben eine eigene Welt. Diese Welt wurde auf den Namen Gott-der-Schlachtenlenker ge-

tauft und durch den Reichtum der Erben Christi, Roms, Abrahams und der OPEC kultiviert.

Sie engagierten den größten Architekten der Menschheit, um ihre neuen Städte zu bauen. Er versuchte, alle ihre Forderungen miteinander zu vereinbaren und ihren Bedürfnissen optimal gerecht zu werden.

Er scheiterte.

Erstes Buch

3451 n. Chr.

MANDALA

Die Stadt, die sich auf Mesa Canaan befunden hatte, wanderte nun über die Ebene. Jeshua spähte mit einem Fernglas aus der Deckung des Dschungels. Die Stadt hatte sich kurz vor dem Einsetzen der Dämmerung desintegriert und marschierte nun auf elefantenartigen Beinen, mit Ketten- und Radfahrzeugen, in Gestalt von lebenden senkrechten Schotten und demontierten Strebepfeilern, die aufgrund einer Umprogrammierung nun krochen, statt ihre Stützfunktion zu erfüllen; Böden und Decken, Transportfahrzeuge und kleinere Stadt-Teile, Fabriken und Ressourcenzentren verschmolzen jetzt zur Unkenntlichkeit, wie ein Schleimwesen, das sich anschickte, sich in seinem neuen Revier einzurichten.

Die Stadt führte ihren Bauplan tief im lebenden Plasma des fragmentierten Körpers mit. Jedes Teil kannte seinen Platz, und in diesem Schema gab es weder Raum für Jeshua noch für irgendeinen anderen Menschen.

Die lebenden Städte hatten sie schon vor tausend Jahren vertrieben.

Er lag rücklings auf einem Baum, das Fernglas in der einen Hand und eine Orange in der anderen, und lutschte nachdenklich an einem Stück bitterer Rinde. Egal, wie weit er in der Vergangenheit zurückging, der erste Vorgang, an den er sich erinnerte, war der Anblick einer Stadt, die sich in eine Flutwelle aus Fragmenten zerlegte und auf Wanderschaft ging. Er war damals drei Jahre alt gewesen, zwei gemessen an den Jahreszeiten auf Gott-der-Schlachtenlenker, als er auf seines Vaters Schultern gesessen hatte, während sie unterwegs zu dem Dorf Bethel-Japhet waren, um sich dort niederzulassen. Jeshua – diese Namensgebung war schlicht ironisch, denn er würde immer keusch bleiben – erinnerte sich an nichts, was vor der Ankunft in Bethel-Japhet von Bedeutung gewesen wäre. Vielleicht waren seine Erinnerungen aber auch durch den Schock des Sturzes in das Lagerfeuer gelöscht worden, der sich einen Monat vor Erreichen des Dorfes ereignet hatte. Sein Körper wies noch die Brandmale auf – ein Kreis aus Narben auf der Brust, geschwärzt von winzigen Aschepartikeln.

Jeshua war ein Riese, er maß sieben Fuß vom Scheitel bis zur Sohle. Seine Arme hatten den Umfang eines normalen Männerbeines. Wenn er einatmete, blähte sich seine Brust auf wie ein Blasebalg. Er war der Dorfschmied, bearbeitete Eisen und goß Bronze und Silber. Aber seine starken Hände hatten auch die Geschicklichkeit erworben, Familienschmuck und solchen für rituelle Anlässe anzufertigen. Sein Gewerbe hatte ihm den Zunamen Tubal eingetragen – Jeshua Tubal Iben Daod, Spezialist für alle Metalle.

Die Stadt in der Ebene marschierte in Richtung des Arat-Massivs. Sie bewegte sich absolut synchron. Städte wanderten nur selten mehr als hundert Meilen am Stück oder mehr als einmal in hundert Jahren – so sagten die Legenden –, aber nun waren sie anscheinend rastloser geworden.

Er rieb sich den Rücken am Baumstamm und verstaute dann das Fernglas in einer Beintasche. Er schlüpfte in die Sandalen, die er auf den bemoosten Dschungelboden hatte fallen lassen, stand auf und streckte sich. Er spürte die Anwesenheit einer anderen Entität hinter ihm, drehte sich jedoch nicht um, obwohl seine Nackenmuskulatur sich verkrampfte.

»Jeshua.« Es war der Kommandeur der Wache und der Rat der Gesetze, Sam Daniel der Katholik. Sein Vater und Sam Daniel waren Freunde gewesen, bevor sein Vater verschwand. »Es ist an der Zeit, daß das Synedrium zusammenkommt.«

Jeshua zog die Sandalenriemen stramm und folgte ihm.

Bethel-Japhet war ein Dorf von bescheidener Größe mit etwa zweitausend Einwohnern. Seine Häuser und sonstigen Gebäude waren ohne eine klar definierte Grenze im Dschungel verstreut. Die zum Synedrium führende gepflasterte Straße kam Jeshua zu kurz vor, und die Menge in der Versammlungshalle war viel zu groß. Seine Braut, Kisa, Tochter des Jake, war nicht anwesend, dafür jedoch sein Nebenbuhler, Renold Mosha Iben Yitshok.

Der Repräsentant der siebzig Richter, der Septuagint, rief die Versammlung zur Ordnung und ließ sich die Details des zur Verhandlung anstehenden Falles vortragen.

»Sohn des David«, sagte Renold, »ich bin gekommen, um dein Verlöbnis mit Kisa, Tochter des Jake, anzufechten.«

»Ich höre«, erwiderte Jeshua und nahm auf der Anklagebank Platz.

»Ich habe Gründe für meine Anklage. Willst du sie hören?«

Jeshua antwortete nicht.

»Entschuldige meine Beharrlichkeit. Es ist das Gesetz. Ich habe nichts gegen dich – ich erinnere mich noch an unsere Kindheit, als wir zusammen spielten –, aber nun sind wir erwachsen, und die Zeit ist gekommen.«

»Dann sprich.« Jeshua zupfte an seinem dichten, dunklen Bart. Sein jetzt geröteter Teint hatte die Farbe des feinen Sandes am Ufer des Hebron angenommen. Er überragte den schlanken und geschmeidigen Renold um einen guten Fuß.

»Jeshua, du bist ein Mensch wie andere auch, aber du bist nicht so aufgewachsen wie wir. Du siehst zwar wie ein Mann aus, aber das Synedrium besitzt Unterlagen über deine Entwicklung. Du kannst nicht in den

Stand der Ehe eintreten. Du bist nämlich nicht imstande, mit Kisa ein Kind zu zeugen. Dies annulliert dein Kindheitsverlöbnis. Durch das Gesetz und aufgrund meines eigenen Wunsches muß ich an deine Stelle treten und deine Verpflichtungen ihr gegenüber erfüllen.«

Kisa würde nie etwas davon erfahren. Niemand würde es ihr sagen. Sie würde Renold mit der Zeit akzeptieren und lieben lernen und Jeshua nur als weiteren Mann in Erinnerung behalten, der allein und unverheiratet war. Ihr schlanker warmer Körper mit der Haut, die so weich war wie das feinste Baumwollgewebe, würde bald unter dem Mann liegen, den er jetzt vor sich sah. Sie würde Renolds Rücken umklammern und von der Zeit träumen, in der den Menschen wieder Einlaß in die Städte gewährt wurde, der Himmel wieder voller Schiffe war und Gott-der-Schlachtenlenker erlöst werden würde ...

»Ich kann darauf nicht antworten, Renold Mosha Iben Yitshok.«

»Dann wirst du das hier unterzeichnen.« Renold brachte ein Blatt Papier zum Vorschein und trat auf ihn zu.

»Es wäre nicht nötig gewesen, diese Sache publik zu machen«, monierte Jeshua. »Warum hat das Synedrium beschlossen, mich in aller Öffentlichkeit zu beschämen?« Er schaute sich mit Tränen in den Augen um. Er hatte noch nie zuvor geweint, nicht einmal, als sein Vater ins Lagerfeuer gefallen war – zumindest hatte sein Vater ihm das erzählt.

Er stöhnte auf. Renold trat zurück und schaute gequält hoch. »Es tut mir leid, Jeshua. Bitte unterschreibe. Wenn du Kisa oder mich oder die Expolis liebst, unterschreibe.«

Ein Schrei entrang sich Jeshuas mächtiger Brust. Renold machte kehrt und floh. Jeshua ließ die Faust auf das Geländer krachen, schlug sich auf die Stirn und zerriß sein Hemd. Er verkraftete es nicht mehr. Seit neun Jahren wußte er nun schon von seiner Behinderung, aber er hatte gehofft, daß die Dinge sich ändern würden, daß seine Genitalien sich wie eine späte Blume doch noch normal entwickelten, und das hatten sie auch. Aber nicht genug. Seine Hoden waren voll entwickelt, ausreichend, um ihm Körperbehaarung wachsen zu lassen und ihn mit breiten Schultern, flachem Bauch, schmalen Hüften und allen Attributen eines jungen Mannes auszustatten – aber sein Penis war nach wie vor das kleine rosige Gehänge eines Kindes.

Nun explodierte Jeshua. Er rannte hinter Renold her, aus der Halle hinaus, stieß unartikulierte bellende Laute aus und ließ das Fernglas am Lederriemen herumwirbeln. Renold rannte auf den Dorfplatz und kreischte eine Warnung. Kinder und Geflügel rannten schreiend durcheinander. Frauen rafften ihre Röcke und flüchteten sich in die Holz- und Ziegelhäuser.

Jeshua verhielt den Schritt. Er ließ das Fernglas über dem Kopf rotieren und schleuderte es fort, so weit er konnte. Das Instrument rasierte den Wipfel des höchsten Baumes im Umkreis ab und fiel in einer Entfernung von hundert Fuß zu Boden. Noch immer diese bellenden Laute ausstoßend, hetzte er auf ein Haus zu und legte die Hände auf die Mauer. Er stemmte die Füße auf den Boden und drückte. Er warf sich mit der Schulter dagegen. Es rührte sich nicht. Dadurch nur noch mehr in Rage versetzt, wandte er sich einem Wassertrog zu, hob ihn an und schüttete sich den Inhalt über den Kopf. Die kalte Dusche konnte ihn indes auch nicht abkühlen. Er warf den Trog gegen die Mauer, wo er zersplitterte.

»Genug!« rief da der Kommandeur der Wache. Jeshua hielt inne und schaute blinzelnd auf Sam Daniel den Katholiken. Er wankte, völlig verausgabt. Er verspürte Bauchschmerzen.

»Genug, Jeshua«, sagte Sam Daniel leise.

»Das Gesetz nimmt mir mein Geburtsrecht. Ist das denn Gerechtigkeit?«

»Deine Bürgerrechte vielleicht, jedoch nicht dein Geburtsrecht. Du bist nicht hier geboren, Jeshua. Aber das ist nicht unsere Schuld. Niemand weiß, warum die Natur manchmal einen Fehler macht.«

»Nein!« Er lief um das Haus und nahm eine Seitenstraße zu dem dreieckig angelegten Marktplatz. Die Stände waren von Kunden umlagert, die gefüllte Einkaufstaschen fortschleppten. Er sprang in das Dreieck und begann zu randalieren, wobei er die Leute bedrängte und die Marktstände demolierte. Sam Daniel und seine Truppe folgten ihm.

»Er läuft Amok!« schrie Renold aus dem Hintergrund. »Er hat versucht, mich umzubringen!«

»Ich habe immer schon gesagt, er ist zu groß, als daß man ihn frei herumlaufen lassen dürfte«, grummelte ein Angehöriger der Wache. »Jetzt seht euch nur an, was er da anrichtet.«

»Er wird sich dafür vor dem Rat verantworten«, versprach Sam Daniel.

»Nee, vor dem Septuagint wird er sich verantworten, als Verbrecher, wenn er noch mehr Schaden verursacht!«

Sie folgten ihm über den Marktplatz.

Jeshua blieb an der Basis eines Hügels stehen, in der Nähe eines alten Tores, das aus dem eigentlichen Dorf hinausführte. Die Lunge schmerzte ihm beim Atmen, und sein Gesicht war rot wie eine Tomate. Sein Haar war schweißverklebt. Im Wirrwarr der Gedanken suchte er nach einem Ausweg, dem einzigen jetzt möglichen Ausweg. Sein Vater hatte es ihn gelehrt, als er dreizehn oder vierzehn gewesen war. »Die Städte sind wie Ärzte«, hatte sein Vater gesagt. »Sie können alle unsere Gebrechen heilen. Das haben wir nach der Vertreibung der Menschen aus den Städten verloren.«

Keine Stadt würde einem richtigen Mann oder einer richtigen Frau Zugang gewähren. Aber Jeshua war anders. Richtige Menschen konnten sündigen. Er hingegen konnte kein faktischer, sondern nur ein virtueller Sünder sein. In seiner Verwirrung schien dieser Unterschied eine bedeutende Relevanz zu erlangen.

Sam Daniel und seine Männer fanden ihn am Rande des Dschungels, als er sich von Bethel-Japhet entfernte.

»Stop!« befahl der Kommandeur der Wache.

»Ich gehe«, erwiderte Jesuah, ohne sich umzudrehen.

»Du kannst nicht ohne ein Urteil gehen!«

»Doch, kann ich.«

»Wir werden dich jagen!«

»Dann verstecke ich mich eben, verdammt!«

Es gab nur einen Schlupfwinkel in der Ebene, und der befand sich unter der Erde, an einem der Orte, welche durch die Konstruktion der lebenden Städte erschaffen worden waren und die gemeinhin als ›Sheol‹ bezeichnet wurden. Jeshua rannte los. Bald hatte er sie alle abgehängt.

Fünf Meilen vor sich sah er die Stadt, die von Mesa Canaan aufgebrochen war. Sie hatte sich am Fuße des Arat-Gebirges rekonfiguriert. Sie glitzerte in der Sonne, so schön wie nur irgend etwas, das der Menschheit jemals versagt worden war. Die Mauern glühten in der einsetzenden Dämmerung, und die abendliche Stille der Luft wurde vom Summen der Betriebsgeräusche der Stadt durchdrungen. Jeshua schlief in einer Bodenrinne im Gelände, wobei er sich unter einer Decke aus geflochtenem Schilf verbarg.

Im weichen gelben Licht der Dämmerung unterzog er die Stadt einer gründlicheren Observation und hob zu diesem Zweck den Kopf über den lehmigen Rand der Rinne. Die Stadtgrenze bestand aus einem Ring runder, nach außen geneigter Türme, wie die Blütenblätter einer Lotusblume. Innen schlossen sich ein zweiter, etwas höherer Ring an, und ein dritter, der sich in die Höhe schwang und von strahlenden Stützstreben gekrönt wurde. Diese Stützstreben trugen eine mit Säulen besetzte Plattform, die segmentiert und verwarzt wie die Fäden eines Einzellers waren. Im Scheitelpunkt der Stadt wurde eine Kuppel, die an das vergrößerte Facettenauge einer Fliege erinnerte, von einer Corona aus Spektralfarben eingehüllt. Helle Blau- und Grüntöne funkelten auf den Außenmauern.

Mit Hilfe des begabtesten Architekten, den die Menschheit jemals hervorgebracht hatte, Robert Kahn, hatten Jesuahs Vorfahren die Städte erbaut und so behaglich wie möglich eingerichtet. Große Laboratorien hatten sich jahrzehntelang damit beschäftigt, die richtigen Kombinationen aus Flora, Fauna und Maschinen zu ermitteln und sie in den entsprechenden Konstruktionen zu integrieren. Es war ein stolzer Tag gewesen, als man die ersten Städte eröffnet hatte. Die Christen, Juden und Moslems von Gott-der-Schlachtenlenker konnten sich Städten rühmen, die spektakulärer waren als alles, was Kahn andernorts errichtet hatte, und die Werke des Meisters waren auf hundert Welten zu finden.

Jeshua blieb hundert Yards vor den glasierten Stufen unterhalb der äußeren Blütenblätter der Stadt stehen. Breite, spitze Stacheln sprossen aus dem Boden und den glatten Gartenwänden. Die Pflanzen im Garten schrumpften zusammen. Der gesamte, die Stadt umgebende Boden zersplitterte zu einem starrenden Wall aus Silikatdornen. Es gab keine Möglichkeit, in die Stadt hineinzugelangen. Dennoch ging er näher auf sie zu.

Dann stand er vor dem Dickicht aus spitzen Stacheln, streckte eine Hand aus und berührte einen Stachel. Er erzitterte unter seiner Berührung.

»Ich habe nicht gesündigt«, erklärte er. »Ich habe niemanden verletzt, und ich habe nur das begehrt, was mir von Rechts wegen zustand.« Die dicht gepackten Stacheln äußerten sich nicht zu diesen Einlassungen, wurden aber zusehends größer.

Er setzte sich auf einen mit Gras bewachsenen Hügel vor der Stadt und preßte die Hände auf den Bauch, um den Hunger und die Niedergeschlagenheit zu lindern. Er schaute zum Scheitelpunkt der Stadt hinauf. Ein schmaler, silbriger Turm erhob sich inmitten der Säulen und lief in einer aus Facetten bestehenden Sphäre aus. Die sonnenbeschienene Seite der Sphäre bildete eine strahlend gelbe Sichel. Ein kalter Wind fuhr durch seine Kleidung und ließ ihn schaudern. Er stand auf und begab sich auf eine Wanderung um die Stadt, wobei er das Tempo beschleunigte, als der Wind die Stimmen der Menschen aus der Exopolis zu ihm herübertrug.

Jeshua erinnerte sich an die ausgiebigen Streifzüge seiner Jugend, daß es zwei Meilen weiter westlich einen großen Zugang zu Sheol gab. Um zwölf Uhr mittags stand er in dem höhlenartigen Eingang.

Die unterirdischen Gänge, aus denen Sheol bestand, hatten einst Versorgungstunnels für die mechanischen Städte dargestellt, die vor zwölf Jahrhunderten allesamt geschliffen worden waren. Die unterirdischen Tunnelsysteme waren jedoch nahezu unverwüstlich, so daß man sie aufgelassen und blockiert hatte. Manche waren von Grundwasser überflutet worden, und einige waren eingestürzt. Wieder andere, die Energie aus geothermalen Quellen bezogen, warteten sich selbst und verblieben im Bereitschaftszustand. Manche von ihnen dienten unzufriedenen Expoliten wie Jeshua als Unterschlupf.

Viele Tunnelsysteme hatten sich in Gefahrenzonen verwandelt. Einige der lebenden Städte, die gerade erst fertiggestellt und noch nicht abgenommen worden waren, hatten ihre menschlichen Baumeister während des Exodus verjagt und waren dann kollabiert. Diverse isolierte Komponenten – Versorgungsmodule, Instandhaltungsroboter, Transportfahrzeuge – hatten sich aus den Trümmern befreit und waren in die Tunnel von Sheol gekrochen, krank und unvollständig, um dem natürlichen Zyklus der Wildnis von Gott-der-Schlachtenlenker und dem Zorn der Exilanten zu entfliehen. Die meisten waren gestorben und zerfallen, aber einige wenige hatten Möglichkeiten zum Überleben gefunden, und die sich darum rankenden Gerüchte machten Jesuah nervös.

Er schaute sich um und stieß auf ein knorriges, von der Sonne geschwärztes Rankengewächs, das so hart wie Holz war und einen massiven Stamm hatte. Er hob es auf, brach die dünne Spitze ab und steckte es so in den Gürtel, daß er nicht darüber stolperte.

Bevor er den schuttübersäten Abhang hinabstieg, drehte er sich noch einmal um. Die Expoliten von Ibreem waren nur ein paar hundert Yards hinter ihm.

Wie von der Sehne geschnellt rannte er los. Sand, Felsbrocken und Pflanzenreste hatten sich im Eingang des breiten Tunnels angesammelt. Wasser tröpfelte an Wänden mit abgeplatzten weißen Kacheln hinab und fiel platschend in kleine Teiche. Überall gediehen Moos und kaskadenartig gestufte Pilze.

Die Dörfler erschienen an der Abbruchkante des Hangs und riefen seinen Namen. Er verbarg sich für eine Weile im Schatten, bis er sicher war, daß sie ihm nicht mehr folgten.

Nachdem er eine Meile in den Tunnel vorgedrungen war, sah er Licht. Der Boden war knöcheltief mit Brackwasser bedeckt. Er hatte bereits mehrere der einheimischen Gliederfüßler von Gott-der-Schlachtenlenker gesehen und erwogen, einen davon zu erlegen und zu verzehren, aber er hatte keine Möglichkeit, ein Feuer zu entzünden. Er hatte all seine Zündhölzer in Bethel-Japhet zurückgelassen, weil es gegen das Gesetz war, Streichhölzer im Dschungel mitzuführen, es sei denn, man befand sich auf einer autorisierten Jagd oder Expedition. Er konnte den Gedanken an rohes Fleisch von Kriechtieren nicht ertragen, egal, wie hungrig er war.

Der Boden vor ihm hatte sich aufgeworfen und wieder gesetzt. Ein See hatte sich in dieser Senke gebildet. Seine Oberfläche kräuselte sich mit öliger Gemächlichkeit. Jeshua umging von Wasser umspülte, gezackte Betonbrocken. Er sah etwas Langes und Weißes in den Untiefen des Sees lauern, mit Fühlern wie den weichen Federn eines *Mulcet*-Astes. Es hatte große graue Augen und einen plumpen runden Kopf, mit einem Sortiment an Klauen, Greifern und Scheren, die aus Armen an beiden Seiten wuchsen. Nie zuvor hatte Jeshua etwas Derartiges gesehen.

Gott-der-Schlachtenlenker war indessen nur selten so bizarr. Es war eine überschaubare, etwas trockene, erdähnliche Welt, weshalb die Menschen sie auch vor dreizehn Jahrhunderten in so großer Zahl kolonisiert und den trägen Planeten in eine gelungene Synthese aus dem Besten verwandelt hatten, das zehn Planeten zu bieten hatten. Seitdem hatte das Terraformen zwar gelitten, aber nicht gravierend.

Wasser plätscherte, als er den festen Boden des gegenüberliegenden Ufers betrat. Der gefiederte Alptraum entschwand mit schnellen, schlängelnden Bewegungen in der Tiefe.

Das grelle Licht vor ihm wurde von sphärischen Lampen erzeugt und hatte keine Ähnlichkeit mit dem sanften Glühen der Mauern der lebenden Städte. Drähte zischten und knisterten in der Nähe eines schwarzen Metallkastens. Kabel gingen von einem Puffer aus und zogen sich um die entfernte Kurve. Schwarze Streifen, verblichen und zerkratzt, markierten einen Gehweg. Schilder in altem Englisch und einem Idiom ähnlich dem hebräischen Kauderwelsch, das in Ibreem gesprochen wurde, warnten vor einem

Abweichen vom markierten Pfad. Er konnte das Englische leichter lesen als das Hebräische mit seinen spezifischen Schriftzeichen. In Ibreem wurden nur lateinische Buchstaben verwendet.

Joshua hielt sich innerhalb der Markierungen und schritt um die Biegung. Der vor ihm liegende Tunnel wurde auf halber Breite von einem Klotz blockiert. Er war dreißig Fuß breit und zirka fünfzig Fuß lang, verrostet und mit Moder überzogen. Er war früher manuell bedient worden, nicht automatisch – über dem Gewirr aus Hebeln und Pedalen thronten noch immer eine Sitzschale sowie eine kleine, geschwungene Steuerkonsole. In seiner Eigenschaft als Schmied, Werkzeugmacher und Konstrukteur von Motorfahrzeugen hielt Jeshua diese Komponenten für abgetrennte Teile des Schienengleiters. Er untersuchte sie gründlicher und stellte fest, daß es sich nicht um Teile der Originalmaschine handelte. Sie waren irgendwelche Elemente mobiler Stadt-Teile. Sie waren eine Symbiose mit dem Schienengleiter eingegangen, in dem Versuch, einen brauchbaren Platz auf der größeren Maschine zu ergattern. Sie hatten jedoch nur Stille angetroffen. Jetzt waren sie tot, und alle organischen Komponenten waren schon seit langem zerfallen. Der Rest war mit Rost und Moder lasiert.

In dem Tunnel vor ihm hing eine Vielzahl Stalaktiten aus Beton und rostigem Stahl. Bruchstücke von Rohrleitungen und Verdrahtungen waren mit Krampen an ihnen befestigt. Einst mußte der ganze Tunnel mit ihnen angefüllt gewesen sein, so daß nur der Pfad, den er jetzt auch benutzte, Platz für die Schienengleiter und Wartungstrupps geboten hatte. Der größte Teil des Metalls und des Kunststoffs war von Räubern fortgeschafft worden.

Jesuah befand sich nun unter dem gezackten Ende eines Luftkanals und vernahm ein Raunen. Er neigte den Kopf auf die Seite und lauschte gründlicher.

Nichts. Dann hörte er es wieder, so schwach, daß er es fast überhaupt nicht wahrnehmen konnte. Der Kunststoff des Luftkanals war spröde und reicherte die Stimmen mit einem Timbre rieselnden Staubs an. Er stellte sich auf einen herumliegenden Metallkanister und führte das Ohr dichter an den Luftkanal heran.

»Beweg dich ...«, hallte es aus dem Kanal.

»... nit da wat mir war ...«

»Verdammte Hänge-Brust!«

»Nix ... mach ...«

Die Stimmen verstummten. Der Kanister knickte ein und ließ ihn zu Boden stürzen, wobei er wie ein Kind aufschrie. Mit wackligen Beinen stand er auf und marschierte weiter in den Tunnel hinein.

Die Beleuchtung wurde trüber. Er ging vorsichtig über den von schattigen Stellen übersäten Boden und wich Kachel- und Betonfragmenten aus, herabgefallenen Rohrleitungen, zusammengerollten Drähten und losen Befestigungsbändern. Dieser Weg war nicht so oft von Menschen benutzt worden. Schemenhafte Gestalten flohen bei seinem Erscheinen: Insekten, Kriechtiere, Nagetiere, manche dort heimisch, manche verwildert. Was zuerst wie eine umgestürzte Trommel aussah, erwies sich bei näherer Betrachtung als eine zwei Handbreit große Schnecke, die auf einem glitzernden Fuß dahinglitt, der so lang war wie seine Wade. Die Augen mit weißen Pupillen schwenkten nach oben, katzenhafte Schlitzaugen, hinter denen sich eine unbekannte Flüssigkeit und geheime Gedanken verbargen. Das Wesen verströmte einen warmen, widerwärtigen Gestank. Auf einer Seite klebte der verwesende Kadaver eines großen Käfers.

Nach hundert Yards wies der Boden eine erneute Verwerfung auf. Die von Rinnen durchsetzte unterirdische Landschaft aus Tümpeln, Beton und Schlamm roch faulig und wirkte unter seinen in Sandalen steckenden Füßen noch fauliger. Er hielt sich von den größeren Tümpeln fern, die von leeren Larvenkokons umgeben und von Insektenlarven wimmelten.

Er bedauerte seine Entscheidung. Er fragte sich, ob er zum Dorf zurückkehren und sich seiner Bestrafung stellen sollte. Ob er überhaupt in der ständigen Nähe von Kisa und Renold leben konnte. Ob er den Wassertrog reparieren und Wiedergutmachung an die Besitzer der Marktstände leisten sollte.

Er blieb stehen und lauschte. Vor ihm rauschte ein kaskadenartiger Wasserfall. Der Lärm überlagerte zwar die meisten Geräusche, aber dennoch konnte er diskutierende, näherkommende Menschen hören.

Jeshua zog sich aus der Tunnelmitte zurück und ging hinter einem herabgefallenen Rohr in Deckung.

Jemand rannte durch den Tunnel, von Block zu Block, wobei er tänzelnd mit den Armen balancierte und die Hände wie Flügelspitzen spreizte. Vier Gestalten verfolgten ihn mit im Dämmerlicht funkelnden Messerklingen. Jeshua sah, daß der fliehende Mann an ihm vorbeirannte und im schwarzen Schlick stolperte. Jeshua stützte sich beim Aufstehen auf der Röhre ab, wandte sich um und wollte losrennen. Ein Beben lief durch seine auf der Mauer liegende Hand. Eine Lawine aus herabstürzenden Felsbrocken und Staub riß ihn von den Beinen und verstreute Schutt um ihn herum. Vier Schreie ertönten und brachen ab. Er erstickte fast an dem Staub, fuchtelte mit den Armen und kroch aus der Gefahrenzone.

Die Beleuchtung war ausgefallen. Nur ein eitriges Glühen am Rand eines türkisfarbenen Sumpfs spendete noch Licht. Ein Schatten überquerte einen in der Finsternis gespenstisch wirkenden Tümpel. Jeshua versteifte sich in Erwartung eines Angriffs.

»Wer?« fragte der Schatten. »Mach, sprech. Shan verletzt.«

Die Stimme schien dem Klang nach von einem älteren Jungen zu stammen, vielleicht achtzehn oder neunzehn. Er sprach einen englischen Dialekt. Es war zwar nicht das Idiom, das Jeshua während seines Aufenthaltes in der Expolis Winston erlernt hatte, aber er konnte einiges davon verstehen. Er vermutete, daß es sich um Jäger-Englisch handelte, aber es gab eigentlich gar keine Jäger in der Expolis Ibreem. Sie mußten der Stadt gefolgt sein …

»Ich bin auf der Flucht, wie du«, sagte Jeshua im Winston-Dialekt.

»Dat ich, hast mich einsinken lassen, hast du. Vier verschütt, liegen se dachten ich rede. Wer spricht?«

»Was?«

»Wer Name? Du.«

»Jeshua«, sagte er.

»Jeshuu-a. Iberhim.«

»Ja, Expolis Ibreem.«

»Nit weit dat is. Bleib wo bist. Zurückbringen dich.«

»Nein, ich habe mich nicht verirrt. Ich bin auf der Flucht.«

»Nix guter Platz. Mück stech böse, Mück stech dich mehr als sie stech mich.«

Jeshua wischte mit seinen großen Händen langsam den Schlamm von der Hose. Dreck und Steinchen kullerten den Hügel hinunter, unter dem die vier begraben waren.

»Langsam«, artikulierte der Junge. »Langsam, nein? Krank im Kopf?« Der Junge trat vor. »Dat isset, langsam, du.«

»Nein, nur müde«, erwiderte Jeshua. »Wie kommen wir hier wieder raus?«

»Dat, da und da. Siehst?«

»Kann nichts sehen«, meinte Jeshua. »Nicht sehr gut.«

Der Junge trat weiter vor und legte eine kalte, feuchte Hand auf seinen Unterarm. »Groß, du. Quetsch, vielleicht gespannt.« Die Hand drückte und tastete. Dann zog sich der Schatten zurück. Jeshuas

Augen akkomodierten sich, und er erkannte, wie schmächtig der Junge war.

»Wie ist dein Name?« fragte er.

»Is egal. Komm mit mir jetzt.«

Der Junge führte ihn zu dem Schutthügel und stocherte in der pechschwarzen Finsternis herum, um ihnen einen Weg zu suchen. »Gut. Hier lang.« Jeshua kletterte die Halde hinauf und zwängte sich durch das darüber befindliche Loch, wobei er mit dem Rücken an der Keramikdecke entlangschabte. Die andere Seite des Tunnels lag im Dunklen. Der Junge murmelte Flüche. »Tunnel ganz«, sagte er. »Leichter Marsch nun.«

Die vor ihnen liegenden Tümpel wurden von dem nach oben gerichteten Glühen von Insektenlarven illuminiert. Manche waren einen Fuß lang und Einzelwesen; andere waren kleiner und gruppierten sich in Dunstkreisen aus trübem Licht. Die ganze Szenerie wurde von leisen, saugenden Geräuschen und dem Klappern von Fühlern, Klauen und Beinen untermalt. Jesuah bekam eine Gänsehaut, und ihm schauderte vor Ekel.

»Schsch«, machte der Junge. »*Skyling* hier, raus geh, durch Geräusch.«

Jesuah verstand zwar kein Wort von dieser Erklärung, schritt aber jetzt energischer aus. Dreck und Kacheln fielen in das Wasser, und ein chitinöser Klagegesang wurde angestimmt.

»Müssen durch hier«, erläuterte der Junge, ergriff Jeshuas Hand und führte sie an ein Metallschott. »Aufmach, dann geh. Verstun'?«

Das Schott fuhr mit einem ausgeleierten Quietschen auf, und blendende Helligkeit flutete in den Tunnel. Die Wesen im Hintergrund flüchteten in den Schatten. Jeshua und der Junge traten aus dem Tunnel in ein eingestürztes Vorzimmer, in welches das letzte Licht des Tages fiel. Die Vegetation hatte von der feuchten Senke Besitz ergriffen und große Rohrschieber und elektrische Schaltschränke eingehüllt. Als der Junge das Schott schloß, kratzte Jeshua an einem Metallwürfel herum und entfernte einen mehrschichtigen Moosbatzen. Vier Ziffern waren darunter eingraviert – ›2278‹.

»Nit anfassen«, sagte der Junge. Er hatte große graue Augen und ein schmales, bleiches Gesicht. Ein Grinsen erschien zwischen leichenblassen Wangen. Er war drahtig und sehnig, hatte breite Kniegelenke und Ellbogen und nur wenig Fleisch auf den Rippen. Sein Haar hatte eine rost-orangefarbene Tönung und hing ihm in Strähnen in die Stirn und über die Ohren. Der mit einer zerrissenen Weste bekleidete Oberkörper war tätowiert. Der Junge rieb mit der Hand über diese Tätowierung, bemerkte Jeshuas Interesse und hinterließ eine Lehmspur auf der Haut.

»Mein Brand«, sagte der Junge. Das ›Brandzeichen‹ war ein leuchtender schwarz-orangefarbener Kreis mit einem Rechteck in der Mitte, das durch Diagonalen unterteilt war. Die solcherart entstandenen Dreiecke liefen mit lebhaftem Schwung in Punkten aus. »Dat hier gemacht, lange her, von Mandala.«

»Was ist das?«

»Die Richtung lauf ich, dir fallen *skyling* auf Kopf, wollten se nit hören wenn ich sag, sag dat ich, dat de Polis, und durchgehen hoch rein.« Er lachte. »Sie sagen, niemand jemals geht in Polis, nie mehr.«

»Mandala ist eine Stadt, eine Polis?«

»Zehn, fünfzehn Klomt'r von hier.«

»Klomt'r?«

»Kilometr. Klomt'r. Ung'fähr fünf Acht'l du sag Meil'.«

»Sprichst du vielleicht noch eine andere Sprache?« fragte Jeshua, dessen Gesicht von dem Stress gezeichnet war, sich als ad-hoc-Linguist zu betätigen.

»Sprech? Tangee ich sprech, melea reepera tangea somatosea psorpea commingla …«

»Nein. Noch etwas?«

»Du, Hebra sprech, ich wett. Aber nit gut hier. Ich kann besser Englise, ein bißchen bemühen?«

»Hm?«

»Ich kann ... versuchen ... dies, wenn es besser.« Er schüttelte den Kopf. »Mach mir Dampf um besser zu sprechen lange, mach.«

»Vielleicht wäre Schweigen das beste«, sagte Jeshua. »Oder du nickst einfach, wenn du verstehst, und schüttelst den Kopf, wenn du nicht verstehst. Du hast eine Möglichkeit gefunden, in die Stadt zu gelangen?«

Nicken.

»Die Stadt heißt Mandala. Kannst du dorthin zurückgehen und mich mitnehmen?«

Kopfschütteln, nein. Lächeln.

»Geheimnis?«

»Kein Geheimnis. Sie große Maschin ... Maschin dat sagt mir ich nie mehr wiederkomm. Hat dat auf meinen Body getan.« Er berührte seine Brust. »Mich rausgeworf'n.«

»Wie bist du überhaupt hineingelangt?«

»Durch? Dat große Polis, et kriecht bis erschöpft – sorry, bewegen nachdem laufen von Boden dat gut zu leben auf, viele Klomt'r von hier, un' direkt oben auf Platz wo Röhre offen in Mitte von Unterseite. Ich kenne dat Weg, also dat ich geh rein und raus nit viel spät ... später. Auf meinen ...« Er schlug sich auf den Hintern. »Ein paar Stürze, auch.«

Die eingestürzte Decke des Vorzimmers – oder *skyling*, wie der Junge sie bezeichnete –, ermöglichte einen bequemen Aufstieg von der gegenüberliegenden Wand an die Oberfläche. Sie kletterten hinauf bis zur Oberkante und musterten sich dann unsicher. Jeshua war mit dunkelgrünem Schlamm überzogen. Er wollte die angetrocknete Schmutzschicht mit der Hand ablösen, aber der Lehm klebte fest an der Haut.

»Vielleicht kommt schön Naß um zu baden drin.«

Ein Seitenarm des im Arat-Gebirge entspringenden

Flusses Hebron erschien eine halbe Meile vom Tunnelausgang entfernt hinter einem Dickicht aus grünem Schilf. Jeshua schöpfte das lehmige Wasser mit den Händen und ließ es sich über den Kopf rinnen. Der Junge tauchte unter, aalte sich im Wasser, spie es mit vollen Backen aus und grinste den Ibreemiten dann wie ein Terrier an, wobei Schlick über sein Gesicht strömte.

»Geht schlecht runter«, sagte Jeshua und bearbeitete die Haut mit verklumpten Schilfgräsern.

»Warum du Interesse für Ort kein Mensch kommt?«

Jeshua schüttelte den Kopf, ohne zu antworten. Er hatte nun den Rumpf gesäubert und kniete sich ins Wasser, um die Beine einzuweichen. Das Flußbett war steinig und sandig und kühl. Er schaute auf und ließ den Blick über einen Gipfelgrat des Arat schweifen, der als Silhouette im Glühen des Sonnenuntergangs stand. »Wo ist Mandala?«

»Nein«, sagte der Junge. »Meine Polis.«

»Sie hat dich rausgeworfen«, korrigierte Jeshua. »Warum sollte es nicht mal jemand anders versuchen?«

»Jemand hat schon versucht«, informierte der Junge ihn mit schmalen Augen. »Sie dat versucht, und reingekommen, aber sie nicht durchgekommen wie ich. Sie-sie-ein Mäd'l, dat is alles – reingekommen ohne den Ärger wir erwartet hab'n. Mandala sie nit gestoppt.«

»Ich möchte das auch einmal versuchen.«

»Dat Mäd'l, sie besonders, sie auf und davon Legende jetzt. War vor einem Jahr sie ging und durfte betreten. Du glaubst du vielleicht auch besonders?«

»Nein«, konzedierte Jeshua. »Die Stadt von Mesa Canaan würde mir keinen Zutritt gewähren.«

»Sie gewandert ist, gerade gestern morgen?«

»Hm?«

»Wandern, bewegen. Dat Mes Cain wovon du murmelst.«

»Ich weiß.«

»Wenn dat dich nit reinlaß, warum Mandala anders?«

Jeshua stieg aus dem Fluß und runzelte die Stirn. »Name?« fragte er.

»Ich, mein Name, nicht richtiger Name oder du hast wie Haar von Dämonengestalt, mein Name für dich ist Thinner.«

»Thinner, woher kommst du?«

»Gleich wie dat Mäd'l, wir folgen der Polis.«

»Stadt-Jäger?« Nach den Normen von Ibreem wurde Thinner dadurch zum ruchlosen Wilden degradiert. »Thinner, du willst doch nicht nach Mandala zurückgehen, oder? Du hast ja Angst.«

»Wat, Angst? Wie Schreck?«

»Wie das Zittern in deinen bloßen Füßen im Schmutz.«

»Nit möglich für Thinner. Zäh wie Led'r, Schlangenhaut, stochern un' ich weggestoßen, nit durchkommen.«

»Thinner, du bist ein Schauspieler.« Jeshua streckte die Hand aus und zog ihn aus dem Wasser. »Jetzt hör mit dem Unsinn auf und rede in richtigem Englisch mit mir. Du kannst es nämlich – raus!«

»Nein!« protestierte der Junge.

»Warum unterschlägst du dann alle ›th's‹, außer bei deinem Namen, und änderst in jedem Satz die Wortstellung? Ich bin doch nicht blöd. Ich beherrsche vier Sprachen und kenne ihre Grammatik. Du bist ein Komödiant.«

»Wenn Thinner lügen, Füße abfaulen sollen! Bin geboren dat komische Dialekt zu sprech, un' ich sprech halt anners als du! Dat bin ich, kein Komödiant! Laß los!« Thinner trat Jeshua ans Schienbein, wobei er sich aber bloß den Zeh verstauchte. Er schrie auf, und Jeshua schleuderte ihn wie eine Feder zurück. Dann drehte er sich um, sammelte seine Kleider auf und kletterte die Uferböschung hinauf.

»Niemand hat Thinner jemals so behandelt!« heulte der Junge.

»Du lügst«, unterstellte Jeshua.

»Nein! Stop.« Thinner stand im Fluß und hielt die Hände hoch. »Du hast recht.«

»Ich weiß, daß ich recht habe.«

»Aber nicht in jeder Hinsicht. Ich bin aus Winston, und es hat durchaus seinen Grund, daß ich wie ein Stadt-Jäger spreche. Und ich drücke mich präzise aus, weißt du.«

Jeshua runzelte die Stirn. Der Junge wirkte jetzt nicht mehr wie ein Junge. »Warum wolltest du mich zum Narren halten oder hast es wenigstens versucht?«

»Ich bin ein selbständiger Späher. Ich versuche, die Jäger im Auge zu behalten. Sie haben Bauernhöfe in der Umgebung von Winston überfallen. Ein paar von ihnen hätten mich fast erledigt, und ich versuchte sie davon zu überzeugen, daß ich Mitglied eines Clans bin. Als sie dann verschüttet wurden, hielt ich dich auch für einen von ihnen, und nachdem ich auf diese Art mit dir gesprochen habe – nun, mein Instinkt rät mir, mich in unklaren Situationen bedeckt zu halten.«

»Kein Winstoner hat eine solche Tätowierung wie du.«

»Das ist auch nur die halbe Wahrheit. Ich habe tatsächlich einen Weg in die Stadt gefunden, und sie hat mich rausgeworfen.«

»Hast du noch immer Bedenken, mich dorthin zu führen?«

Thinner seufzte und krabbelte aus dem Fluß. »Es liegt nicht auf meinem Weg. Ich will zurück nach Winston.«

Jeshua beobachtete ihn mißtrauisch, während er sich abtrocknete. »Du wunderst dich nicht darüber, daß du überhaupt Zugang zu einer Stadt erhalten hast?«

»Nein. Ich habe einen Trick angewandt.«

»Bessere Männer als du oder ich haben es schon seit

Jahrhunderten versucht und mußten schließlich aufgeben. Jetzt hast du Erfolg gehabt und fühlst dich nicht als etwas Besonderes?«

Thinner zog seine zerlumpten Sachen an. »Warum willst du denn dorthin gehen?«

»Ich habe meine Gründe.«

»Hast du in Ibreem ein Verbrechen begangen?«

Jeshua schüttelte den Kopf. »Ich bin krank«, erklärte er. »Nichts Ansteckendes. Aber mir wurde gesagt, eine Stadt könne mir helfen, falls ich einen Weg hinein fände.«

»Ich bin solchen wie dir schon begegnet«, sagte Thinner. »Aber sie haben es nie geschafft. Vor ein paar Jahren hat Winston eine ganze Prozession von Kranken und Verwundeten zu einer Stadt geschickt. Hat ihre Stacheln aufgerichtet wie ein Igel. Keine Gnade zu erwarten, kannst du mir glauben.«

»Aber du weißt jetzt, wie es geht.«

»Okay«, sagte Thinner. »Wir können zurückgehen. Sie befindet sich auf der anderen Seite von Arat. Du hast mich jetzt direkt neugierig gemacht. Und außerdem glaube ich, daß ich dich mag. Du siehst zwar genauso tumb aus wie ein Kriechtier, aber du bist intelligent. Dynamisch. Und zudem hast du noch immer diesen Knüppel. Bist du verzweifelt genug, um zu töten?«

Jeshua dachte einen Moment darüber nach und schüttelte dann den Kopf.

»Es ist schon fast dunkel«, stellte Thinner fest. »Laß uns hier übernachten und morgen früh aufbrechen.«

In dem entfernten Tal inmitten von Arat lag die warme Stadt von Mesa Canaan – wobei die Bezeichnung *›Arat City‹* jetzt vielleicht passender gewesen wäre – wie ein Diadem im Glanz der untergehenden Sonne. Jeshua bereitete sich eine Lagerstatt aus Schilf und beobachtete Thinner, der eine Kuhle im Boden aushob und sich sein eigenes Nest baute. Jeshua hatte in dieser Nacht einen leichten Schlaf und erwachte schon in der Morgendämmerung. Als er die Augen aufschlug, erspähte er auf der Brust ein kleines Insekt, das sich mit fingerlangen Fühlern vorwärtstastete. Er schnickte es fort und räusperte sich.

Thinner schraubte sich aus seinem Nest, rieb sich die Augen und stand auf.

»Ich muß mich wundern«, sagte er. »Du hast mir ja gar nicht die Kehle durchgeschnitten.«

»Hätte mir auch keinen Vorteil verschafft.«

»Eine Arbeit wie diese läßt einen Mann mißtrauisch werden.«

Jeshua lief wieder zum Fluß und machte sich frisch, wobei er mit vollen Händen Wasser schöpfte und das kühle Naß über Gesicht und Rücken rinnen ließ. Der Druck in der Leistengegend war an diesem Morgen nicht so heftig wie sonst, ließ ihn aber dennoch mit den Zähnen knirschen. Ihm war danach, sich stöhnend im Schilf umherzurollen und die Erde aufzuwühlen, aber das hätte ihm auch nicht weitergeholfen. Es war nur der Impuls, der existierte.

Sie einigten sich darauf, welchen Paß sie durch das Arat-Gebirge nehmen würden und brachen auf.

Jeshua hatte sein Leben überwiegend in Sichtweite der Dörfer der Expolis Ebreem verbracht, und daher wuchs seine Nervosität mit zunehmender Entfernung. Sie erklommen den Hang, wobei sich Thinners Feststellung bezüglich seiner robusten Sohlen bestätigte. Barfuß bewältigte er scharfkantiges Geröll aller Art, ohne daß er einen Schmerzenslaut geäußert hätte.

Auf dem Kamm einer Anhöhe drehte Jeshua sich um und überflog die unter ihm liegende schilfbestandene Ebene und den Dschungel. Er verengte die Augen zu schmalen Schlitzen, beschattete sie mit der Hand und konnte so die größeren Ansammlungen von Hütten zweier Dörfer und den Josua-Tempel auf dem Berg Miriam ausmachen. Alles andere blieb verborgen.

Nach zwei Tagen hatten sie das Arat-Gebirge überquert und eine wellige Hügellandschaft erreicht. Sie marschierten durch Felder mit wildem Hafer. »Diese Gegend wurde früher Agripolis genannt«, erläuterte Thinner. »Wenn man hier nur tief genug gräbt, stößt man auf Bewässerungssysteme, automatische Düngemaschinen, Erntemaschinen, Getreidespeicher – das ganze System. Jetzt aber ist es unbrauchbar. Seit neunhundert Jahren hat es keinem Menschen mehr Zutritt zu diesen Feldern gewährt. Irgendwann hat sich die Anlage dann desintegriert, und die mobilen Komponenten haben sich davongemacht. Die meisten sind jedoch gestorben.«

Jeshuas Kenntnisse der Geschichte der Städte an der Peripherie von Arat waren nur spärlich, und er berichtete Thinner von dem Komplex, der unter der Bezeichnung Tripolis bekannt gewesen war. Eine Konstellation von drei Städten hatte sich auf einer Seite von Arat befunden, ungefähr zwanzig Meilen in nördlicher Richtung von ihrer jetzigen Position entfernt. Nach dem Exodus hatte sich eine demontiert und war gestorben. Die zweite hatte sich erfolgreich in Bewegung gesetzt und die Gegend verlassen. Die dritte war beim Versuch, den Arat-Gebirgszug zu überqueren, gescheitert. Die Hauptmasse ihrer Trümmer befand sich als chaotischer, stummer Klumpen nicht weit von ihrem Standort.

In der Ebene von Agripolis stießen sie auf verstreute Fragmente dieser Stadt. Auf ihrem Marsch identifizierten sie Wände und Stützpfeiler, die solidesten, die von den größeren Gliedmaßen der Stadt übriggeblieben waren und die noch immer auf verdorrten Stelzen ruhten. Manche hatten eine Länge von fünfzig bis sechzig Yards bei einem Durchmesser von zwanzig Yards und liefen in organischen Räder-Konstrukten aus. Ihre Metallteile waren stark korrodiert. Die organischen Komponenten waren zerfallen, mit Ausnahme vereinzelter Silikatmembranen oder Innenskelette aus Kolloiden.

»Sie sind noch nicht alle tot«, sagte Thinner. »Ich habe mich hier früher schon umgeschaut. Einige haben mir den Weg etwas erschwert.«

Im grellen Licht der Nachmittagssonne versteckten sie sich vor einer auf Rädern laufenden Einheit, die wie ein großer, transparenter Panzer wirkte. »Das Ding stammt aus dem Zentrum einer Stadt – ein Räumer oder ein Lader«, erklärte Thinner. »Mit der Psyche eines verwilderten Stadt-Teils kenne ich mich nicht aus, und ich werde es auf keinen Fall reizen.«

Als der lebende Panzer an ihnen vorbeigerollt war, setzten sie ihre Wanderung fort. Sie stießen auf weniger bedrohliche, scheuere Kreaturen, von denen sie sich nicht aufhalten ließen. Jeshua konnte nur bei den wenigsten dieser Einheiten auf ihre Funktion in einer alten Stadt schließen. Bei den meisten handelte es sich um skurrile Kreaturen, die einem Traum entsprungen zu sein schienen: Drehkreisel, grasende Tausendfüßler, Wesen mit Büschen auf dem Rücken, Schüsseln, die wie Hunde aussahen, jedoch Wasser transportierten – groteske, fragmentarische Vexierbilder.

Am Ende des Tages hatten sie die Außenbezirke von Mandala erreicht. Jeshua ließ sich auf einem Stein nieder und betrachtete die Stadt. »Sie ist anders«, resümierte er, »nicht so ästhetisch.« Mandala war kompakter, weniger großzügig und organisch angelegt. Ihre Architektur in der Form einer Stufenpyramide wirkte unansehnlich. Die sich an ihren Mauern und Lichtbannern brechenden Farben – schwarz und orange – harmonierten kaum mit den pastellartigen Blau- und Grüntönen der Substanz der Stadt.

»Sie ist älter«, sagte Thinner. »Eine der ersten, glaube ich. Sie ist wie ein alter Baum, schon spröde, nicht so elastisch wie ein junger Trieb.«

Jeshua befestigte den Knüppel fester am Gürtel und beschirmte die Augen vor der Sonne. Die Jugend von Ibreem war soweit in der Städteplanung unterwiesen worden, daß sie alle Teile und Funktionen identifizieren konnte. Die lichtabsorbierenden Banner, die in der Nähe von Mandalas Scheitelpunkt flatterten, wirkten gleichermaßen wie das Laub eines Baumes und wie Flaggen. Strukturen auf ihrer Oberfläche stellten eine Sprache dar, welche den Daseinszweck und das religiöse Credo der Stadt signalisierten. Silbrige Reflektoren warfen Schatten unterhalb der Banner. Als er die Augen zusammenkniff, konnte er die Gärten, Springbrunnen und kristallinen Freizeitgebäude auf der obersten Promenade erkennen, eine Meile über ihnen. Sonnenlicht erhellte die grünen Mauern und zeigte ihre gesprenkelten Innereien, durchstach die libellenartigen Stützpfeiler, deren langsamer Flügelschlag die Luft zirkulieren ließ, kroch durch die Hallen, Lichtquellen und Wohnbezirke und ließ ganz Mandala in einem indirekten Licht erstrahlen. Trotz der orangefarben und schwarz getönten Mauern strahlte die Stadt eine innere Schönheit aus, die in Jeshua ein schmerzliches Gefühl der Sehnsucht weckte.

»Wie kommen wir hinein?« fragte er.

»Durch einen Tunnel, ungefähr eine Meile von hier.«

»Du hast ein Mädchen erwähnt. War sie Teil deiner Tarnung?«

»Nein. Sie ist hier. Ich bin ihr begegnet. Sie hat Stadtrecht. Ich glaube nicht, daß sie sich über allzuviel bekümmern muß, es sei denn über Einsamkeit.« Er sah Jeshua mit einem untypisch ironischen Grinsen an. »Zumindest muß sie sich keine Gedanken darüber machen, wo sie die nächste Mahlzeit hernehmen soll.«

»Wie ist sie denn hineingekommen? Weshalb wird sie überhaupt von der Stadt geduldet?«

»Wer kann sich schon in die Gedanken einer Stadt hineinversetzen?«

Jeshua nickte nachdenklich. »Laß uns gehen.«

Thinners Grinsen gefror. Er versteifte sich und blickte über Jeshuas Schulter. Jeshua schaute sich um und lockerte verstohlen den Knüppel am Gürtel. »Was ist?« fragte er.

»Die Stadt-Jäger. Normalerweise halten sie sich bedeckt. Irgend etwas muß sie heute aufgescheucht haben.«

Zwanzig Männer in grellen orangefarbenen und schwarzen Lumpen näherten sich ihnen in schnellem Lauf durch das Gras. Jeshua ortete eine zweite Gruppe, die von der anderen Seite der Stadt anrückte. »Wir werden uns ihnen stellen müssen«, erkannte er. »Wir können ihnen nicht entkommen.«

Thinner wirkte beunruhigt. »Freund«, meinte er. »Es ist an der Zeit, daß ich eine weitere List anwende. Wir können in die Stadt gelangen, sie indessen nicht.«

Jeshua ignorierte das *non sequitur*. »Halte mir den Rücken frei«, sagte er. Jeshua schwang den Knüppel und nahm Kampfstellung ein, fletschte die Zähne und duckte sich, wie sein Vater es ihn gelehrt hatte, wenn er einem wilden Tier gegenüberstand. Der Bluff war entscheidend, besonders, wenn er noch seine Statur in die Waagschale warf. Thinner tänzelte für eine Sekunde auf seinen O-Beinen, wobei sich Panik in seinem Gesicht widerspiegelte. »Mir nach, oder sie werden uns töten«, sagte er.

Er hetzte in Richtung des glasierten Gartens an der Peripherie. Als Jeshua sich umdrehte, sah er, daß die Polis-Jäger sich zu einem Kreis formierten und ihn mit wurfbereiten Speeren aufs Korn nahmen. Er warf sich flach zu Boden, und die mit Metallspitzen armierten Spieße flogen über ihn hinweg und landeten im Gras. Er erhob sich, woraufhin ein zweiter Speer an ihm vorbeizischte und ihn schmerzhaft an der Schulter streifte. Er hörte, wie Thinner schnarrend fluchte. Ein Jäger hatte ihn gepackt, hielt ihn am ausgestreckten Arm und ritzte mehrmals mit einem Messer seine Brust ein. Jeshua richtete sich zu seiner vollen Größe auf und rannte mit wirbelndem Knüppel auf den Kreis zu.

Schwerter wurden gezückt, mattgrauer Stahl, mit eingetrockneten Blutflecken. Er blockte einen Hieb ab, schlug den Schwertarm mit dem Knüppel zur Seite und tötete den Mann mit einem Abwärtsschwinger.

»Aufhören, ihr gottverdammten Idioten!« rief da jemand. Einer der Jäger schrie quiekend auf, und die anderen ließen von Jeshua ab. Thinners Angreifer hatte dem Jungen den Kopf abgeschlagen. Ein grünes Rinnsal sickerte aus ihm heraus. Obwohl er enthauptet war, schrie Thinners Kopf in mehreren Sprachen wüste Beschimpfungen, einschließlich in Hebräisch und Jäger-Englisch. Die Angreifer ließen die Waffen fallen angesichts dieses eloquenten Monsters, verloren jegliche Gesichtsfarbe und rannten stolpernd davon. Der versteinerte Mann, der den Kopf hielt, ließ ihn fallen und kippte vornüber.

Jeshua hielt die Stellung, wobei der blutverschmierte Knüppel in seiner kraftlosen Hand zitterte.

»He«, meinte die erstickte Stimme im Gras. »Komm her und hilf mir!«

Jeshua ertastete sechs Punkte auf seiner Stirn und verband sie durch zwei sich schneidende Dreiecke. Er ging langsam durch das Gras.

»Bei allen Teufeln der Hölle«, rief Thinners Kopf, »ich fresse Gras. Heb mich auf!«

Zuerst fand er den Rumpf des Jungen. Er beugte sich hinunter und sah die rote, blutende Brust, das unter der Haut befindliche breiige Grün und die blassen Kolloidrippen des Brustkorbes. Noch tiefer umgaben glasige Technik und eine in filigranen Schläuchen pulsierende hellblaue Flüssigkeit glitzernde organische Schaltkreise und metallische Teile. Der in der Nähe stehende Jäger war von dem Schock ohnmächtig geworden.

Er fand Thinners Kopf mit dem Gesicht im Gras liegend. Die Kiefer des Schädels arbeiteten, und die Haare standen ihm zu Berge. »Heb mich auf«, verlangte der Kopf. »Meinetwegen auch an den Haaren, wenn du so empfindlich bist, aber heb mich auf.«

Jeshua bückte sich und packte den Kopf am Schopf. Thinner starrte ihn an; dabei tropfte ihm eine grüne Flüssigkeit aus der Nase, und er hatte Schaum vor den Lippen. Er blinzelte. »Wisch mir mit irgendwas den Mund ab.« Jeshua riß ein Grasbüschel aus und tat wie geheißen, wobei er zwar Schmutzspuren um den Mund hinterließ, das Gesicht aber weitgehend sauber bekam. Der Magen wollte sich ihm schier umstülpen, aber da Thinner offensichtlich weder ein Säugetier, noch ein sonstwie geartetes natürliches Lebewesen war, beherrschte er seine Reaktionen.

»Ich wollte, du hättest auf mich gehört«, rügte der Kopf.

»Du bist aus der Stadt«, unterstellte Jeshua und drehte den Kopf dabei in alle Richtungen.

»Hör auf damit – mir wird schwindlig. Bring mich nach Mandala.«

»Wird die Stadt mich überhaupt hineinlassen?«

»Ja, verdammt. Ich bin dein Passepartout.«

»Wenn du aus der Stadt bist, warum sollte dir dann daran gelegen sein, daß ich oder jemand anders dort Zugang erhält?«

»Bring mich hin, und du wirst es erfahren.«

Jeshua hielt den Kopf am ausgestreckten Arm und inspizierte ihn mit halbgeschlossenen Augen. Dann senkte er ihn langsam ab, musterte die gefliesten Gärten an der Peripherie und machte den ersten Schritt. Er blieb stehen und schüttelte sich.

»Beeil dich«, sagte der Kopf. »Ich laufe sonst noch aus.«

Jeshua erwartete jeden Moment, daß der Stadtrand aufsplitterte und seine Stacheln ausfuhr, aber nichts derartiges geschah. »Werde ich dem Mädchen begegnen?« fragte er.

»Du sollst gehen und keine Fragen stellen.«

Mit großen Augen und einer Heidenangst betrat Jeshua die Stadt Mandala.

»Na, das ging leichter, als du dir vorgestellt hast, nicht wahr?« fragte der Kopf.

Jeshua stand in einer gigantischen grünen Halle, die mit hellem, aber gefiltertem Licht gefüllt war, wie am Grunde eines flachen Meeres, und die von dickem grünem Glas begrenzt wurde, hinter dem botanische Flüssigkeiten pulsierten. Pyramidenförmige Pylonen und schlanke Bögen erhoben sich rings um ihn und liefen hoch oben in einem kreisförmigen schwarz-orangefarbenen Konstrukt zusammen, das Ähnlichkeit mit den Markierungen auf Thinners Brust aufwies. Die Pylonen stützten vier Ebenen, die sich zum Hof hin öffneten. Die Galerien waren leer.

»Du kannst mich hier ablegen«, sagte Thinner. »Ich bin defekt. Es wird jemand kommen und mich instandsetzen. Du kannst dich hier ein wenig umsehen, wenn du möchtest. Es wird dir nichts geschehen. Vielleicht triffst du das Mädchen.«

Jeshua sah sich furchtsam um. »Wäre für keinen von uns gut«, lehnte er ab. »Ich habe Angst.«

»Warum, weil du kein richtiger Mann bist?«

Jeshua schlug den Kopf so hart wie einen Prellball auf den Boden, daß Thinner aufschrie.

»Woher weißt du das?« fragte er laut und verzweifelt.

»Jetzt hast du mich ganz verwirrt«, erwiderte der Kopf. »Was hatte ich noch gesagt?« Er unterbrach den Redefluß und schloß die Augen. Jeshua stupste ihn vorsichtig mit dem Stiefel an. Er richtete sich auf und suchte nach einem Fluchtpunkt. Nur weg von hier. Er war jetzt ein Sünder, ein Sünder durch Zorn und Scham. Die Stadt würde ihn gewaltsam entfernen. Vielleicht würde sie ihn auch brandmarken, wie Thinner früher schon angedeutet hatte. Jeshua sehnte sich nach der vertrauten Savanne und gegenständlichen Feinden wie den Stadt-Jägern.

Das durch den Eingangsbogen fallende Sonnenlicht diente ihm als Wegweiser. Er rannte auf den glasierten Pfad zu, nur um zu sehen, daß er anstieg und ihm den Weg versperrte. Rasend vor Panik hob er den Knüppel und traktierte die Stacheln. Sie gaben unter den Hieben ein singendes Geräusch von sich, brachen jedoch nicht.

»Bitte«, flehte er. »Laßt mich raus, laßt mich raus!«

Er hörte ein Geräusch hinter sich und drehte sich um. Ein kleiner Karren auf Rädern ergriff Thinners Kopf mit zarten Mandibeln und hob die Arme, um das Orakel in einem Behälter auf seinem Rücken zu verstauen. Dann rollte er aus der Halle in einen Korridor.

Jeshua straffte seine hängenden Schultern und pumpte die Brust auf. »Ich habe Angst!« tat er der Stadt lauthals kund. »Ich bin ein Sünder! Du willst mich nicht, also laß mich gehen!«

Zitternd setzte er sich mit dem Knüppel in der Hand auf die glasierte Fläche. Er war intensiv mit dem Haß der Städte auf die Menschen konditioniert worden. Seine Atmung verlangsamte sich soweit, daß er wieder klar denken konnte, und die Angst legte sich. Warum hatte die Stadt ihm Zugang gewährt, sogar in der Begleitung von Thinner? Er stand auf und befestigte den Knüppel am Gürtel. Irgendwo mußte es eine Antwort geben. Er hatte nur wenig zu verlieren – höchstens ein Leben, das ihm nicht sonderlich viel Freude bereitete.

Und die Stadt verfügte über die Möglichkeiten der Heilkunst, die den Expoliten versagt wurden.

»Gut«, sagte er schließlich. »Ich bleibe. Ich rechne aber mit dem Schlimmsten.«

Er ging durch die Halle und bog in einen Seitenkorridor ein. Leere Räume mit sechseckigen Türen warteten schweigend zu beiden Seiten. In einem breiten Raum, der einem Kirchenschiff ähnelte, stieß er auf einen Trinkwasserspender und labte sich daran. Dann verbrachte er einige Zeit damit, den Scheitelpunkt der konvergierenden Bögen zu studieren, welche die Gruft oben abstützten und fuhr mit den Fingern über die Nuten.

Er betrat ein Vorzimmer mit einem weichen, couchähnlichen Sims, auf den er sich legte und die Decke anstarrte. Für kurze Zeit schlief er ein. Als er wieder aufwachte, waren sowohl er selbst als auch seine Kleidung gesäubert. Eine neue Garnitur war für ihn bereitgelegt worden – ein Khaki-Hemd nach Ibreem-Standard, eine kurze Hose und ein Flechtgürtel, der schöner gearbeitet war als der, den er trug. Der Knüppel war nicht entfernt worden. Er nahm ihn zur Hand. Man hatte daran manipuliert – und ihn kampfwertgesteigert. Er war jetzt griffiger und optimal ausbalanciert. Auf einem Tisch waren Früchte aufgetragen worden und etwas, das wie Brotsuppe aussah. Er war in jeder Hinsicht versorgt, besser, als er es von irgendeiner Stadt verdient hätte. Es vermittelte ihm fast den Mut zur Kühnheit. Er legte die zerlumpte Kleidung ab und probierte die neuen Sachen an. Sie hatten eine erstklassige Paßform, und er fühlte sich gleich reputierlicher. Seine Sandalen waren ausgebessert, aber nicht ersetzt worden. Sie waren bequem wie immer, jetzt aber noch robuster.

»Wie kann ich mich hier einrichten?« fragte er die Wände. Sie blieben die Antwort schuldig. Er trank erneut von dem Wasser und setzte dann seinen Erkundungsgang fort.

Der Grundriß von Mandalas unterster Ebene war vergleichsweise simpel. Sie beherbergte schwerpunktmäßig Handels- und Wirtschaftseinrichtungen, mit geräumigen Korridoren für Fahrzeugverkehr, große Lagerräume und Dutzende von Konferenzzimmern. Außerdem gab es Computerräume. Er verstand nicht viel von Computern – das Handelskontor in Bethel-

Japhet verfügte noch über ein antikes Notebook, das während des Exodus aus einer Stadt entwendet worden war. Die Rechner in Mandala waren zwar größer und primitiver, aber als solche zu identifizieren. Er stieß auf ein komplettes Rechenzentrum. Die Geräte hatten sich aufgrund der jahrhundertelangen Vernachlässigung deformiert, ihre Kunststoff- und dünnen Metallteile flossen. Er fragte sich, ob es überhaupt noch gebrauchsfähige Komponenten gab.

Die meisten Räume der untersten Ebene wiesen die türkisfarbene Tönung auf. Diese Uniformität verstärkte Jeshuas Verwirrung, aber nach einer mehrstündigen Wanderung hatte er das Leitsystem identifiziert. Obwohl weder schriftliche Hinweise, Ideogramme oder Karten existierten, ermittelte er, daß ein Linkskurs ins Zentrum und ein Rechtskurs an die Peripherie führte. Ein vor zehn Jahrhunderten lebender Mandaler hätte die Organisation jeder Ebene in der Schule gelernt und sich vielleicht mit Hilfe von tragbaren Wegweisern oder Signalgebern orientieren können. Irgendwo, so wußte er, mußte sich ein zentrales Aufzugssystem befinden.

Er folgte allen nach links abbiegenden Korridoren. Er vermied offenkundige Sackgassen und erreichte bald die Basis eines Schachtes. Der Korridor war in changierenden Grün- und Blautönen gefliest, die sich unter seinen Füßen wie ein kryptisches Chronometer vorwärtsbewegten und ineinanderflossen. Er legte den Kopf in den Nacken und schaute zum Mittelpunkt von Mandala empor. Hoch oben sah er einen bläulichen Kreis, die einsetzende Abenddämmerung. Wind strich pfeifend den Schacht herunter.

Von oben hörte Jeshua ein schwaches Summen. Ein Fleck blendete einen Teil des Tageslichts aus und wurde zusehends größer, wobei er wie ein herunterfallendes Blatt rotierte. Es war geflügelt, hatte einen dicken Rumpf für Passagiere und einen Insektenkopf in der Art der Libellen-Stützpfeiler, welche für die Belüftung von Mandalas Außenbezirken zuständig waren. Das Gerät verlangsamte die Sinkgeschwindigkeit, richtete die Nase auf und kam vor ihm zum Stillstand, noch immer ein paar Fuß über dem Boden schwebend. Die Unterseiten der starren, transparenten Flügel reflektierten die changierenden Farbtöne des Bodens.

Dann sah er, daß der Boden ein festes Muster annahm, wie ein fertiggestelltes Puzzle. Er bildete ein mosaikartiges Triskelion aus, ein dreiflügeliges Symbol mit roter Umrandung.

Der Gleiter wartete auf ihn. Im Heckabschnitt war Platz für mindestens fünf Personen. Er setzte sich auf den Vordersitz. Das Fahrzeug setzte sich ruckend in Bewegung. Der Insektenkopf neigte sich nach hinten, schwenkte zur Seite und inspizierte den Schacht. Metallische Antennen fuhren aus der Vorderseite des Rumpfes aus. Ein leises Klingeln durchdrang die Luft. Und dann erhob er sich in die Luft.

In einiger Höhe über dem Boden verringerte der Gleiter das Tempo und dockte schließlich an einer Galerie an. Jeshuas Herz raste, als er über das schwarze Geländer nach unten schaute, eine Distanz von annähernd tausend Fuß bis zur Schachtsohle.

»Hier entlang, bitte.«

Er wandte sich in der Erwartung um, Thinner wiederzusehen. Statt dessen wurde er von einem Gerät in der Art eines mobilen Kleiderständers erwartet, an dessen dürrem Hals ein primitiver Vibrationslautsprecher montiert war und dessen Körper aus einer Stange bestand, an deren Ende sich drei Beine wie die Vorderläufe eines *Mantis* anschlossen. Er folgte dem Teil.

Durch über ihm verlaufende transparente Röhren wurden wie durch Arterien blubbernde Flüssigkeiten gepumpt. Er fragte sich, ob in der Vergangenheit aufsässige Bürger die Lebensadern einer Stadt durch die

Zerstörung solcher Röhren hatten kappen können – oder ob es sich hierbei lediglich um Ornamente handelte, die tiefgründigere Aktivitäten symbolisierten. Der Kleiderständer bewegte sich klackernd vor ihm her, verhielt dann vor einer geschlossenen sechseckigen Tür und klopfte mit seinem runden Kopf gegen eine Metallplatte. Die Tür öffnete sich. »Eintreten.«

Jeshua folgte der Instruktion. Der große Raum wurde von endlosen Gängen durchzogen, in denen Tausende von Konstrukten wie Thinner in Regalen aufgereiht waren. Manche waren unvollständig, wobei ihre maschinellen Innereien und abgeklemmten organischen Anschlüsse schlaff von Rümpfen, handlosen Armen und kopflosen Hälsen herabhingen. Einige wiesen klaffende Risse, gebrochene Gliedmaßen und zerquetschte Torsos auf. Bevor Jeshua noch etwas sagen konnte, eilte der Kleiderständer davon, und die Tür schloß sich hinter ihm.

Alles, was er jetzt noch verspürte, war kreatürliche Angst. Er ging den Mittelgang entlang, wobei er sich nicht schlüssig war, ob er sich nun in einer Werkstatt oder einem Beinhaus befand. Wenn Thinner wirklich hier war, würde er Stunden brauchen, um ihn zu finden.

Er schaute direkt geradeaus und blieb stehen. Da war jemand nicht in die Regale einsortiert. Die Einheit stand am anderen Ende des Raums, zu weit entfernt, als daß Jeshua irgendwelche Details hätte ausmachen können. Er wartete, aber die Gestalt bewegte sich nicht. Es war eine Pattsituation.

Er machte den ersten Schritt. Die Figur hetzte wie ein Reh zur Seite. Instinktiv rannte er hinterher; als er jedoch das Ende des Gangs erreicht hatte, war das Wesen nicht mehr zu sehen.

»Verstecken spielen«, murmelte er. »Um Gottes willen, Verstecken spielen.«

Er rieb sich abwesend die Leistengegend und versuchte, den Strom der Erregung zu zügeln, der sich in Brust und Bauch ausbreitete. Seine Phantasien multiplizierten sich, und er beugte grunzend den Oberkörper und dann den Kopf nach vorne. Er zwang sich dazu, sich wieder aufzurichten, streckte die Arme aus und konzentrierte sich auf etwas Kontextunabhängiges.

Er sah einen Kopf, der große Ähnlichkeit mit dem von Thinner hatte. Er war mit einer hinter dem Regal befindlichen Platine verdrahtet, und Flüssigkeiten strömten pulsierend in seinen Hals. Die Augen waren zwar geöffnet, aber glasig, und das Fleisch war leichenblaß. Jeshua streckte die Hand aus und berührte es. Es war kalt und leblos.

Er unterzog andere Körper einer gründlicheren Inspektion. Die meisten waren nackt und vollständig bis ins kleinste Detail. Er zögerte und griff dann an die Genitalien eines Mannes. Das Fleisch war weich und schlaff. Ihn schauderte. Als ob sie sich verselbständigt hätten, wanderten seine Finger zum Venushügel eines Frauenkörpers. Er verzog das Gesicht, richtete sich auf und wischte in instinktivem Ekel die Hand an der Hose ab. Ein Zittern lief ihm durch den Rücken. Ihm war jetzt unheimlich, nachdem er die leblosen Gestalten berührt und gefühlt hatte, was anscheinend totes Fleisch war.

Was machten sie hier? Weshalb produzierte Mandala Tausende von Cyborgs? Er überflog die mit Körpern angefüllten Regale in beiden Richtungen und erspähte im Hintergrund offene Türen. Vielleicht war das Mädchen – es mußte das Mädchen gewesen sein – durch eine dieser Türen gegangen.

Er schritt die Regale ab. Ein Geruch nach gemähtem Gras und abgeknickten Schilfrohren, aus denen der Saft austrat, lag in der Luft. Hier und da roch es zudem nach frisch geschlachtetem Fleisch sowie nach Öl und Metall.

Irgend etwas verursachte ein Geräusch. Er blieb stehen. Eines der Regale. Langsam und sorgfältig sichernd ging er einen Gang entlang, sah indessen nichts und vernahm nur das Pumpen von Flüssigkeiten in dünnen Röhren und das Klicken kleiner Ventile. Vielleicht tarnte das Mädchen sich als Cyborg. Er wußte das noch aus der Schule. Die Städte waren cybernetische Organismen.

Er hörte jemanden weglaufen. Die Schritte entfernten sich von ihm, das Patschen bloßer Füße auf dem Boden. Mit gleichbleibendem Tempo schritt er die Reihen ab, inspizierte jeden Gang, nichts, rein gar nichts, allenthalben nur Stille! Das Mädchen befand sich am anderen Ende des Raums und lachte ihn aus. Ein Arm winkte. Dann war sie verschwunden.

Er gelangte zu der Erkenntnis, daß es nicht angeraten sei, jemanden zu verfolgen, der sich in der Stadt besser auskannte als er. Sollte sie doch zu ihm kommen. Er verließ den Raum durch eine offene Tür.

Eine draußen befindliche Galerie öffnete sich zu einem kleineren Schacht. Er war rot und hatte einen Durchmesser von nur fünfzig oder sechzig Fuß. Die Galerien waren von rechteckigen Türen gesäumt, die zwar geschlossen, aber nicht verschlossen waren. Schwungvoll öffnete er die drei Türen auf seiner Ebene. Jeder Raum war identisch eingerichtet – ein mit Staub angefüllter Schrank, zusammengefallenes und verrottendes Mobiliar, Leere und ein Geruch wie in einer alten Gruft. Staub driftete in seine Nase und löste einen Niesreiz aus. Er ging zur Galerie und der sechseckigen Tür zurück. Als er nach unten schaute, taumelte er und bekam einen Schweißausbruch. Der Anblick war schwindelerregend und klaustrophobisch.

Eine singende Stimme drang von oben zu ihm herab. Sie war feminin, lieblich und jung, ein Lied, dessen Worte er nicht zur Gänze erfaßte. Sie ähnelten Thinners Jäger-Dialekt, wurden jedoch durch Echos verzerrt. Er beugte sich, so weit er es für vertretbar hielt, über das Geländer und schaute nach oben. Es war definitiv das Mädchen – fünf, sechs, sieben Ebenen über ihm. Die Stimme klang beinahe kindlich. Manche Worte wurden mit dem Hauch einer Brise direkt zu ihm heruntergeweht:

»Dat sie, in einsamer Freiheit... G'hüllt in Kleid'r von Toten...«

Der rote Schacht reduzierte sich zu einem Punkt ohne Tageslicht. Die ungewohnte Helligkeit blendete ihn. Er beschattete die Augen, um besser sehen zu können. Das Mädchen zog sich vom Geländer zurück und beendete ihren Gesang.

Er wußte, daß er Grund zum Zorn hatte, daß er zum Narren gehalten wurde. Aber er war nicht zornig. Stattdessen verspürte er eine Einsamkeit, die zu übermächtig war, als daß er sie auf Dauer hätte aushalten können. Er wandte sich vom Schacht ab und drehte sich zu der Tür um, die zum Raum mit den Cyborgs führte.

Thinner erwiderte seinen Blick und grinste spitzbübisch. »Hatte keine Gelegenheit, guten Tag zu sagen«, meinte er in Hebräisch. Sein Kopf war auf einer zwei Fuß langen Metallschlange montiert. Sein Körper bestand aus einem grünen Wagen mit drei Rädern, der einen Yard lang und einen halben Yard breit war. Die Fortbewegung erfolgte geräuschlos. »Hast du irgendwelche Schwierigkeiten?«

Jeshua musterte ihn prüfend und grinste dann. »Das steht dir nicht«, kommentierte er. »Bist du noch derselbe Thinner?«

»Ist im Grunde egal, aber, ja, ich bin es noch, wenn es dich beruhigt.«

»Wenn es egal ist, mit wem spreche ich dann? Mit den Computern der Stadt?«

»Nein, nein. Sie können nicht sprechen. Zu beschäftigt mit der Instandhaltung. Du sprichst mit dem, was vom Architekten noch übrig ist.«

Jeshua nickte langsam, ohne indessen etwas verstanden zu haben.

»Es ist etwas kompliziert«, konzedierte Thinner. »Werde es dir später näher erklären. Du hast das Mädchen gesehen, und sie ist vor dir weggelaufen.«

»Ich muß sie ganz schön erschreckt haben. Wie lange ist sie schon hier?«

»Ein Jahr.«

»Wie alt ist sie?«

»Weiß nicht genau. Hast du in der letzten Zeit etwas gegessen?«

»Nein. Wie ist sie hereingekommen?«

»Nicht wegen ihrer Unschuld, falls du das glauben solltest. Sie war schon verheiratet, bevor sie hierherkam. Die Jäger legen Wert auf eine frühe Heirat.«

»Dann bin ich also auch nicht wegen meiner Unschuld hier.«

»Nein.«

»Du hast mich nie nackt gesehen«, sagte Jeshua. »Woher wußtest du dann, daß etwas mit mir nicht stimmt?«

»Ich bin nicht nur auf die menschlichen Sinne beschränkt, obwohl das, weiß der Teufel, schon schlimm genug ist. Folge mir, und ich werde dir ein geeignetes Quartier beschaffen.«

»Vielleicht will ich ja gar nicht bleiben.«

»Soweit ich orientiert bin, bist du hergekommen, um repariert zu werden. Das läßt sich machen, und ich kann es arrangieren. Aber Geduld ist immer eine Tugend.«

Jeshua nickte angesichts der vertrauten Belehrung. »Sie spricht Jäger-Englisch. Hast du deswegen die Jäger observiert, um einen Gefährten für sie zu finden?«

Das Thinner-Fahrzeug wandte sich ohne eine Antwort von Jeshua ab. Es rollte durch die Cyborg-Kammer, und Jeshua folgte ihm. »Es wäre am besten, wenn sich ihr jemand anschließen würde, den sie kennt, aber niemand hat sich bisher dazu überreden lassen.«

»Warum ist sie überhaupt hier?«

Thinner blieb erneut die Antwort schuldig. Sie bewegten sich auf einer spiralförmig um den Zentralschacht verlaufenden Rampe nach oben. »Das ist die langsame Route mit Ausblick«, erklärte Thinner; »du wirst dich an die Stadt und ihre Dimensionen gewöhnen müssen.«

»Wie lange werde ich bleiben?«

»Solange du es wünschst.«

Sie verließen die Rampe und gingen durch eine der Eingangshallen zu einem Appartementblock an der Stadtmauer. Die Strukturen und Farben wirkten hier kräftiger. Die Wände und Türen waren lichtundurchlässig und in leuchtenden Blau-, Blutorange- und Purpurtönen gehalten. Die ganze Szenerie erinnerte Jeshua an einen Sonnenuntergang. Ein langer Balkon an der Stadtmauer gestattete einen spektakulären Blick auf Arat und die Ebene, aber Thinner ließ ihm keine Zeit für Landschaftsbetrachtungen. Er führte Jeshua in ein großes Appartement und machte ihn mit der Einrichtung vertraut.

»Die Wohnung wurde gereinigt und mit den Möbeln ausgestattet, an die du gewöhnt bist. Du kannst sie jederzeit gegen etwas anderes eintauschen. Aber du mußt damit warten, bis du von den Medorobots untersucht worden bist. Du bist zur Arbeit in diesem Appartement eingeteilt worden.« Thinner zeigte ihm eine weißgekachelte und mit einer Edelstahlspüle eingerichtete Küche, die über eine Nahrungsmittelausgabe und die wichtigsten Haushaltsgeräte verfügte. »Essen erhältst du hier. Es gibt genügend Küchengeräte, um die gelieferte Nahrung individuell zuzubereiten. Die Sanitäreinrichtungen befinden sich hier; sie sind selbstreferentiell ...«

»Sie sprechen?«

»Nein. Das heißt, daß ihre Benutzung eigentlich offensichtlich sein sollte. Nur sehr wenige Geräte in der Stadt können sprechen.«

»Uns wurde gesagt, daß die Städte akustisch gesteuert werden.«

»Nur von den wenigsten Einwohnern. Die Stadt selbst reagiert nicht. Nur bestimmte Einheiten, die anders sind als ich – als diese Stadt noch von Menschen bewohnt war, gab es hier keine Cyborgs. Die wurden erst später entwickelt. Ich werde es dir noch erklären. Ich bin sicher, daß du eher den Umgang mit Büchern und Papierrollen gewohnt bist als die Handhabung von Tonbändern oder Videos. Deshalb habe ich dir ein paar Ausdrucke in diese Regale gestellt. Dort drüben…«

»Scheint so, als ob ich mich für längere Zeit hier einrichten könnte.«

»Störe dich nicht an der Einrichtung. Sie mag für deine Begriffe wohl futuristisch sein, aber sicherlich nicht nach den Standards von Mandala. Diese Appartements waren früher für Jünger der asketischen Lebensart reserviert. Falls du während meiner Abwesenheit eine Frage haben solltest, wende dich an das Datensichtgerät. Es ist mit demselben Server verbunden wie ich.«

»Ich habe von den Stadtbibliotheken gehört. Bist du ein Teil von ihnen?«

»Nein. Wie ich dir bereits gesagt habe, bin ich ein Teil des Architekten. Du solltest die Bibliotheken zunächst einmal meiden. Im übrigen solltest du dich in den nächsten Tagen auch in der Nähe deiner Unterkunft aufhalten. Zu viel, zu schnell – du weißt schon. Frage den Computer, und er wird dir einen sicheren Radius vorgeben. Bedenke, du bist hier hilfloser als ein Kind. Mandala ist zwar kein Hort der Gefahren, aber die Stadt birgt zumindest Risiken.«

»Was soll ich tun, falls das Mädchen mich besucht?«

»Rechnest du denn damit?«

»Sie hat mir ein Ständchen gebracht, glaube ich. Aber sie wollte sich mir nicht direkt zeigen. Sie muß einsam sein.«

»Das ist sie.« In Thinners Stimme schwang mehr mit als nur eine Tonlage kalkulierter Effizienz. »Sie hat eine Menge Fragen über dich gestellt, und sie hat die Wahrheit erfahren. Aber sie lebt schon so lange allein, daß du zunächst nicht zuviel erwarten solltest.«

»Ich bin verwirrt«, gestand Jeshua.

»In deinem Fall ist das eine ganz normale Reaktion. Entspanne dich eine Weile; belaste dich nicht mit Dingen, auf die du ohnehin keinen Einfluß hast.«

Thinner beendete die Einweisung in das Appartement und verließ dann das Quartier. Jeshua ging durch die Tür und trat auf die Terrasse oberhalb des Gehwegs. Das Licht der synchronen künstlichen Monde von Gott-der-Schlachtenlenker ließ den entfernten, schneebedeckten Arat wie matten Stahl schimmern. Jeshua betrachtete die Monde mit einem völlig neuen Verständnis. Die Menschen hatten sie aus dem Orbit einer anderen Welt geholt, um die Nächte von Gott-der-Schlachtenlenker zu verschönern. Der Gedanke war schier unglaublich. Dort hatten vor tausend Jahren Menschen gelebt. Was mochte ihnen wohl widerfahren sein, als die Städte ihre Bewohner verjagt hatten? Hatten die lunaren Städte das gleiche getan wie die Städte von Gott-der-Schlachtenlenker?

Mit dem Gefühl der Scham und Primitivität kniete er sich für einen Moment hin und bat Gott um Hilfe. Er war nämlich nicht davon überzeugt, daß seine Verwirrung so normal war.

Er nahm ein Mahl zu sich, das in dem Maße, wie die amateurhaften Instruktionen es zuließen, der schlichten Kost von Bethel-Japhet nahekam. Dann inspizierte er das Bett, schlug die Decken zurück – der Raum war warm genug – und schlief ein.

Einst, vor langer Zeit, wenn seine frühesten Kindheitserinnerungen nicht trogen, hatte man ihn von Bethel-Japhet zu einer Kommunion in den Hügeln von Kebal mitgenommen. Das war Jahre vor der Zeit gewesen, als das Synedrium die gesetzliche Trennung zwischen der katholischen und der Habiru-Liturgie verschärft hatte. Sein Vater und die meisten seiner Bekannten waren Habiru gewesen und hatten Hebräisch gesprochen. Aber prominente Mitglieder der Gemeinde, wie z.B. Sam Daniel, hatten aufgrund einer langen Familientradition Jesus mehr verehrt als die Propheten und waren somit Anhänger des etablierten Credos, das unter der Bezeichnung Katholizismus firmierte. Sein Vater hatte die Katholiken trotz ihres Glaubens immer respektiert.

An dieser Kommunion hatten nicht nur Habiru und Katholiken teilgenommen, sondern auch die nun zersplitterten Moslems und einige andere Glaubensrichtungen, die heute nicht mehr existierten. Das waren schwierige Zeiten gewesen, vielleicht genauso schwer wie die auf das Exil folgende Periode. Jeshua erinnerte sich an die Gespräche zwischen seinem Vater und einer Gruppe Katholiken – eine zwanglose, informelle Unterhaltung, ohne die steife Zeremonie, die sich seitdem entwickelt hatte. Sein Vater hatte erwähnt, daß der Name seines jüngsten Sohnes Jeshua war, was eine Abwandlung von Jesus darstellte; und die Katholiken, als ob sie alle seine Väter gewesen wären, hatten sich um ihn geschart und seine für einen Sechsjährigen schon fortgeschrittene Entwicklung, die Größe und offenkundige Kraft bewundert. »Willst du einen Zimmermann aus ihm machen?« fragten sie scherzhaft.

»Er wird ein *Cain* werden«, antwortete sein Vater.

Sie runzelten konsterniert die Stirn.

»Ein Werkzeugmacher.«

»Es war die Werkzeugherstellung, die uns das Exil beschert hat«, sagte Sam Daniel.

»Ja, und sie hat uns über die Tiere erhoben«, konterte sein Vater.

Jeshua erinnerte sich noch an einige Einzelheiten der sich anschließenden Diskussion. Sie waren ihm im Gedächtnis haften geblieben und hatten als Erwachsener seine Weltsicht geprägt, nachdem sein Vater bei einem Grubenunglück ums Leben gekommen war.

»Es war der Hirte, der uns über die Tiere erhob und zu ihren Herren werden ließ«, wußte ein anderer. »Es waren der Werkzeugmacher und der Landmann, die den Schäfer ermordeten und dazu verurteilt wurden, im Exil rastlos umherzuwandern.«

»Ja«, pflichtete ihm sein Vater bei, mit Augen, die im Schein des Feuers leuchteten. »Und später war es der Hirte, der seinem nomadischen Bruder das Geburtsrecht stahl – oder haben wir Jakob und Esau schon vergessen? Die Schuld dürfte wohl ausgeglichen sein.«

»Es gibt viel Verwirrendes in der Vergangenheit«, konzedierte Sam Daniel. »Und wenn wir die Augen aufmachen und erkennen, daß unser Exil durch den Gebrauch von Werkzeugen erleichtert wird, dann sollten wir unsere ehrenwerten Werkzeugmacher nicht schmähen. Aber jene, welche die Städte errichtet hatten, die uns dann ins Exil schickten, stellten auch Werkzeuge her, und diese Werkzeuge wandten sich schließlich gegen uns.«

»Aber warum?« fragte sein Vater. »Weil wir als Menschen versagt hatten? Bedenkt, daß es die Habirus und Katholiken – und dann Juden und Christen – waren, die Robert Kahn mit der Errichtung der Städte auf Gott-der-Schlachtenlenker beauftragt hatten; er sollte reine Städte für die Besten der Menschheit erbauen, die letzten Träger der Flamme Jesu und des Herrn. Wir waren selbstgerecht in jenen Tagen und wollten die Verworfenheit unserer Nachbarn abschütteln. Wie konnte es dann geschehen, daß gerade die Besten vertrieben wurden?«

»Hybris«, warf ein Katholik ein. »Eine Schandtat unter anderen. Die Geschichte kündet nämlich von vielen Schandtaten, was, Junge?« Er schaute Jeshua an. »Du erinnerst dich doch an die Geschichten vom Bösen, das die Menschen getan haben?«

»Laß das Kind in Ruhe«, ging sein Vater zornig dazwischen.

Sam Daniel legte den Arm um Jeshuas Vater. »Unser Disputant ist wieder mal beim Thema. Noch immer im Besitz des Geheimnisses für unsere Vereinigung?«

Im Halbschlaf öffnete er die Augen und wollte sich im Bett umdrehen.

Etwas stoppte ihn, und er spürte ein Zwicken im Nacken. Er konnte kaum etwas erkennen – die Augen tränten, und alles war verschwommen. Seine Nase juckte, und in seinem Gaumen breitete sich ein diffuser Schmerz aus, als ob etwas durch die Nase in den Rachenraum krabbeln würde. Er versuchte zu sprechen, konnte jedoch nicht. Silbrige Arme bewegten sich wie Weberschiffchen auf ihm und hinterließen graue Schattenspuren, und er glaubte Drähte zu sehen, die sich über seiner Brust ringelten. Er blinzelte. Tropfen einer Flüssigkeit hingen an den Drähten wie Tau in einem Spinnennetz. Als die Tropfen herabfielen und seine Haut berührten, durchliefen ihn Wellen der Wärme und Betäubung.

Er vernahm ein Wimmern, wie von einem gequälten Tier. Es drang aus seiner eigenen Kehle. Jeder Atemzug wurde von diesem Wimmern begleitet. Erneut wogten die Metalldinger über ihm und strafften diesmal die Drähte. Er blinzelte und brauchte lange, bis er die Augenlider wieder öffnen konnte. Da war ein Spalt in der Decke, und Äste wuchsen aus ihm herunter, von denen der eine sein Blickfeld unterlief und ihm in die Nase drang; andere fesselten ihn sachte an das Bett, und wieder andere summten hinter seinem Kopf und verursachten ein Prickeln auf der Kopfhaut. Er tastete nach der Quelle des Zwickens am Nacken. Es kam ihm so vor, als ob ihm ein Haar ausgezupft würde oder daß eine einzelne winzige Ameise ihn bisse. Er stand weit darüber, war gar nicht betroffen; aber seine Hand wollte dennoch an der Stelle kratzen, wurde indessen von einem Ast an der Bewegung gehindert. Seine Sicht klärte sich für einen Augenblick, und er sah grün gestrichene Röhren, verchromte Griffe und hellblaue Ovale, die hin- und hergereicht wurden.

»A anna eh uh«, versuchte er zu artikulieren. »Eh ee uh.« Die Lippen bewegten sich nicht. Die Zunge spielte mit etwas Süßem. Man hatte ihm ein Stück Zucker verabreicht. Vor Jahren war er einmal beim Zahnarzt gewesen – er hatte ihm ein einwandfreies Gebiß attestiert –, und er hatte einen Kaugummi bekommen, den er auf dem Heimweg kauen sollte.

Er tauchte wieder in die Vergangenheit ein und lauschte dem Gespräch am Feuer. »Hybris«, warf ein Katholik ein.

»Habirus«, sagte er zu sich selbst. »Hybris.«

»Auf jeden Fall eine Schandtat ...«

»Unser Disputant ist wieder mal beim Thema. Noch immer im Besitz des Geheimnisses für unsere Vereinigung?«

»Und hat uns über die Tiere erhoben.«

Tiefer Schlaf.

Er öffnete die Augen und spürte, daß etwas bei ihm im Bett lag. Er führte die Hand in die Leistengegend. Er hatte den Eindruck, daß ein Stück des Bettes sich gelockert und unter seine Hüfte bzw. in die Hose geschoben worden war. Er hob das Becken und zog die Hose hinunter; dann legte er sich zurück, wobei sein Gesicht einen erschrockenen Ausdruck annahm. Tränen strömten ihm aus den Augen.

»Gott, ich danke dir«, murmelte er. Er versuchte, den Anblick zu verdrängen, aber er begleitete ihn, war ein integraler Bestandteil von ihm. Er schlug sich gegen die Schläfe, um zu überprüfen, ob er nicht doch noch träumte. Es war real.

Er stieg aus dem Bett und zog sich das Hemd aus, so daß er sich nackt im Spiegel betrachtete. Er hatte Angst, es zu berühren, aber es richtete sich von selbst auf, und der Trieb machte ihn fast verrückt. Er hob die Arme und bearbeitete mit den Fäusten die Decke.

»Großer Gott, allmächtiger Herr«, keuchte er. Er wäre am liebsten zur Tür hinausgelaufen und auf den Balkon getreten, um Gott-der-Schlachtenlenker zu beweisen, daß er jetzt ein richtiger Mann war, so befähigt wie jedermann, jede ihm gestellte Aufgabe zu bewältigen, einschließlich – gnädiger Gott! – der Gründung und Versorgung einer Familie.

Er konnte nicht länger an sich halten. Er riß die Tür des Appartements auf und rannte nackt nach draußen.

»Bei Gott!«

Er blieb mit gesträubten Nackenhaaren stehen und drehte sich um.

Sie stand an der Appartementtür und hatte die Haltung eines fluchtbereiten Tieres eingenommen. Sie war erst vierzehn oder höchstens fünfzehn und schlank, wobei eventuelle Rundungen unter einem pink- und orangefarbenen Sackkleid verborgen waren. Sie schaute ihn an, wie sie wohl ein tollwütiges Tier betrachtet hätte. So mußte er auch auf sie gewirkt haben. Sie wandte sich um und floh.

Geschlagen auf der Höhe seines Triumphes, stand er mit hängenden Schultern und flachem Atem da und schaute blinzelnd dem Schemen aus brünettem Haar und bloßen Füßen nach. Seine Erektion verwandelte sich in das morgendliche Bedürfnis zu urinieren. Er warf die Hände in die Luft, kehrte in das Appartement zurück und ging ins Bad.

Nach dem Frühstück konsultierte er den Info-Computer, wozu er sich auf einen unbequemen kleinen Stuhl hockte. Die Vorderseite des Gerätes wies grüne Lamellen auf, die sich bei seiner Annäherung öffneten. Sensorzellen starrten ihn an.

»Ich möchte wissen, was ich tun muß, um die Stadt zu verlassen«, formulierte er sein Anliegen.

»Warum willst du die Stadt verlassen?« Die Stimme war tiefer als die von Thinner, hörte sich ansonsten aber gleich an.

»Ich habe Freunde andernorts und ein Leben in der Vergangenheit, zu dem ich zurückkehren möchte. Ich habe hier nichts zu suchen.«

»Du hast die ganze Vergangenheit hier, unendlich viele Dinge zu lernen.«

»Ich möchte einfach nur weg.«

»Du kannst jederzeit gehen.«

»Wie?«

»Das ist allerdings ein Problem. Nicht alle Systeme von Mandala kooperieren mit dieser Einheit ...«

»Welcher Einheit?«

»Ich bin der Architekt. Das System basiert auf Routinen, die vor tausend Jahren implementiert wurden. Du kannst gern versuchen, die Stadt zu verlassen – wir würden sicher nicht versuchen, dich aufzuhalten –, aber es könnte schwierig werden.«

Eine Minute lang trommelte Jeshua mit den Fingern auf dem Rechner herum.

»Was meinst du damit, der Architekt?«

»Die Einheit, die konstruiert wurde, um die Errichtung der Gebäude der Stadt zu planen und zu koordinieren.«

»Könntest du Thinner veranlassen, herzukommen?«

»Die Thinner-Einheit wird gerade restauriert.«

»Ist er ein Teil des Architekten?«

»Ja.«

»Wo befindest du dich?«

»Wenn deine Frage darauf gerichtet ist, ob ich einen

festen Standort habe: Ich habe keinen. Ich bin ein
von Mandala.«

»Kontrolliert der Architekt Mandala?«

»Nein. Nicht alle Einheiten der Stadt stehen mit dem Architekten in Verbindung. Nur wenige.«

»Die Cyborgs wurden von dem Architekten erschaffen«, mutmaßte Jeshua.

»Ja.«

Jeshua trommelte erneut mit den Fingern, stand dann vom Computer auf und verließ das Appartement. Er ging auf die Terrasse, schaute über die Ebene und knirschte frustriert mit den Zähnen. Ihm schien gerade etwas höchst Bedeutsames zu entgehen.

»He.«

Er schaute auf. Das Mädchen war auf der Terrasse zwei Ebenen über ihm und hatte die Ellbogen auf das Geländer gelegt.

»Es tut mir leid, daß ich dich erschreckt habe«, entschuldigte er sich.

»Dat ich, hast nit schreckt. Bissken Schock, aber dat alles lausig immer gleich, für immer dat sie fort gezz. He, ich hab Warnung für dich.«

»Was? Eine Warnung?«

»Sie haben Späher hier, zwisch'n Mandala un' wer sie gebaut.«

»Ich verstehe nicht.«

»Nix comprende? Hör mir gut zu, wie all dat z'sammhängt. Dat sie, wurde getragen von Polis, als dat sie bewegen, Woch od'r zwei vorher. War nit lustig. Gehen un' getragen werden, war ich. Nit lustig.«

»Die Stadt hat sich bewegt? Warum?«

»Um den Teil hinner sich zu lasse, den sie Erbauer nennen.«

»Den Architekten? Du meinst, Thinner und die Informations-Computer?«

»Un' auch die Körper, die verletzt sind.«

verstand Jeshua. Es existierten in Man- ...tens zwei konkurrierende Fraktionen – die ... etwas innerhalb der Stadt, das sich als ... bezeichnete.

...kann ich mit der Stadt sprechen?«

»Die Polis nit sprech.«

»Warum will der Architekt uns hier haben?«

»Weiß nit.«

Jeshua massierte sich den Nacken, um einem Krampf vorzubeugen. »Kannst du herkommen und mit mir sprechen?«

»Nein, jetzt bist du voller Mann … zu stark für dat mich, zu groß. Nit fick.«

»Ich werde dir nichts tun. Ich habe schon die ganze Zeit so gelebt – werde es auch noch etwas länger aushalten.«

»Ups!« Sie zog sich vom Geländer zurück.

»Warte!« rief Jeshua. Er drehte sich um und erblickte Thinner, der sich wieder im Besitz seiner vollen Körperlichkeit befand und an der abgerundeten Ecke der Eingangshalle lehnte.

»Du hast also mit ihr sprechen können«, konstatierte Thinner.

»Ja. Hat mich doch neugierig gemacht. Und der Informations-Computer.«

»Haben wir erwartet.«

»Dann kann ich also ein paar Antworten bekommen?«

»Natürlich.«

»Warum bin ich hierhergebracht worden – um mit dem Mädchen zu schlafen?«

»Guter Gott! Nein.« Thinner bedeutete ihm zu folgen. »Ich befürchte, daß du dich inmitten eines sich zuspitzenden Kampfes befindest. Die Stadt lehnt alle Menschen ab. Aber der Architekt weiß, daß eine Stadt nicht ohne Menschen auskommt. Alles andere wäre eine Farce.«

»Wir wurden wegen unserer Sünden ausgestoßen«, meinte Jeshua.

»Das ist unangenehm, aber weniger für dich als für uns. Der Architekt hat die Stadt anhand der von Menschen vorgegebenen Spezifikationen errichtet – aber jeder gute Konstrukteur müßte es erkennen, wenn ein Programm eine latente Psychose aufweist. Ich befürchte, daß die Welt dadurch um einige Jahrhunderte zurückgeworfen wurde. Der Architekt wurde erschaffen, um die Errichtung der Städte zu leiten. Mandala war die erste Stadt, und wir wurden hier stationiert, um die Bauleitung zu entlasten. Aber jetzt ist uns jegliche Kontrolle entglitten. Nach einem Jahrhundert der Bautätigkeit und erfolgreicher Erprobung haben wir die städtischen INST-Computer auf Gemeinschaftskontrolle umprogrammiert. Wir schleiften die alten Städte, als es genügend neue gab, in denen das Volk von Gott-der-Schlachtenlenker Unterkunft finden konnte. Die Probleme kamen erst dann auf, als alle lebenden Städte in einen umfassenden Plan integriert wurden. Sie fingen an, ›Notenkonferenzen‹ abzuhalten, in einer Art Lautsprache.«

»Sie waren der Ansicht, daß die Menschlichkeit abnahm.«

»Einfach ausgedrückt. Eine der ursprünglichen Direktiven der Städte besagte, daß sozial schädliche Menschen – solche, die nicht gemäß ihrem Glauben als Juden oder Christen lebten –, entweder zu läutern oder zu vertreiben waren. Die Städte registrierten ständig alle menschlichen Aktivitäten und Geisteshaltungen. Nach wenigen Jahrzehnten gelangten sie zu der Erkenntnis, daß auf die eine oder andere Art jeder ein Sozialschädling war.«

»Wir sind alle Sünder.«

»Hier entlang«, dirigierte Thinner. Sie erreichten den um den Zentralschacht verlaufenden Rollsteig und betraten ihn. »Die Städte waren nicht imstande, das menschliche Gleichgewicht von Gut und Böse zu realisieren. Als das Problem erkannt wurde, war es bereits zu spät. Die Städte gingen auf Notversorgung und isolierten sich, weil jede Stadt meldete, daß sie nur von Asozialen bevölkert wurde. Die Vernetzung zwischen ihnen wurde nie wieder hergestellt. Nur Menschen wären in der Lage, die interurbanen Verbindungen zu reaktivieren.«

Jeshua musterte Thinner skeptisch und versuchte, den Wahrheitsgehalt der Geschichte zu ergründen. Das war ein harter Brocken – tausend Jahre Selbstanklagen und Elend, nur wegen einer schlampigen Konstruktion! »Warum sind die Schiffe vom Himmel verschwunden?«

»Diese Welt war an einen Kolonialvertrag gebunden und wurde nur solange unterstützt, wie sie auch etwas produzierte. Die Produktion ging indessen drastisch zurück, so daß kein Gewinn mehr erzielt wurde, die Kosten und Gefahren eines weiteren Kontaktes jedoch stiegen. Es gab hier Dutzende Millionen verzweifelter Menschen. Irgendwann wurde Gott-der-Schlachtenlenker dann als Verlust abgeschrieben.«

»Dann waren wir also keine Sünder und haben nicht gegen die Gebote Gottes verstoßen?«

»Nicht mehr als jedes andere Lebewesen.«

Jeshua spürte, wie langsam Haß ihn ihm aufkeimte. »Es gibt noch andere, die das erfahren müssen«, sagte er.

»Tut mir leid«, erwiderte Thinner. »Du mußt zunächst einmal hierbleiben. Wir werden später gehen.«

»Ich will aber kein Gefangener sein«, sträubte Jeshua sich.

»Das ist keine Frage der Gefangenschaft. Die Stadt bereitet sich auf einen neuen Zug vor. Sie hat versucht, sich des Architekten zu entledigen, aber ohne Erfolg – sie wird es nie schaffen. Es würde nämlich einer Direktive hinsichtlich der Integrität der Stadt zuwiderlaufen. Und dagegen würdest auch du verstoßen, wenn du jetzt versuchtest zu gehen. Was auch immer direkt vor einer Wanderung zum Inventar der Stadt gehört, wird katalogisiert und von Observierungseinheiten sorgfältig bewacht.«

»Wie könntet ihr mich überhaupt aufhalten?« fragte Jeshua mit einem Gesichtsausdruck, als ob er auf einem unnachgiebigen Stück Stahl herumhämmerte. Er entfernte sich vom Schachtausgang und fragte sich, was Thinner jetzt wohl unternehmen würde.

Der Boden warf sich auf, und er fiel auf Hände und Füße. Braunes und grünes Lametta kroch sich windend und krümmend über eine Wand in der Nähe. Die Wand neigte sich, erzitterte wie im Todeskampf und kippte dann um. Die daran anschließenden Sektionen taten es ihr nach, bis ein modularer Raum sich selbst desintegriert hatte. Sein Inventar wurde von wuselnden Kleiderständern ordentlich verpackt, die jeder über eine Reihe Arme und ein stabileres Gestell für Lasten verfügten. In der gesamten Peripherie des Zentralschachtes wurden Wände demontiert und Räume abgebaut. Thinner kniete sich neben Jeshua auf den Boden und schlug ihm auf die Schulter.

»Du folgst am besten dieser Einheit und gehst den Problemen hier aus dem Weg. Ich kann dir sicheres Geleit garantieren, bis die Stadt sich rekonfiguriert hat.«

Jeshua zögerte, und als er dann aufschaute, sah er einen trägerartigen Bogen, der Seile aus einer grünen Masse ausstieß wie eine Seidenraupe. Die Seile schlangen sich durch Ösen in der gegenüberliegenden Wand, wodurch der Bogen sich absenken konnte. Jeshua erhob sich auf dem unruhigen Boden und folgte Thinner.

»Das sind nur Vorbereitungsarbeiten«, erläuterte Thinner, während er ihn in den Cyborg-Raum lotste. »In ein paar Stunden wird sich die große strukturelle

Einheit demontieren, dann die Wände, die Decken- und Bodenplatten, zuletzt der Rest. Heute abend wird die ganze Stadt mobil gemacht haben. Das Mädchen wird in wenigen Minuten hier sein – ihr könnt zusammen reisen, wenn ihr wollt. Diese Einheit wird dich instruieren, wie du die Rekonfiguration der Stadt unbeschadet überstehst.«

Aber Jeshua verfolgte andere Pläne. Er befolgte Thinners Anweisungen und legte sich wie ein Cyborg in ein Regal, wobei er sich versteifte, als das Mädchen zu einer anderen Tür hereinkam und sich in seiner Nähe niederlegte. Er schwitzte heftig, und der Geruch seiner Angst verursachte ihm Übelkeit.

Das Mädchen schaute ihn scheu an. »Du weißt, wat dir b'vorsteht?« fragte sie.

Er schüttelte den Kopf.

Die Klappen am Regal schlossen sich und arretierten ihn in einer unbequemen, aber sicheren Position. Er verhielt sich ruhig. Der Raum desintegrierte sich. Platten unter den Regalen zogen sich zurück, und Räder fuhren aus. Bebend vor neuer Energie erhoben sich die Regale und rollten ihre Fracht hinaus.

Die Regale formierten sich zu einer langen Kolonne und rollten durch eine Halle, die mit wuselnden Maschinen angefüllt war. Hinter ihnen demontierte die Halle sich mit frisch ausgestoßenen Seilen, frisch gesprossenen Greifarmen und Füßen, Rädern und Ketten.

Es war ein Tanz. Mit der Präzision einer Blume, die sich für die einsetzende Nacht schließt, schrumpfte die Stadt, kapselte sich ein, legte sich flach zusammen und wurde auf Kreaturen mit breiten Ketten und unergründlichen jadegrünen Augen verladen. Die Regale wurden auf Anhängern verstaut, die wie flache Spinnen aussahen, deren lange, vielgelenkige Beine sich in einem fließenden Rhythmus auf und ab bewegten. Hundert Spinnen wie diese transportierten die übrigen Regale, und eine Choreographie aus Tausenden von Zugmaschinen, Robotern, organischen Kränen und monströsen Cyborgs wartete in konzentrischen Kreisen um Mandala. Südlich der schneebedeckten Gipfel von Arat zog ein Unwetter auf. Während der Tag verstrich und Mandala sich demontierte, zog die graue Front schnell näher und stand schließlich über der Stadt. Eine Wolkenbank streifte die sich zerlegenden oberen Ebenen. Regen fiel auf die Reihen der mechanischen und halborganischen Maschinen, und der Boden färbte sich dunkel mit Schlamm und zertrampelter Vegetation. Aus den Rücken der spinnenartigen Anhänger wuchsen transparente Häute, die an starren Schaumstoffrohren befestigt waren. Thinner krabbelte zwischen den Regalen hindurch und kam auf Jeshua zu, der bereits steif und wundgelegen war.

»Wir haben das Mädchen freigelassen«, meldete Thinner. »Sie hat gar keine andere Möglichkeit, als mit uns zu gehen. Wirst du versuchen, zu verschwinden?«

Jeshua nickte.

»Das wird dir nur Schwierigkeiten einbringen. Aber ich glaube nicht, daß dir etwas geschehen wird.« Thinner schlug auf das Regal, und die Klappen schwangen weg. Dunkelheit sperrte das Unwetter aus. Durch die Haut des Anhängers konnte Jeshua sehen, daß die Stadt-Teile und Fahrzeuge eine Innenbeleuchtung einschalteten. Der strömende Regen verzerrte die Lichter zu gezackten Tupfern und Balken. Er streckte Arme und Beine aus und zuckte zusammen.

Eine große Zugmaschine, deren Front aus einem stumpfen Kegel bestand, näherte sich rumpelnd dem Anhänger und koppelte ihn an. Durch den Anhänger ging ein Ruck, und er setzte sich in Bewegung. Der Marsch auf den pumpenden Beinen mit dem Umfang eines Menschen verlief erstaunlich ruhig. Mandala wanderte durch Nacht und Wind.

Am nächsten Morgen hatten sie ihr Ziel erreicht.

Jeshua lüpfte das Verdeck des Anhängers und sprang in den Matsch. Er hatte auf dem Marsch kaum geschlafen, sondern darüber nachgedacht, was geschehen war und was er erfahren hatte. Er verspürte keine Demut und Scham mehr.

Er betrachtete die Städte nun nicht mehr als verlorene Paradiese. Sie kamen ihm jetzt irgendwie selbstgefällig vor. Sie waren selbst nicht perfekt. Er spuckte in den Schlamm.

Aber die Stadt hatte ihn wieder geheilt. Wem hatte er das eher zu verdanken: dem Architekten oder Mandala selbst? Er wußte es nicht, und im Grunde interessierte es ihn auch nicht. Er war verarztet worden, wie jede Einheit in Mandala behandelt worden wäre, automatisch und effizient. Er erfreute sich seiner neuen Kraft, verspürte aber keine Dankbarkeit. Es hätte ihm als ein seit zehn Jahrhunderten existierendes Geburtsrecht ohnehin zugestanden. Es war ihm aufgrund von Inkompetenz vorenthalten worden – und aufgrund dessen, was man als vorsätzliche Betriebsblindheit der Städte bezeichnen mochte.

Er konnte das nicht als ewig fortzuschreibenden Irrtum hinnehmen. Seine Leute waren nämlich durchaus mit Begriffen wie freier Wille und Verantwortlichkeit vertraut.

Das Gewirr aus Fahrzeugen und Stadt-Teilen verhielt sich nun ruhig, als ob es sich vor der kommenden Anstrengung der Rekonfiguration ausruhte. Es war neblig, und es lag eine Schwüle in der Luft, die ihn niederdrückte.

»Wohin gehst du?«

Er drehte sich wieder zum Anhänger um und sah das Mädchen unter der Haut hervorschauen. »Ich versuche zu verschwinden«, sagte er. »Ich gehöre nicht hierher. Niemand gehört hierher.«

»Hör zu. Ich sag dem einen, T-*Th*inner, er mich dat

lehren… mich lehren zu sprech wie dat du. Wenn du kommst zurück, ich werden wissen.«

»Ich habe aber nicht vor, zurückzukommen.« Er musterte sie. Sie trug noch dieselbe Kleidung wie bei ihrer ersten Begegnung, aber damals war sie noch von einem Hüftgürtel zusammengehalten worden. Er atmete tief durch und trat einen Schritt zurück, wobei seine Sandalen in den Schlick einsanken.

»Ich weiß nicht, du bist… wer du bist… aber wenn Th-Thinner dich gebracht hat, mußt du ein guter Mensch sein.«

Jeshua machte große Augen. »Warum?«

Sie zuckte die Schultern. »Dat weiß ich eben.« Sie sprang vom Anhänger und hangelte sich an einem regennassen Bein hinab. Schlamm spritzte auf ihre nackten weißen Waden.

»Wenn du, dat ich, dachte… dachte du wärst schlecht, ich hatte erwart', du schlagst mich. Aber du nit schlagst. Sogar gedacht, du nit fickt.« Ihre antrainierte Redeweise bröckelte ab, und sie lachte nervös. »Ich ihnen von dir erzähl. Über dein Problem.« Sie schaute ihn neugierig an. »Wie fühlst du jetzt?«

»Lebendig. Und ich weiß nicht genau, ob ich mich nicht vielleicht doch in Gefahr befinde. Ich mußte mich nämlich noch nie zuvor beherrschen.«

Das Mädchen musterte ihn kokett von Kopf bis Fuß. »Mandala, ist nicht ganz schlecht, nicht ganz gut«, befand sie. »Hat sich um dich gekümmert. Dat ist gut, oder wat?«

»Wenn ich wieder nach Hause komme«, sagte Jeshua schwer atmend, »werde ich meinen Leuten sagen, daß wir die Städte zerstören sollten.«

Das Mädchen runzelte die Stirn. »Wie runternehmen?«

»Stück für Stück.«

»Zuviel zu tun. Niemand kann dat tun.«

»Es müssen nur genug Leute sein.«

»Nit gut zu tun von vorn'rein. Überhaupt nit.«

»Es ist ihre Schuld, daß wir jetzt wie Wilde leben.«

Neuerlich kletterte das Mädchen behende am Bein der Spinne hinauf und bedeutete ihm zu folgen. Er stand auf, postierte sich an der abgerundeten Kante des Rückens und sah zu, wie sie mit ausgestreckten Armen zur Mitte des Fahrzeuges balancierte. »Schau dat«, sagte sie. Sie deutete auf die angetretenen Legionen von Mandala. Der Nebel verzog sich nun. Bahnen von Sonnenlicht kamen durch und markierten große Kreise auf der Ebene. »De Poleis, se sind einzig. Se sind die ...« Sie seufzte. »Se sind die schönste Sach, die wir je zusammengebaut haben. Wir sollten versuchen, se zu retten.«

Aber Jeshua war unerbittlich. Sein Gesicht glühte vor Zorn, als er die desintegrierte Stadt überflog. Er sprang von der Kante und landete in einer Schlammpfütze. »Wenn es dort keinen Platz für die Menschen gibt, dann sind sie nutzlos. Soll doch der Architekt versuchen, sie wieder unter Kontrolle zu bekommen. Ich habe wichtigere Dinge zu tun.«

Das Mädchen lächelte verhalten und schüttelte den Kopf. Jeshua stapfte zwischen den Fahrzeugen und Stadt-Teilen davon.

Das demontierte Mandala bedeckte die Ebene auf einer Fläche von mindestens dreißig Quadratmeilen. Jeshua orientierte sich an einer hohen Felsnadel und visierte einen Gipfel von Arat an. Er marschierte ungehindert eine halbe Stunde lang und stellte fest, daß die Konzentration von Stadt-Fragmenten, der er sich jetzt näherte, nicht mehr so dicht war. Gras sproß zwischen Fahrzeugspuren. Er legte einen Schlußspurt ein und befand sich dann am Stadtrand von Mandala. Er atmete tief durch und schaute sich um, ob ihm jemand oder etwas folgte.

Er hatte noch immer den Knüppel. Er wog ihn in der

Hand und inspizierte ihn gründlich, wobei er überlegte, was er damit anfangen sollte, wenn man ihn belästigen würde. Er hängte ihn wieder in den Gürtel, nachdem er zu dem Schluß gekommen war, daß er ihn auf dem langen Weg zurück zu seiner Expolis wohl noch benötigen würde. Hinter ihm setzten sich die Formationen der Fahrzeuge und Stadt-Teile ruckend in Bewegung. Mandala rekonfigurierte sich wieder. Jetzt war der beste Zeitpunkt zur Flucht.

Er rannte los. Wegen des hohen Grases konnte er nicht sehr schnell laufen, aber er hetzte dennoch weiter, bis er über eine Bodenerhebung stolperte und hinfiel. Er stand wieder auf, rieb sich den Knöchel, diagnostizierte keine Schäden und setzte seinen unbeholfenen Lauf fort.

Nach einer Stunde legte er im Schatten einer Baumgruppe eine Rast ein. Er lachte still vor sich hin. Die Sonne schien sengend auf die Ebene, und das Gras flimmerte golden in der Hitze. In einer Vertiefung in einem Felsen war eine kleine Pfütze, aus der er trank. Dann machte er ein Schläfchen.

Er wurde von einem Schuh geweckt, der ihm sachte in die Rippen trat.

»Jeshua Tubal Iben Daod«, sagte eine Stimme.

Er rollte sich auf den Rücken und sah in das Gesicht von Sam Daniel dem Katholiken. Zwei Frauen und ein weiterer Mann sowie drei Kinder waren hinter ihm und suchten sich einen Platz im tiefsten Schatten.

»Hast du dich in der Wildnis abreagiert?« fragte der Katholik. Jeshua setzte sich auf und rieb sich die Augen. Er hatte nichts zu befürchten. Der Kommandeur der Wache war hauptberuflich unterwegs – er befand sich auf einer Expedition und nicht auf einer Verfolgungsjagd. Und außerdem war Jeshua ohnehin auf dem Rückweg zur Expolis.

»Ich habe mich wieder beruhigt, danke«, meinte

Jeshua. »Ich entschuldige mich für meine Handlungsweise.«

»Es sind gerade erst zwei Wochen vergangen«, sagte Sam Daniel. »Hat sich seitdem denn so viel geändert?«

»Ich …« Jeshua schüttelte den Kopf. »Du wirst es sicher nicht glauben.«

»Du kommst aus der Richtung der wandernden Stadt«, stellte der Katholik fest und setzte sich auf den weichen Lehmboden. Er bedeutete dem Rest der Truppe, zu rasten und sich zu entspannen. »Etwas Interessantes dort gesehen?«

Jeshua nickte. »Warum seid ihr denn so weit draußen?«

»Aus gesundheitlichen Gründen. Und um die westlichen Bezirke der Expolis Kanaan aufzusuchen, wo meine Eltern jetzt leben. Meine Frau leidet an einer schlimmen Lungenerkrankung – ich vermute, daß es sich um eine allergische Reaktion auf die neue Sorghum-Sorte handelt, die auf den Bergterrassen oberhalb von Bethel-Japhet angebaut wird. Wir werden erst nach der Ernte wieder zurückgehen. Hast du dich in anderen Dörfern in der Nähe aufgehalten?«

Jeshua schüttelte den Kopf. »Sam Daniel, ich habe dich schon immer für einen vernünftigen und ehrenwerten Mann gehalten. Wirst du dir meine Geschichte unvoreingenommen anhören?«

Der Katholik überlegte zunächst und nickte dann.

»Ich bin im Innern der Stadt gewesen.«

Er hob die Augenbrauen. »In der auf der Ebene?«

Jeshua erzählte ihm den größten Teil der Geschichte. Dann erhob er sich. »Ich möchte dich unter vier Augen sprechen. Ohne die anderen. Ich habe einen Beweis.«

Sam Daniel folgte Jeshua hinter die Felsen, und dieser enthüllte zögernd seinen Beweis. Sam Daniel machte große Augen. »Ist der echt?« wollte er wissen.

Jeshua nickte. »Faß ihn an.«

Sam befühlte ihn und war gebührend beeindruckt. »Sehr gut.«

»Ich bin wiederhergestellt. Ich kann nun nach Bethel-Japhet zurückkehren und ein normales Mitglied der Gemeinde werden.«

»Niemand ist zuvor in einer Stadt gewesen. Seit Menschengedenken nicht.«

»Es gibt mindestens noch eine zweite Person, ein Mädchen. Sie gehört zu den Stadt-Jägern.«

»Aber die Stadt hat sich doch selbst zerlegt und ist losmarschiert. Wir mußten unseren Weg ändern, um sie zu umgehen und den ihr folgenden Hooligans auszuweichen. Wie kann jemand in einer Stadt leben, die sich wieder neu zusammensetzt?«

»Ich habe ihre Demontage überlebt. Es gibt durchaus Möglichkeiten.« Und er berichtete vom Architekten und seinen Nebenstellen. »Ich mußte mich enorm anstrengen, um überhaupt zu begreifen, was ich erlebt habe«, sagte er. »Aber ich bin zu einem Schluß gekommen. Wir gehören nicht in die Städte, genauso wenig wie sie uns verdient haben.«

»Unsere Schande ist in ihnen.«

»Dann müssen sie zerstört werden.«

Sam Daniel sah ihn durchdringend an. »Das wäre Blasphemie. Sie sind da, um uns an unsere Sünden zu gemahnen.«

»Wir wurden nicht wegen unserer Sünden ins Exil geschickt, sondern wegen dessen, was wir sind – menschliche Wesen! Würdest du denn einen Hund vor die Tür setzen, nur weil er während des Passahfestes jagen will – oder zur Fastenzeit? Warum sollte dann eine Stadt ihre Bewohner nur wegen ihrer Gedanken vertreiben? Oder wegen der Handlungen einer Minderheit? Die Moral, auf der sie errichtet wurden, ist zu starr, um alltagstauglich zu sein. Sie sind schlimmer als der herzloseste Priester oder Richter, wie kleine Kinder in ihrer Selbstgerechtigkeit. Sie haben uns ohne Not leiden lassen. Und solange es sie gibt, erinnern sie uns an eine Minderwertigkeit und Schuld, die keine sind! Wir sollten sie einreißen und den Boden mit Salz bestreuen.«

Nachdenklich rieb sich Sam Daniel die Nase zwischen zwei Fingern. »Das läuft allem zuwider, wofür die Expolis stehen«, meinte er. »Die Städte sind perfekt. Sie sind autonom, und wenn sie selbstgerecht sind, dann steht es ihnen auch zu. Gerade du solltest das doch wissen.«

»Du hast nicht verstanden«, sagte Jeshua und lief dabei hin und her. »Sie sind eben nicht perfekt, nicht ewig. Sie wurden von Menschen errichtet...«

»Papa! Papa!« schrie da ein Kind. Sie rannten zu der Gruppe zurück. Eine riesige schwarze Zugmaschine mit einem eckigen, vogelähnlichen Kopf und fünf Armen hockte leise tickend bei den Bäumen. Sam Daniel versammelte seine Familie im Mittelpunkt des Wäldchens und schaute Jeshua gleichermaßen furchtsam und zornig an. »Ist es wegen dir gekommen?«

Er nickte.

»Dann geh mit ihm.«

Jeshua trat nach vorne. Er sah den Katholiken nicht an, als er zu ihm sprach: »Sag ihnen, was ich dir gesagt habe. Sage ihnen, was ich getan habe, und was in meinen Augen getan werden muß.«

Ein Junge stöhnte leise.

Die Maschine hob Jeshua vorsichtig mit einem mandibelbewehrten Arm in die Höhe und setzte ihn auf ihrem Rücken ab. Dann wendete sie, wobei Schmutz und Gras aufspritzten, und nahm lautlos wieder Kurs über die Ebene auf Mandala zu.

Als sie ankamen, hatte die Stadt ihre Rekonfiguration fast abgeschlossen. Ihr Erscheinungsbild war das gleiche wie vor der Demontage, kam ihm nun aber häßlich vor. Er bevorzugte die menschliche Asymmetrie von Steinhäusern und Mauern. Ihre Geräusche verursachten ihm Übelkeit. Dieses Gefühl verstärkte sich wie der Dampfdruck in einem Kessel, und seine Muskeln verspannten sich wie eine Schlange, die kurz vor dem Zubeißen stand.

Die Maschine setzte ihn auf der untersten Ebene der Stadt ab. Dort wurde er schon von Thinner erwartet. Jeshua sah das Mädchen auf einer Plattform bei der kreisförmigen Konstruktion im Schacht warten.

»Laß dir eins sagen: wir hatten nichts mit dieser Rückholaktion zu tun«, versicherte Thinner.

»Laßt euch eins sagen: auch ich hatte nichts mit meiner Rückkehr zu tun. Wo werdet ihr mich diese Nacht einschließen?«

»Nirgends«, erwiderte Thinner. »Du kannst dich frei in der Stadt bewegen.«

»Und das Mädchen?«

»Was soll mit ihr sein?«

»Was erwartet sie?«

»Du bist ziemlich unlogisch«, kommentierte Thinner.

»Erwartet sie, daß ich bleibe und das Beste aus der Sache mache?«

»Frage sie doch selbst. Wir kontrollieren sie nämlich auch nicht.«

Jeshua ging an den Cyborgs vorbei und marschierte über die runde Konstruktion, die jetzt wieder verzerrt war. Das Mädchen sah ihn beim Näherkommen unverwandt an. Er blieb unter der Plattform stehen und schaute zu ihr hoch, wobei er die Fäuste in die Hüften stemmte.

»Was willst du an diesem Ort?« fragte er.

»Freiheit«, antwortete sie. »Wählen können, was ich bin und wo ich bin.«

»Aber die Stadt läßt dich nicht gehen. Du hast gar keine Wahl.«

»Doch, ich kann die Stadt verlassen, wann immer ich will.«

»Sobald die Stadt sich völlig rekonfiguriert hat, kannst du auch wieder gehen«, rief Thinner durch die Halle. »Das Inventar wird nur während der Wanderung beaufsichtigt.«

Jeshua ließ die Schultern hängen, und seine Gereiztheit ließ nach. Es gab jetzt nichts, was er hätte bekämpfen können, zumindest nicht im Moment. Dennoch blieben die Fäuste geballt.

»Ich bin durcheinander«, sagte er.

»Bleib noch bis zum Abend«, empfahl sie ihm. »Dann werden sich deine Gedanken wieder klären.«

Er folgte ihr zu seinem Appartement in der Nähe des Scheitelpunktes der Stadt. Die Räumlichkeiten hatten sich nicht verändert. Bevor sie sich dort von ihm verabschiedete, fragte er sie noch nach ihrem Namen.

»Anata«, sagte sie. »Anata Leucippe.«

»Fühlst du dich denn nicht einsam abends?« fragte er und stolperte über die Frage wie ein Kind in einem Stoppelfeld.

»Niemals«, entgegnete sie. Sie lachte und wandte sich halb von ihm ab. »Un' nun bin ich sicher dat, du bist nit vertrauenswürdig!«

Sie verabschiedete sich an der Tür. »Iß etwas!« rief sie von der Ecke der Eingangshalle. »Ich komme zurück, ungefähr um Mitternacht.«

Er lächelte und schloß die Tür, und dann ging er in die Küche, um sich eine Mahlzeit zuzubereiten.

Die Tatsache, daß er nun ein ganzer Mann war, ersparte ihm indessen nicht den Schmerz und die Angst der Einsamkeit, wie er jetzt wußte. Das letzte Anziehen der Daumenschrauben umfaßte im Grunde schon die Möglichkeit der Auslöschung. Er stiefelte umher wie ein Bär im Käfig, überlegte intensiv und kam dennoch zu keinem Ergebnis.

Gegen Mitternacht stand er kurz vor dem Explodieren. Er wartete auf der Panoramasektion der Terrasse, schaute ins Mondlicht, in dem Gott-der-Schlachtenlenker wie in Milch badete, und packte das Geländer mit einer Kraft, die Holz hätte splittern lassen. Er lauschte den Geräuschen der Stadt. Sie waren nicht mehr so beruhigend, wie er sie in Erinnerung hatte, weder synchron noch melodisch.

Anata erschien eine halbe Stunde später als angekündigt. Jeshua hatte mittlerweile so oft zwischen himmelhoch jauchzend und zu Tode betrübt geschwankt, daß er erschöpft war. Sie nahm ihn bei der Hand und ging mit ihm zu Fuß zum Zentralschacht. Sie stießen auf verborgene Wendeltreppen, gingen vier Ebenen tiefer und betraten eine breite Promenade, die den sich erweiternden Schacht umlief. »Das Laufband, es funktioniert noch nicht«, erklärte sie ihm. »Meine Sprache, sie wird besser. Ich bin am Lernen.«

»Es gibt keinen Grund, weshalb du so sprechen solltest wie ich«, sagte er.

»Es ist manchmal schwierig. Dat mir – ich kann nicht ein ganzes Leben von – von Sprache ablegen.«

»Deine Sprache ist schön«, sagte er nur halb aufrichtig.

»Ich weiß. Schöner. Lebendiger – oh… Aber…« Sie zuckte die Achseln.

Jeshua glaubte, daß er höchstens fünf oder sechs Jahre älter war als sie, alles andere als eine unüberwindliche Distanz. Er fuhr herum, als die Lichter der Stadt trüber wurden. Die Wände verloren ihr helles Glühen und produzierten statt dessen einen fahlen, lunaren Schimmer, wie die Nacht dort draußen.

»Dat isset, wozu ich dich hergebracht«, sagte sie. »Zu sehen.«

Die gespenstische lunare Lumineszenz ließ ihn erzittern. Abschnitte der Wände und des Bodens sponnen Lichtfäden zwischen ihnen, und aus den Fäden wuchsen Geister, die zuerst wie Luftspiegelungen schimmerten und sich dann zu transparenten Entitäten verfestigten. Sie setzten sich in Bewegung.

Sie kamen in Paaren, in Gruppen, in ganzen Scharen,

und unter ihnen befanden sich Kinder, Säugetiere, Vögel und Dinge, die er nicht identifizieren konnte. Sie bevölkerten die Promenade und die Terrassen, flanierten, unterhielten sich in hohen Flüstertönen, die er nicht verstand, sie lachten und schauten und waren lebendig, jedoch nicht in Jeshuas Zeit.

Sie waren nicht materiell, weder Roboter noch Cyborgs. Sie waren Bewußtseine aus den letzten zehn Jahrhunderten, und er verlor schnell jegliche Beherrschung, als er sah, wie sie sich ihm näherten und ihn einkreisten.

»Schsch!« machte Anata und ergriff seinen Arm, um ihn zu stützen. »Sie verletzen niemanden. Sie sind nit hier. Sie sind Träume.«

Jeshua verschränkte die Hände und zwang sich dazu, ruhig zu bleiben.

»Das ist die Stadt, so wie sie sein will«, sagte Anata. »Du willst die Polis töten, die Stadt, weil sie die Menschen aussperrt, aber schau – sie ist auch verletzt. Sie hat Sehnsucht. Was ist eine Stadt denn ohne ihre Menschen? Nur krank. Nit schlecht. Nit böse. Kannst doch keinen Kranken töten, oder?«

Jede Nacht, so sagte sie, ließ die Stadt die Vergangenheit wieder lebendig werden, und jede Nacht schaute sie zu.

Jeshua sah das Pseudo-Leben, die flüsternde Existenz einer Milliarde gespeicherter Bewußtseine, und seine Wut ließ langsam nach. Die Hände lösten sich voneinander. Jetzt, wo die Erkenntnis zwar noch nicht erfolgt war, sich aber in greifbarer Nähe befand, konnte er sich für den Augenblick nur eine noch größere Verwirrung attestieren.

»Es wird noch sehr lange dauern, bis ich das Geschehene vergeben kann«, sagte er.

»Das mir, auch.« Sie seufzte. »Als ich verheiratet war, fand ich heraus, daß ich keine Kinder haben konnte. Das konnte mein Mann nicht verstehen. Alle anderen Frauen in der Gruppe konnten Kinder bekommen. So ging ich in Schande und kam zu der Stadt, die ich immer verehrt hatte. Ich glaubte, es wäre die Stadt, die allein helfen könnte. Aber jetzt weiß ich nicht mehr. Ich will keinen Mann mehr, ich will warten, bis sie verschwindet. Sie ist zu schön, um sie zu verlassen, solange sie noch hier ist.«

»Verschwindet?«

»Die Städte, sie werden alt, und sie wandern«, sagte sie. »Nicht alle Dinge funktionieren hier mehr gut. Teile sterben. Bald wird alles sterben. Sogar solche wie Thinner, sie sterben. Der Raum ist voll von ihnen. Und es werden keine mehr hergestellt. Die Stadt ist zu alt, um sich zu erneuern. Also warte ich, bis die Schönheit vergangen ist.«

Jeshua betrachtete sie näher. Ihr linkes Auge wies einen Stich ins Weißliche auf. Das war vor einigen Stunden noch nicht dagewesen.

»Es ist Zeit zum Schlafengehen«, meinte sie. »Sehr spät.«

Er faßte sie zart an der Hand und führte sie durch die Phantome, die leere, aber volle Treppe hinauf und fragte sie dabei, wo sie lebte.

»Ich habe kein bestimmtes Zimmer«, antwortete sie. »Schlafe mal in diesem, mal in jenem. Aber wir können nicht dorthin zurück.« Sie blieb stehen. »Dort. Da. Kann nicht zurück.« Sie schaute zu ihm auf. »Dat mir, kannit sprech lausig von …« Sie hielt die Hand vor den Mund. »Ich vergesse. Ich habe gelernt aber nu – ich weiß nit …«

Ein Gefühl des Grauens ergriff langsam von ihm Besitz.

»Etwas läuft schief«, stellte sie fest. Ihre Stimme wurde tiefer, wie die von Thinner, und sie öffnete den Mund zu einem Schrei, brachte aber keinen hervor. Sie riß sich von ihm los und richtete sich auf. »Ich mache etwas falsch.«

»Zieh dein Hemd aus«, verlangte Jeshua.

»Nein.« Sie wirkte beleidigt.

»Es ist alles eine Lüge, nicht wahr?« fragte er.

»Nein.«

»Dann zieh das Hemd aus.«

Sie nestelte daran herum. Ihre Hände zitterten.

»Jetzt.«

Sie zog es sich über den Kopf und stand nackt da, mit vorgestreckten kleinen Brüsten, schmalen eckigen Hüften mit knochigen Grübchen und mit einem braunen Flaum auf den Genitalien. Sie hatte ein kreisförmiges Muster aus Narben auf der Brust. Die Narben wiesen schwarze Schmauchspuren auf, wie Asche. Wie die Asche auf seiner Brust – von einem Lagerfeuer, das nie existiert hatte. Einst waren sie beide markiert worden wie Thinner; Mandala hatte ihnen ihr Siegel eingeprägt.

Sie wandte sich auf der Treppe von ihm ab, wobei Phantome an ihr vorbei und durch sie hindurch schwebten. Er streckte den Arm aus, um sie festzuhalten, war aber nicht schnell genug. Ein Krampf lief durch ihr Bein, und sie stürzte, wobei sie sich wie eine Kugel zusammenrollte, die Treppe hinunter, kollidierte mit dem Geländer und prallte schließlich auf den Boden.

Er stand fast ganz oben und sah, wie ihre hellblaue Körperflüssigkeit, das rote Blut der Haut und das grüne Gewebe aus einem aufgerissenen Bein sickerten. Er befürchtete, verrückt zu werden.

»Thinner!« schrie er. Immer wieder rief er den Namen. Das lunare Glühen wurde intensiver, und die Phantome verschwanden. Die Echos seiner grellen Schreie brachen sich in den Hallen und Gewölben.

Der Cyborg erschien am Treppenaufgang und kniete sich hin, um das Mädchen zu untersuchen.

»Wir beide«, sagte Jeshua. »Beides Lügen.«

»Wir haben keine Ersatzteile für sie auf Lager«, sagte Thinner.

»Warum habt ihr uns zurückgeholt? Warum habt ihr uns nicht in Ruhe gelassen. Und warum habt ihr uns nicht einfach gesagt, was wir sind?«

»Bis vor einigen Jahren gab es noch Hoffnung«, sagte Thinner. »Die Stadt versuchte, die Programmierung zu korrigieren und ihre Einwohner zurückzuholen. Vor sechzig Jahren erteilte sie dem Architekten größere Vollmachten bei der Fehlersuche. Wir haben uns erschaffen – dich, sie, die anderen –, um unter die Menschen zu gehen und zu sehen, wie sie jetzt leben, damit die Städte ihren Bedürfnissen gerecht werden konnten. Und wenn wir dir das von vornherein schon gesagt hätten, würdest du uns denn geglaubt haben? Mit deiner Identität als Mensch warst du so davon überzeugt, daß keine andere Stadt dir Zugang gewähren würde als deine eigene. Dann setzten der Alterungsprozeß und die Krankheit ein. Der Versuch schlug schließlich fehl.«

Jeshua spürte die Narben auf der Brust und schloß die Augen, wobei er sich wünschte und hoffte, daß das alles nur ein Alptraum war.

»Als du noch ein junger Cyborg warst, hat David der Schmied das Zeichen entfernt, damit du als Mensch auftreten konntest. Dann hat er dich jedoch mit einem anderen Handikap versehen, so daß du eines Tages zurückkommen mußtest.«

»Mein Vater war wie ich.«

»Ja. Er trug auch die Narbe.«

Jeshua nickte. »Wieviel Zeit bleibt uns noch?«

»Ich weiß nicht. Die Stadt verliert die Erinnerungen, die sie für ihre Reproduktion braucht. Sie wird bald aufgeben müssen... weniger als ein Jahrhundert. Sie wird sich wie die anderen auf Wanderschaft begeben und sich vielleicht irgendwo einen Platz zum Sterben suchen.«

Jeshua entfernte sich von Thinner und dem Körper des Mädchens und ging durch eine Eingangshalle zu den Terrassen an der Stadtmauer. Er beschattete die Augen vor der im Osten aufgehenden Sonne und blickte zu Arat hinüber. Dort erkannte er die Stadt, die einst Mesa Canaan besetzt hatte. Sie hatte sich desintegriert und versuchte, das Gebirge zu überqueren.

»Kisa«, sagte er.

Viele Städte starben langsam. Sie lebten noch Jahre, Jahrzehnte, manche scheinbar aus schierer Willenskraft, andere aufgrund günstiger Umweltbedingungen. Wo auch immer sie sich befanden, verharrten die in ihrem Schatten lebenden Menschen in einer glorreichen Vergangenheit, die nie wiederkehren würde ... so glaubten sie, denn das Universum war ein rauher Ort, und Gottes Urteil war hart.

Aber nicht alle Exilanten erkannten dieses Urteil an.

Und auch nicht alle Städte, denn bei einigen vollzog sich das Sterben auf eine völlig unerwartete Art und Weise ...

Zweites Buch

3460 n. Chr.

WIEDERAUFER-
STEHUNG

Es war in der Mitte des Monats Tammuz; Dürre plagte das Land. Das Dorf Akkabar war in der Nähe des Zusammenflusses zweier Wasserläufe gelegen, die normalerweise schiffbar waren, in einer ansonsten öden und eintönigen Weite, wo einst ein einziger breiter Strom sich dem Meer entgegengewälzt hatte. Die Flüsse waren jetzt völlig ausgetrocknet. Einige Dörfler glaubten, daß der Grundwasserspiegel unter die Bohrtiefe der meisten Brunnen der Gemeinde gesunken war; andere hingegen interpretierten die Trockenheit als Strafe Allahs für eine Vielzahl von Sünden. Doch an wen konnte man seine Gebete um Vergebung noch richten? Sie hatten die Erde vor über tausend Jahren verlassen. Unter dem heißen blauen Himmel von Gott-der-Schlachtenlenker konnte sich niemand mehr an die Richtung erinnern, in der Mekka lag.

Die vierzigjährige Reah war eine vom Leben gebeutelte Lumpen- und Knochensammlerin. Sie hatte sich ganz bewußt dafür entschieden, dem Weg der Teufel zu folgen, der nur von Alpträumen und *ifrits* beschritten wurde, zu denen sie vielleicht auch gehörte: ein besonders gut getarnter *ifrit*. Allmählich bekam sie wieder einen klaren Kopf, und sie wühlte weiter im Müll herum. All das war in den letzten zehn Jahren eingetreten, nachdem ihr Mann und ihre Tochter in einem Brand umgekommen waren.

In der Stadt fiel nur wenig Abfall an. Da stand sie nun in ihrem schwarzen Mantel, mit zum Schutz vor dem Staub und der Sonne verschleiertem Gesicht, und blickte mit schwarzen Augen auf den gestapelten Felsenschutt, verdurstetes Vieh, zerbrochene Keramik, alte, zersplitterte Kisten und eine scharrende Katze. Ihre abgetragenen Sandalen schlurften unsicher über den zusammengebackenen Dreck. Sie drehte sich um und betrachtete das Nordtor von Akkabar. Von dem, was es hier gab, konnte sie nicht mehr leben. Die Leute produzierten nicht genügend Müll.

Sie schlurfte durch die Tore der Stadt und ging zwischen schläfrigen Wachen hindurch, die zu müde waren, um sie zu treten. Sie konnte den Durst an einem der wenigen öffentlichen Wasserhähne stillen, die noch aktiv waren, aber der Hunger nagte in ihr. Mit dem letzten Rest ihres Verstandes wartete sie auf das Einsetzen der Dämmerung, zog sich auf dem vom Mondlicht beschienenen leeren Platz aus und wusch ihre einzige Kutte, bis sie ansehnlich genug wirkte, um sich als arme Witwe ausgeben zu können. Sie arrangierte die Kapuze und den Schleier so, daß ihr struppiges Haar darunter verborgen wurde. Am Rande des Marktes wartete sie auf den Morgen.

Nachdem die Händler ihre Stände aufgebaut hatten, spazierte sie zwischen den Reihen hindurch und erweckte den Anschein, die halbvollen Körbe mit landwirtschaftlichen Erzeugnissen zu begutachten. Mit Fliegenklatschen bewaffnete Jungen beobachteten sie mit zu Schlitzen verengten Augen, als sie mal diese, mal jene verschrumpelte Frucht inspizierte. Als sie glaubte, daß die Jungen mal etwas unaufmerksam waren, schob sie eine Hand in den Ärmel und ergriff eine halbverfaulte Orange. Als die Hand wieder zum Vorschein kam, war sie leer.

Sie hatte drei Früchte ergattert und hielt nach der günstigsten Fluchtroute Ausschau, als der Aufseher des Marktplatzes wie ein Dschinn aus dem Staub vor ihr auftauchte. »Wer bist du, Frau?« fragte er. Sie schaute auf und schüttelte den Kopf. »Du weißt, was es bedeutet, zu stehlen?«

Reah wandte sich ab und wollte wegschlurfen. Der Aufseher packte sie am Arm, woraufhin eine Orange aus dem Ärmel kullerte. Einer der Jungen lachte und hob die Frucht auf. »Es sind harte Zeiten«, wußte der Aufseher. »Wir müssen alle essen.« Reah schaute ihn hoffnungsvoll an. »Wer stiehlt, stiehlt das Essen aus dem Munde unserer Kinder. Ist dir das klar?« Sein Gesicht rötete sich, und der Blick schweifte in die Ferne. Eine innere Wut wallte in ihm auf, und weder Reahs demütige Haltung noch ihre ängstlichen Augen konnten ihn besänftigen.

»Dieben hackt man die Hand ab«, grummelte er. »So steht es geschrieben, *billah!* So hatten unsere Väter es vor langer Zeit gehalten. Aber in unserem Elend und im Exil haben wir diese Gesetze vergessen. Nun ist es an der Zeit, sich ihrer wieder zu erinnern!«

Reah schüttelte erneut den Kopf und traute sich nicht, etwas zu sagen.

»Ich habe letzte Woche hier einen Dieb steinigen lassen!« rief der Aufseher und hob die Hand. Er schlug ihr auf den Kopf, und sie fiel in den Staub. »Brüder, hier ist eine Diebin! Eine Ausgeburt von *Iblis*, eine Lebensmitteldiebin!«

Die morgendlichen Einkäufer versammelten sich um sie. Reah sah kein Mitleid in ihren Augen. Sie stand auf und hob trotzig die Hände, wiegte sich hin und her und versuchte, sie mittels ihrer Kraft zu vertreiben. Sie würde ihnen helfen, sich mit einem *Ifrit* anzulegen.

Ein Stein flog aus dem Kreis und traf sie im Rücken. Sie vergaß ihre Angst und den Hunger und rannte los. Die Menge folgte ihr wie ein einziges wildes Tier. Sie wich einem Stein aus, stieß gegen einen langsam dahinrollenden Wagen und stürzte zu Boden. Die Menge umstellte sie erneut. Sie sah die unter den Kutten nach ihr tretenden Beine und hörte Glocken. Eine Vielzahl läutender Bronzeglocken umgab sie, die wie Insekten summten. In der Menge erkannte sie einen Mann mit einem strengen Gesicht, einen Muezzin vielleicht, der aber noch Teil der Masse war, mit gnadenlosen glasigen Augen, mit leicht nach oben gerichtetem Kopf, gen

Himmel schauend, einen Stein in der Hand. Er hob die Hand.

Sie erhob sich und klammerte sich an ihn. »Ich stelle mich unter Euren Schutz«, sagte sie mit rauher Stimme. »Niemand darf mir das verwehren.«

Er schaute auf sie herab, und der Pöbel hielt inne. Sein Blick wurde klar, und er murmelte Flüche vor sich hin.

»*Ullah yáffuk'ny minch!*« rief der starke Mann. Nur ein Muezzin oder ein Gelehrter beherrschte die alte Sprache so gut.

»Es ist Allahs Wille«, flüsterte sie, wobei ihre Augen ihn in ihren Bann zogen. »Du kannst dich nicht weigern.«

Der Mann schüttelte den Kopf und hielt die Menge zurück mit erhobener Hand. So verlangte es der Brauch – er konnte jemanden, der bei ihm Schutz suchte, nicht zurückweisen. Sie stand jetzt unter seinem Schutz, und sein Glaube verpflichtete ihn dazu, Schaden von ihr zu wenden, zumindest fürs erste. Die Menge umkreiste sie unruhig. Reah blickte über seine Schulter auf die Steine und Hände und kalten Gesichter. »Wölfe«, sagte sie. »Ich werde vor Wölfen davonfliegen.«

»Halt«, sagte der Mann. »Sie ist nicht bei Verstand. Es ist nicht recht, eine Kranke zu steinigen ...«

»Auch eine Kranke muß das Gesetz respektieren«, wandte der Aufseher ein. Sie schaute zum Gesicht des starken Mannes auf.

»Er hat recht«, konzedierte dieser. »Du mußt die Stadt verlassen, oder sie werden dich steinigen.«

Sie nickte. Die nächste Stunde hatte keinen großen Erinnerungswert für sie. Nur die Schöpfkelle mit Wasser, die Aushändigung eines Säckchens mit trockenem Brot und ein paar Feigen, die Tasse *Leban* aus dem fast leeren Krug der Frau des Muezzins. Er gab ihr einen abgeschabten Wasserbeutel und eskortierte sie zum

Südtor, wobei er ihr die Richtung wies. Sie mußte Akkabar umgehen und sich dann nördlich halten, aber nicht vor der Abenddämmerung. Ihr Leben in Akkabar war vorbei. Er sprach ein Gebet für sie und sagte ihr, daß sie sich in den Schatten eines leeren Anbaus am Tor setzen solle.

»In der Nacht«, sagte er. »Wenn es sich abgekühlt hat. *Shalaym alaycham.*« Während des Gebets und der Verabschiedung verfiel er in den umgangssprachlicheren Ton der Politiker der Stadt. Er händigte ihr den Wasserschlauch aus und zog sich dann durch das Tor zurück.

Reah schaute ständig auf die flache Flußebene, bis ihr die Augen tränten. Sie schlief eine Weile und erwachte vom entfernten Summen nachtaktiver jagender Insekten. Die Dunkelheit brach herein. Sie erhob sich vorsichtig, klopfte den Staub aus dem Umhang, begann die Wanderung um die Mauern der Stadt und schlug schließlich eine nördliche Richtung ein.

Im Norden lebten die Habiru, wohlhabender als die Moslems, aber ebenfalls verflucht. Bei ihnen könnte sie vielleicht Essen und Unterkunft erhalten. Während sie marschierte, fuhr sie mit den Fingern an den Lehmkugeln eines Rosenkranzes entlang und sprach unbeholfene Gebete, von Herzen kommende Danksagungen für erstklassige Lumpen, saubere Knochen, Metallstücke, Glassplitter und genießbare Nahrung.

Keine lebende Stadt hatte jemals das Schwemmland betreten. Vor tausend Jahren, vor dem Exil, war der alte Fluß durch das ganze Land geströmt. In der Erinnerung der Städte tat er das auch heute noch. Sie hielten sich auf der anderen Seite der Berge oder im sechs Kilometer entfernten Vorgebirge. Reah beschirmte die Augen und machte direkt im Norden die Silhouetten von Türmen aus. In einer lebenden Stadt hatte sie nichts zu suchen.

Als junges Mädchen war sie einmal in die Nähe

einer Stadt gekommen, als sie mit ihren Eltern eine Reise unternommen hatte, um mit den Habiru Tauschgeschäfte abzuwickeln. Das war noch vor der Zeit gewesen, als die Handelsrestriktionen zwischen Christen, Juden und den paar Muslimgemeinden verschärft wurden. Die Stadt war prächtig gewesen, mit den Türmen, die in der Nacht glühten und summten wie ein magischer grüner, voller Insekten hängender Baum. Sie hatten im Schein zweier Vollmonde gerastet und sich ein als Picknick gestaltetes Abendessen mit den Familien der Geschäftspartner ihres Vaters geteilt. Eine der alten Frauen, die für drei Generationen als Geschichtenerzählerin fungierte, hatte ihnen zuerst von der Erschaffung der Monde berichtet, wie abgerichtete Vögel, so groß wie ganze Berge, Ladungen von Lehmziegeln in die Lüfte befördert hatten. Einer der jungen Männer, der seine männliche Autorität unter Beweis stellen wollte, hatte eine abweichende Version zum besten gegeben – daß die Monde nämlich von anderen Welten herbeigeschafft worden seien. Reah zog die erste Variante vor. Die Familien hatten den alten Geschichten von den lebenden Städten gelauscht, wie der geniale Robert Kahn sie gemäß der Spezifikationen der Letzten der Getreuen entworfen hatte… wie sie aus dem Samen von tausend modifizierten Spezies errichtet und konditioniert worden waren, Stahl und Stein und andere Werkstoffe zu integrieren, Geheimnisse, die jetzt verloren waren… und als die Nacht sich dem Ende zuneigte und die Feuer erloschen waren, lauschten sie mit feuchten Augen der Geschichte vom Exodus.

Sie schlurfte unter der Sonne dahin und wälzte eine Menge zusammenhangloser Gedanken. Sie registrierte nicht die Truppe von Männern, die sie auf einer Flanke eskortierten, lachten und einander aufforderten, still zu sein.

»Frau, woher kommst du?« fragte einer.

Sie drehte sich um, schielte sie an und setzte dann ihren Marsch fort. Sie schlossen auf.

»Sie kommt aus der Stadt«, sagte einer. »Durragon ist jetzt dort …«

Sie verstellten ihr den Weg. Der größte von ihnen griff nach ihr und zog ihre Kapuze zurück. »Dürr, das alte Mädel, dürr überall. Kaum was anzufang'n mit das alte Mädel.«

»Das ist e Frau«, erklärte ein anderer. Die älteren Männer zogen sich zurück und schüttelten den Kopf. Die jüngeren hingegen umringten sie mit betrübten Gesichtern. »Was hat se für graue Haut und Falten, das eklige Haar, und gar ke Brüste!«

»Macht nichts. E Fuut hatse«, befand ein Jungspund.

Sie warfen sie zu Boden, rissen ihr die Kleider vom Leib und bestiegen sie, einer nach dem anderen. Sie ignorierte sie, trotz der Schmerzen, und träumte weiter von den lebenden Städten und ihren kühlen grünen Türmen, linderte ihren Durst mit den Erinnerungen.

Als sie fertig waren, ließen sie sie im schwindenden Licht des Tages zurück und setzten ihren Streifzug nach Süden fort. Sie stand auf und suchte ihre Habseligkeiten zusammen, machte dann einen dürren Busch ausfindig und legte sich zum Schlafen unter ihn. Es wurde immer schwieriger, in der bleichen Morgendämmerung aufzustehen, immer schwieriger, in der zunehmenden Hitze zu marschieren. Sie rationierte das Wasser sorgfältig, brauchte die Nahrungsmittel aber schnell auf. Ihre Handlungen wurden von verschiedenen Herren diktiert. Ihr drahtiges, verfilztes Haar knisterte in der Hitze.

Sie begegnete einer weiteren Abteilung Soldaten. Sie wirkte wie ein Gespenst, das in der schwachen Brise mit ausgestreckten Armen flimmerte. Irgendwo hinter ihr lagen der leere Wasserschlauch und die letzten Brotkrumen. Ihr aus Lehm gefertigtes Halsband lag unter dem Busch, unter dem sie übernachtet hatte. Die

Soldaten musterten sie mit einer Mischung aus Angst und Ekel und zogen nach Süden weiter, um sich ihrer Armee anzuschließen. Die Echos von Gewehrschüssen rollten über die Flußebene.

Bei Anbruch der Dunkelheit saß sie unter Baumwollstauden und trank aus einer kleinen Quelle. Sie war sich sicher, die erste Stufe des Paradieses betreten zu haben. Die Männer sagten indessen, daß im Paradies die Frauen Dienerinnen seien, und diese Vorstellung behagte ihr nicht. *Ifrits* waren keine Diener. Vielmehr waren sie so bösartig wie Skorpione, wenn man ihnen in die Quere kam.

Am Morgen aß sie ein paar Grasrispen und Körnchen, die sie aus einer Samenkapsel gepuhlt hatte, und ihr wurde ein bißchen schlecht davon. Am Nachmittag stieß sie auf ihrer Wanderung auf einem überwucherten Trampelpfad auf ein Dorf der Habiru. Es war bis auf die Grundmauern niedergebrannt und die steinernen Wände niedergerissen worden, wahrscheinlich von bösen Riesen. Das Dorf erhob sich über die Ebene, und von seinem Südrand aus hatte sie eine gute Sicht auf die zwei Flußbetten und Akkabar. Der schwache Geruch verwesenden Fleisches stieg ihr in die Nase, und sie blickte schielend zu ihrer Heimat zurück. Rauch stieg im Stadtzentrum auf. Eine Vielzahl grauer Flecken legte sich um die Lehm- und Steinmauern. Nach einer Stunde war die Rauchsäule schwarz und groß geworden. »Ich bin *wirklich* ein *Ifrit*«, murmelte sie. »Soldaten reiben an der Mauer, und ich entfleuche in einer Wolke aus Ruß und sitze lachend in den Hügeln.«

Sie verließ das tote Habiru-Dorf und folgte der Straße zu einem hochgelegenen Grasland, wobei sie die Insekten totschlug, die sich auf der sich abschälenden Haut ihrer nackten Arme niederließen. Ihre Kräfte ließen rapide nach. Sie konnte sich noch auf den Beinen halten, bis sie einen klaren, glasierten Belag unter den Füßen spürte. Sie schlegelte noch mit den Beinen, als sie bereits gefallen war.

Eine Stunde verging, und sie lag noch immer reglos unter den Sternen, mit geschlossenen Augen und von einem angenehmen Summen eingelullt. Etwas Schönes stand ihr bevor. Sie öffnete die Augen und brachte mit letzter Kraft einen klaren Gedanken zustande. Sie lag halbtot auf dem Rücken. Vor ihren Füßen befand sich ein großer und geheimnisvoller, polierter grüner Bogen, der von innen heraus glühte und einen warmen Luftzug verströmte.

Vielleicht war sie auch schon tot. Sie lag an der Peripherie einer lebenden Stadt. Der sie umgebende Bodenbelag hätte sich eigentlich zu einer undurchdringlichen Barriere aufrichten müssen, der alle Menschen abwies. Dann verlor sie den Verstand und trällerte leise vor sich hin, bis sich kräftige Mandibeln um ihre Beine und Schultern schlossen und sie unter dem Bogen hindurchtransportierten, in das Unterwasser-Zwielicht hinein.

Durragon der Apostat, Kommandeur von dreitausend Jägern und einer Handvoll abtrünniger Expoliten, überkam ein vages Bedauern angesichts der rauchenden Moslem-Stadt. Er trat einen mit blutigem Fleisch gefüllten Stapel Lumpen zur Seite, postierte sich mit halb geschlossenen Augen inmitten der Trümmer und versuchte nachzudenken. Der Gestank von Blut und aufgeschlitzten Eingeweiden war scheußlich. Die Jäger waren zwar grandiose Kämpfer, aber auch ziemlich unbeherrscht. Sie waren indessen das einzige, was zwischen ihm und der Anonymität stand. Sie befolgten seine Befehle auf geradezu andächtige Art, und wenn es nur aus dem Grund war, weil er im Kampf mehr wert war als zwei von ihnen und das auch schon unter Beweis gestellt hatte. Aber es hatte nicht viel Sinn, in ökonomischer Hinsicht, sie weiter wüten zu lassen. Er mußte jetzt das Risiko eingehen, sich ihre Verachtung zuzuziehen, indem er ihnen bei der Plünderung Zurückhaltung auferlegte.

Er legte die Hand auf die bloße, verschorfte Schulter seines linken Flankenläufers, Breetod, und sprach ihm ins Ohr: »Bring die drei Brandstifter auf den Marktplatz. Ich bin nicht glücklich damit, überhaupt nicht. Wir hätten hier eine Weile leben können. Jetzt sind aber sogar die Kornspeicher abgebrannt.«

Breetods Gesicht legte sich in betrübte Falten, aber er lief los, um den Auftrag auszuführen. Durragon zog seine Pistole aus dem Holster und lud sie nachdenklich. Er marschierte durch die Trümmer zu der Stelle, wo sich ehedem der Markt befunden hatte, und wich dabei den verkohlten Leichen aus.

Die drei Feuerteufel standen mit gefalteten Händen bei den gezackten schwarzen Haufen der Marktstände und grinsten nervös. Einer von ihnen trat einen Schritt vor, wurde aber von Breetod zurückgehalten.

»Dat wir, nit versucht zu ...«

»Ruhe«, befahl Durragon leise. Ihm drehte sich der Magen um. Ihm gefiel das alles nicht, aber es war notwendig. Ohne ihn wären sie noch immer unorganisierte Wilde. Sie waren wie Kinder. Manchmal mußten sie streng diszipliniert werden. Er zog die Pistole. Den Mordbrennern verging das Grinsen.

Andere Jäger standen herum, mit düsteren Blicken und schweigend. Er bedeutete ihnen, aus der Schußlinie zu verschwinden.

»Day-o«, stöhnte der jüngste Feuerteufel.

Mit knirschenden Zähnen betätigte Durragon den Abzug, dreimal, schoß jedem ins Gesicht. Sie stürzten hin. Die Jäger setzten sich in Bewegung und gingen zur Grenze der zerstörten Stadt, wo ihre Spießgesellen warteten. Der Rest der Marodeure hielt sich auf der entgegengesetzten Seite der Stadt auf und durchwühlte den Schutt nach geschmolzenen Gold- und Silbernuggets. Akkabar war eine arme Stadt gewesen. Sie würden nicht viel finden.

Zum erstenmal seit zehn Jahren faßte Reah wieder einen klaren Gedanken. Sie stand in der Mitte eines sauberen weißen Raums mit einer Pritsche in einer Ecke, einem sich an einer Wand entlangziehenden grün getönten Fenster und einem höchst merkwürdigen Tisch, der sie an ein Waschbecken erinnerte. Eine Art Musik drang aus der Decke, die den Eindruck vermittelte, mit fließender, goldener Ölfarbe gestrichen worden zu sein. Sie wandte sich langsam um und sah den offenen Korridor und die sich daran anschließende Halle. Ihr Haar war sauber und frisiert, sogar mit einem dezenten Duft versehen. Sie trug ein weißes Gewand, das ihr indessen nicht schmeichelte – sie hatte sich zu lange vernachlässigt, als daß ihr noch irgendwelche Kleidung zu Gesicht gestanden hätte – und ein Paar Sandalen, die aus einer weichen Faser gefertigt waren. Es war sehr angenehm. Einen Moment lang erwartete sie, daß die Unsicherheit und die Insektenschwärme wieder in ihrem Kopf auftauchen würden, aber nichts dergleichen geschah. Sie spürte leichte Kopfschmerzen und Hunger, ein *Ifrit* war sie indes nicht mehr.

Sie ging durch die Tür und wanderte durch die saubere weiße Halle, bis sie einen Balkon erreichte, der sich zwei Etagen über einem Hof befand. Sie spähte über das Geländer. Der Boden des unter ihr liegenden kreisförmigen Platzes wies eine undefinierbare graugrüne Tönung auf. Bei näherer Betrachtung erkannte sie jedoch, daß es überhaupt kein fester Boden war – vielmehr handelte es sich um ein Mosaik aus winzigen beweglichen Mustern, die sich mit der Langsamkeit einer abbrennenden Kerze zu Fraktalen konfigurierten. Hundert Meter entfernt flanierten vier in weiße und orangefarbene Gewänder gehüllte Leute an der Peripherie der Passage. Vögel flogen über sie hinweg und durch ein breites Tor, das von grünen Bögen flankiert war. Sie spürte einen Kloß im Hals und hatte das Gefühl, weinen zu müssen.

»Hallo«, sagte eine männliche Stimme hinter ihr. Sie drehte sich um, wobei ihre Unterlippe zitterte. Er war etwa dreißig Jahre alt, ein paar Zentimeter größer als Reah, aber nicht viel kräftiger, hatte schwarzes Haar und einen dunklen Teint, eine zierliche Nase mit kleinen Nasenlöchern, und die Augen waren so grau wie Lehmstaub. Er wirkte wohlgenährt und gesund.

»Ich bin in einer Stadt, nicht wahr?« sagte sie. »Aber sie sollte doch eigentlich leer sein.« Ihre Hände zitterten nervös vor ihrem Gewand und griffen nach den ausgefransten Enden eines Schals, den sie überhaupt nicht mehr trug.

»In dieser Stadt funktioniert nicht mehr viel. Sie stirbt, wie ein alter Mensch. Einige Teile arbeiten noch, andere nicht mehr. Sie gewährt kranken Menschen Einlaß. Können wir dir helfen?«

»Es geht mir jetzt besser … ich fühle es. Ist das eine Klinik?«

»Alle Städte wurden mit medizinischen Einrichtungen für ihre Bewohner errichtet. Dich hat man draußen auf dem Pflaster gefunden – du bist aus einer moslemischen Stadt, nicht wahr?«

»Ich habe Akkabar brennen sehen. Meine Stadt. War das nur ein Traum?«

Der Mann schüttelte den Kopf. »Leider nein. Akkabar wurde vor zwei Wochen zerstört. Wir haben es von der Turmgalerie aus gesehen, fast von ganz oben. Ich glaube nicht, daß es viele Überlebende gab. Du bist die einzige in *Wiederauferstehung*. Das ist der Name dieser Stadt. Du mußt fünfzig, sechzig Kilometer weit gelaufen sein.«

Sie ließ das für einen Moment auf sich wirken, streckte dann die Hand aus und berührte ihn, um festzustellen, ob er überhaupt real war. Er betrachtete ihre auf seinem Arm liegenden Finger, und sie nahm sie schnell weg und trat zurück. »Ich… wir haben Geschichten gehört, daß die Städte etwas hergestellt haben, das wie Menschen… wie wir aussieht. Es gab so einen in Akkabar, als ich noch ein Mädchen war. Jemand hat ihn in einem Duell getötet. Sein Inneres sah aus wie eine Pflanze und eine Maschine. Bist du ein Mensch?«

»Aus Fleisch und Blut. Wir sind alle Menschen. Die meisten von uns kommen aus Bethel-Yakob. Warum gehst du nicht wieder in deinen Raum…«

»Ich würde lieber hierbleiben.«

»Wie du willst.«

»Hat die Stadt euch auch geheilt?«

Er nickte. »Der Großteil der Einwohner der Expolis Kapernaum wurde von Durragon und seinen Jägern abgeschlachtet. Wir wurden nur verwundet.«

Reah schüttelte langsam den Kopf und wußte nicht mehr, was sie glauben sollte. »Ich erinnere mich, daß ich durch ein Dorf der Habiru gekommen bin. Deines?«

»Wahrscheinlich nicht. Ich stamme aus einem Dorf zwanzig Kilometer nordöstlich von hier.«

»Wann wird Durragon uns angreifen?«

Der Mann lächelte. »Das wird er nicht. Die Stadt gewährt nur verwundeten Menschen Zutritt. Wir gehören hier alle zusammen. Patienten.« Er rollte einen Ärmel hoch und zeigte ihr seinen Oberarm. Er war mit einer milchigweißen, hautengen Bandage umwickelt.

Reah schaute hoch und schloß die Augen. Oberhalb der Passage schien sich ein Schacht aus Orange und Rot und Weiß in die Unendlichkeit zu erstrecken. Sie schaute erneut hin und sah, daß die weißen Bänder kreisförmig angeordnete, rechteckige Balkone waren und die roten horizontalen Streifen massive Stützstreben darstellten. Das Rot wurde von orangefarbenen abstrakten und geometrischen Elementen aufgelockert. Es war pure Magie, ein Luftschacht in einer lebenden Stadt. Sie war zwar kein *Ifrit* mehr, zehrte aber noch immer von der Substanz der Legenden. »Wer ist Durragon?«

»Ein Tyrann, ein Schlächter.« Der Mann kräuselte fast theatralisch die Lippen. »Er fühlt sich als neuer Herodes, als Cäsar.«

Ihre Gedanken schienen sich zu überschlagen. Sie war es nicht gewohnt, klare Überlegungen anzustellen. Wieviel einfacher es doch war, von Wahnvorstellung zu Wahnvorstellung zu driften ... und wieviel schrecklicher! Sie erinnerte sich an nichts anderes als an Angst. Sie folgte dem Mann zurück in ihren Raum, setzte sich auf die Koje und roch die Sauberkeit, die Ordnung, die Menschlichkeit. »Du«, rief sie dem Mann nach, als er gehen wollte. Er wandte sich um und zog eine Augenbraue hoch. »Weißt du ...« Sie verstummte. »Ich werde mich nie mehr fürchten, nicht auf diese Art.«

Er nickte. »Mein Name ist Belshezar Iben Sulaym. Und wie heißt du?«

»Reah«, erwiderte sie. »Frau des Abram Khaldun.«

»Ist er tot?«

»Seit Jahren schon«, sagte sie.

»Du hast noch um ihn geweint, vor drei Nächten.«

»Jetzt nicht mehr. Nichts ist so viel Trauer wert.«

Er lächelte freundlich und ging.

»Gerat, Manuay, Persicca und Tobomar; sie haben vier Städte erobert und sechzehnhundert Rinder erbeutet. Dreihundert Frauen und kleine Jungen gefangengenommen, dreihundert Tonnen diverser Getreidesorten entdeckt sowie einige Waffen, die sie behalten durften.« Breetod ging langsam die Liste durch, wobei er auf die hingekritzelten Zahlen schielte. Sein Gegenüber, der rechte Flankenläufer Nebeki, saß da, kaute auf einem Stück Fleisch einer Riesenschnecke herum und nickte bei der Verlesung der Namen der Truppenführer.

»Ferda, Comingory und Flavin; sie haben zwei landwirtschaftliche Produktionsgenossenschaften und ein Dorf geplündert. Fünfzig Rinder, siebenundzwanzig Frauen, zehn Tonnen Getreide.«

»Sie haben zu viele getötet«, knurrte Durragon. Sein mit Leder bespannter Klappstuhl ächzte, als er sich im heißen Schatten nach vorn beugte. Ein Schweißtropfen kullerte von seiner Nase und platschte auf den Lederbezug. »Reduziere ihren Anteil um ein Zehntel und gib Comingory zwei Hiebe auf die Handfläche.«

»Zu viel der Schande«, gab Nebeki zu bedenken. »Ein Zehntel Abzug ist genug, Sir, wenn ich mal so sagen darf.«

Durragon hob die Schultern. »Sage ihm, er hätte die Hiebe eigentlich verdient, aber ich vertraue bei zukünftigen Beutezügen auf seine Disziplin und will noch einmal Gnade walten lassen. Ist das alles?«

Breeton nickte und sah Durragon mit einem irren Blick seiner blauen Hundeaugen nach, während der Apostat zum Zelteingang schritt und ihn lüftete. »Keine Städte mehr übrig«, stellte er fest. »Und ich wollte hier immer meine Hauptstadt errichten. Jetzt, wegen unseres … ich sage mal *Enthusiasmus*, kann ich nicht einmal meine Armee hier unterhalten. Zumindest nicht in den nächsten drei oder vier Jahren. Also wohin jetzt?«

Nebeki ließ die Fleischreste in eine Holzschüssel fallen und wischte sich die Hände an einem Handtuch ab, das an einer Zeltstange hing. »Bevor wir gehen, Sir, könnten wir noch versuchen, die Stadt auf der Hochebene anzugreifen.«

»Da kommen wir nicht rein.«

»Meine Läufer sind vor einer Woche dort vorbeigelaufen. Sie sagen, daß die Stadt schnell stirbt. Ein Drittel ihrer Türme ist schon grau. Bald wird sie nicht mehr imstande sein, die Stacheln auszufahren, und wir können nach Waffen und Schmuck suchen, vielleicht sogar nach Maschinen, wenn wir sie zähmen können.«

Durragon setzte einen grimmigen Blick auf. Als Kind hatte er durch einen marodierenden Stadt-Teil einen Finger verloren. Die Monster, die aus einer toten Stadt strömten, waren zu unberechenbar für seinen Geschmack; sein Vater hatte seinen Lebensunterhalt damit verdient, sie zu zähmen, wobei ihm diese Neigung indessen nicht vererbt worden war.

»Wasservorräte und gutes Land«, lockte Breetod. »Eine Stadt schlägt ihre Wurzeln immer in gutem Boden. Wir könnten uns in ihrer Nähe niederlassen und die paar Monate abwarten, bis sie gestorben ist.« Er war angetan von der Vorstellung einer Rast.

Durragon neigte den Kopf auf die Seite und dachte ein paar Minuten lang intensiv nach, während seine Flankenläufer in respektvollem Schweigen verharrten, und schließlich stimmte er mit einem kaum merklichen Nicken zu. »Breetod wird die Träger und die Beute überwachen. Wir kehren zur Expolis Kapernaum zurück. Vielleicht haben ein paar Habiru sie wieder aufgebaut, und wir können bei ihnen Saatgut eintauschen und Getreide anbauen, solange wir warten.«

Nebeki schaute auf Breetod, der seinen Blick mit warnend geschürzten Lippen erwiderte. Trotz Durragons Vorfahren wußte dieser nur wenig über die Habiru und die Landwirtschaft. Sowohl die Überlebenden als auch das Land, auf dem sie sich befanden, waren schwierig, aber es war kaum mit Gefahr zu rechnen – höchstens mit Langeweile.

Reah saß mit grimmigem Gesichtsausdruck am Computer. Sie wußte, daß sie nichts wußte und somit hilflos war, aber die Vorstellung, mit etwas Nichtmenschlichem zu kommunizieren, verursachte ihr Unbehagen. Belshezar hatte sich an der gegenüberliegenden Seite des Appartementes an einen halb in den Boden eingelassenen, weißen Keramikellipsoiden gelehnt und beobachtete sie. Neben ihm befand sich eine schwarzhaarige Frau mit herbem Gesicht namens Rebecca. Hinter ihnen, unter dem breiten Panoramafenster, das auf eine Promenade und einen überdachten Park hinausging, lag ein Trümmerhaufen, der einst Möbel dargestellt hatte. Reah rutschte auf dem Sitz herum.

»Hatte jeder in *Wiederauferstehung* so etwas?«

»Jedes Appartement«, bestätigte Belshezar. »Sie waren so verbreitet wie Fenster, aber wichtiger. Kinder lernten mit ihnen, und die Erwachsenen sahen darin, was sich in ihrer Welt ereignete.«

Grüne Jalousien vor der Konsole wurden durch ihre Berührung hochgezogen, und ein fließendes türkisfarbenes Dreieck schimmerte auf dem flachen Bildschirm. Unterhalb des Bildschirms befand sich eine ungefähr dreißig Zentimeter durchmessende Platte mit zwei Tastaturen auf jeder Seite, die dem Benutzer ein Höchstmaß an Ergonomie boten. Sie drückte auf die für den Zeigefinger vorgesehene Taste, und die Abbildung eines Humanoiden erschien auf dem Bildschirm, ein geschlechtsloser Homunculus, der in eine hautenge schwarze Montur gehüllt war.

»Kann ich helfen?« fragte die Einheit in einem stark akzentuierten Tonfall.

»Es ist schwer zu verstehen«, sagte Reah und drehte sich zu ihnen um. Belshezar trommelte mit den Fingern auf dem Ellipsoiden herum und schaute Rebecca mit einem nachsichtigen Lächeln an. »Das ist Englisch, wie es vor tausend Jahren gesprochen wurde«, erläuterte Rebecca.

»Was soll ich jetzt tun?«

»Stell ihm Fragen.« Sie warf ihr rotes Haar zurück. »Es wird deine Fragen beantworten.«

»Nicht einfach irgendeine Frage«, korrigierte Belshezar. »Bedenke – die Städte sind schon seit Jahrhunderten nicht mehr bewohnt. Die Speicher sind nicht auf dem neuesten Stand. Es weiß nicht viel über externe Ereignisse – obwohl es anscheinend einige Dinge über andere Städte weiß. Wir vermuten, daß sie dann und wann miteinander kommunizieren. Du mußt uns jetzt entschuldigen, wir haben woanders eine Verabredung mit Freunden – kommst du hier allein zurecht?«

Reah nickte zögernd. »Gut«, sagt Belshezar. Er schlug ihr leicht – fast herablassend – auf die Schulter und ließ sie allein im Appartement zurück. Sie sog die kühle Luft ein und beugte sich tiefer über den Rechner, um den Homunculus zu studieren. Sie konnte nicht sagen, ob es Männlein oder Weiblein war, und die Stimme erbrachte auch keinen Aufschluß darüber. Die Menschen der Vergangenheit, vor dem Exil, mußten ganz anders gewesen sein, obwohl auch sie Anhänger Jahwes und Allahs gewesen waren. »Ich weiß nichts«, sagte sie zögernd. »Das ist eine Schwäche. Ich muß lernen.«

»Wo sollen wir beginnen?« fragte der Homunculus.

»Ich möchte wissen, was geschah. Geschichte. Dann möchte ich eine Allgemeinbildung erhalten.«

»Wir werden das kombinieren, ja? Hör aufmerksam zu und sieh gut hin, Schülerin.«

Am ersten Tag hielt die Konsole in Realzeit Unterricht, was eine langwierige Angelegenheit war. Am nächsten Tag wurde Reah instruiert, die Finger in die Hochgeschwindigkeits-Transfer-Terminals zu stecken, kleine Vertiefungen über den Tastaturen. Sie spürte ein Prickeln, dann kroch vom Steißbein ausgehende Wärme das Rückgrat hoch, und ein heller Punkt erschien zwischen den Augen. Der Lernvorgang beschleunigte sich. Am dritten Tag wurde sie aufgefordert, Muster zu betrachten, die von um den Bildschirm gruppierten Spezialprojektoren generiert wurden. Am vierten Tag fühlte sie sich schon viel stärker und hatte kaum noch Ähnlichkeit mit der alten Reah.

Breetod präsentierte Durragon den gezähmten Stadt-Teil zu seinem Geburtstag. Es war vor einer Woche von einer Rotte Jäger eingefangen worden, die in einem fünfzehn Meilen weiter nördlich gelegenen Gebirgszug auf Jagd waren. Es war nicht sehr elegant – es wirkte eher wie ein Schaukelpferd denn ein echtes Pferd –, aber es war groß und schnell und gutmütig. Durragon lief um es herum und musterte es ohne Begeisterung. Er bestieg es und hockte unbequem im improvisierten Sattel.

»Wir schlagen vor, daß es den Namen Bucephalus erhält«, sagte Breetod. Nebeki lächelte. Die Leibwache und Durragons persönliche Truppen schauten gleichmütig zu, ermüdet vom Marsch.

Der Rücken der Einheit war glatt und weich wie Leder, aber transparent und grün wie ein junger Baumstamm. Unter der Haut konfigurierten sich blaue Adern zu Rechtecken, und darunter glitzerten bleiche Metallteile und Kolloid-Knochen. Sein Kopf bestand aus einer Ansammlung von Augen auf flexiblen Stielen. Sein Maul war als Röhre ausgebildet, durch die es Wasser und Nährstoffe ansaugte. In einem Bein befand sich ein Verschluß, der jetzt mit Korrosion überzogen war; es hatte seit wenigstens zwanzig Jahren keine von der Stadt bereitete Mahlzeit mehr genossen. Sein Gang war gleichmäßig und ruhig. »Der Name gefällt mir nicht«, sagte Durragon und stieg ab. »Wozu diente es?«

»In der Stadt, Sir?« fragte Nebeki zögernd. »Es war ein Kinderspielzeug, glaube ich.«

»Ich will einen anderen Namen.« Er zog sich in den Schatten einer Gruppe Mulcet-Bäume zurück. Auf einem dort aufgestellten Tisch waren Karten ausgebreitet und mit Steinen beschwert worden. An einer Seite des Tisches saß ein Berater, der alte Habiru Ezeki Iben Tav. Ezeki war schlank und runzlig, die Stirn von der Sonne lederartig verbrannt, aber die Stelle des Schädels, die üblicherweise von einer grob gewirkten

Mütze bedeckt wurde, war fast weiß. Er behauptete, vor Jahren einmal Lehrer gewesen zu sein. Er benutzte die Mütze jetzt als Fächer, während er mit dem spitzen Nagel eines Fingers einen Weg auf einer Karte nachzeichnete. »Was war Bucephalus?« fragte Durragon ihn.

»Eine Störung der Hirnfunktion bei den Städtern in den frühen Jahren des Planeten«, sagte Ezeki. Durragon grunzte und betrachtete die Karten.

»Warum sollte man einem Reittier denn einen solchen Namen geben?« fragte er.

Unter der heißen Sonne schwitzend, stritten Nebeki und Breetod sich. »Ich sage nur die Wahrheit«, insistierte Nebeki. »Und außerdem stammte der Name von dir.«

»Ezeki hat mir von Alexander erzählt. Ihr hättet ihm nicht sagen sollen, daß es ein Spielzeug war. Er wird es jetzt nicht mehr haben wollen, und wir müssen den Schrotthaufen dann führen.«

Was macht man mit einer legendenumwobenen Stadt?

An einem Brunnen in einem Park, der sich auf einer der oberen Ebenen befand, labte sie sich an klarem, kühlem Wasser. Der Rasen wurde von organischen Maschinen gepflegt, die das gemähte Gras verzehrten und dann die Rasenflächen düngten. Bewässerungsschläuche ringelten sich wie Würmer über den Boden und sprengten zuweilen das Grün. Die Bäume wurden von Einheiten gestutzt, welche die Attribute von Giraffen, Rosensträuchern und silbrigen Scheren in sich vereinigten. Was ihr indessen am stärksten auffiel, war das kohärente Erscheinungsbild der Stadt. Jedes Teil stellte offensichtlich eine integrale Komponente der Stadt dar, das sich wie ein Puzzleteil mit den richtigen Winkeln und Kurven ins Gesamtbild einfügte. Die Plätze in der Stadt, die noch völlig gesund waren, glichen der Interpretation eines Kindertraums durch

Städteplaner – Ästhetik verquickt mit Phantasie, Zweckmäßigkeit mit kühnem Einfallsreichtum.

Der Verlust der Städte mußte die verbannten Bewohner schier um den Verstand gebracht haben. Gott-der-Schlachtenlenker war eine schöne Welt, mit einer Artenvielfalt wie auf der alten Erde, aber es war ein rauher, urwüchsiger Ort. Sie schüttelte den Kopf. Der Planet hatte schon vor vielen Generationen die Herrschaft über die Menschen zurückerobert, nachdem die künstlichen Regelungsmechanismen ausgefallen waren. Elend und Verzweiflung und Krankheiten waren wieder an der Tagesordnung; zuweilen hatte es den Anschein, daß Gott-der-Schlachtenlenker versuchte, sie bei lebendigem Leibe zu verschlingen. Trotz dieser Widrigkeiten hatten die Verbannten sich behauptet, die Attacken des Planeten abgewehrt und sich in dem Überlebenskampf eingerichtet, mit dem Reah und neun oder zehn Generationen vor ihr sich bereits arrangiert hatten. Während dieser ganzen Zeit schienen die Städte sie zu verhöhnen.

Aber was konnte sie daran ändern?

Alle Städte waren über formale Kommunikationsverbindungen miteinander vernetzt. Obwohl die Städte autonom waren, hatten sie bei der Überwachung der moralischen Standards kooperiert und sich stündlich untereinander über die Fortschritte informiert.

Es hatte nicht einmal ein Jahrhundert gedauert, bis die Städte zu einem Entschluß gelangt waren. Eines schrecklichen Morgens verjagten die Städte in einer konzertierten Aktion all ihre Bewohner. In Übereinstimmung mit den Notfallprozeduren, welche die Ächtung spirituell kranker Gemeinschaften garantierten, brachen die Verbindungen zwischen den Städten zusammen. Die Menschen irrten ziellos durch die parkähnlichen Wälder und Felder. Es kam zu verbreiteten Hungersnöten und Ausbrüchen von Gewalt. Kein

Schiff von außerhalb wagte zu landen, aus Angst, daß die Städte die Fahrzeuge beschlagnahmten oder die Bürger sie in ihrem Wahn zerstörten.

Die Städte konnten selbst nichts zu einer Veränderung der Dinge beitragen. Einige hatten es anscheinend versucht und waren gescheitert. Die Menschen mußten selbst die Initiative ergreifen. Aber sie hatten es seit tausend Jahren versucht und waren ebenfalls gescheitert.

Konnte sie denn mehr erreichen?

Reah schaute auf ihr Leben zurück und sah sich in drei verschiedenen Identitäten: zum einen die glückliche, naive Frau des moslemischen Schmieds; zum anderen die verrückte Harridan; und schließlich die zufriedene, geheilte und hochgebildete ... was eigentlich? Die Erlöserin, welche die Wiederauferstehung brachte?

Keiner der anderen Bewohner schenkte ihr viel Beachtung, und sie mißtraute ihnen überwiegend. Sie waren wohl freundlich, schienen aber nicht zu würdigen, was sie an ihr hatten. Die Art, in der sie *Wiederauferstehung* genossen, war fast unverantwortlich. Einmal ertappte sie auf einem Spaziergang Rebecca und Belshezar, wie sie in einem Springbrunnen auf einer der oberen Ebenen kopulierten. Ihr schauderte. Und doch ... Sie vergnügten sich nur nach Jahren der Entbehrungen und Monaten des Kampfes und der Qualen. Sie spürte die Versuchung, sich ebenfalls gehenzulassen, aber von der Schwäche des Körpers und Charakters fehlte nicht mehr viel bis zur Schwäche des Geistes, und davor graute ihr. Nie wieder diese Angst.

Als sie auf einer Parkbank saß, in der Nähe einer funkelnden Glassäule, welche die obersten Sektionen der Stadt mit flüssigen Nährstoffen versorgte, verliebte sie sich wieder, jedoch nicht in den Luxus und den Müßiggang, sondern in die Idee, die ihre Vorfahren einst entwickelt hatten. Das Leiden dort draußen hatte nichts Heiliges, und es existierte nur die Perspektive eines langsamen, beschwerlichen Weges zurück zu den gesellschaftlichen Normen, unter denen die Städte entstanden waren. Sie spürte die Hoffnung auf einen plötzlichen Entwicklungsschub, der von den Erfahrungen der Vergangenheit profitierte.

Und um das zu realisieren, mußte sie lernen, die Stadt zu kontrollieren und zu verschönern. Irgendwo in den Speichern der Stadt mußte es Instruktionen geben. Sie betrat den Rasen und legte mit Tränen in den Augen die Arme um die Säule, in der die Flüssigkeit rauschte. »Allah, Allah«, betete sie. »Beschütze mich! Ich werde wieder verrückt, solche Dinge kann ich doch gar nicht träumen. Vor wenigen Tagen war ich noch schmutzig und dem Tode nahe. Wer bin ich, daß ich wünschen dürfte, das Paradies zu beherrschen?«

Dann wischte sie sich die Tränen aus den Augen und trat zurück, wobei es ihr vom lebendigen Pulsieren des Blutes der Stadt in den Händen kribbelte. Der Wahnsinn kehrte doch nicht wieder, oder zumindest handelte es sich nur um einen Irrsinn, der einen noch größeren Irrsinn bekämpfte – das verrückte Exil von tausend Jahren.

»Es ist Zeit, umzukehren«, flüsterte sie, wobei sie angesichts dieses Monologes Unbehagen verspürte. »Wir haben die Menschlichkeit verloren und müssen umkehren.«

Durragon spähte über das Feld auf die Masse der marschierenden Stadt. Das Haar stand ihm zu Berge. »Sie ist vor drei Stunden aus den Hügeln im Westen gekommen«, meldete Breetod. Nun verlegte sie der Armee den Weg.

»Sie ist sehr krank«, diagnostizierte Nebeki. »Sie bewegt sich langsam. Viele Teile sind schon tot.«

»Sie ist wie eine Frau ohne Mann«, bemerkte Durragon. »Ein Geist, der von einem Ort zum anderen wandert.«

Nebeki schaute zu Breetod hinüber und hob eine Augenbraue. Es geschah nur selten, daß Durragon poetisch wurde; der Anblick der wandernden Stadt bewegte ihn offensichtlich.

»Wir glauben, daß es sich hier um die Stadt Tomoye handelt«, sagte Breetod. »Sie hat sich fünfzig oder sechzig Jahre auf einem Hügel im Westen befunden, während die meisten anderen Städte durch die rasiermesserscharfen Grate der Berge umgekommen sind.« Vor zwei Jahren hatten Durragons Armeen die Berge überquert und die Ruinen der gescheiterten Städte gesehen.

»Bringt mir den Habiru«, verlangte Durragon. Nebeki trottete davon, um den Lehrer zu holen. Der alte Mann murmelte Beschwerden, als er den Sandhügel heraufgescheucht wurde, wo Durragon auf seinem grünen Reittier saß.

»Was gibt es, General?« fragte er mit plötzlicher Unterwürfigkeit. Er verneigte sich vor dem vieläugigen Kopf des erbeuteten Stadt-Teiles.

»Wie viele Städte existieren heute noch?«

»Eine Handvoll, General. Die meisten haben sich aufgelöst, sind tot, oder ihre Teile haben sich verselbständigt.«

»Wie viele?«

Ezeki Iben Tav schürzte die Lippen. »In dieser Gegend vielleicht drei. Die am nächsten gelegene Stadt befindet sich auf der Hochebene. Als Junge habe ich sie oft gesehen. Ohne Zweifel stirbt sie so schnell wie diese hier.« Er deutete auf die marschierenden Säulen, Stützpfeiler und Wände, mit den Transportfahrzeugen und spinnenartigen Führungsmodulen. »Ich weiß nicht, ob sie sich jemals wieder zusammensetzen wird, wenn sie ihr Ziel erreicht hat. Das Ganze wirkt nämlich nicht sehr organisiert.«

Graue Wolken waberten über den Bergen im Osten, und die Luft war drückend schwül. Durragon hatte Mühe, ordentlich durchzuatmen. Er war an das kältere

Klima im Süden gewohnt. »Meinst du, daß wir ein Teil einfangen sollten?«

Der Habiru schielte zu der Prozession hinüber und schüttelte den Kopf. Es war immer besser, vorsichtig zu sein; Zurückhaltung hatte bisher noch kaum jemanden den Kopf gekostet. »Nein«, sagte er. »Zu viele Anführer und Verteidiger. Würden die Armee wie Strohpuppen durcheinanderwirbeln.«

Durragon stellte sich in den Steigbügeln auf und schnüffelte in der von Westen kommenden Brise. Breetod tat es ihm nach, roch aber nichts Ungewöhnliches.

»Ich bin anderer Ansicht. Nebeki, bring die Läufer und ihre Divisionen an dieser Seite der Stadt in Position. Breetod, du nimmst die Hälfte deiner Läufer und Männer, näherst dich dem Ende der Kolonnen und schnappst dir ein paar Nachzügler. Weise deine Leute darauf hin, daß kein Teil beschädigt werden darf. Dann nimmst du die andere Hälfte und versuchst, die Stadt zu stoppen – du übernimmst persönlich die Führung. Worauf wartest du noch?«

»Bin schon weg«, sagte Breetod, machte auf dem Absatz kehrt und rannte los. Durragon lehnte sich im Sattel zurück und seufzte. Dem alten Habiru stieg ein ätzender Geruch in die Nase, und er dachte: ›Der Mann hat Angst.‹

Durragon dachte an den viele Jahre zurückliegenden Verlust seines Fingers. Ein vagabundierendes Stadt-Teil, das einem an einem Zylinder befestigten Schlachtermesser-Sortiment glich, war vor einer Jagdgesellschaft seines Vaters geflohen und hatte ihn über den Haufen gerannt. Er konnte von Glück sagen, daß er den Vorfall überlebt hatte.

»Etwas so Großes muß auch einen Teil haben, mit dem es denkt«, spekulierte er gegenüber dem Habiru. »Etwas, das es organisiert. Wenn wir das Gehirn haben, wissen wir, wie eine Stadt funktioniert. Vielleicht …«

»Das ist schon versucht worden«, unterbrach ihn der alte Mann. Er verneigte sich und sagte leiser: »Andere haben es schon oft versucht, aber die Städte waren zu stark.«

»Aber du hast doch selbst gesagt, daß diese Stadt jetzt nicht mehr stark sei. Wir werden sie so angreifen, wie wir auch eine Armee angreifen.«

Der Habiru beharrte indessen auf seinem Standpunkt. Er wollte noch anführen, daß alle Armeen, gegen die sie bisher angetreten waren, schlecht ausgerüstet und durch Dürre und Hunger geschwächt waren. Er betrachtete die sich über den Bergen zusammenballenden Wolken, die von der über den niedrigeren Hügeln aufsteigenden Thermik in Rotation versetzt wurden.

Vielleicht hatte Durragon aber auch recht. Bisher hatte sich nämlich noch keine Stadt in das alte Schwemmland verirrt. Aber wäre es dann der Mühe überhaupt wert, das Gehirn einer so dummen Stadt zu erbeuten?

»Wird es Regen geben?« fragte Durragon.

»Nein«, erwiderte der alte Mann müde. »Nicht hier. Betrachte die Wolken. Sie lösen sich schon auf.« Beide spürten die abnehmende Luftfeuchtigkeit, die aus der Atmosphäre gesaugt wurde.

»Niemand von uns denkt darüber nach«, sagte Rebecca und klammerte sich an Belshezars Arm. Sie klang verärgert. »Wir wissen nicht, wo die Toleranzgrenze von *Wiederauferstehung* verläuft... wir sind jetzt schon fast geheilt. Die Stadt könnte uns jede Minute allesamt hinauswerfen.« Ein Tanz sollte stattfinden. Die Patienten erschienen in einer Kleidung, die bereits vor tausend Jahren entworfen, aber gerade erst vor ein paar Stunden geschneidert worden war.

»Habt ihr Instruktionen gefunden?« fragte Reah. »Wie man die Stadt betreibt und sie sauberhält...«

»Das macht sie alles von selbst«, sagte Belshezar. »Sie benötigt nichts.«

»Aber sie *stirbt!*« Reah zeigte auf einen großen grauen Fleck an der Decke des Atriums. Die vielen leeren Sitzreihen waren braun und fleckig wie Herbstblätter. »Vielleicht können wir sie retten.«

»Es dauert tausend Jahre, bis eine Stadt gestorben ist«, sagte Rebecca. »Wir werden alle zu Staub zerfallen sein, bevor das eintritt.«

»Nun«, erwiderte Belshezar, »das ist nicht ganz richtig. Eine Stadt kann durchaus binnen weniger Jahrzehnte sterben. Aber diese hier – zumindest die Teile, in denen wir leben –, werden uns leicht überdauern.«

»Dann sollten wir also einfach hierbleiben und nichts weiter tun?« sinnierte Reah.

»Wäre es denn nicht besser, draußen zu leben?« fragte Rebecca mit großen Augen und schmalen Lippen. »Du bist durch die Gnade Gottes hierher gekommen und lebst im Luxus wie einer der Auserwählten …«

»Nein«, widersprach Reah heftig. »Nicht auserwählt. Ich bin vielleicht durch Allahs Willen hergekommen, aber nicht, um mit anzusehen, wie alles verrottet. Ihr wollt mir also nicht helfen?«

Belshezar schaute zu Boden. »Zu großes Risiko. Du solltest dich nicht einmischen. Sind wir denn nicht gut zu dir gewesen und haben wir dir nicht geholfen?«

Für einige Sekunden stand Reah schweigend vor ihnen. »Ihr seid nur wenige«, sagte sie. »Ihr würdet Tage brauchen, um mich zu finden, wenn ich untertauchen wollte.«

Rebeccas Kinnlade fiel hinunter und entblößte den Unterkiefer. »Was …« Ihre Augen verengten sich, als ob sie Reah auf einmal in einem klareren Licht sehen würde. »Wir sind schon länger hier. Wir kennen die Stadt besser. Paß nur auf, daß wir dich nicht rauswerfen.«

»Ihr habt überhaupt nicht die Macht, jemanden rauszuwerfen!« giftete Reah. Belshezar wollte ihren Arm ergreifen, aber sie zog sich zurück, wobei ihr leichtes Kleid sich bauschte.

»Dann geh freiwillig«, forderte Rebecca. »Laß uns in Ruhe!«

Reah schüttelte den Kopf. Sie wandte sich ab, und Belshezar folgte ihr. »Warte einen Moment«, sagte er. »Laß uns darüber reden ...« Sie rannte los. Bevor er sie eingeholt hatte, stieg sie in einen bienenförmigen Gleiter und wies ihn an, sie zum höchsten Punkt der Stadt zu bringen.

Während der Gleiter sich langsam in die Höhe schraubte, verschmolzen Belshezar und Rebecca schließlich mit dem grandiosen Liliendekor des Bodens, das sich im kühlen grünen Licht intervallartig komprimierte und wieder expandierte.

Der Scheitelpunkt der Stadt erhob sich zwölfhundert Meter über die Hochebene. In dieser Höhe war die Luft kälter und dünner, wodurch ihr das Atmen erschwert wurde. Mit der Aufforderung, auf sie zu warten, ließ sie das Fahrzeug am Landesteg zurück und ging unter den gebogenen Stützstreben hindurch, die den Scheitelpunkt der Stadt abstützten. Ober- und unterhalb der um den Schacht verlaufenden Galerie befanden sich terrassenförmig angelegte Gartendecks mit Wasserfällen und Flüssen. Blumenduft lag in der Luft, aber die Hälfte der Gärten war nun völlig verwildert, wobei die organischen Gartenmaschinen zu verwesendem Schrott zerfallen waren. Die Vegetation von Gott-der-Schlachtenlenker faßte hier oben bereits Fuß, weit entfernt von den stärker verteidigten unteren Sektionen. Vögel nisteten in den Bäumen oder in zersplitterten Säulen, und Insekten stoben bei ihrer Annäherung von den Wegen auf. Eine riesige Motte, deren Flügelspannweite ihrer Schulterbreite entsprach, rauschte mit einem leisen Quäken vorbei und flog eine geschlossene Knospe an.

Sie verhielt im Flug und beäugte sie, flog weiter und verlor sich im Zentralwald des Gipfels der Stadt.

Die Bäume waren einst integraler Bestandteil der Stadt gewesen; nach dem Versagen der Systeme hatten einige sich jedoch selbständig ausgebreitet und Generationen von autonomen Nachkommen hinterlassen. Nun unterschied der Wald sich kaum mehr von den natürlichen Wäldern des Planeten, mit der Ausnahme, daß es hier kein Großwild gab. Auf ihrer Wanderung stellte sie fest, daß die Systeme einiger im Wald verstreuter Häuser noch funktionierten, und sie beschloß, in einem davon die Nacht zu verbringen.

Das Mobiliar war in den Räumen verstreut, windschief und verfallend, und verrottende Textilien lagen in Fetzen herum. Staub bedeckte den Boden und verursachte ihr einen Hustenreiz. Die Insektenpopulation war beachtlich. Zunächst hatte sie Bedenken – aber dann erspähte sie die Konsole und den verhüllten Monitor. Die Bank vor dem Rechner war solide. Sie nahm darauf Platz und rief Informationen ab. Die verstaubte Jalousie fuhr knisternd hoch, und ein Homunculus erschien auf dem Monitor.

»Gibt es eine Möglichkeit, diesen Platz zu reinigen?« fragte sie. Die Gestalt schien einen Moment über dieses Ansinnen nachzudenken. »Ein Computer ist noch funktionsfähig; wünschst du, daß er aktiviert wird, so daß du damit arbeiten kannst?«

»Ja. Außerdem möchte ich, daß frische Bettwäsche und neue Möbel bereitgestellt werden.«

»Sie werden von Fabriken in den unteren Ebenen geliefert.«

»Das ist fein. Und bis dahin möchte ich mit den städtischen Archiven verbunden werden.«

»Die Archive sind geschlossen. Nur die Stadtverwaltung darf...«

»Ich gehöre zur Stadtverwaltung«, behauptete Reah und verspannte sich ob dieser Lüge.

Der Homunculus wurde für einen Moment unscharf und stabilisierte sich dann wieder. »Stadtverwaltung – Status, bitte.«

»Pensioniert. Hör zu, die Stadt muß organisiert werden …«

»Das ist der Status«, sagte der Homunculus. »Du mußt diese Einheit entschuldigen. Nicht alle Komponenten funktionieren mehr so, wie sie eigentlich sollten. Welche Archive möchtest du einsehen?«

»Eintragungen über frühere Angehörige der Verwaltung.«

Sie spürte die Anwesenheit eines anderen Wesens hinter sich, erhob sich hastig vom Sitz und schrie auf. Ein schwarzgekleideter Mann materialisierte aus der Wand. Er hob die Hand, bewegte stumm die Lippen und bedeutete ihr, ihm zu folgen.

Die Armee hatte sich gemäß Durragons Anordnungen aufgeteilt. Die erste Gruppe von Stadt-Teilen marschierte auf die Frontlinie zu. Er sah, wie die Jäger hin- und herrannten, wie unaufmerksame Kinder beim Spiel. Große Zugmaschinen mit Ketten lösten sich von der Gruppe und warfen die Marodeure zurück, während die kleineren Teile auf das Zentrum zuhielten.

Die rückwärtigen Linien wurden mit ähnlichen Problemen konfrontiert, aber sie hatten bereits einige Nachzügler isoliert und demobilisierten sie mit Stricken und Stangen. In periodischen Intervallen befreite sich eines der gefesselten Teile, woraufhin ein Haufen Männer darüber herfiel. Das Gewusel erinnerte ihn an eine Formation von Ameisen, die versuchten, einen Wassereinbruch abzudichten. Die belagerte Stadt schien an einigen Stellen über sich selbst hinwegzufahren, und Stücke rekonfigurierten sich zu alptraumhaften Burgen und Türmen, die sich Minuten später wieder in der Menge auflösten. Breetod stand bei Durragon, der an der Flanke des grünen Reittieres lehnte und auf einem süßen Grashalm herumkaute. Beide drehten sich gleichzeitig um, als aufsteigender Rauch in ihr Blickfeld zog.

»Was ist das denn?« fragte Durragon.

»Die Bastarde haben die Prärie in Brand gesteckt«, erkannte Breetod. »Sie versuchen, unseren Vormarsch mit Feuer zu stoppen!«

»Sag dem Rest der Truppen, sie sollen die Nachhut aufrollen. Ich will, daß sie alles herschaffen, was nach Führungskräften aussieht – alles! Isoliert sie von der Formation und bringt sie her. Und wer auch immer das Feuer gelegt hat – auf der Stelle erschießen.«

Breetod rannte los. Nebeki erschien auf seiner anderen Seite; er atmete schwer, und das Gesicht war schmutzverschmiert. Er lächelte, bis er auf einmal die Rauchwolken über der Savanne sah. »Was ist das?«

»Unerheblich. Nimm alle erbeuteten Teile und schaff sie hinaus in die Ebene, weg vom Gras. Bring sie in die Hügel auf der anderen Seite.«

Nach einer Stunde war das Feuer unter Kontrolle. Rauch stieg in den blauen Himmel und zog westwärts. Die Stadt war zum Stehen gekommen. Durragon sah, daß große Sektionen von ihr bereits brannten. Binnen kurzem stand ein Drittel der Gesamtmasse in Flammen, aber die Stadt wich nicht zurück. Breetod kehrte japsend und erschöpft zurück, wobei sein Gesicht rauchgeschwärzt war und Kletten und Grashalme sich im Haar verfangen hatten. »Sir, wir werden die ganze Stadt verlieren. Es gibt keine Verteidiger mehr, die das Feuer löschen. Sie wartet nur noch auf den Tod.«

»Mir nach«, befahl Durragon und trieb das Reittier an.

Die nächsten Stunden waren nur schemenhaft in seiner Erinnerung manifest. Er ritt zwischen den brennenden Stadt-Teilen hindurch, wobei der Rauch ihm Hustenreiz verursachte. Der Nachthimmel wurde verdrängt, und die Ebene und die umgebenden Hügel wurden vom Hauptfeuer erleuchtet. Viele Jäger wurden vom Feuer eingeschlossen und verbrannten oder erlitten so schwere Verletzungen, daß sie von ihren Qualen erlöst werden mußten. Der Rest der Armee trieb gefangene Teile über die Ebene in die Hügel, band sie an die dicksten Bäume und rodete das hinter ihnen wuchernde Gestrüpp, um eine Brandschneise zu schlagen. Breetod wurde fast von einer über ihn hinwegrumpelnden Transporteinheit zermalmt, wobei der Unterboden knapp fingerbreit über seinen Rücken strich.

Als das Feuer nicht schwächer wurde, banden sie die gefangenen Teile los und führten sie noch höher, zwischen die Felsbrocken, die von einigen der steilen Hänge herabgefallen waren.

Durragon streifte zu Fuß durch das Gelände, wobei der Habiru-Lehrer ihm im Abstand von einigen Schritten folgte. Einige verdächtige Teile wurden isoliert und ein Zaun um sie errichtet. Eines davon – eine Trommel, die von einem Transporter befördert worden war, bis dieser verbrannte – diente keinem erkennbaren Zweck, und Ezeki Iben Tav untersuchte es gründlich. »Das könnte ein Steuergerät sein«, meinte er dann.

Am nächsten Morgen war die Ebene weitflächig verkohlt. Das Feuer hatte sich in östlicher und westlicher Richtung ausgebreitet und war vom Staub des Flußbettes und den Felsen der höheren Hügel aufgehalten worden. Nach einigen Stunden eines unruhigen und von Hustenanfällen unterbrochenen Schlafes begab sich Durragon auf seinem Reittier auf einen Inspektionsritt durch die Ruinen der Stadt.

»So vergeht die Stadt Tomoye«, sprach der alte Habiru und bückte sich, um einen kleinen Brausekopf aufzuheben, an dem der Schlauch fehlte. Er wand sich in seinem Arm und versprühte trockene Luft.

Der Pfad des Geistes war alt; er ging durch Häuser und Wände und marschierte über obere Ebenen, die schon lange eingestürzt waren. Sie folgte ihm nach besten Kräften, wobei ihr die Haare zu Berge standen und sie unwillkürlich Gebete murmelte. Die Gestalt war nicht übernatürlich – es gehörte zu den normalen Funktionen der Stadt, Führer und Lehrer zu projizieren –, aber dennoch konnte sie sich einer gewissen Ehrfurcht nicht erwehren.

Die Gestalt verhielt an einem Turm, der sich an der Außengalerie fünfunddreißig Meter über den Scheitelpunkt der Stadt erhob. Die Figur deutete auf ein verwittertes Paneel, und Reah berührte es. Die Gestalt verschwand.

Eine Tür glitt zur Seite, und Reah trat in einen hell erleuchteten Raum. Die Wände waren mit glühenden Grafiken und Diagrammen bedeckt. Im Mittelpunkt, auf einem Podest, befanden sich ein Stuhl und eine Konsole, die größer war als alle, die sie bisher gesehen hatte. Sie betrat das Podest, stellte sich hinter den Stuhl und betrachtete den in sanftem Grün glühenden Computer. Sie erkannte die drei von Lamellen verdeckten Monitore und eine Anordnung von Linsen, bei denen es sich um Netzhaut-Projektoren handelte. Reah fehlte zwar der vollständige Überblick über die Technologie der Vergangenheit, aber es war unschwer zu ermitteln, daß jeder, der auf diesem Stuhl saß, über einen großen Fundus an Informationen verfügte.

Sie nahm Platz. Das Kissen zerbröselte wie Gebäck unter ihrem Gewicht, aber der solide Korpus des Stuhles paßte sich ihr an.

»Was können wir für dich tun?« fragte eine aus der Decke dringende Stimme.

»Wo befinde ich mich hier?«

»Dies ist eines von fünf städtischen Nachrichtenzentren.«

Reah nickte abwesend und betrachtete die Grafiken

genauer. Die Stadt war groß. Sie hatte bisher kaum Zeit gehabt, sich mit ihr vertraut zu machen, aber sie identifizierte viele der markanteren Merkmale. »Wißt ihr …« Sie zögerte, denn sie war noch immer nicht gewohnt, zu körperlosen Stimmen zu sprechen. »Wißt ihr, daß die Stadt stirbt?«

»Das wissen wir. Unsere Regenerationsanlagen sind erschöpft, und außerdem ist der Reproduktionsspeicher defekt.«

»Ihr habt meine Frage mehr als beantwortet. Seid ihr eine einfache Maschine?«

»Wir sind der Architekt. Wir koordinieren die Stadt.«

»Ich meine – glaubt ihr, daß ihr lebendig seid?«

»Ja. Aber wir verfügen nicht über ein Bewußtsein wie du.«

Reah berührte die Lamellen vor einem Bildschirm. »Aber ihr wollt doch am Leben bleiben, nicht wahr?«

»Früher hatte die Stadt einen Auftrag, und das machte das Leben lebenswert. Heute hat sie keinen Auftrag mehr.«

»Warum?«

»Eine Stadt ist nichts ohne ihre Einwohner.«

»Aber ihr habt sie doch verjagt.«

»Sie waren unwürdig.«

Sie fühlte sich nicht motiviert, näher auf diesen Punkt einzugehen. »Dennoch gewährt ihr Menschen jetzt Zutritt – kranken Menschen.«

»Wenn wir alles unter Kontrolle hätten, würden wir das nicht gestatten. Die Stadtverteidigung ist geschwächt, und viele Funktionen sind auf Medoeinheiten übertragen worden.«

»Dann habt ihr nicht alles unter Kontrolle«, folgerte Reah.

»Nein. Unsere Autorität zerfällt seit einem Jahrhundert.«

»Besteht die Möglichkeit, sie wiederzuerlangen?«

»Der Architekt ist jetzt eine unvollständige Einheit

und kann nicht alle Funktionen der Stadt kontrollieren. Die Autorität ist so delegiert worden, daß die Stadt am meisten davon profitiert.«

»Könnt ihr auch ... Autorität an mich delegieren?«

»Nein«, meinte der Architekt, »aber es gibt eine Einheit, die das kann.«

»Würdet ihr mich mit dieser Einheit verbinden?«

Eine andere Stimme meldete sich. »Religions-Koordinator. Was können wir für dich tun?«

Sie saß einige Sekunden lang stumm da und biß sich auf die Lippe. »Welche Funktion hast du?«

»Planung der Liturgien und Organisation spiritueller Übungen.«

»Kannst du mir die Kontrolle über die Stadt übertragen?«

»Diese Einheit ist nicht mehr vollständig und außerdem unmotiviert. Aus diesem Grunde wäre es wünschenswert, eine Einheit oder ein Individuum mit Motivation zu finden. Bist du dafür qualifiziert?«

»Ich ... ja.«

»Wirst du jene zurückweisen, die nicht den spirituellen Anforderungen der Stadt genügen, die nicht an die Wiederauferstehung und das Leben glauben, an die Ewige Schönheit und die Herrschaft des Allmächtigen Herrn, unseres Gottes?«

»Ja«, gelobte sie, »aber Allah ist allwissend.« Sie verspürte nicht den geringsten Hauch von Schuld; die Stadt war nämlich wahnsinnig. Da sie selbst einmal wahnsinnig gewesen war, wußte sie, welcher Stellenwert der Wahrung von Diskretion zukam.

»Du bist ein Pensionär der Stadtverwaltung. Nun bist du wieder im Amt. Die Strafe für Nichteinhaltung der Normen ist Ausweisung. Die Stadt untersteht hiermit deiner Kontrolle.«

Reah lächelte und wischte sich die feuchten Hände am Kleid ab.

Im Schatten von *Wiederauferstehung*, nach einem Tagesmarsch in der Hitze, entspannte Durragon sich und trank eine Tasse abgestandenen Wassers, die ihm von Breetod gereicht wurde. Mit einem nachdenklichen Blick überflog er die scheckigen Türme und Mauern und ließ dann den Habiru zu sich kommen. Der Lehrer erschien mit mißtrauischem Blick und hängenden Schultern.

»Wie viele leben noch dort drinnen, und wie viele sind tot?« fragte Durragon.

Ezeki zuckte die Achseln. »Ein Viertel ist vermutlich tot.«

»Wie lange noch, bis alles tot ist?«

»Jahrzehnte. Oder auch nur wenige Jahre. Relevant ist nämlich nicht der äußere Zerfall, sondern der Kollaps der städtischen Steuerungs- und Regenerationseinrichtungen.«

»Wäre es einen Versuch wert, hineinzugelangen?«

»Wenn die Stadt dich nicht hineinlassen will, kommst du auch nicht hinein.«

»Ich glaube schon, daß es Möglichkeiten gibt«, spekulierte Durragon. »Du hast gesehen, was mit Tomoye geschehen ist. Wir könnten uns mit Feuer einen Weg in diese Stadt erzwingen.«

»Du ... – ich bitte meine Offenheit zu entschuldigen, aber es ist meine Aufgabe, dich vor Schwierigkeiten zu bewahren – du kennst das Potential der Städte nicht. Ich habe sie jahre- und jahrzehntelang beobachtet und mich zudem von Männern unterweisen lassen, die sie noch viel länger studiert haben. Die Stadt verfügt über Verteidigungseinrichtungen, an denen deine Männer scheitern werden. Du hast schon vor Tomoye viele verloren, und die Stadt war geschwächt.«

Durragon bedeutete Nebeki, ihm eine Karte zu bringen. »Die Stadt ist leer und liegt im Sterben. Diese Stachel können uns nicht lange aufhalten. Eine Gruppe von Männern wird durchkommen – darauf wette ich –, und du wirst zu ihnen gehören.«

»Es ist früher schon versucht worden.«

»Ja, bei gesunden Städten. Aber diese hier ist schwach und wankelmütig. Ich kann es riechen, wie einen sterbenden Dschungel. Wir haben die Chance, sie einzunehmen.«

Der Habiru zuckte die Achseln, ergriff eine Karte und studierte sie. »Du wirst viele Männer verlieren.«

»Sie sind Jäger. Sie werden sich nicht beklagen, weil ich sie auf Schritt und Tritt begleite. Wie ich gehört habe, enthalten die Städte Wissen, das einem Mann mit meinen Ambitionen nützlich wäre. Solches Wissen könnte mir einen unglaublichen Vorteil verschaffen. Glaubst du nicht auch, daß es nach tausend Jahren Chaos wieder Zeit für einen Führer wird?«

Der Habiru nickte. »Vielleicht. Aber hast du denn überhaupt das Zeug zu diesem Führer?« Ein Anflug von Angst überkam ihn ob dieser Kühnheit.

Durragon behielt sein Lächeln bei. »Ja. Wenn das nicht der Fall wäre, hätte ich dich für deine Unverschämtheit nämlich sofort getötet. Aber meine Pläne lassen Raum für Dreistigkeiten. Ich bin nämlich selbst frech. Ich habe vor, ein Zeitalter des Niedergangs zu beenden. Ich verachte die Schwäche meiner Vorfahren.«

»Der Plan ist auch nicht dümmer als irgendein anderer«, konzedierte Ezeki. »Mein Leben ist auch nicht wertvoller als das eines anderen. Ich werde gehen.«

»Nur um zu sehen, was sich in der Stadt verbirgt?«

»Nur deswegen … ja.« Der Habiru schloß die Augen.

Reah verließ den Kontrollraum und sah sich mit drei Monstern konfrontiert. Eines war wie ein rollender Kleiderständer gebaut, dessen kleiner runder Kopf mit Antennen bestückt war. Der zweitgrößte war ein klobiger Würfel, der auf Insektenbeinen lief. Beim kleinsten handelte es sich um ein Insekt mit transparenten Flügeln, das ihre Schulter ansteuerte und ihre Wange mit feinen, drahtigen Fühlern berührte.

»Wir sind deine Diener«, sagte der Kleiderständer. »Ich bin damit beauftragt, dem Architekten deinen Standort und deine Aktivitäten zu melden, dieser Kasten ist zu deinem Schutz da, und dieses Insekt ist deine persönliche Schnittstelle zum Religions-Koordinator. Dürfen wir, als einfache Einheiten, dich warnen – zeige niemals Anzeichen von Sünde!«

»Ich habe die Warnung zur Kenntnis genommen«, sagte sie. »Wo befinden sich die Patienten?«

»Noch immer auf den unteren Ebenen.«

»Führt mich zu einem Transporter, damit ich sie besuchen kann.«

Langsam flog sie in einem Gleiter auf einer spiralförmigen Bahn einen Abwärmeschacht hinunter und landete auf dem fließenden Dekor der Basis. Als sie das summende Fahrzeug verließ, sah sie, wie eine Menge geschäftiger Stadt-Teile, die große Ähnlichkeit mit ihrem Kleiderständer hatten, von einem Korridor zum anderen hasteten und dabei schrill pfiffen.

Rebecca trat unter dem Bogen des Abwärmeschachtes hervor und sah Reah im Mittelpunkt des Bodendekors stehen. Sie hielt verwirrt inne und wurde von drei flexiblen Metallarmen gepackt. Das Gerät – ein mechanischer Torso auf einem Kettenfahrgestell – hob sie vorsichtig in die Höhe. »Hör auf!« schrie sie. »Wir gehören hierher!«

»Was ist da los?« fragte Reah den Kleiderständer.

»Sie sind jetzt geheilt. Sie müssen wieder nach draußen gebracht werden.«

»Ich will, daß sie bleiben.«

»Das hast du nicht zu entscheiden«, beschied sie der Kleiderständer.

»Warum nicht? Ich kontrolliere doch die Stadt.«

»Nur diejenigen, die medizinische Hilfe benötigen, dürfen bleiben. Diese Leute sind jetzt gesund. So läuft das in der Stadt.«

»Dann nimm die Anweisung zurück.«

»Das ist nicht möglich.«

»Reah!« schrie Rebecca. »Laß das nicht zu!«

Reah mußte hilflos mitansehen, wie die ehemaligen Patienten von *Wiederauferstehung* jenseits der Silikat-Barriere abgesetzt wurden. Sie schämte sich irgendwie, denn sie freute sich fast über ihr Verschwinden. Die Stacheln reckten sich hoch in die Luft, und die Schreie verhallten.

»Keine Möglichkeit, sie zurückzuholen?« fragte sie.

»Keine.«

»Dann ist es Zeit, an die Arbeit zu gehen.«

Nebekis Jäger griffen die neuen Exilanten eine halbe Stunde nach ihrer Vertreibung aus der Stadt auf. Durragon musterte sie, stellte dabei fest, daß diese Menschen aus verschiedenen Dörfern und Städten stammten, die er überfallen hatte, und konfrontierte sie mit präzisen Fragen: Was hatten sie in der Stadt gesehen? War jemand zurückgeblieben?

»Es ist noch eine Frau dort«, meldete ein junger, dunkler Mann in einem gelben Anzug.

»Wie ist dein Name?« fragte Durragon.

»Belshezar.«

»Was für eine Frau?«

»Eine Muslimin«, sagte Rebecca verächtlich. »Übler als das Übelste – eine Hexe! Die Stadt hat sie nicht verjagt. Sie hat sie verhext.«

»Wie seid ihr überhaupt in die Stadt gekommen?« fragte Ezeki und ging langsam um die Zwölfergruppe herum. Er berührte Belshezars Kleidung.

»Wir waren krank«, sagte Belshezar und wich zurück. »Verwundet.« Er schaute sich in plötzlicher Angst um. »Ihr seid diejenigen, die unsere Städte niedergebrannt haben …«

»Das tut jetzt nichts zur Sache«, meinte der Habiru. »Das reicht fürs erste.« Er sah Durragon durchdringend an. »Nichts mehr da zum Abfackeln, was? Wir brauchen Informationen. Gebt sie uns, und ihr werdet keine Schwierigkeiten bekommen.«

»Ihr wollt in die Stadt hinein?« erriet Belshezar.

Durragon schwang seine Reitgerte – eine Marotte, denn sein Tragtier reagierte gar nicht auf die Peitsche – und hob Belshezars Kinn damit an. »Antworte dem alten Mann und zerbrich dir nicht den Kopf über unsere Pläne.«

»Nimmt sie denn alle Verwundeten auf?« fragte Ezeki.

»Alle, die wir kennen«, erwiderte Belshezar. »Die meisten von uns sind nur durch Zufall gekommen. Sie ließ uns hinein, aber es ging uns so schlecht, daß wir es fast gar nicht mitbekommen haben. Sie hat einige von uns mit Maschinen geborgen.«

»Die Stadt hat euch wirklich *hineintransportiert?*« fragte Durragon.

Belshezar nickte. »Sie ist verwirrt und kann nicht mehr ...« Er vollführte mit dem Finger eine kreisende Bewegung um sein Ohr.

»Sie ist verrückt«, interpretierte Ezeki.

»Kannst du eine Karte von ihrem Inneren zeichnen?« fragte Durragon.

»Vielleicht, wenn wir alle zusammenarbeiten.« Belshezar schaute trotzig auf. »Falls wir gut behandelt werden.«

Ezeki ließ ihnen einen Tisch und Papier bringen. »Ich bin sicher, daß unser General euch anständig behandeln wird.« Er schickte die Frauen weg und ließ die Männer im Zelt Platz nehmen. Die Frauen wurden in ein anderes Zelt gebracht, und Breetod postierte eine Wache davor, denn der Gesichtsausdruck der Jäger hatte ihm überhaupt nicht gefallen.

Gegen Abend präsentierte der heftig schwitzende Belshezar Durragon und dem Habiru den Stadtplan, wobei er von seinen Kameraden zögernd unterstützt wurde.

Vom Rand einer auf halber Höhe der Stadt befindlichen Promenade beobachtete Reah die Zelte und Lagerfeuer der unten massierten Armee. Die Gesellschaft des Kleiderständers, des Kastens und des Insekts ging ihr allmählich auf die Nerven, aber sie konnte sie nicht loswerden. Außerdem beantworteten sie die meisten ihrer Fragen. Sie ermüdete jedoch schnell, und in ihrem Kopf jagten sich endlose Konzepte, die auf der Basis der bereitgestellten Informationen entwickelt wurden.

Plötzlich dämmerte es ihr, daß die Armee dort unten nicht nur aus schlichten Jägern bestand. Ihre trüben Erinnerungen an den Überfall auf Akkabar und die Ruinen der Habiru kehrten zurück, und sie rieb sich heftig die Augen, als ob sie auf diese Weise die neuen Sorgen vertreiben wollte.

»Was tun sie dort unten?« fragte sie.

»Wir wissen es nicht«, sagte der Kleiderständer.

»Können sie in die Stadt gelangen?«

Das Gerät schwieg für eine ungewöhnlich lange Zeitspanne. »Wir halten es für möglich, daß sie hereinkommen können.«

»Wie?«

»Wenn irgend jemand von ihnen verwundet werden sollte, werden sie von einigen Abschnitten der Stadt zur Behandlung hereingelassen.«

Sie wandte sich von der Brüstung ab und betrachtete die in weichem Licht glühenden Gärten jenseits der Galerien. Der Geruch von Gras und Kirschblüten verquickte sich mit dem feuchten Fallwind von den höheren Ebenen. »Wenn sie die Stadt angreifen, wird sie sie abwehren können?«

»Ja. Wenn sie angreifen, wird niemand von ihnen hereinkommen.«

»Wird sie sie töten?«

»Nein, nicht direkt.«

»Was heißt das?«

»Durch die Verstärkung ihrer äußeren Barrieren werden wahrscheinlich viele sterben, bevor sie weit kommen. Das ist schon einmal geschehen.«

Sie schloß die Augen und genoß die Dunkelheit. »Kannst du mir ein Zimmer in der Nähe beschaffen?«

»Sicherlich«, meinte der Kleiderständer. »Bitte folgen.«

Wiederauferstehung hatte einst sechshunderttausend Menschen beherbergt. Die Mannigfaltigkeit der Unterkünfte kam Reah schier endlos vor. Ihre Führer geleiteten sie durch Versammlungshallen, deren Einrichtung aus nun verrottenden Tischen und Stühlen bestand. Obwohl es in Akkabar keine Schulen im eigentlichen Sinne gegeben hatte, hatte sie in einer der Habiru-Städte doch Klassenzimmer gesehen. Die Räume um die zentralen Versammlungshallen waren anscheinend Unterkünfte für Kinder – sie waren kleiner, und auch die Möbel, respektive das, was von ihnen noch übrig war. Das Dekor war farbenfroh und schlicht. Einige Räume befanden sich noch in einem guten Zustand, und in einen solchen wurde sie geführt. Das Bett war klein, aber es reichte für sie aus. Sie legte sich hin und rollte sich wie ein Embryo zusammen.

Die drei Maschinen postierten sich vor der Tür und bereiteten sich auf die Nachtwache vor. Überall, wie die reduzierte Herzfrequenz eines Schläfers, verklangen die Geräusche der Stadt.

Sie erwachte vor der Morgendämmerung und nahm an einem kleinen Metalltisch ein schnelles Frühstück ein. Die Kücheneinheiten kamen aus ihren Wandnischen hervor und servierten ihr das Essen – Obst und eine Schale mit einem heißen Getreideerzeugnis, das eine gewisse Ähnlichkeit mit dem in Akkabar üblichen Weizenschleim aufwies. Als sie aufgegessen hatte, schaute sie auf die große Tür, die sich seit ihrer Ankunft noch nicht geöffnet hatte. Sie fragte den Kleiderständer, was sich hinter der Tür verbarg.

»Lehrmittel, glaube ich«, antwortete er. »Möchtest du sie sehen?«

»Zeig sie mir«, verlangte sie.

Der Kleiderständer richtete seine Antennen aus, und die Tür schwang auf und gab den Blick in eine Art Wandschrank frei. Reah schaute hinein und sah etliche merkwürdige Maschinen an den Wänden. Eine sah aus wie ein aus Gartenpflanzen gefertigtes Schaukelpferd, und bei einer anderen handelte es sich um einen robotischen Oktopus. Es gab eine Kollektion von Puppen, die ihr bis ans Knie reichten und von denen jede einzelne sehr detailliert und lebensecht war. Zur Hälfte stellten die Puppen Erwachsene dar, zur Hälfte Kinder.

Das Spielzeugpferd erhob sich ungelenk und gab einen Laut wie raschelndes Zellophan von sich. Ein Bein fiel ab, und das Pferd stürzte um und krachte mit dem Kopf auf den sich windenden Oktopus. Beide zerbröselten zu Glasscherben, und ein starker Geruch nach Kunstharz erfüllte den Schrank. Zwei Puppen marschierten heraus und schauten fragend zu ihr auf.

»Damit haben wir gespielt«, eröffnete die Erwachsenen-Puppe, wobei sie sich des alten englischen Idioms bediente. Reah wich keuchend zurück – die Geister zweier Kinder waren aus der Wand über dem Bett materialisiert, herabgeklettert und hatten sich neben die Puppen gekniet. Der Kleiderständer registrierte ihren Schock, ließ die Kinder sofort verschwinden und schloß die Puppen weg.

»Wir bedauern es, falls du dich erschreckt haben solltest«, sagte er und rollte auf sie zu. Sie schüttelte den Kopf und streckte die Hand aus.

»Ich bin an so etwas nicht gewöhnt – an Geister.«

»Wir haben das Gegenteil angenommen. Du hast doch schon gesehen, wie solche Gestalten in der Stadt als Führer eingesetzt werden.«

»Ja, aber doch keine Kinder. Nicht die Geister von Kindern. Sie sind tot...«

Ihre Stimme versagte. »Mein Kind ist auch tot und kann nicht zurückkommen. Warum sollten dann diese Kinder noch lachen und spielen? Bring mich zurück zum anderen Haus.«

Der Kleiderständer zögerte zunächst, folgte dann jedoch der Anweisung.

Der alte Habiru saß auf einem Felsen vor der stacheligen Barrikade der Stadt und dachte nach. Breetod stand mit gelangweiltem Blick neben ihm. Durragon erachtete den alten Mann für wertvoll und hatte daher eine Wache für ihn abgestellt. Monat um Monat zog ins Land, und die Jäger wurden immer aufsässiger.

»Nun«, sagte der Habiru und atmete tief durch. »So wird es funktionieren. Wird Durragon herkommen, oder soll ich ihn aufsuchen?«

»Ich glaube, daß du besser zu ihm gehst.«

Nachdem er sich erhoben hatte, drückte der alte Mann die Knie durch und folgte Breetod durch das Lager zu Durragons Zelt. Der erste Schimmer der Morgendämmerung blendete die Sterne mit schnell dahinjagenden, orangefarbenen Schäfchenwolken aus. Breetod stand an der Zeltöffnung und schlug sie für den Habiru zurück.

Drinnen saß Durragon und aß einen Apfel, der von einem der wilden Bäume in der Nähe des Lagers gepflückt worden war. Der Habiru verharrte einen Moment neben ihm und wartete darauf, daß der Feldherr Notiz von ihm nahm.

»Alles in Ordnung, ja?«

»Du wirst zehn von uns verwunden und uns durch die Barrikade bringen. Ich möchte, daß der Muslim Musa Salih uns begleitet … und Breetod auch.«

Breetod hob die Augenbrauen, verkniff sich aber eine Bemerkung.

»Du glaubst, daß die Stadt uns Zugang gewähren wird?«

»Vielleicht.«

»Was wirst du tun, wenn du hineingelangt bist?«

»Wir wissen, wie einige der denkenden Stadt-Teile aussehen. Wenn sie nach der Zusammensetzung der Stadt nicht im Hauptkörper verschwinden, könnten wir sie finden und für uns gewinnen. Das wird lange dauern, Jahre vielleicht. Wir können dann die Stadt dazu zu veranlassen, daß sie ihre Barrieren abbaut und deine Armee einläßt.«

Durragon schauderte. »Der Himmel möge das verhüten. Die Jäger verfolgen die Städte – aber sie wissen nicht, wie man sich im Innern einer Stadt verhält. Und wozu brauchst du Musa Salih?«

»Er wird mit der moslemischen Frau in der Stadt sprechen und sie davon überzeugen, daß wir nichts Böses wollen.«

»Nur für den Fall, daß sie wirklich die Stadt kontrolliert, was? Warum ist sie immer noch drin, während die anderen verjagt worden sind?« Durragon warf den Apfelrest in einen Nachttopf aus Messing.

»Vielleicht hat sie sich noch nicht ganz erholt«, gab Nebeki aus dem Hintergrund des Zeltes zu bedenken.

»Nein, sie ist gesund«, wußte der alte Mann. »Jedenfalls behauptet dieser Bursche Belshezar das. Und Belshezar sollte auch mit uns kommen.«

»Welche Verwundungen soll ich dir beibringen?«

Der alte Mann lächelte düster. »Keine schweren. Schnittverletzungen an den Beinen, auf dem Rücken und vielleicht noch an den Armen.«

»Wirklich keine schweren, hä? Was, wenn die Stadt bemerkt, daß die Verwundungen nur leicht sind und dich nicht hineinläßt?«

»Dann werden wir uns eben selbst heilen. Das haben wir auch früher schon getan.«

»Mir gefällt der Plan nicht«, sagte Breetod stirnrunzelnd. »Im Kampf verwundet werden ist eine Sache.

Aber kampflos dastehen und sich verwunden lassen, ist dann doch eine andere.«

»Dann werde ich gehen«, sagte Nebeki und erhob sich. »Ich wollte schon immer einmal das Innere einer Stadt sehen.«

Breetod schaute ihn düster an und schüttelte den Kopf. »Nein danke. Ich werde gehen, aber deswegen müssen mir die Vorbereitungen ja nicht gefallen, oder? Geh und treibe Freiwillige auf – sechs, stimmt's? Außer dir, dem Moslem und Belshezar.«

Ezeki nickte. »Wir können schon heute morgen gehen, so früh wie möglich. Vergangene Nacht war in der Stadt alles ruhig – man könnte sagen, sie hat gut geschlafen. Die meisten Städte sind nämlich unruhig, selbst wenn sie sich schon lange an einem Ort befinden.«

»Manche sagen, daß sie Alpträume haben«, warf Durragon ein und starrte Ezeki an. »Glaubst du, daß sie träumen, alter Mann?«

Er schüttelte den Kopf. »Jedenfalls nicht von guten Zeiten. Sie träumen von unseren mannigfaltigen Sünden, General, die sie so empört hatten, daß sie uns auskotzten.«

»Dann ist das, was wir vorhaben, so, als ob wir eine Frau vergewaltigten, die uns abweist, eh? Nobler Plan, echt.« Durragon erhob sich, und Nebeki reichte ihm sein Kettenhemd. Als er es angelegt hatte, bedeutete Durragon dem Läufer, das Zelt zu verlassen. »Bist du noch immer religiös, alter Mann?« fragte er. Der Habiru hob die Schultern.

»Kein gerechter Gott würde jemanden wie dich – oder einen Verräter wie mich – lange leben lassen. Der größte Teil unserer Religion ist in Städten begraben, die uns den Blick darauf verwehren. Wir haben unsere Bücher nicht mitgenommen, als wir ins Exil gingen, General. Keinen Talmud, nur ein paar Bände des Pentateuch, der Geschichte der Erde. Einen Satz Magnetbänder. Sonst nichts. Die meisten dieser Bänder sind jetzt vernichtet bzw. wir haben keine Lesegeräte.«

»Aha, um das Wissen hervorzuholen! Die Informationen, mit denen wir so leben könnten, wie unsere Vorfahren es taten – zu den Sternen reisen und Dinge tun, welche die heutigen Menschen als Zauberei bezeichnen würden. Meine Religion besagt, daß die Menschen wie Gott sein sollen. Und welche Religion hast du?«

Der alte Mann antwortete nicht.

»Manchmal spreche ich im Schlaf mit den Göttern und rufe sie der Reihe nach auf. ›Kommt, redet, zeigt euch‹, sage ich, und sehe sie vorbeistaksen, Schattengestalten, die meine Fragen entweder mit meiner eigenen Stimme beantworten oder mit der Stimme eines Wesens, das mir sehr ähnlich ist, sich aber tief in meinem Inneren verbirgt. Nie mit ihren eigenen Stimmen. Da drängt sich doch die Vermutung auf, daß alle Götter Kriecher und Diener sind. Müssen früher mal andere Kerle gewesen sein, eh? Bevor brennende Büsche und Stimmen in den Bergen zum Alltag gehörten und die Menschen die Regie übernommen haben.«

»Viele Führer haben sich schon für Götter gehalten«, stellte Ezeki fest. »Das ist ein gefährlicher Trugschluß. Womöglich glaubt dir das am Ende noch jemand.«

»Ich bin kein Gott; ich habe auch nie einer sein wollen«, wiegelte Durragon ab. »Kein Gott würde sich nämlich eine Truppe wie die Jäger halten, und was wäre ich ohne meine Truppen? Nicht mehr als du – vielleicht noch weniger. Du weißt, warum sie mich den Apostaten nennen, alter Mann?«

Ezeki schaute starr geradeaus.

»Weil ich einmal Rabbineranwärter war. Was sagst du nun dazu? Ich war jung und gläubig. Dann gelangte ich jedoch zu der Ansicht, daß die Lehre der Katholiken attraktiver war. Und danach schloß ich mich einer Sekte an, die eine sehr böse, häßliche Göttin verehrte. Aber im Grunde sagte mir keine dieser Lehren richtig zu. Vom Rabbi zum Heiden und dann zum Agnostiker.«

Der alte Mann lächelte, was selten vorkam.

»Dir gefallen meine Offenbarungen, hä?« erkundigte sich Durragon. »Ein seltener Lichtstreif am dunklen Horizont. Ja, ich weiß, wie du über mich denkst. Erfrischend. Aber wir werden sicherlich nicht zusammen alt werden, nicht, wenn unsere Ambitionen so weit auseinandergehen. Geh und schau dir Breetods Freiwillige an. Erzähle Belshezar nichts von meinen Plänen, bis ich selbst mit ihm spreche.«

Die Stadt lag still in der Morgendämmerung. Nebel wallten um ihre Basis, und dünne Schichtwolken zogen über ihre höchsten Türme hinweg, wobei sie die Mauern mit Tau benetzten. Die morgendlichen Lagerfeuer breiteten sich wie ein Teppich aus orangefarbenen Sternen unter dem Dunst aus. Reah stand auf dem Balkon; das Insekt hatte sich sachte in die Schulter gekrallt, der Kleiderständer stand hinter ihr und der Würfel befand sich zu ihren Füßen.

»Wenn die Stadt irgendeinen von ihnen hereinläßt, gibt es dann andere Teile, die mir gehorchen und sie wieder hinauswerfen?«

Der Kleiderständer antwortete nicht. Der grüne Uhrwerkskörper des Insekts rasselte. Sie wollte seinen kristallinen Kopf berühren, aber es zuckte unter ihren Fingern zusammen. »Ich darf es dir erklären«, sagte der Kleiderständer. »Der Religions-Koordinator möchte die Hilfsbedürftigen jetzt behandeln …«

»Sie wollen doch nur in die Stadt«, sagte Reah.

»Wir haben sie beobachtet, und sie verhalten sich wie andere Jäger auch, obwohl sie zahlreicher sind als sonst.«

»Sie sind organisiert. Sie haben meine Stadt niedergebrannt, und sie werden auch diese zerstören, wenn sie die Möglichkeit dazu bekommen.«

»Viele Stadt-Teile stehen nicht mehr unter der Kontrolle des Architekten. Wieder andere – wie zum Beispiel die Defensiv- und Medo-Systeme – sind autonom und unterstehen nicht dem Kommando einer Zentralautorität.«

»Nicht einmal meinem Befehl?«

Der Kleiderständer überlegte. »Ich glaube nicht.«

»Nicht einmal mit deiner Hilfe?«

»Wenn diese Jäger tatsächlich eine Bedrohung für die Stadt darstellen…«

»Das tun sie.«

»Aber sie können nur dann in die Stadt gelangen, wenn sie verwundet oder behindert sind.«

»Sie werden Selbstverstümmelungen vornehmen, nur um einige von ihnen einzuschleusen – und dann werden sie die Stadt töten.«

»Woher willst du das wissen?«

»Das ist doch offensichtlich. Sie müssen die anderen gefangen haben.«

Das Insekt zappelte nervös. Reah zuckte genervt die Schultern, und es flog davon, wobei es auf seinem Flug ins Innere der Stadt einige Stützstreben umrundete.

»Warum stirbt die Stadt denn?« fragte sie. Der Kleiderständer gab einen tiefen Ton von sich, antwortete aber nicht. Sie wiederholte die Frage.

»Die Orte, an denen die Stadt sich in der letzten Zeit niedergelassen hat, waren für sie nicht geeignet. Dieses Gebiet verfügt nur über unzureichende Grundwasserreservoirs. Der Erdboden ist bloß für anspruchslose Vegetation geeignet.«

»Würde sie sich wieder erholen, wenn sie ein günstigeres Terrain fände?«

»Wahrscheinlich. Einige Sektionen sind bereits tot und unwiderbringlich verloren, aber andere sind noch regenerierbar.«

»Wie könnten wir die Stadt in Bewegung setzen?«

»Das liegt außerhalb meiner Erfahrung. Ich spreche zwar oft mit dem Architekten, aber er meldet sich nur selten bei mir.«

»Könnte er es denn wissen?«

»Sie. Der Architekt ist ein Konsortium aus Agenturen.«

»Könnten sie es also wissen?«

»Diese Einheit hält es für möglich.«

Reah runzelte die Stirn. »Wir könnten eine Menge bewirken mit dieser Stadt.«

»Die Stadt stirbt«, gab der Kleiderständer zu bedenken. »Ihr Sterben begann schon vor langer Zeit, als sie ihre Bewohner vertrieb. Eine Stadt kann nicht unbewohnt sein.«

»Kinder«, sagte Reah. »Kinder können ohne eine Gemeinschaft nicht überleben – zumindest nicht sehr gut. Und kranke Kinder – denen kann niemand helfen. Die Stadt könnte einen Platz für Kinder finden – die meisten von ihnen brauchen irgendwann einmal medizinische Betreuung. *Wiederauferstehung* könnte ihnen ein Zuhause bieten, eine Schule und ein Krankenhaus. Tausenden von Kindern ...« Sie schaute auf den sich auflösenden Nebel über dem Lager.

»Stimmt etwas nicht?«

»Was? O nein. Ich fühle mich nur etwas unwohl. Zuwenig Schlaf, glaube ich.«

Ezeki ließ die Freiwilligen antreten und setzte ihnen, im Jäger-Dialekt, auseinander, was ihnen bevorstand.

»Dat ihr, tapfere Männer alle, werdet geschnitten untief ...«

Die Jäger hörten ungerührt zu und schauten dann zu den drei Jäger-Assistenten hinüber, die unter einem Baum saßen und ihre Messer in einem Feuer erhitzten. Als Ezeki seinen Vortrag beendet hatte, wandte er sich zu Durragon um. Durragon bedeutete den Männern, sich einzeln zu dem Baum zu begeben, Ezeki zuerst, dann Musa Salih und danach Breetod.

»Dat sie, im Glühen, nit ritzen weit wegen Eiter«, erläuterte Ezeki. Die Freiwilligen sahen mit einer Mischung aus Angst und Interesse zu, wie der Schwertkämpfer den Rücken des alten Habiru leicht aufritzte. Blut rann herunter.

»Jetzt den Arm«, sagte Ezeki und zuckte zusammen. Die Klinge schnitt leicht vom Handgelenk bis zum Ellbogen. »Jetzt den Gürtel um den Oberarm wickeln«, befahl er. Er verscheuchte winzige Insekten, welche die Wunde umschwärmten. Einer nach dem anderen wurde auch der Rest behandelt, bis schließlich der letzte mit bleichem Gesicht zurückkam und schmerzerfüllt die Augen schloß.

»Dat wir, voran jetzt, schnellschnell«, ordnete Ezeki an. Breetod bedeutete ihnen, dem alten Mann zu folgen. Sie marschierten durch den inneren Bereich des Lagers und verhielten vor der stacheligen Barriere auf der glasierten Außengalerie der Stadt.

»Wir sind verwundet!« kreischte Ezeki, wobei er gar nicht mal übermäßig schauspielern mußte.

»Wir brauchen Hilfe!« Nebeki ging mit einer weiteren Abteilung Soldaten hinter den Zelten in Deckung und wartete darauf, daß die Stacheln sich senkten. Durragon sah mit gegrätschten Beinen und hinter dem Rücken verschränkten Armen zu.

Die Stacheln blieben in Position. Ezeki löste den Gürtel vom Arm und quetschte noch mehr Blut heraus. »Seht, wir sind verwundet!« schrie er, diesmal schon ungehalten. »Wir benötigen medizinische Betreuung!« Er wischte mit einer Hand über den Arm und verschmierte das Blut auf einem Silikat-Stachel. Der erzitterte unter der Berührung.

Durragon schüttelte den Kopf. Er wandte sich seinem Burschen zu und schickte nach den Kräuterkundlern des Lagers.

Breetod fühlte sich schwach und elend. Sein Gesicht war blaß, und sein schweißüberströmter Körper durchnäßte die zerlumpte Montur. Die Morgenluft war kalt wie Eis. Musa Salih sackte auf die Knie, und ein Jäger half ihm wieder auf die Beine. Ezeki fluchte unterdrückt und drehte sich zum Lager um. »Bringt die …«

Die Stacheln schlugen mit einem glockenartigen Hallen aneinander. Stimmen wurden unter den ein Dutzend Meter entfernten Soldaten laut. Ezeki wandte sich um und sah, wie sich in der Barriere eine Öffnung auftat – die Stacheln wurden umgelegt und bildeten eine ebene Fläche. Er stolperte vorwärts. Breetod, Musa Salih und Belshezar folgten. Die verwundeten Jäger blieben entsetzt zurück, bis Durragon sie brüllend zum Weitergehen aufforderte. Ihr Blut besudelte den Boden.

Nebeki wartete, bis der letzte Mann durch die Öffnung gegangen war. »Jetzt!« schrie Durragon.

Das zweite Einsatzkommando tauchte mit dem General an der Spitze hinter den Zelten auf und hetzte zu der Bresche, um noch durchzukommen, bevor sie sich wieder schloß. Nebeki erreichte die Barriere als erster. Er flankte über einen sich aufrichtenden Stachel – und riß erschrocken die Augen auf, und sein Kiefer klappte nach unten, als ein zweiter Stachel nach oben zuckte, sich ihm in den Magen bohrte und ihn hoch in die Luft hob. Die Stadt bellte, als ob sie Qualen litte, griff Nebekis Schrei auf und verstärkte ihn tausendfach. Der Rest der zweiten Gruppe fiel zurück und hielt sich die Hände auf die Ohren. Der Lärm ebbte ab, und Durragon schaute auf. Nebeki war über die Barriere geschleudert worden. Sein Leichnam lag verkrümmt auf dem Boden. Die Stacheln vibrierten noch immer. Sie schossen mit einem Ruck in die Höhe. Neue Stacheln krochen unter der Barriere hervor und marschierten auf das Lager zu. Durragon hatte bereits die Flucht ergriffen und befand sich dicht vor seinen Leuten. Sie traten den Rückzug an, stolperten über Zeltheringe, Seile und übereinander. Sie rannten über gefallene Jäger und Ausrüstungsgegenstände hinweg, wobei sie wie Gazellen sprangen.

Binnen zwei Minuten war ein Drittel des Lagers vernichtet, und die Barriere beendete ihre Expansion. Durragon lag mit vor Schreck verzerrtem Gesicht dort, wo er gestürzt war, kaum drei Meter von den neu gesprossenen Stacheln entfernt. Sein Adjutant lag mit gebrochenen Augen zerschmettert auf der Erde, und Blut tröpfelte aus seinem Mund.

Der General schrie sich die Kehle heiser, erhob sich dann und säuberte seine Kleidung.

Reah versteckte sich hinter einer Säule und lauschte dem Gespräch der Männer. Sie hörte Belshezars Stimme heraus. Der Kleiderständer verharrte reglos in der Nähe, wobei seine Konstruktion leise Geräusche von sich gab. Sie hob einen Finger und schob ihn ins Blickfeld der Männer.

Breetod registrierte die Bewegung aus dem Augenwinkel und wandte langsam den Kopf. Ihm standen Schweißperlen auf der Stirn und kullerten in die Augen, daß er blinzeln mußte. Belshezar zeigte auf den Kleiderständer. »Dort ist ein Arbeiter – er weiß hier Bescheid.«

Reah wartete, bis die Männer sich im Korridor befanden und nickte dann.

»Bald werden medizinische Einheiten eintreffen, um euch zu versorgen«, verkündete der Kleiderständer. »Bitte bleibt, wo ihr seid.«

Ezeki sank auf die Knie und schwenkte den Kopf wie ein krankes Tier. Er schluckte schwer und schaute zu den Wundern des Stadtinneren empor. Alles hier war sauber, warm und behaglich. Der Boden unter seinen Knien und Zehen war weich und elastisch. Die Luft war angefüllt mit den von der Vitalität der Stadt kündenden Lauten, die fast wie Musik klangen. Die Stadt mochte vielleicht krank sein, aber sie war alles andere als hinfällig.

Musa Salih brachte ein *hijab*, ein Amulett, zum Vorschein und drückte es auf beide Augen, wobei seine Beine zitterten. »Sie haben uns zu tief geritzt«, diagnostizierte er. »Wir sind geschwächt.«

Reah griff in ihre Kutte und zog ein Messer heraus, das sie einem toten Gartenroboter abgenommen hatte.

Belshezar sah den Arbeiter herumwirbeln. Dieser zeigte auf ihn und kündigte an, daß er sie überprüfen würde. Dann trat Reah hinter dem Pfeiler hervor. Sie war in ein rotes Gewand gehüllt und hatte das Messer im Ärmel versteckt. Breetod zog das Schwert. Musa Salih lächelte nur.

»Was sucht ihr hier?« fragte Reah gleichmütig.

»Wir sind im Kampf verwundet worden«, log Ezeki. »Die Stadt hat uns Zuflucht gewährt.«

»Ihr habt euch die Wunden selbst zugefügt«, erwiderte Reah. »Ihr habt euch selbst aufgeschlitzt, um hereingelassen zu werden.«

Belshezar runzelte die Stirn. »Warum bist du denn immer noch hier? Du bist doch gesund.«

»Ich kontrolliere jetzt die Stadt.«

»Weib, deine Eitelkeit ist unglaublich«, sagte Musa Salih in der alten Mundart. »Tritt zurück und laß die Männer ihre Arbeit tun. Vertraust du denn nicht auf Allah?«

»Aus welchem Dorf kommst du?« fragte sie auf Englisch.

»Aus der *Medain*, den Städten im Norden. Du sprichst die alte Sprache?«

Reah antwortete nicht. »Ich will, daß ihr alle verschwindet. Die Stadt wird eure Wunden verbinden und euch dann am Stadtrand absetzen, wo ihr euch wieder euren Soldaten anschließen könnt.«

»Wir sind Schutzsuchende«, behauptete Musa Salih

und grinste sie zähnebleckend an. »Du kannst uns nicht zurückweisen.« Er sprach noch immer in der alten Mundart. Früher, so dachte sie, mußte er wohl ein Gelehrter gewesen sein.

»Ich weise euch nicht zurück. Ich behandele euch und lasse euch dann frei, wie wilde Tiere, die ihr nun einmal seid.«

»Genauso wenig kannst du uns Essen, Trinken und Informationen versagen. Das schreibt der Codex unseres Volkes vor.«

»Du machst gemeinsame Sache mit *Nasrany* und *Judah* und willst mir etwas über den Codex unseres Volkes erzählen?«

»Sie sind Menschen wie du und ich«, sagte Musa, wobei er nun in die englische Sprache verfiel. »Sind wir denn nicht alle vor langer Zeit ins Exil geschickt worden, Gläubige und *káfir* gleichermaßen? Wir waren alle nicht vollkommen.«

»Woran auch immer es uns gefehlt hat, die Städte können uns bei der Suche nicht behilflich sein. Belshezar, zeige ihnen die Krankenstation. Die Stadt sieht alles. Kein elender Soldat kann ...« Sie brach mitten im Satz ab und schüttelte den Kopf; dann wandte sie sich dem Kleiderständer zu. »Du beaufsichtigst sie und sagst mir Bescheid, wenn sie gegangen sind.«

Belshezar ging um sie herum, wobei er sich indessen schwach und erschöpft fühlte. »Du lügst«, behauptete er. »Du bist noch immer verrückt. Die Stadt kann dich nicht heilen.«

»Es kümmert mich nicht, was du denkst«, erwiderte Reah. Sie lächelte die anderen freudlos an. »Seid vorsichtig. Diese Stadt steckt voller Geister. Je eher ihr sie verlaßt, desto besser für euch.« Zu den Jägern sagte sie: »Dat Polis will euch nit, comprende?«

Dann wandte sie sich ab und ging in Richtung des Abwärmeschachtes davon.

Sie wollte sie auf keinen Fall in der Stadt haben. Sie

würden nur ihre Pläne durchkreuzen – die Stadt würde sie nicht verjagen, solange sie nicht gesund waren, und bis dahin konnten sie jede Menge Unheil anrichten. Die Konfrontation war nur vertagt worden; solange sie nicht fort waren, konnte man sie mit Vipern in ihrem Bett vergleichen.

Sie kehrte zu dem im Scheitelpunkt der Stadt gelegenen Kontrollzentrum zurück. Sie ließ sich eine Karte der Umgebung auf einen Schirm in der Wand projizieren. Die Gegend um Akkabar wurde von einem breiten Fluß durchzogen. »Architekt«, sagte sie. Der Homunculus erschien auf dem Monitor. »Diese Karte ist falsch. Bereite dich darauf vor, Aktualisierungen durchzuführen.«

»Der Architekt hat alle Speicher der Stadt auf ROM-Modus geschaltet«, meldete die Gestalt. »Es können keine Informationen geändert werden, es sei denn in Notfällen.«

Sie seufzte. »Das ist doch offensichtlich ein Notfall. Die Stadt stirbt. Sie benötigt viel mehr Wasser, als ihr hier zur Verfügung steht. Sie hat die Grundwasserreservoirs im Umkreis von mehreren Meilen angezapft, und der Zufluß wird täglich schwächer. Am Zusammenfluß zweier Ströme jedoch muß es sogar in Dürrezeiten ein paar Dutzend Meter unter dem Flußbett Wasser geben. Das genügt für ein Dutzend Städte, wenn die Geologie, die ich bei euch gelernt habe, korrekt ist.«

»Willst du damit sagen, daß die Stadt sich in Marsch setzen solle?«

»Das will ich.«

»Zu welchem Zweck?«

»Um ein langes Leben und Gesundheit für ihre Komponenten zu gewährleisten.« Sie registrierte, daß der Homunculus seine Farbe verändert hatte. Sie sprach nun mit dem in Blau gekleideten Religions-Koordinator.

»Warum? Ist es denn nicht an der Zeit, daß eine leere Stadt stirbt?«

»Nein.« Sie zitterte vor Erregung. Die Stadt *wollte* tatsächlich sterben.

»Es hat keinen Sinn, weiterzumachen.«

»Doch, hat es. Ich werde städtische Transporter in alle im Umkreis von mehreren hundert Kilometern liegenden Dörfer entsenden und alle kranken Kinder einsammeln lassen. Diese Stadt kann sie heilen.«

»Kinder unterliegen dem Exil genauso wie Erwachsene.«

»Sind Kinder denn voller Sünde?«

»Ja. Diese Stadt ist baptistischen Glaubens. Jene ...«

»Das reicht! Du führst nämlich genau den Widerspruch an, der dich krank macht. Ich bin der Kommandant. Du wirst Stadt-Teile ausschicken, um die kranken Kinder in die Stadt zu bringen.«

Die Darstellung des Homunculus wurde plötzlich verschwommen und verwackelt. Reah, deren Finger in den Mulden steckten, spürte, daß sich etwas anbahnte. Weit unten, in einer der Steuertrommeln, starb etwas. Sie fragte sich, was das wohl war.

Der Architekt gewann seine Farbe zurück. »Ja?«

Sie holte tief Luft und nuschelte ein Gebet an Allah.

»Ich sage dir jetzt, wie es gemacht wird.«

Und die Stadt widersprach nicht.

Belshezar sah zu, wie die Medo-Roboter seine Wunden versorgten. »Ich würde für immer hier leben, wenn ich könnte«, sagte er.

Der bereits bandagierte Ezeki aß von einem Teller, den der von der Frau zu ihrer Aufsicht abgestellte Arbeiter hielt. »Sie werden dich rausschmeißen, wie sie es zuvor schon getan haben.«

»Warum ist sie denn nicht vertrieben worden?«

»Wie du schon sagtest, ist sie vielleicht noch immer

verrückt. Aber ich habe auch den Eindruck, daß ihr Wahnsinn Methode hat.«

Musa Salih grummelte aus tiefster Kehle. »Sie ist eine Frau. Frauen dürfen das Zelt eines Mannes nicht betreten, wenn sie unrein sind, viel weniger noch eine heilige Stadt. Diese Frau hat das Gebaren einer Hochgeborenen, der Frau eines bedeutenden Mannes. Sie werden immer hochnäsig, wenn ihr Mann einen hohen Rang hat.«

»Vielleicht hat die Stadt das erst aus ihr gemacht«, mutmaßte Ezeki.

»Sie war dumm, als sie herkam«, sagte Belshezar. »Wir sagten ihr, wie sie von der Stadt lernen konnte. Und jetzt zeigt sie uns ihre Dankbarkeit.«

»Wenn wir gehen, werden wir sie mitnehmen«, schlug Musa vor. »Sie kann uns dann sagen, was sie von der Stadt weiß.«

»Wenn wir gezwungen werden zu gehen«, präzisierte Ezeki. »Wenn sie bleiben kann, warum nicht auch wir?«

»Etwas bewegt sich vor der Stadt«, sagte Breetod und schaute aus einem Fenster, von dem man das breite Pflaster überblicken konnte, das die Stadt umgab. »Große Maschinen verlassen die Stadt!«

Durragon wurde vom neuen linken Flankenläufer aus dem Zelt geholt. »Sir! Dat wir kämpfen Biest von in'ner Polis!«

Er schlang sich den Schwertgürtel um die Hüfte und verließ das Zelt. Im Lager herrschte Durcheinander. In regelmäßigen Abständen hatten die Stacheln der Barriere sich flachgelegt und Toröffnungen geschaffen. Große Maschinen strömten nach draußen. Überwiegend handelte es sich um Transporter – Zugmaschinen mit humanoidem, aber kopflosen Torso, spinnenbeinigen Trägern und Radfahrzeugen mit langen, flexiblen Chassis und Radaufhängungen. Sie manövrierten vorsichtig durch das Lager, wobei sie offensichtlich keine destruktiven Absichten verfolgten, sondern nur auf der Durchreise waren. Hinter ihnen richteten sich die Stacheln augenblicklich wieder auf, und die Jäger betrachteten betrübt die Spuren, die durch das Lager verliefen.

»Hat irgend jemand mit den Männern dort drinnen Kontakt aufgenommen?« fragte Durragon. Der Läufer schüttelte den Kopf und hob die Schultern. »Dann versucht es, verdammt! Versucht, sie anzurufen. Verdammte Jäger.«

Der Läufer lächelte und stellte einen Männerchor zusammen.

Durragon fand nicht viel Schlaf bis zum Morgen. Die Jäger marschierten von einer Seite des Lagers zur anderen, wobei sie eine respektvolle Distanz zu den Stacheln wahrten, und schrieen sich die Lunge aus dem Leib. Als die Dämmerung schon eingesetzt hatte und noch immer keine Resonanz erfolgt war, wurde Durragon vom Läufer geweckt, und der übermüdete General entwarf andere Pläne.

Ezeki lag rücklings in einem Tank mit Nährlösung und gab sich Tagträumen über sein Heimatdorf hin. Ein Gewirr aus grünen und verchromten Greifarmen hing in Wartestellung über seinem Körper. Zuvor hatten sie ihn massiert und Salben aufgetragen; in ein paar Tagen würden die Wunden verheilt sein.

Und er würde aus dem Paradies vertrieben werden. Auf die eine oder andere Art würde die Stadt – oder die Frau – sie hinauswerfen. Er mußte vorher etwas unternehmen.

Die Konfusion des desintegrierten Tomboye hatte Ezeki einige Dinge über organische Städte gelehrt. So unübersichtlich und groß sie von außen auch wirken mochten, wurden sie doch nur von einer kleinen Anzahl wie Tanks aussehender Hirne kontrolliert. Das von ihnen erbeutete Gehirn war nicht sehr kooperativ gewesen. Er öffnete die Augen und seufzte.

»Bring Breetod zu mir, bitte«, wandte er sich an den Arbeiter. Der rollte aus dem Raum. Nach wenigen Minuten kam der Flankenläufer herein und schnüffelte an Händen und Armen.

»Sie haben mich gesäubert«, sagte er. »Ich habe noch nie so gut gerochen.«

»Wie gefällt es dir hier?« fragte Ezeki.

Der Läufer rümpfte die Nase. »Der Geruch ist neu, und ich kann meinen Gesundheitszustand nicht mehr so gut beurteilen wie früher ...« Er beschnüffelte seine Armbeuge und schüttelte den Kopf, »... aber das macht mir auch nicht viel aus. Es ist akzeptabel.«

»Dieser Expolit, Belshezar – hat er dir schon viel von der Stadt erzählt?«

»Er hat mehr Ähnlichkeit mit dir als mit mir. Er hat keinen Ton gesagt, seit er verbunden wurde. Musa würde die Schlampe am liebsten erwürgen.«

»Sie macht den Eindruck, als ob sie selbst auf sich aufpassen könnte. Du solltest ihn vielleicht warnen. Sie ist jetzt die Herrin der Stadt.«

»Warum glaubst du ihr?«

»Verhält die Stadt sich denn wie andere Städte?«

»Nein.«

»Na also. Etwas hat sie verändert.«

»Aber sie ist doch nur eine alte Expolitin ...«

»Gar nicht mal so alt, vielleicht vierzig. Hartes Leben. Aber sie ist jetzt intelligent, aus welchem Grund auch immer, und ich glaube, daß sie die Stadt zum größten Teil unter Kontrolle hat, wenn auch nicht vollständig; warum hätte sie uns sonst hereingelassen? Sie hatte recht – wir haben Theater gespielt. Unsere Anwesenheit hier scheint ihr offenbar nicht zu behagen.«

»Also?«

»Wir werden uns morgen treffen, bevor wir so parfümiert und verzärtelt sind, daß wir vergessen, warum wir überhaupt hier sind. Wir versammeln uns alle in Belshezars Raum – auch die Jäger – und stellen sicher, daß der Arbeiter diesmal *nicht* dabei ist.«

»Ja, aber hier haben selbst die Wände Ohren.«

»Dann werden wir den Dialekt der Habiru benutzen. Ob sie nun mithört und uns versteht oder nicht, wir werden eine Versammlung abhalten.«

»Noch etwas«, sagte Breetod, bevor er ging. »Ich bin auf einen höhergelegenen Balkon gegangen und habe die Maschinen beobachtet, die letzte Nacht ausgebrochen sind. Sie sind in alle Richtungen ausgeschwärmt.«

Ezeki ließ sich wieder in die warme Flüssigkeit gleiten und wedelte mit der Hand. »Geh zu den anderen.«

Als die Verzweiflung einsetzte, befürchtete Reah, daß die Vergangenheit wiederkehrte. Sie saß ruhig im Kontrollzentrum und versuchte, einen Weg aus der Dunkelheit zu finden. Es schien alles hoffnungslos. Wo verlief die Trennlinie zwischen dem Möglichen und dem Absurden?

Sie war wütend. Sie packte die weiche Kante des Sitzes und blickte starr auf den Bildschirm. In dem Bestreben zu verstehen, hatte sie noch einmal die Geschichte der Stadt aufgerufen. Die Dummheit der ersten Kolonisten von Gott-der-Schlachtenlenker lag ihr schwer im Magen. Verstehen war nicht leichter als Vergeben.

Sie hatten den Planeten mit einem Makel behaftet, den er nie wieder loswurde. Reah glaubte einen der Gründe zu kennen. Die Religionen ihrer Vorfahren waren männliche Religionen gewesen, mit männlichen Göttern und der Unterdrückung weiblicher Werte. Frauen waren unrein, kaum besser als Vieh. Die Natur war eine Verschwörung der unreinen Weiblichkeit gegen die hart bedrängten Männer.

Und doch hatte sie ihren Ehemann damals geliebt und fügsam das Gesetz des Islam befolgt. Die Zukunft ihrer Tochter, das wußte sie, würde nicht so hell wie die eines Sohnes sein …

Sie verspannte sich erneut. Sie schaute auf die Bildschirme und versuchte, die Nackenmuskulatur zu entspannen. Sohn oder Tochter, Ehemann oder Tyrann, sie waren jetzt alle gleich. »Es wäre besser, ich hätte keine Erinnerung«, murmelte sie. Das Insekt auf ihrer Schulter summte, und sie tippte ihm auf den Kopf.

»Die Männer halten eine Versammlung ab«, meldete es mit der Stimme des Kleiderständers. »Diese Einheit ist nicht zugelassen. Meines Erachtens geht es ihnen wieder so gut, daß die Stadt ihre baldige Ausweisung in Betracht ziehen könnte.«

»Behalte sie im Auge«, befahl sie. Sie würden ihre Pläne nicht durchkreuzen. Jetzt, da sie eine ganze Stadt kontrollierte, wenn auch eine etwas derangierte, war es an der Zeit, die Schnitzer der Männer zu korrigieren und die Verhältnisse auf Gott-der-Schlachtenlenker zu ändern. Und wo sollte man beginnen, wenn nicht bei den Kindern?

Aber zuvörderst mußte die Stadt erst einmal ihre Position ändern.

Sie rief den Homunculus auf, der jetzt ständig in das Rot des Architekten gewandet war.

»Die Stadt kann aufbrechen, sobald sie bereit ist«, sagte sie.

»Ein Transportfahrzeug ist mit Informationen über das alte Schwemmland zurückgekehrt«, meldete die Gestalt.

»Ich habe keinen Transporter dorthin geschickt.«

»Diese Einheit hielt es für angebracht, vor dem Aufbruch zunächst einmal die Lage zu sondieren.«

Sie lächelte. Die Stadt dachte mit, zumindest gelegentlich. »Was hat sie gefunden?«

»Die Bedingungen sind gut. Es gibt ein großes Grundwasserreservoir, und der Boden unterstützt die Instandhaltung der Stadt.«

»Da es den Schutzsuchenden wieder gut geht, wäre es jetzt nicht an der Zeit, sie wieder zu expedieren?«

»Morgen werden sie aus der Stadt gebracht«, sagte der Architekt. »Nicht früher.«

Reah nickte. Sie war jetzt besser über ihre Möglichkeiten orientiert. Es hatte keinen Zweck, sich zu streiten.

Durragon ließ den gefangenen Zylinder bringen und baute sich vor ihm auf – wenn er überhaupt eine Vorderseite hatte –, legte einen Finger auf die Lippen und saugte an der Fingerkuppe. »Du erkennst meine Kontrolle über dich an?«

»Diese Einheit ist aus jeder etablierten Befehlskette herausgelöst worden. Weil es die Pflicht dieser Einheit ist, in einer Hierarchie zu dienen, werden deine Anweisungen nicht ignoriert werden.«

Die Stimme des Zylinders war kratzig und schwach, als ob er lange nicht in Gebrauch gewesen oder verschlissen wäre. Durragon gefiel die Antwort des Zylinders nicht. Sie hatte etwas Trotziges, egal, wie schwach dieser Unterton auch war.

»Keine Rätsel mehr. Drücke dich klar aus. Wenn ich dich kontrolliere, kontrolliere ich dann auch alle gefangenen Teile von Tomoye?«

»Ja.«

»Kontrolliere ich dich?«

Eine Pause. Dann: »Ja.«

»Gut.« Er wünschte sich, daß Ezeki hier gewesen wäre. Der Habiru war dialektisch weitaus besser geschult als er. »Weißt du, wie die anderen Städte zusammengesetzt sind?«

»Nein.«

»Warum nicht?«

»Das war nicht meine Funktion.«

»Könntest du ihre Komponenten für uns identifizieren, wenn wir dich in eine Stadt bringen?«

»Ja.«

»Sehen sie so aus wie du?«

Schweigen. Er wiederholte die Frage.

»Es gibt viele Ausprägungen, in Abhängigkeit von der jeweiligen Stadt. Manche sehen so aus wie ich.«

»De Polis!« rief ein Jäger. Durragon drehte sich um und sah nach oben. Die oberen Sektionen der Stadt desintegrierten sich. Sie bereitete sich auf einen Marsch vor. Er legte die Hand auf die glatte Oberfläche des Zylinders. »Du wirst uns helfen, die Stadt zu infiltrieren, nicht?« Er wollte autoritär klingen, aber die jüngste Wendung hatte ihn doch überrascht.

Der Zylinder blieb ihm die Antwort schuldig.

Reah beobachtete die großen spinnenbeinigen Transporter, die in den langen Korridoren warteten und mit Tranchen von tragenden Teilen beladen wurden. Normalerweise dienten viele dieser Transporter selbst als Schotts oder als Sektionen von Stützstreben und mächtigen Trägern, welche die ganze Stadt durchzogen. Nun wurde die Stadt Schicht für Schicht abgetragen, wobei sie einer Routine folgte, die bei ihrer Errichtung vor mehr als tausend Jahren programmiert worden war. Jedes Teil verfügte über seinen eigenen Speicher. Beigeordnete Steuereinheiten koordinierten die Demontage. Und der Architekt wachte über die ganze Stadt.

Sie hatte ihren Part gespielt. In wenigen Stunden würde sich die Stadt über die Ebene und die Hügel ergießen und Kurs auf das alte Flußbett und Akkabar nehmen.

Sie stand auf einem Balkon, der eines der größten eingeschlossenen Areale der Stadt überblickte. Einen Kilometer über dem Boden zog sich die Versammlungshalle um den Zentralturm. Ihr Boden hatte einen Durchmesser von sechshundert Metern. Licht strömte aus den abgewinkelten Fenstern am Übergang zwischen Halle und Turm. Die auf fleckigen transparenten Flächen dargestellten Motive changierten kontinuierlich und automatisch und verwandelten den Boden in ein gigantisches Kaleidoskop, einen Garten aus Lichtblumen, der nachts zu einer gespenstischen Galerie für Bilder aus längst vergangenen Zeiten mutierte. Reah hatte sich noch nie überwinden können, nachts durch die Versammlungshalle zu gehen, denn dort konzentrierte die Stadt ihre Träume und Erinnerungen, erschuf Visionen von Männern und Frauen in schlichter, wundervoller Kleidung und Kindern, die nichts am Körper trugen außer Armbändern und Tiaras sowie Darstellungen seltsamer Tiere, die aus den Experimenten der Städteplaner resultierten.

Bis jetzt hatte Reah keine Vorstellung von der wirklichen Größe der Stadt gehabt. Ihr Blick verlor sich in der Komplexität der Transporter und Stadt-Teile, die sich in Reihe auf dem Montageboden formierten. Sie sah, daß nun schon die Querschiffe abgebaut wurden, wobei sie von neu abgewickelten Kabeln und den hilfreichen Extremitäten der unteren Sektionen unterstützt wurden. Von ›Hand‹ weitergereicht, an Seilen hängend, laufend und rollend und sogar fliegend, verteilte *Wiederauferstehung* sich auf dem Grasland, verlegte seine stachelige Front nach vorne und drängte Durragons Armee zurück. Aber Reah wußte, daß die Zeit kommen würde, wo auch die Stacheln abgebaut wurden, und dann mußte sie sich auf die unkoordinierten mobilen Verteidigungseinrichtungen verlassen, um die Männer am Durchbruch zu hindern.

Das auf ihrer Schulter sitzende Insekt summte, und sie tippte auf seinen Kopf.

»Diese Einheit kann die verwundeten Bittsteller nicht lokalisieren«, meldete der Kleiderständer. »Der Architekt ist von ihrem Fehlen in Kenntnis gesetzt worden, aber alle Komponenten konzentrieren sich jetzt auf den Marsch und die externe Verteidigung.«

Reah wandte den Blick vom Montageboden ab. »Beschaffe mir einen schnellen Korridortransporter und bringe ihn hierher. Wir werden selbst nach ihnen suchen.«

Auf der Suche nach etwas, das auch nur ansatzweise den Anschein einer Kommandozentrale vermittelte, ließ Ezeki keine Kammer aus. Die Stadt mußte über eine solche Zentrale verfügen – aber wo?

Belshezar rannte ihm nach. »Musa Salih sagt, daß die Stadt sich selbst zerlegt«, sagte er atemlos. »Ich glaube, daß sie sich auf eine Wanderung vorbereitet.«

»Hier unten gibt es kein Kontrollzentrum. Es muß oben in der Nähe des Turmes sein – und dort steckt sie nämlich auch.«

»Nein, sie befindet sich nicht mehr dort. Der Turm ist bereits abgebaut worden. Wir können nichts mehr tun, außer nach Möglichkeit zu verschwinden.«

Ezeki schüttelte den Kopf. »Wir können doch der Stadt folgen und warten, bis sie sich wieder zusammensetzt.«

»Das wird sie nicht mehr tun! Städte gehen nur zum Sterben in die Berge.«

»Nicht, wenn sie von einem rationalen Wesen kontrolliert werden.«

»Aber die Frau ist nicht rational. Sie ist irre.«

Ezeki warf einen letzten Blick in einen kleinen Vorratsraum und zuckte die Achseln. »Warum sind wir dann überhaupt hergekommen? Sie hat gewonnen.«

Belshezar schnitt eine Grimasse. »Nein. Ich kann uns zu den oberen Ebenen bringen, direkt unter dem Turm. Die meisten Galerien sind noch intakt. Wenn wir eine Steuertrommel finden, die derjenigen gleicht, welche Durragon eingefangen hat, dann kann sie uns vielleicht mehr erzählen.«

Musa Salih schlenderte in den Eingangskorridor und schmauchte seine verkrustete Pfeife. Belustigt beobachtete er Ezekis Bemühungen, einen Würfel zu befragen, der Ähnlichkeit mit dem Exemplar aufwies, das der Frau gefolgt war. »Es sagt nichts«, beklagte er sich bei ihnen, als das Gerät seine unterbrochene Verrichtung wieder aufnahm. »Es muß wohl ein Relais sein, ein Bote.«

Musa deutete mit den Pfeifenstiel. »Meine Herren, Breetod versucht gerade, einen Stein über die äußere Barriere zu werfen, aber sie verschiebt sich immer weiter. Er ist sehr zornig. Er will nämlich eine Nachricht an Durragon absetzen. Das wird ihn beschäftigen, aber was sollen wir jetzt tun?«

»Folgt mir«, sagte Belshezar. Musa warf Ezeki einen Blick zu, und sie liefen hinter ihm her.

»Eine Einheit meldet, daß sie die oberen Ebenen verlassen«, sagte der Kleiderständer. »Anscheinend suchen sie nach dir.«

»Gut. Dann warten wir.« Sie tastete nach dem versteckten Messer. Plötzlich erzitterte der Kleiderständer und blieb stehen. Sie wandte sich um und betrachtete ihn. Das Insekt hob summend von ihrer Schulter ab. »Was ist los?« fragte sie.

»Ein Fehler ...«

Ein Beben lief durch den Boden. Ein paar Meter von ihrer Position entfernt, im breiten Fahrzeugkorridor, taten sich Risse in den stöhnenden Wänden auf. Die Echos eines rumpelnden Geräusches hallten um sie wider und kulminierten in einem ohrenbetäubenden Schrei. Der Boden neigte sich, und Reah fiel auf Hände und Knie. Der Kleiderständer geriet ins Rollen und kippte um. Als sie ins Rutschen kam, versuchte sie, sich irgendwo auf dem Boden festzuhalten. Die Risse in den Wänden und in der Decke wurden größer. Dampfende Flüssigkeiten aus beschädigten Stadt-Teilen rauschten in Kaskaden durch die Risse, Alkoholnebel wallten auf.

Reah rollte sich auf den Rücken und legte sich flach hin. Sie sah, wie eine ganze Sektion eines Nebenturmes wegbrach, sich neigte und während des Sturzes kollabierte. Die ganze Stadt schien zu brüllen. Sie preßte die Hände auf die Ohren und legte sie dann wieder auf den Boden, um nicht abzurutschen. Das Ende des Korridors führte jetzt direkt ins Freie. Hinter der Lücke konnte sie Trümmer umherfliegen und eine Wolke aufsteigen sehen, und dahinter den Stumpf des Turmes, der taumelnd und zerbröselnd am äußeren Ring der Stadt lehnte und in sich zusammenfiel.

Der Kleiderständer schnellte in die Höhe und rollte los. Im letzten Moment versuchte er, die Arme anzulegen und anzuhalten, aber da war er auch schon hinter der Abbruchkante des Bodens verschwunden. Für einige Sekunden war es ruhig in der Stadt. Reah lag mit offenem Mund und schmerzenden Knien da, wobei die Echos der Schreie in ihrem Kopf nachhallten.

Dann wurde der Alarm desaktiviert. Synthetische Stimmen mahnten die Bewohner der Appartements zur Ruhe. Ein hektisches Murmeln lief durch die ganze Stadt, es wurden Warnungen und Schadensmeldungen weitergegeben. Kriechend wich Reah einem Transporter aus. Er versuchte, den Korridor zu blockieren, ließ aber statt dessen den Gang mit mahlenden Ketten nur noch tiefer absacken und stürzte dann in die Grube.

Nach einigen Minuten stabilisierten die weit unterhalb stehenden Widerlager und Stützpfeiler in einer titanischen Anstrengung die Reste des Turmes in einem prekären Gleichgewichtszustand. Reah nahm diesen Vorgang als ein Zittern und einen langsamen, liftartigen Aufstieg wahr. Dann befand der Korridor sich wieder in der Horizontalen, und sie wagte es, sich zu erheben, wobei die Knie so heftig zitterten, daß sie fast zusammengebrochen wäre.

Reah konnte den Hergang rekonstruieren. Einige der schwächeren Strukturen, die auf völlig abgestorbenen

Teilen ruhten, waren kollabiert und hatten den Nebenturm mitgerissen. Die Stadt in Bewegung zu setzen, war von vornherein ein Risiko gewesen, und nun war der Schadensfall eingetreten. »Wieviel?« fragte sie sich. »Wieviel ist verloren?« Weinend trat sie an die gezackte Kante des Bodens.

Ezekis gebrochener Arm hing schlaff hinab. Wie ein Wolf heulte er im Staub und in der Finsternis, verfluchte Gott, verfluchte seine Eltern, verfluchte alle, die ihm in der Vergangenheit das Überleben ermöglicht hatten – jeden, der irgendwie zu diesem Horror beigetragen hatte. Breetod, Belshezar und die Jäger waren unter mannshohen Hügeln aus zuckenden Trümmern begraben, aus denen grünes Blut sickerte. Musa Salih war nirgends zu sehen. Überall war die Luft mit einem feinen, das Atmen erschwerenden Sprühnebel und den Schreien gequälter Materie erfüllt, die über die Grenzen ihrer strukturellen Belastungsfähigkeit hinaus beansprucht wurde.

Als der Lärm auf das entfernte Summen von Alarmmeldern reduziert wurde, setzte Ezeki sich stoßweise atmend auf eine umgestürzte Säule. Dann nahm er die Hand vom Unterarm und betrachtete die Haut. Die Knochen stießen nicht hervor. Im Notfall konnte er sich den Arm auch selbst richten – vielleicht nicht sehr fachmännisch, aber zumindest so, daß er am Leben und einsatzfähig blieb.

Und – falls die ganze Stadt nicht gestorben war – hatte er jetzt vielleicht einen Vorteil ...

»Wer da?« rief jemand. »Ist noch jemand am Leben?«

Es war Musa Salih. »Hier«, rief Ezeki. »Bei allen Teufeln, ich bin ein alter Mann und habe genug von diesem beschissenen Leben.«

Salih tauchte aus der Finsternis auf, wischte sich den Staub aus dem Gesicht und grinste breit. »Das war vielleicht was, stimmt's?« meinte er. »Sieht so aus, als ob die Frau ihr Blatt überreizt hätte. Diese Stadt ist schon zu alt, um sich noch zu bewegen.«

»Mein Arm ist gebrochen«, heulte Ezeki.

»Ich glaube, die Klinik existiert noch. Komm, folge mir.« Ezeki stützte sich auf Salihs Schulter und kletterte über die flachen Schutthügel in die sauberen Korridore der intakten unteren Ebenen. »Was ist alles heruntergekommen?« stöhnte er.

»Ich weiß nicht. Alles ist in Aufruhr. Überall rennen durchgedrehte Arbeiter herum. Stimmen, Geister, beim Barte des Propheten! Es ist ein Alptraum. Vom Paradies in ... he! Ich habe nur Schürfwunden an Händen und Füßen, und dein Arm ist gebrochen. Aber was ist mit Breetod und den anderen?«

»Tot«, sagte Ezeki.

»Die Stadt muß uns wieder heilen. Laß uns gehen.«

In den stillen, kühlen grünen Räumen der Klinik legte Ezeki sich auf eine weiche Bank und schloß die Augen. Das Netz aus medizinischen Instrumenten legte sich über ihn. Er schloß erneut die Augen. Etwas blitzte über seinem Gesicht auf, ein grüner pulsierender Blitz, und er schlief ein.

Musa sah mit ausdruckslosem Gesicht zu, wie seine Hände und Füße verarztet wurden. Das Leben spottete jeder Beschreibung, und deshalb sagte er nichts und dachte auch an nichts. Ungeachtet aller menschlichen Bestrebungen, der einzige Sieger war immer nur Allah. Und was gewann Allah dabei? Nichts außer der Genugtuung, daß er im Besitz der Würfel war und sie fallen ließ ...

»Kann die Stadt sich erholen?« fragte sie den Homunculus. Die Monitore und Projektoren übermittelten Informationen über die noch intakten Sensoren des Architekten. Das Infocenter des Appartements reichte bei weitem nicht an den Kontrollraum im nun abgebauten

Zentralturm heran, aber im Moment war eben nichts anderes verfügbar. Sie fühlte sich halb blind.

»Die Schäden sind zwar groß, betreffen aber überwiegend die Abschnitte, die ohnehin schon tot sind oder gerade absterben. Dadurch wird sogar noch Zeit für die Entsorgung toter Einheiten eingespart. Dein Arbeiter wurde zerstört?«

»Ja. Nur das Fluggerät ist noch übrig.«

»Dir wird eine neue Einheit abgestellt werden. Bei dem Einsturz wurden mehrere Eindringlinge getötet. Zwei sind noch am Leben. Sie werden gerade von Medo-Robots behandelt. Pardon. Gedankeninterferenz ...«

Die bisherige Farbgebung des Homunculus verblaßte und verwandelte sich in Purpur, einen Farbton, den sie bisher noch nicht gesehen hatte. »Auswertung des städtischen Netzwerk-Status ...«

Dann Umschaltung auf Grün.

»Konstruktions-Koordinator. Ein Fahrzeug zur Schadensfeststellung wird für den Stadt-Verwalter bereitgestellt. Der Architekt wird als Schnittstelle fungieren. Die Funktionen des Religions-Koordinators, der zentralen Ausbildungseinheit, der Metabolismus-Verwaltung und der *ComNet*-Verwaltung sind zum gegenwärtigen Zeitpunkt desaktiviert. Die städtische Transportverwaltung ist aktiv.«

Dann zurück auf Rot.

»Der Stadt-Verwalter möchte bitte der Führerprojektion zum Aufklärungsfahrzeug folgen.« Reah nickte und schaute sich um. Eine männliche Projektion trat aus der Wand und bedeutete ihr zu folgen.

In der Nähe der Basis der Stadt fuhr ein mit einer großen Kabine bestücktes Kettenfahrzeug, in dessen Außenhülle diverse Arbeiter verstaut waren, neben ihr vor und hielt an. Das Fahrwerk des Vehikels federte beim Abbremsen ein. Es war kleiner und leichter als die meisten anderen Transporter und bestand offensichtlich nicht aus dem gleichen organischen Material wie diese. Sie folgte der Projektion über ein paar Stufen in das Fahrzeuginnere und setzte sich in einen bequemen, adaptiven Schalensitz. In den Armlehnen befanden sich Vertiefungen für die Finger, und drei schwarze Netzhautprojektoren hingen direkt in Augenhöhe. Sie brachte die Finger in Position, blickte auf die Lichter der Benutzerführung und …

Sie bewegte die Stadt.

Durragon wartete mit gespanntem Blick. Wenn die Stadt wirklich zerfiel, dann wurde vielleicht auch die Barrikade brüchig, und seine Soldaten konnten hineinströmen. Der Sieg war so nahe, daß er ihn schier riechen konnte. Er lächelte und tätschelte sein Reittier. »Ich werde den Befehl über deine Brüder übernehmen«, versprach er ihm leise. »Sie werden uns nicht länger die kalte Schulter zeigen.«

Zunächst gab es jedoch keine besonderen Vorkommnisse. Am frühen Morgen führte er zusammen mit dem Materialverwalter eine wenige Minuten dauernde Inspektion der Vorräte durch und studierte anschließend die Karten, die ein neu angeworbener Kartograph gezeichnet hatte. Der Kartenzeichner, der scharfe Gesichtszüge hatte, stand nervös dabei, während Durragon die mit Tinte gezeichneten Linien mit dem Finger nachfuhr.

»Sir«, hob der junge Mann an.

Durragon ignorierte ihn. »Die Karten sind ausgezeichnet«, befand er wenige Sekunden später. »Meine Armee wird von Tag zu Tag professioneller.«

»Sir«, platzte es aus dem Kartographen heraus, »es fällt eigentlich nicht in mein Ressort, aber ich fürchte um Eure Sicherheit.«

Durragon schaute zu ihm hoch. »Wie?«

»Die Jäger, Sir …«

»Noch immer nicht an sie gewöhnt, eh? Ich kommandiere mit fester Hand.«

»Ich kenne sie gut, Sir. Ich habe noch vor drei Monaten bei einem ihrer Stämme gelebt. Eure Jäger sind unzufrieden.«

»Ach?« Durragon rollte vorsichtig die Karte zusammen.

»Eure neuen Flankenläufer reden hinter Eurem Rücken.« Der Kartograph zitterte jetzt. »Sie werden mich töten, wenn sie erfahren, daß ich etwas gesagt habe ...«

»Wir werden unser kleines Geheimnis für uns behalten«, versprach Durragon nonchalant. »Was sagen sie denn?«

»Daß Ihr Euch geweigert habt, mit der ersten Welle in die Stadt einzudringen, weil ihr den Mut verloren hättet. Und ihr sollt die zweite Welle so lange zurückgehalten haben, bis sie nicht mehr hineingelangen konnte. Sie sagen, Ihr hättet keinen Elan mehr.«

»Geschwätz.«

»Ich halte es für mehr als das, Sir.«

»Ich werde der Sache nachgehen. Du kümmerst dich um deine eigenen Pflichten.«

»Ja, Sir.« Der Kartenzeichner packte seine Karten zusammen und verließ das Zelt. Stirnrunzelnd blickte Durragon auf den wehenden Zelteingang. Die Jäger murrten ständig, aber er tolerierte keine Unzufriedenheit unter seinen Offizieren.

Die neuen Flankenläufer, Gericolt und Penja, saßen an einem Feuer und brühten in einem eingedellten Metalltopf Olsherb-Tee auf. Als sie noch einfache Soldaten gewesen waren, hatten sie mehr Freunde gehabt, und das ärgerte sie. Um sich zu beruhigen, würzten sie den Tee mit einer Prise berauschenden Froybom-Pulvers. Bald waren sie inwendig gewärmt und relativ zufrieden. Als sie so herumhingen, näherte sich ihnen ein Soldat in einem verschlissenen Wams aus Tuch und verneigte sich tief.

»Mach Meldung«, befahl Gericolt in scharfem Ton.

»Dat sie, in Zelt von Ihm, bereden Worte von dem Kritzler.«

»Lauschen, dat du?« fragte Perja und hob eine Augenbraue.

Der Jäger nickte. Dann führte er aus, was er gehört hatte, und die Auswirkungen des Froybom schienen aus dem Blut der Flankenläufer zu verdunsten. »Dat wir, killen dat Schwätzer«, regte Perja an. Gericolts Augen verengten sich.

»Uns darüber sorgen, wat der Mann wird tun dat wir.«

Jetzt waren sie zutiefst unglücklich. Während sie ins Feuer starrten und überlegten, wie sie eine Bestrafung abwenden konnten, entging ihnen, daß die Stadt ihre Demontage wieder aufgenommen hatte. Als die anderen Läufer ihnen Meldung machten, warf Perja die Keramiktasse auf den Boden, erhob sich und klopfte sich den Schmutz aus den Kleidern.

Noch immer besorgt, ging er zu Durragons Zelt und berührte den General an der Schulter. Durragon drehte sich langsam um, aber dem Jäger war die ruckartige Bewegung dennoch nicht entgangen. Wenn er das Zelt wieder betrat, machte er sich wohl besser bemerkbar … es sei denn …

»Was?«

»De Polis«, meldete Perja. »Bei ihr all vorbei.«

»Beweg, de Polis?« fragte Durragon. Perja schüttelte den Kopf.

»Dat wir, gucken genau, Nordseite rappel runner un' zeig de Knochen von Unnerseite.«

Durragon kleidete sich schnell an und ging nach draußen, um zu sehen, ob die Barrikade sich wieder ausdehnte. Wo wurden die ganzen Stadt-Teile überhaupt verstaut? Sehr bald würde die Stadt die Stacheln einfahren müssen und ihre Masse über die Ebene schieben. Dann hätten sie vielleicht eine Chance.

Schwer atmend verließ Perja das Zelt und betastete

sein Stiefelmesser. Dann machte er sich auf die Suche nach dem Kartenzeichner.

Sogar das während des Marsches fragmentierte Bewußtsein der Stadt verspürte Qualen. Der Schmerz und die Schuld übertrugen sich auf Reah, als ob es ihre eigenen Empfindungen wären, als ob sie es gewesen wäre, die vor eintausend Jahren den Befehl erteilt hätte, die Menschen ins Exil zu schicken. Für einen Moment schüttelte sie diese Last ab, aber dann gab sie nach. Es war an der Zeit, ihre Stadt kennenzulernen, bis ins kleinste Detail …

Schreie. Tag und Nacht, überall auf Gott-der-Schlachtenlenker, hatten die Verzweiflungsschreie der Städte die Luft erfüllt und in das Wehklagen der Menschen vor ihren Toren eingestimmt. Reahs Verstand erzitterte unter dem Ansturm alter Erinnerungen. Viele Städte waren wahnsinnig geworden und hatten sich in eine Traumwelt der Vergangenheit zurückgezogen, ließen Geisterprojektionen durch die Hallen flanieren und die Räume besetzen. Diese Städte waren zuerst gestorben. Ihre Teile waren entweder in den Bergen mit ihren scharfen Graten verstreut oder hatten sich selbständig gemacht.

Andere Städte waren an Fehlfunktionen in ihren zentralen Reproduktions-Einheiten zugrunde gegangen, den Maschinen, welche für die Ersatzteilfertigung verantwortlich waren. Viele Städte waren langsam zerfallen. Andere, wie *Wiederauferstehung,* hatten länger durchgehalten und waren noch bei guter Gesundheit, bis Verwirrung und Schuldgefühle ihren Lebenswillen gebrochen hatten.

›Jetzt gibt es einen Grund zum Weiterleben‹, dachte sie. Sie versuchte, jeden Träger der fragmentierten Überreste der städtischen Intelligenz unter ihre gedankliche Kontrolle zu bringen. ›Jetzt habt ihr eure Programmierung revidiert und wißt, daß alle Menschen schwach sind, daß ihr als Manifestation ihrer Träume erschaffen wurdet und nicht nach dem falschen Bildnis eines unfehlbaren Gottes. Ihr könnt nicht über sie richten; denn auch ihr seid nur sterbliche Erde und schwach.‹

Der Bereich, in dem sich der Religions-Koordinator befunden hatte, blieb stumm, aber für einen Moment glaubte sie einen Funken zu spüren, ein zorniges Aufblitzen fast. Verängstigt intensivierte sie ihre gedankliche Konditionierungsarbeit.

›Ihr seid keine Richter.‹

Welche Funktion haben wir dann? fragte die Stimme eines jungen Mädchens; konsterniert erkannte sie, daß es sich um ihre eigene Stimme handelte, dreißig Jahre früher.

›Ich vermittele euch einen neuen Lebenssinn: Rettet die Kinder. Bringt sie her, die Kranken und Lahmen, jene, die nur mit eurer Hilfe und Anleitung stark werden können. Unterrichtet sie, so gut ihr könnt; im Moment müssen die Bedürftigen vorrangig versorgt werden.‹

Die Stimme des Architekten drang dumpf und wie von weit her an ihr Ohr. *Das ist ein Auftrag, der Parallelen zu unserer ursprünglichen Funktion aufweist.*

Dann ein energisches Flüstern – *Aber das ist überhaupt nicht unser ursprünglicher Auftrag!*

Reah durchtrennte die Stränge der plötzlichen Insubordination, als ob sie mit einem Schwert um sich hauen würde, wobei ihr Gesicht sich vor Wut und Abscheu verzerrte. Ihr war die Rache, jetzt konnte sie das absterbende Dickicht der antimenschlichen Attitüden der Stadt stutzen; jetzt genoß sie die Genugtuung, die Philosophie, die ihren Mann und ihre Tochter umgebracht und sie selbst in Unfreiheit und Wahnsinn gehalten hatte, gegen ihre Urheber zu wenden. »Entferne dies«, verlangte sie, »nimm das weg, laß jenes zurück …«

Und so näherte sie sich dem Mittelpunkt der Existenz der Stadt. Sie schien auf einer nebligen Lichtung zu stehen. Güldenes Sonnenlicht strömte von oben auf sie herab und spielte über ihre ausgestreckten Arme. Hier vermittelte die Stadt eher den Eindruck einer Pflanze als eines Tieres, labte sich am Reichtum des Bodens und genoß den Wechsel der Jahreszeiten. Hier, im absoluten Zentrum, formulierte Reah eine Neudefinition des Status der Stadt.

»Wie ein Baum«, sagte sie, »sollst du Früchte tragen und die ernähren, die in deinem Schatten leben. Ich befreie dich von aller Schuld, von den menschlichen Funktionen, denn diese waren dir unrechtmäßig zuerkannt worden. Es ist deine einzige Pflicht, das Licht und die Wärme zu genießen, frei von allen Zwängen zu arbeiten und einfach so zu sein, wie eine verständigere Natur dich erschaffen hätte und nicht wie die Menschen dich konstruiert haben. Ich befreie dich von allem!«

Während sie herumexperimentierte, strömte die Stadt von der Hochebene hinab und hinterließ einen mehrere Kilometer durchmessenden Kreis umgepflügten Bodens, der mit toten und sterbenden Teilen übersät war.

Ezeki und Musa kamen unter ihrer Decke hervor und schauten aus dem Versteck im Transporter, den sie sich angeeignet hatten, auf die Stadt. Sie sahen, wie der Rest der Barrikade Beine ausfuhr und sich der marschierenden Stadt anschloß.

»Allah bewahre uns vor Zauberei«, sagte Musa und rieb seinen *hijab*. »Ich könnte schwören, daß *Scheitan* mir etwas vorgaukelt. Dies hier ist unwirklich, und ich bin von bösen Geistern besessen.«

»Mitnichten«, meinte Ezeki und lächelte, als er wieder ins Versteck abtauchte und die Decke darüber zog. »Vor tausend Jahren war das Wissenschaft und keine Magie. Und ich wünsche mir mit aller Macht, daß diese Zeiten wiederkehren! Bei Gott und Allah, wir haben es verdient, wir haben genug gelitten!«

Durragon lenkte sein Reittier zum Stadtrand, wobei die in der Nähe marschierenden Jäger einen zweiten Strom bildeten. Die Stadt überquerte die Ebene und kroch durch das Vorgebirge, woraufhin sie sich formierte und durch einen Paß in den Bergen aufstieg, genauso, wie Reah es vor zwei Monaten getan hatte. Noch immer keine Anzeichen von Schwäche.

Durragon kochte vor Wut.

Dann, als die Stadt die Hänge zum alten Flußbett hinabstieg, sah er seine Chance gekommen. Er brachte die von Tomoye erbeuteten Teile nach vorne und wandte sich an die Trommel.

»Wo hat die Stadt ihren schwächsten Punkt?« fragte er.

Die Trommel summte nur und schwieg sich aus.

»Ich glaube dort, wo die größten Träger marschieren. Sie sind langsam. Wir können zwischen ihnen durchbrechen. Habe ich recht?«

Die Trommel lag auf einem Karren, der von vier in der Sonnenglut schwitzenden Jägern geschoben wurde. Durragon ging längsseits und schaute auf das Gerät hinab. »Das ist ein Befehl, eine Anweisung«, ließ er leise durchblicken.

»Du hast recht«, bestätigte die Trommel. Dann löste sie sich von der Ober- und Unterseite her auf. Durragon schaute hilflos zu, wie seine Jäger versuchten, die aufbrechenden Nahtstellen mit Erde und Gras zu stopfen, aber die Flüssigkeit und winzige glitzernde Elemente strömten aus und mit ihnen das Leben der Einheit. Die Jäger blickten ihn mit ausdruckslosen Gesichtern an. Er zuckte die Achseln. »Es hat uns alles gesagt, was wir wissen müssen.«

Er erklomm einen den Paß überschauenden Kamm, setzte sich auf einen Felsen und stützte das Kinn in die

Hand. Wieviel von der Stadt war er zu opfern bereit? Er mußte sie irgendwie aufhalten …

»Setzt die andere Seite des Tales in Brand und dirigiert die Stadt in das Geröllfeld im Süden. Das wird sie desorganisieren und uns einen schnelleren Zugang ermöglichen.«

Die Läufer verteilten sich, und seine Armee setzte sich in Marsch. Als er wieder sein Reittier bestieg, sah er einen Leichnam im büscheligen Gras liegen. »Wer ist das«, fragte er und zeigte darauf.

Die Flankenläufer zuckten die Achseln. Er ritt zu dem Toten hin. Es war der Kartenzeichner. Mit plötzlicher Besorgnis übernahm er die Führung der Brandstifter und hielt sich in gebührendem Abstand von der Hauptarmee.

Er hatte keine Angst. Es gab zu viel zu tun. Aber er konnte den sich gegen ihn aufbauenden Widerstand spüren, der den Ablauf seiner Aktionen beeinflußte, genauso wie er den Kurs der Stadt manipulierte. Es war nur natürlich, sagte er sich; jetzt stand er vor einer Bewährungsprobe.

Die Jäger trieben die kleineren Stadt-Teile zur Öffnung des Passes und warteten. Die Brandstifter begaben sich zur entgegengesetzten Seite des Tales und entfachten die notwendigen Feuer.

»Anhalten, Brunnen graben, die Pumpensysteme speisen!« befahl Reah. Die Stadt gehorchte, aber sie waren noch zu hoch; die Brunnen förderten nicht genug Wasser. Das Feuer erfaßte die peripheren Einheiten und vernichtete sie. Ihr Tod manifestierte sich in Reah als eine Reduktion ihres erweiterten Bewußtseins.

Die Stadt umging das Feuer und marschierte auf das Geröllfeld zu. Reah erkannte Durragons Plan und ließ die Stadt erneut anhalten.

»Ich befreie euch von einer weiteren Verpflichtung«, sagte sie. »Es ist jetzt erforderlich, Menschen zu töten –

jedoch nicht, wie man Ameisen zertritt, sondern selektiv.«

Sie spürte einen Funken des Zorns in ihr aufblitzen. Auf einmal war sie sich einer neuen mentalen Kapazität der Stadt bewußt – eines weiten, dunklen Raums, der von den geordneten Strukturen der Tradition durchzogen wurde. Für einen Moment nahm sie eine rebellische Stimmung wahr, doch dieses Gefühl verging wieder, und der Funke erlosch.

Dennoch war es am besten, zunächst eine Alternative auszuprobieren. Die Stadt schickte einen Teil von sich in das Geröllfeld, um die dort lauernden Männer aufzuscheuchen. Die Jäger griffen an, und der Rest der Stadt zog sich zurück, wobei er einige verzichtbare Teile als Köder zurückließ. Die Jäger-Armee war geteilt.

Sie dirigierte *Wiederauferstehung* in das alte Flußbett. Über tausend Sensoren nahm sie den Geruch des ein Dutzend Meilen entfernten Meeres auf. Viel schwächer, jedoch vielfach verstärkt, war der Geruch frischen Wassers. Es lag in großer Tiefe, und sie würden in der Nähe von Akkabar graben müssen.

Sie hielt nach dem Dorf Ausschau und erspähte es schließlich. Ein paar Hütten waren in dem Trümmerfeld errichtet worden, und nun trieb sie die Invasoren zurück. Sie würde versuchen, einen Verteidigungsring um die Stadt zu legen. Sie ließ die Stadt weiter ausschwärmen, in dem Bewußtsein des Risikos, das sie dabei einging. Sie wurde langsam müde. Jäger, die auf eingefangenen Stadt-Teilen ritten, fingen und zerstörten auf beiden Flanken wichtige Komponenten. Die Ereignisse schienen in ihrem Gedächtnis zu verschwimmen. Sie krümmte sich auf dem Sitz. Schwäche infiltrierte über den Kreislauf ihren Verstand. Dann drehte sich ihr der Magen um, und der Kontakt zur Stadt brach ab. Tief in ihrem Inneren wuchs der Funke.

Durragon entfernte sich auf seinem Reittier von den Brandstiftern, nachdem er sie angewiesen hatte, ihre Fackeln zu löschen. Die Präriebrände breiteten sich in entgegengesetzter Richtung aus und wurden vom Nordwind durch den Paß getrieben. Das war gut so; das Feuer hatte seinen Zweck erfüllt, und es war ohnehin schon zuviel von der Stadt zerstört worden.

Er befahl seinen Läufern, die Armee umzugruppieren und ihm bei einem Angriff auf die Stadt zu folgen. Die Flankenläufer schüttelten den Kopf.

»Dat wir, tapfer wir sind, nit glauben weise, fortzutreiben de...«

»Das sind meine Befehle!« sagte Durragon. Die Läufer sahen ihn finster, fast dreist an. Er schaute sie so lange an, bis sie die Augen niederschlugen. Perja zuckte die Achseln. »Na gut, Mann«, fügte der Jäger sich. Sie traten weg.

Durragon hatte noch immer keine Angst, aber er spürte, wie die Stirn sich mit Schweiß überzog, und das nicht vor Anstrengung.

Der Himmel über dem Flußbett war golden, und hoch oben von einem intensiven, klaren Blau. In einer Stunde würde die Nacht hereinbrechen. Dann konnte die Stadt sich eingraben, und sie würden nie hineingelangen. Er mußte jetzt handeln.

Er trieb das Reittier an und ritt an den Jägern vorbei zum Kopf der Kolonne. Einige jubelten ihm zu, andere sahen ihn nur stumm an. Es befanden sich nur ein paar Gruppen in unmittelbarer Nähe der Stadt, und die waren erschöpft, rauchgeschwärzt und schlecht gelaunt. Sie riefen ihm Fragen zu, als er an ihnen vorbeiritt.

Jetzt war indessen keine Zeit für Diskussionen oder Erklärungen. Er mußte sich an die Spitze setzen und seine Truppen bei dem Angriff führen. Er spürte, wie das Blut in Hals und Kopf pulsierte. Es war der beste Ausweis von Führungsqualität, an der Spitze seiner Männer der Gefahr ins Auge zu sehen... auf diese Art würde er die sich anbahnende Meuterei unterdrücken. Es war zwar nicht offensichtlich, aber er konnte es dennoch spüren: den Mangel an Respekt, die wachsende Konfusion unter seinen Leuten. Er stieß auf einen durch das Gras trabenden Hilfsläufer und hätte den Mann fast über den Haufen geritten; dieser verhielt den Schritt und schleuderte Dreckklumpen von den Schuhen. »Schicke alle Wachen an die Front«, befahl er. »Alle Veteranen, die Späher ... ich will sie alle hier bei mir haben.« *Um mich haben*, dachte er. »Wir werden erst dann stürmen, wenn sie hier sind.« Er tastete nach seiner Pistole, und die schwere Waffe übte eine beruhigende Wirkung auf ihn aus.

Die Stadt war noch eine Meile entfernt und kam unerbittlich näher. Ihre Reihen wirkten nicht schwächer als bei Anbruch des Tages.

Dies war die Konfrontation, die finale Begegnung. Wenn er jetzt versagte, würden die Jäger ihre einst fast mystische Verehrung für ihn vollends verlieren (sie verloren sie ja bereits) und zu der Ansicht gelangen, daß er sich im Grunde überhaupt nicht um sie scherte und ihnen noch weniger Fürsorge angedeihen ließ als ein Gott seinen niedrigsten Gläubigen. Sie würden vermuten, daß es ihm nur um die Beute ging, die sie für ihn herbeischafften. Er hatte sich schon lange gefragt, wann sie dahinterkommen würden. *Keinem Führer liegt das Wohl der Masse am Herzen*, sagte er sich. *Es ist ein Zweckbündnis, keine Liebesbeziehung*. Sein Vater hatte ihn damals auf die gleiche Weise behandelt, ihn nach der Ernte, im Kerzenschein nach den kargen Mahlzeiten mit düsteren, mißtrauischen Augen angesehen, weil er sich über sein Kind nicht im klaren war, aber zumindest wußte er, daß sein Sohn zur Arbeit taugte, als Stütze für seine schwindenden Kräfte. Und Durragon hatte ein ähnliches Mißtrauen gegenüber dem müden, runzligen Patriarchen gehegt, hatte nachts davon geträumt, ihn zu töten, die Familienersparnisse zu stehlen und weit weg zu gehen.

Nun war er der Vater, und die Kinder waren unruhig. Er mußte seine vertrauenswürdigsten Männer um sich scharen, oder er würde während des Angriffs getötet werden, genauso wie der Kartenzeichner umgebracht worden war.

Durragon war von Geburt ein Habiru. Kein Habiru, dachte er, konnte einem Jäger jemals wirklich vertrauen oder ihn respektieren. Sie vergeudeten ihr Leben mit dem im Grunde einzigen Lebenszweck, wie Aasgeier wandernden Städten nachzustellen und unüberwindliche Monolithen anzubeten, die nicht einmal etwas von ihrer Existenz wußten.

Jetzt war er ihr scharfes Schwert, das die Monolithen spalten und ihnen das rechtmäßige Paradies wiederbringen sollte. Aber sie waren so dumm, daß sie nicht einmal erkannten, daß ein Messer auch eine scharfe Klinge haben mußte.

Die Späher, Wachen und ehrwürdigen Veteranen versammelten sich in Gruppen zu fünf oder sechs oder zehn Männern um ihn, und er ritt in ihrer Mitte umher, rief Befehle und gliederte sie zu Puffern. Er ortete Perja, der nun ebenfalls ein dem seinen vergleichbares Reittier hatte, das er vermutlich während der Angriffe der letzten Stunden gefangen hatte. Ehrgeiz. Der Mann war gefährlich. Durragon hielt nicht an, um ihm keine Chance zu geben.

Die Stadt hatte sie fast erreicht. Sein taktisches Urteilsvermögen suggerierte ihm wohl die Ahnung, daß sein Vorhaben närrisch und selbstmörderisch war, aber er gab dennoch den Befehl. »Stürmen! Erzwingt euch den Zugang!« Hundert Yards. Sein Reittier trug ihn ruhig durch das Gelände, und der Wind im Gesicht versetzte ihn schier in Hochstimmung. Dann schien ein gigantischer Träger zu materialisieren, sich einen Weg durch die kleineren Teile zu bahnen und zwischen seine Männer zu fahren. Perja schloß zu ihm auf.

»Geh zurück zum rückwärtigen Bereich!« schrie

Durragon. Perja schüttelte den Kopf. Durragon wandte sich um und schaute, wohin sein Tragtier überhaupt lief. Aus dem Augenwinkel sah er etwas auf sich zufliegen, einen wirbelnden Stein, einen Klumpen aus Erde und Gras. Er zog die Pistole.

Er glitt vom Reittier und traf hart auf dem Boden auf. Er spürte einen Schmerz, wie eine Zerrung in der Brust. Er rollte herum.

Perja stand über ihm und verdunkelte den Himmel. Der Jäger stellte sich auf seine beiden Arme. Er konnte weder die Pistole finden noch Klarheit in seine Gedanken bringen. Der Jäger brachte einen dünnen geflochtenen Draht zum Vorschein. Durragon schloß die Augen. Ein Schatten flog vorbei. Todesengel.

Er hustete und riß die Augen auf. Perja stand noch immer da, aber etwas Schwarzes hing über ihm. Der Jäger krümmte sich und versuchte sich zu ducken, aber sein Kopf wurde von irgendeinem Objekt mitgerissen, und er flog davon. Der auf dem Rücken liegende Durragon blieb zurück. Der Schatten verflüchtigte sich. Der Draht fiel in Durragons Hände.

Die Stadt hatte ihn gerettet. Der Jäger mußte ein Messer geworfen und ihn damit vom Pferd geholt haben, aber die Stadt, wie eine eifersüchtige Geliebte, die darauf wartete, ihm seine Wünsche zu erfüllen, hatte ihn gerettet. Seine Brust schmerzte. Wo war das Messer? Die Sterne standen am Himmel. Die sich selbst auslöschenden Sterne …

Dinge bewegten sich um ihn herum, lautlos wie Gespenster. Große Dinge. Er konnte die Vibrationen ihrer über die Erde trampelnden Füße spüren. Beine stachen in die Luft wie Kolben, gigantische marschierende Insekten … was? Rufe ertönten.

Nässe überzog seine Hand, dunkle Nässe im grauen, sternenerleuchteten Nachthimmel … was?

»Ich bin verletzt!« Er führte die Hand an den Mund. Er öffnete und schloß sich im Rhythmus der Geräu-

sche. Die Geräusche kamen von ihm selbst. Er stand auf und griff nach einem dunklen Klotz, der sich schnell vorüberbewegte. Er fand an einer Kante Halt und packte sie, wurde hochgerissen, und etwas Großes nahm ihn vorsichtig auf, damit er nicht von den Ketten zermalmt wurde.

Im Sternenlicht kreiste *Wiederauferstehung* Akkabar ein und rekonstruierte sich von neuem.

Die Stadt lag dunkel und leblos in der Nacht. Ihre Teile setzten sich stöhnend zusammen, ein gruseliger Klang, durch den sich die Haare auf Ezekis Nacken sträubten. Musa flehte laut zu Allah, wie ein Kind.

Zwei Tage und zwei Nächte umkreisten die führerlosen Jäger *Wiederauferstehung* und versuchten sich Einlaß zu verschaffen. Die Barrieren, obschon deutlich reduziert, hielten. Der Gesang der Jäger übertönte den Wind und die Geräusche der Stadt:

»Dat wir; säubern und reinigen, Sünden von Mensch
Und Tier, und Deibel fahr'n aus dem Dunkel,
Dat wir, tapfere Männer alle …«

»Es gab einst 'nen alten Gott, un' dat ich brach den
Pakt mit diesem schrecklichen ollen Scheitan genannt
Day-o,
Und tot se alle liegen oder weinen vor Schmerz
Um de Vadder und Mudder von mi-o …«

Als am dritten Tag die Sonne fast schon im Zenit stand, drangen die Gesänge noch immer an Musas und Ezekis Ohr. »Ich hätte mich eben nicht mit Ungläubigen einlassen dürfen«, sagte Musa, der zusammen mit Ezeki auf dem Rücken des desaktivierten Transporters saß. »Sie sind von schlichtem Gemüt.« Das Fahrzeug war auf einer deutlich reduzierten Version der Galerie abgestellt, welche früher die Stadt umgeben hatte.

»Wohl im Laufe der Jahrhunderte degeneriert«, mutmaßte Ezeki. »Möchte ein Teil von dir denn nicht manchmal auch das tun, was sie tun?«

Musa ballte eine Faust und schüttelte sie in der Luft. »Ja, aber ich bin doch nicht verrückt. Ich höre nicht auf die Stimme von *Scheitan* in mir.«

Ezeki packte den Arm des Moslems. »In diesem Augenblick haben wir keine Vergangenheit. Wir sind von unseren Expolis und von Durragon ins Exil geschickt worden. Daher sollten wir versuchen, gemeinsam zu überleben. Wir haben denselben Gott, wenigstens in einigen Aspekten. Und welcher Ort könnte wohl bessere Überlebensmöglichkeiten bieten als die Stadt?«

»Du bist noch verrückter als die Hunde dort draußen«, befand Musa.

»Mitnichten. Jeden Tag werden wir uns die Arme aufritzen und in die Klinik gehen und sagen: ›Schaut, unsere Verletzungen sind noch immer nicht geheilt… kümmert euch um uns!‹«

Sie lachten unter dem strahlend blauen Himmel, bis sie sich gegenseitig stützen mußten. Dann faßten sie sich an den Unterarmen und erklärten ihre Bruderschaft aufgrund gemeinsamen Irrsinns.

»Wo ist die Frau?« fragte Musa in plötzlicher Ernüchterung. »Ist sie umgekommen? Sind wir allein hier?«

Ezeki schüttelte den Kopf. »Wir können uns in der Klinik umsehen. Und wenn sie nicht dort sein sollte, ist die Stadt noch immer groß genug, um jemanden zu verbergen, der nicht gefunden werden will.«

Sie verbrachten eine Stunde mit der Erkundung des veränderten Grundrisses der unteren Sektionen der Stadt. Die Klinik war näher zum Zentralschacht verlegt worden; Abschnitte der aus der Außenwand hervorspringenden Verstrebungen waren versengt. Die Stadt machte jetzt einen überwiegend schäbigen Eindruck, aber die Grundfunktionen wurden noch immer aufrechterhalten. Durragons Truppen mochten die Stadt zwar angeschlagen, aber nicht erobert haben. Sie betraten das Hospital und inspizierten die kleinen Kammern mit ihren Betten. Im letzten Raum sahen sie eine auf einem Tisch ausgestreckte Gestalt. Sie war in grünes Licht getaucht und wurde von einem Netz aus silbrigen Drähten und medizinischen Geräten umgeben. Drei kräftige, als Kleiderständer ausgeprägte Arbeiter standen reglos in der Nähe. Ezeki trat in die Tür, um sich einen besseren Überblick zu verschaffen.

»Ist sie es?« fragte Musa.

Ezeki beugte sich nach vorn und umrundete dann schnell den Tisch, als ein Arbeiter sich anschickte, ihn aufzuhalten. Seine Augen weiteten sich, als er von einem messing- und kupferfarbenen Arm weggezogen wurde.

»Nein«, antwortete er, »*er* ist es.«

Der im Dämmerzustand liegende Durragon, der von grünen Extremitäten und silbrigen Drähten behandelt wurde und am Tropf hing, hatte bereits seit mehreren Tagen geglaubt, tot zu sein, sofern er überhaupt etwas gedacht hatte. Er konnte sich nicht erinnern, wie oft er schon vom Bett zum Tisch und wieder zurück transportiert worden war. Er wähnte sich als ein von den Bestattungsmeistern des Habiru-Dorfes konservierter Körper, der nun jeden Tag ihre Rache zu spüren bekam …

Dann hörte er die Stimmen. Er drehte den Kopf, oder versuchte es zumindest, und spürte dann, daß er bewegungsunfähig auf dem Tisch lag. Er erkannte die Stimmen. Es hatte keinen Zweck, eine Konversation zu beginnen. Wenn er tot war, dann waren sie auch tot. Sogar im Tod gebot er noch über eine Armee …

Reah saß in der Spitze des höchsten Turmes, nunmehr noch knapp zweihundert Meter über dem Flußbett, und tippte ungeduldig mit den Fingern, während sie von einem Medo-Roboter untersucht wurde.

»Du bist nicht krank«, diagnostizierte der Arbeiter. »Das heißt, du hast keine Krankheit oder Funktionsstörung.«

»Warum muß ich mich dann übergeben? Mein Magen ist so aufgebläht, als ob ich unreifes Obst gegessen hätte.«

Der Arbeiter stieß eine Sequenz von Summtönen aus. »Du weißt es nicht?«

»Nein. Was weiß ich nicht?«

»Der Grund, aus dem dir erlaubt wurde, in der Stadt zu bleiben.«

»Was, in Allahs Namen?«

»Du bist schwanger.«

Reah lachte. »Ich bin zu *alt!*« sagte sie in scharfem Ton.

»Das stimmt offensichtlich nicht.«

»Das ist doch lächerlich. Wer – ich habe keinen ...« Sie schüttelte den Kopf.

»Du bist schwanger seit dem Tag, an dem du hergekommen bist, vielleicht sogar ein paar Tage länger. Wir können dir einige Optionen anbieten. Die meisten Bürger entscheiden sich für die natürliche Geburt, was mit unserer Überzeugung konform geht. Deine Schwangerschaft kann jedoch auch außerhalb der Gebärmutter fortgesetzt werden, wobei durch eine zusätzliche Konditionierung Geburtshilfe geleistet wird. Weiterhin ...«

»Genug!« Ihr schauderte. »Nein. Ich glaube es nicht.«

Der Arbeiter verstummte. Sie erhob sich, ging zur Wand hinüber und überflog das verstreute, unordentliche Lager der Jäger. Sie runzelte die Stirn. Da war etwas gewesen ... aber es war unscharf. Sie erinnerte sich daran, auf der Erde gelegen zu haben, wobei sich ein jugendliches, schmutziges Gesicht auf ihr auf und ab bewegte. Erneut verspürte sie Übelkeit, aber nicht wegen der Abscheulichkeit in ihrem Leib. Die Erinnerung, wie sie als Kind einem Grashüpfer bei der Kopulation mit einem anderen Grashüpfer zugesehen hatte, der in der Mitte durchgeschnitten war, verursachte ihr Ekel. Der lebendige Grashüpfer war nicht fähig gewesen, zu differenzieren.

Der Mann – oder Männer – oder Jungen –, die über sie hergefallen waren, hatten sich nicht mehr in der Gewalt gehabt als das Insekt. Damals war sie halb verrückt gewesen, eine häßliche und verdreckte Harridan. Aber allein die Tatsache, daß sie eine Frau war, hatte die Männer dazu veranlaßt, sie zu vergewaltigen und ein Monster in ihrem Innern zu zeugen. Sie hätte schreien können.

»Ich werde ein solches Kind nicht austragen«, sagte sie. »Ich will es abtreiben.« Die Worte schienen ihr die Zunge zu verbrennen.

»Eine Entfernung kann arrangiert werden«, sagte der Arbeiter. »Aber wir werden das Kind nicht töten.«

»Das ist mir egal. Entfernt es nur aus mir.«

»Du mußt dich in ein entsprechend ausgestattetes Appartement oder in die Klinik begeben.«

»Befinden sich noch immer Männer dort?«

»Ja.«

»Dann bring mich in ein Appartement.«

Durragon hatte das Bett verlassen und schlurfte langsam umher. Ein Arbeiter gab ihm Hilfestellung, wobei er ihn am Ellbogen führte. Durragon hatte keinen Ton gesprochen, seit er aufgewacht war. Er wußte nicht, wie lange er geschlafen hatte, aber er war jetzt mißtrauisch, und er wollte sich nichts vergeben oder Schwäche zeigen, indem er Fragen stellte.

Er war im Innern der Stadt! Der Gedanke quälte und erfreute ihn gleichermaßen. Warum hatte man ihm Einlaß gewährt? Nur wegen seiner Verwundung? Aber war das überhaupt von Bedeutung? Schließlich war er jetzt dort, wo er sein wollte. Welcher Gott oder welche Götter auch immer sein Schicksal in der Hand hielten, sie hatten beschlossen, ihn mit einer einzigartigen Gelegenheit zu beglücken.

Er hörte Schritte und wandte den Kopf zur Tür. Ezeki Iben Tav stand dort. Musa Salih war hinter ihm.

»General«, sagte Ezeki und nickte knapp.

»Wo ist Breetod? Die anderen?« Wenn er über einen loyalen Flankenläufer verfügte, konnte er vielleicht die Kontrolle über die Jäger zurückgewinnen.

»Sie sind tot«, berichtete Ezeki. »Sie starben, als die Stadt versuchte, sich in Bewegung zu setzen.«

»Aber ich war doch auch tot, und die Stadt hat mich wieder zum Leben erweckt.«

»Du warst nicht tot«, korrigierte der Arbeiter. »Du hattest eine Brustwunde und eine Schädelfraktur. Diese Stadt kann keine Toten wiederauferstehen lassen.«

»Der Begriff ›Tod‹ wird von der Stadt zweifellos anders definiert, als es bei uns gebräuchlich ist«, sagte Ezeki. »Du magst durchaus tot gewesen sein, General, auf die eine oder andere Art.« Der alte Mann hatte sich versteift und die Fäuste geballt.

»Hauptsache, der Plan hat funktioniert. Wir sind drin.«

»Nicht mehr lange. Wir werden bald wieder rausgeworfen.«

»Berichte mir von allen Vorkommnissen«, verlangte Durragon. »Setze mich ins Bild.«

Nach anfänglichem Zögern präsentierte Ezeki eine unzusammenhängende, konfuse Schilderung. In Gedanken schien er sonstwo zu sein. Durragon runzelte die Stirn und drängte bei einigen Punkten auf Klarheit. Musa ergänzte Details.

»Wie bist du verwundet worden?« fragte Ezeki, als er seinen Rapport beendet hatte.

Durragon schüttelte den Kopf. »Das ist unwichtig. Jetzt, wo wir die Stadt kontrollieren, werden wir alles ändern.«

»Wir kontrollieren die Stadt nicht«, stellte Musa richtig. »Eine Frau tut das. Eine verrückte Frau.«

»Die Stadt ist nicht mehr verrückt«, dementierte der Arbeiter.

»Die Stadt ist aber auch nicht gerade helle«, kommentierte Musa mit gebleckten Zähnen.

»Ihr habt nicht … mit ihr gesprochen? Tage, ja Wochen mitten im Ziel, und ihr habt keinen Nutzen aus eurer Position gezogen?«

»Wir hatten auf dich gewartet«, sagte Ezeki leise. »Wir werden nicht länger in der Stadt bleiben, als sie es wünscht. Und das gilt wohl auch für die Frau.«

»Wir werden einen Weg finden.«

Ezeki seufzte und wandte den Blick ab. »Du bist der General.«

Durragon hörte unterschwelliges Mißfallen aus der Stimme des alten Mannes heraus. »Du könntest diese Stadt ja nicht einmal aufhalten, wenn sie ein sterbender Hund wäre und du einen Beutel voll Fleisch hättest! Du bist ein halbgebildeter Pedant. Was verstehst du denn schon von Strategie und Taktik?«

»Nichts«, gestand der von diesem Ausbruch überraschte Ezeki. Gut, dachte Durragon. Wenn ich sie überraschen kann, kann ich sie auch noch führen.

»Also!« lachte Durragon und richtete sich auf, wobei er wegen der sich über die Rippen spannenden Haut zusammenzuckte. »Wir müssen das Beste aus unserer Situation machen.«

»Ja, General«, meinte Musa.

»Ich brauche Ruhe. Ich muß schnell wieder gesund werden.«

Sie nickten und verließen den Raum. Ezeki schien den Tränen nahe. »Er wird mich exekutieren lassen, wenn wir wieder draußen sind«, befürchtete er.

»Nein, wird er nicht. Er stellt jetzt nicht mehr dar als wir auch.« Musas Augen verengten sich. »Er hat die Jäger verloren. Etwas ist dort draußen geschehen; jemand hat versucht, ihn umzubringen – nicht die Stadt. Er hat sein Kommando verspielt!«

Vor einer Stunde hatte Reah die Augen geöffnet, zu dem kaleidoskopartigen Wirbel an der Decke emporgeschaut und sich stöhnend im Bett herumgewälzt. Seitdem hatte sie ihre Stellung nicht mehr verändert. Sie fühlte sich wie eine Verdammte. Die Operation an sich war nicht schmerzhaft gewesen, aber sie war jetzt in eine Vielzahl widerstreitender, vorwurfsvoller Komponenten zersplittert. »Wo ist das Kind? Was habt ihr mit ihm gemacht?«

Es waren keine Arbeiter im Appartement, und die Lamellen vor dem in der Nähe befindlichen Computerterminal waren unbeweglich arretiert. Die Täfelung über dem Bett, hinter der sich die medizinischen Geräte befanden, hatte sich nicht vollständig geschlossen, und sie vernahm ein leises Ticken im Hintergrund. Beim Versuch, die Paneele aufzuhebeln, brach sie sich einen Fingernagel ab. Sie kniete sich im Bett hin und hämmerte gegen die Täfelung.

»Antwortet mir!«

Das Ticken brach ab. Sie wich zurück und rutschte dabei über das Bettzeug, das sich unter ihren Knien straffzog. »Wo seid ihr alle?« Sie stand kurz vor der Panik. Hatte sie die Stadt zu weit getrieben? Hatte sie schließlich einfach aufgegeben und war gestorben?

Die Tür des Appartements glitt auf, und ein Arbeiter trat ein.

»Benötigst du Hilfe?« fragte er und streckte eine messingfarbene Extremität aus.

Sie stammelte etwas, schloß dann den Mund und schüttelte den Kopf. »Es war nur ein Traum«, sagte sie. »Ich hatte geträumt, ein Kind zu bekommen.«

»Das hast du auch«, sagte der Arbeiter.

Sie nickte langsam und setzte sich auf den Stuhl am Computertisch. »Was habt ihr mit ihm vor?«

»Man wird sich um das Kind kümmern.«

»Und dann?«

»Du hast alle Ansprüche auf das Kind abgetreten.«

»Ja«, bestätigte sie. »Was sollte ich auch mit einem solchen Ding anfangen? Einem Monster. Einem Ungeheuer.« Ihre Stimme wurde schriller. »Warum laßt ihr es am Leben?«

Der Arbeiter antwortete nicht. Reah mutmaßte, daß er auf eine derartige Frage wohl nicht programmiert war. Er konnte ihre Worte einfach ignorieren, wenn sie keinen Sinn ergaben, genauso, wie er einen Rülpser oder Gestammel ausblenden konnte. »Aber was kümmert's mich überhaupt?« fragte sie. »Es ist eh vorbei.« Sie deutete auf den Rechner. »Dieses Appartement ist unvollständig. Beschaffe mir ein geeigneteres.«

»Natürlich«, sagte der Arbeiter und verließ den Raum, wobei er ihr bedeutete, ihm zu folgen.

Es war eine Woche seit der Reise verstrichen. Ezeki hatte die Zeit damit verbracht, sich in die Bedienung der Appartement-Computer einzuarbeiten. Obwohl der Datenservice nur sporadisch erfolgte, war er schier verzaubert. In der einen Woche hatte er mehr gelernt als in den vergangenen Jahren. Musa bekam ihn nur selten zu Gesicht.

Durragon hatte die Klinik verlassen und unternahm Streifzüge durch die Stadt. Ihre Schönheit war atemberaubend. Er wollte die Stadt unbedingt haben. Er hatte die Dinge schon immer erst dann richtig würdigen können, wenn sie sich definitiv in seinem Besitz befanden. Nun, mit der Gelegenheit, so viele Dinge zu tun, tat er gar nichts, sondern spazierte einfach nur umher und machte eine vorläufige Inventur. Er entwickelte weitere Pläne.

Aus der renovierten Steuerzentrale verfolgte Reah ihre Bewegungen – sie beobachtete Musa, der im Hof saß und sich sonnte; sie beobachtete Ezeki durch den

Sender in seinem Monitor; aber am gründlichsten observierte sie Durragon bei seinen Streifzügen.

Sie selbst trat nicht in Erscheinung. Sie blieb in dem verkürzten Zentralturm und führte eine eigene Inventur durch, wobei sie eine Beurteilung der reduzierten Funktionalität und der Schäden der Stadt erstellte. Wie viele Kinder konnte sie jetzt noch unterbringen? Warum machte sie sich darüber überhaupt noch Gedanken? Sie hatte nicht einmal ihr eigenes Kind annehmen können – weshalb sollte sie sich dann mit Tausenden belasten, die nicht von ihr waren? Ihr ganzes Leben lang hatte sie Mitleid gezeigt, sogar als sie selbst unterdrückt wurde. Jetzt war es schwierig für sie, Mitleid zu empfinden.

Aber die Kinder würden ungeachtet ihrer Befindlichkeit kommen, und jetzt, da sie das Projekt einmal initiiert hatte, brachte sie es nicht über sich, es zu stornieren. Mit einem Arbeiter neben ihrem Stuhl und dem vor ihren Fingerspitzen wartenden Rechner, begab sie sich halbherzig an die Durchführung des Vorhabens. Die Appartements mußten gesäubert werden, aber viele Arbeiter waren während der Wanderung verlorengegangen. Erneut spürte sie eine Aufwallung von Zorn. »Warum könnt ihr ihn denn nicht rauswerfen?« fragte sie zum zehnten Mal.

»Er ist noch nicht völlig genesen.«

»Er ist einer von denen, die uns fast vernichtet hätten!«

Die Stimme des Homunculus war monoton und emotionslos. »Die Stadt hat noch immer Funktionen zu erfüllen.«

Reas Haß war unbeschreiblich! Dennoch konnte sie nicht weinen. Ihr Nacken war verspannt. Sie war sich nicht einmal sicher, wen oder was sie mehr haßte – war es nun Durragon oder dieser schreckliche Funke, der sie immer dann durchfuhr, wenn sie die vollständige Kontrolle über die Stadt übernahm? Dieser Funke haßte sie indes anscheinend auch …

Gegen Abend begab sie sich steifbeinig und langsam an ihre Wanderung über die obere Promenade. Der Arbeiter folgte ihr.

Sie observierte die Jäger.

Sie dachte an Abram Iben Khaldun, der schon lange tot war, und an ihre Tochter. Was würde wohl aus dem neuen Kind werden? Wo hatte die Stadt es untergebracht? Langsam erlosch der Zorn in ihrem Innern – noch immer fruchtbar, wie der Samen in einer toten, vertrockneten Frucht –, und es legte sich sogar der Haß auf den primitiven Abschaum, der sie vergewaltigt hatte.

Sie konnte die Hilflosen und Schutzlosen nicht hassen, nicht einmal die Dummen und Rüpel. Sie waren alle Opfer. Sie waren Produkte eines Bösen, das den Verstand transzendierte, Produkte einer Philosophie, welche die überragende Intelligenz der Stadtbewohner und Städteplaner zersetzt hatte. Aber sie konnte nicht einmal mehr diese hassen. Vielleicht hatten sie noch am meisten von allen gelitten.

Wen haßte sie dann überhaupt noch? Sie blieb stehen und spürte den sich in ihrem Kopf aufbauenden Druck, als ob sie ein vor dem Siedepunkt stehender Topf wäre. Sie hob die Hände. »Allaaa-a-ah!« wimmerte sie. »Hilf mir! Du verachtest mich, du quälst mich, hilf mi-hi-hir!«

Sie fiel auf die Knie und hob die Hände. Die Tränen strömten über ihr Gesicht. Das war schwach, sehr schwach; das war die Kapitulation vor dem erneuten Wahnsinn … vor den summenden Insekten, den läutenden Glocken, dem Schmutz und dem Abfall. Aber sie konnte sich nicht dagegen wehren. Ihr schmächtiger Körper schüttelte sich. Ihr buntes Gewand bildete einen unregelmäßigen Kreis um sie, wobei die Konturen sich mit ihren Krämpfen veränderten.

Sie schaute flehentlich auf. »Allah, mein ganzes Leben habe ich dir gedient, dich nie verflucht – nicht, bevor ich dem Wahnsinn verfiel und diese Stadt betrat –, mein ganzes Leben bin ich eine gute Muslimin gewesen, gehorsam und treu. Nicht einmal habe ich davon geträumt, mehr zu sein, als ich war, und doch hast du mir immer wieder Heimsuchungen aufgebürdet, bis ich schließlich zerbrach. Wozu stellst du mich auf die Probe?« Sie hatte das Bild eines Männerclubs vor Augen – Dschinns und Propheten und ins Paradies aufgestiegene Männer –, der sich um einen schemenhaften, maskulinen Allah scharte, mit Mohammed an der Spitze, in einer Stadt mit juwelenbesetzten Minaretten und Mauern aus Stein und Gold und Toren aus Perlen... und das alles schaute leicht amüsiert auf sie herab. Sie hatten das Leben transzendiert, und das Leiden der noch in den weltlichen Niederungen Gefangenen wirkte auf sie wie herumwuselnde Ameisen. Sie würde niemals in solche Höhen aufsteigen. Sie war nur eine Frau, hatte eigentlich keine Seele und war an die Erde gefesselt. Ihre Gezeiten wurde von den Bewegungen eines Mondes bestimmt, der so weit entfernt war, daß es ihre Vorstellung übertraf. Ihr Blut unterlag dem Ablauf von Ebbe und Flut, sie war unrein, sie trug das Tor zur Schöpfung, sie war das Objekt der Begierde und des Abscheus. Sie war nicht einmal sehr begehrenswert. Willst du Kinder, geh zu einer Frau. Willst du Vergnügen, geh zu einem Knaben. Willst du Freude, geh zu einer Melone! Solche schmutzigen Reime hatte man ihr als Kind nachgerufen, Jungen und sogar Mädchen, blasphemisch wie alle Kinder, wenn sie unbeaufsichtigt sind. Sie kannten kaum die Bedeutung dieser Worte. Sie hatte sich immer gefragt, was die Männer wohl mit einer Melone anstellten, bis sie schließlich erfuhr, daß der bloße Verzehr einer Melone für besser und erstrebenswerter erachtet wurde als der Umgang mit einer Frau. Das war der Gipfel der Diskriminierung.

Und doch wandte sie sich in ihrer tiefsten Verzweiflung an Allah. »Allah«, murmelte sie mit in den Armen verborgenem Kopf und vornüber gebeugt. »Allah.« Die Insekten summten.

Und... was war das? Ihr war, als ob sie ein Lied hörte. Sie drehte sich um... und die Vergangenheit fiel von ihr ab, als ob sie ihr ganzes Leben durch einen langen Tunnel gestürzt und erst jetzt ins Sonnenlicht eingetaucht wäre. Sie spürte, wie sie hochgehoben und mit etwas verbunden wurde, nicht wie zwischen Mann und Frau, sondern... sie durchforstete ihr zuletzt angeeignetes Wissen – wie ein Molekül, das sich mit einem anderen Molekül verbindet. Sie war sehr klein, aber bedeutend, und das Ding, mit dem sie so formschlüssig verbunden wurde, war groß und entzog sich ihrer Erkenntnis, aber sie liebte es. Sie legte die Kleider ab und stand nackt da, das Gewebe zu ihren Füßen. Ihre Brüste waren straff, der Bauch flach, das Haar glatt und rotgold, und Honig hing zwischen ihren Beinen. Dann war auch das verschwunden, und sie war wie ein dünnes Goldplättchen, das in einem elektrischen Feld zitterte.

»Was mache ich hier?« fragte sie, und ein herzhaftes, gutmütiges Gelächter schien das größere Molekül erbeben zu lassen.

Du bist noch nicht soweit

»Nein«, sagte sie. »Das bin ich nicht.«

Und sie schwebte abwärts, weder traurig noch verzweifelt ob dieser plötzlichen Entlassung. Sie war wieder angezogen und marschierte zielstrebig und energisch einen mit Bäumen gesäumten Korridor entlang. Sie lachte bei jedem Baumstamm, jedem Blätterbüschel. Sie waren von der Stadt mitgenommen, liebevoll vor dem Feuer und den Jägern beschützt und hier eingepflanzt worden, damit sie unter ihnen lustwandeln konnte. Sie waren alle Teil der Stadt. Und auch sie war Teil der Stadt, denn die Stadt hatte eine Seele. Wenn sie auch deformiert war, so lebte sie doch mit all ihren

Sehnsüchten. Nun mußte sie diese Sehnsüchte verwirklichen und sie das Überleben lehren, wie eine Mutter ihr Kind unterweist.

Durragon hatte sich in einer Entfernung von fünfzig Metern hinter einer Baumgruppe versteckt. Musa und Ezeki standen bei ihm. »Das ist die verrückte Frau«, stellte er fest. Sie nickten. »Wie kontrolliert sie die Stadt?«

»Das wissen wir nicht«, sagte Ezeki. »Wir haben sie nur ein paarmal gesehen.«

»Sie geht, als ob sie betrunken wäre. Schaut, wie sie die Hand ausstreckt und die Bäume berührt. Was befindet sich im Innern des Turms?«

Reah betrat einen halbkreisförmigen Durchgang, und eine breite Tür schloß sich hinter ihr. Ezeki seufzte und streckte die Hände aus. »Wir haben diesen Ort eben zum erstenmal gesehen.«

»Ihr habt Zeit vergeudet«, tadelte sie Durragon. »Wir müssen mit ihr sprechen und sie überreden, wenn das möglich ist. Sie macht einen harmlosen Eindruck. Eine verrückte alte Frau. Wenn die Stadt ohne sie auskommt – wenn wir sie auf die gleiche Art kontrollieren können wie die Frau –, falls sie es denn tut ...« – er warf den beiden Männern einen vielsagenden Blick zu –, »dann können wir auch auf sie verzichten.«

Musa betrachtete seine Füße. Er war des Kämpfens und Tötens überdrüssig. Der alte Habiru mußte auch müde sein, vermutete er. Und doch war Durragon in der Lage, sie wie naive Jäger auf Trab zu halten.

Die Kinder waren unterwegs, gerade eine oder zwei Tagesreisen entfernt. Sie fragte sich, was die Eltern wohl empfunden hatten – falls es überhaupt noch Eltern gab. Hatten die Maschinen sie wahllos entführt oder nur diejenigen aufgesammelt, die unheilbar krank oder verlassen waren? Womöglich hatten die Dörfler auch geschlafen und nichts gesehen, oder vielleicht hatten sie die Maschinen auch als gesandte Engel interpretiert. Sie saß auf dem Stuhl und spähte durch die weitreichenden Augen der Stadt. Die Beine schmerzten, und die Brüste wirkten nicht mehr straff und das Haar nicht mehr kräftig und seidig – aber das war ohnehin nur eine Vision gewesen. Die Wirklichkeit war wichtiger. Das Ziel, die Energie. Sie schloß die Augen und entspannte sich. Draußen wurde es bereits dunkel. Sie konnte ihr Appartement aufsuchen, sich säubern und zu Bett gehen, vielleicht nach einigen Stunden aufstehen und die Sterne betrachten, dann den Rechner einschalten und die Speicher der Stadt etwas diskreter anzapfen.

Steif erhob sie sich vom Stuhl. Die Bildschirme und sonstigen Geräte desaktivierten sich automatisch hinter ihr, als sie zur Tür ging. Es waren jetzt nur noch wenige Arbeiter zugange; keiner folgte ihr. Um sich sicherer zu fühlen, würde sie einen in ihrem Appartement postieren.

Die Luft war kühl und roch nach Pinien. Der Himmel über ihr hatte eine kräftige königsblaue Färbung angenommen, die von feuerroten Wolken durchsetzt war. Die Sterne und eine Mondsichel kamen zum Vorschein. Sie schaute nach vorn.

Drei Männer standen vor ihr. Sie blieb verwirrt stehen, mit seitlich herabhängenden Armen. Durragon trat vor und lächelte.

»Es ist Zeit zu reden«, meinte er.

»Ich verstehe.«

»Wir müssen uns darüber unterhalten, was wir für diese Stadt tun können.«

»Es bleibt nicht mehr viel Zeit«, wandte sie vorsichtig ein, »die Kinder werden in ein oder zwei Tagen kommen. Ich muß Vorbereitungen für sie treffen.«

Durragons Lächeln verschwand schnell. »Kinder?« sagte er mit ansatzweise fragendem Unterton.

»Vielleicht Tausende.«

»Ich weiß nicht, was du meinst …«

»Die Stadt wird so viele Kinder aufnehmen, wie ihre Kapazität es zuläßt. Die Kranken, diejenigen, die draußen verloren wären. Ich habe die Leitung dieser Aktion übernommen.« Sie musterte die beiden anderen und versuchte sie anhand ihres Gesichtsausdrucks zu beurteilen. *Sie stehen nicht mehr hinter ihm,* erkannte sie. »Ich könnte eure Hilfe gebrauchen. Es wäre schwierig, wenn ich es allein schaffen müßte.«

»Es existieren jetzt weder genug Räumlichkeiten noch Behandlungsmöglichkeiten.«

»Unsinn.« Sie sah ihn wieder skeptisch an. »Du bist ein Führer. Jedenfalls bist du einmal einer gewesen. Du könntest helfen.«

»Ich …«

Sie brachte ihre verbale Überlegenheit zum Tragen. Sie war ihm über; er wurde schwächer. »Aber du kannst auch gehen.«

»Nein«, widersprach er grinsend. »Das kann ich nicht.«

»Dann komm mit mir.« Sic ging an ihm vorbei. Sie wichen ihr stolpernd aus, und Durragon wirbelte mit rot angelaufenem Gesicht herum. Er runzelte die Stirn, und seine Hände ballten sich intervallartig zu Fäusten. »Kommt«, wiederholte sie und drehte sich zu ihnen um. »Ich werde euch alles Notwendige zeigen.« Sie setzte ihren Marsch fort. Sie vertraute ihnen – oder Durragon – ungefähr soviel, wie sie einem Skorpion vertraut hätte. Aber selbst mit dem ihnen zugewandten Rücken verspürte sie keine Furcht. Sie war hier die Herrscherin.

Durragon hielt Ezeki und Musa zurück, als sie ihr folgen wollten. »Später«, rief er. »Wir werden später mit dir gehen.«

Ezeki schaute ihn verwundert an. »Laßt sie gehen«, grummelte Durragon. »Wir werden erst einmal den Turm inspizieren.«

Aber die Tür blieb für sie versperrt.

Als sie sich im Appartement befand, die Tür verschlossen und einen Arbeiter postiert hatte, entspannte sie sich und spürte einen Teil ihres Selbstvertrauens verfliegen. Sie hatten sie überrascht und waren so *nah* gewesen ... Und sie hatte sich wie ein Narr verhalten. Was hatte sie denn im Gesicht des alten Mannes und des Moslems gesehen? Hatte sie vielleicht daraus folgern können, daß sie sich ihr anschließen und von Durragon abwenden würden? Sie schüttelte den Kopf, und Tränen traten ihr in die geschlossenen Augen. Sie war so schwach, und was sie vorhin verspürt hatte, war ein Moment mädchenhafter Naivität, Schwäche ... des Überschwangs gewesen. Moleküle, die sich miteinander verknüpften! Jugend und Schönheit für immer! Wohl eher Bitterkeit und Tod.

Sie verdrängte eine Anwandlung von Apathie und versuchte sich wieder in dieses Gefühl der Verbundenheit, der Ekstase, hineinzuversetzen. Es war nicht mehr da. Wie konnte sie sicher sein, daß es überhaupt je existiert hatte? Würde es sie vor Durragon beschützen? Wenn sie sich irrte und der alte Mann und der Moslem ihr nicht wohlgesonnen waren, dann stand sie ganz allein. Allein mit einer noch immer schweren Bürde an Widersprüchen, Neurosen und Ängsten ... allein mit der Stadt. *Wiederauferstehung*.

Konnte sie die beiden von Durragon isolieren und mit ihnen sprechen. Es war unwahrscheinlich.

»Denke an die Kinder«, sagte sie laut, aber die Verwirrung blieb.

Während Durragon schlief, trafen sich Musa und Ezeki hinter einer Brüstung mit Blick auf den Zentralschacht, mehrere Ebenen oberhalb der Unterkunft des Apostaten. Sie setzten sich und sprachen dem städtischen Wein zu, der keine berauschende Wirkung hatte. »Ich hätte jetzt gern etwas mit mehr Pep«, gestand der alte

Mann, hob das Glas und betrachtete die bernsteinfarbene Flüssigkeit.

»Damals, auf der Erde, pflegten meine Leute nichts … äh … Gehaltvolles zu trinken. Ebensowenig die orthodoxen Moslems auf Gott-der-Schlachtenlenker. Also werde ich durch *Wiederauferstehung* geläutert.«

»Was sollen wir tun?« fragte Ezeki.

»Er wird sie bald töten.«

»Wir sind jetzt schon seit fünf Jahren bei ihm. Ich kann mir nichts anderes mehr vorstellen.«

»Die Stadt zeigt uns andere Möglichkeiten auf.«

Ezeki schüttelte verzweifelt den Kopf. »Ich würde ihn ja verlassen. Würde ich wirklich. Aber was sollen wir denn mit einer solchen Stadt anfangen? Uns heilen lassen, um dann verjagt zu werden?«

»Wir sind bereits geheilt.«

»Dann können wir jederzeit hinausgeworfen werden. Aber wenn er sie tötet und das Kommando übernimmt … dann können wir vielleicht bleiben. Die Stadt hat sie ja auch bleiben lassen.«

»Ja, aber weshalb?« fragte Musa.

Ezeki schüttelte den Kopf. »Ist mir auch ein Rätsel.«

»Sie will Kindern helfen, verkrüppelten Kindern. Hast du gesehen, wie sie uns angeschaut hat? Vielleicht könnten wir für *sie* arbeiten anstatt für ihn.«

»Verkrüppelte Kinder! Kranke Kinder! Sie ist eine Träumerin«, sagte Ezeki. »Ich war auch einmal ein Träumer. Jetzt bin ich nur ein alter Narr, der lernen will. Und die Stadt läßt mir nicht einmal meinen Stolz. Sie zeigt mir, wie unwissend ich doch bin.«

»Wir könnten ihn jetzt töten«, flüsterte Musa. »Im Schlaf. Sie würde uns belohnen.«

Ezeki starrte den Moslem unverwandt an. »Wir sind verrückt, so verrückt wie sie.«

»Dann wäre es vielleicht am besten, wenn der ganze gottverlassene Planet wieder verrückt wird. Mit Vernunft sind wir nämlich nicht allzu weit gekommen, stimmt's?«

Ezeki wollte aufstehen, zögerte dann aber. Musa richtete sich zu voller Größe auf. »Jetzt?« fragte der alte Mann. Der Moslem nickte. »Wenn wir vertrieben werden, töten die Jäger uns wahrscheinlich.«

»Was sollen wir nehmen?«

Musa brachte ein improvisiertes Taschenmesser zum Vorschein. »Ich benutze es sonst zum Säubern der Fingernägel«, erläuterte er mit bösem Grinsen.

Sie gingen zu Durragons Appartement. Als sie dort ankamen, war er nicht mehr da.

Der General war aufgewacht und hatte festgestellt, daß er allein war; er konnte nicht mehr einschlafen. Während die zwei Männer fieberhaft nach ihm suchten, stand er in Gedanken versunken an der Eingangstür zum Turm. Er fühlte sich jetzt gut und hatte fast den Eindruck, daß er Dinge aufgrund schierer Willenskraft bewirken konnte. Die Frau war stark, aber er war stärker. Und er hatte einen Entschluß gefaßt. »Ich werde hier reinkommen«, schwor er sich, »und ich werde die Stadt kontrollieren, genauso wie sie es tut.«

Er fixierte die Tür und versuchte halbherzig, seine Stärke zu demonstrieren. Als die Tür sich öffnete, sprang er zurück, wobei die Haare auf seinem Nacken sich sträubten. Die alte Frau stand dort. »Wir können beide nicht schlafen«, sagte sie. »Können Schlaflose jemals Feinde sein?«

»Wir haben beide unsere Pläne«, erwiderte er. »Vielleicht können wir uns zusammentun.« Irgend etwas an ihr irritierte ihn, eine ruhige Akzeptanz, die er zuvor nicht festgestellt hatte. Seine Worte schienen ungehört zu verhallen, aber sie ging in den Turm zurück und bedeutete ihm mit einem gekrümmten Finger, ihr zu folgen. Durragon starrte in die Steuerzentrale.

Die Grafiken, der Thron, die gestaffelten Bildschirme

und die seltsamen Geräte... es war erschreckend, und schöner als alles, was er jemals gesehen hatte. Es war kraftvoll. Es war der Nabel der Welt.

»Warum willst du Krüppel in die Stadt lassen?« fragte Durragon. »Sie wissen doch gar nicht, was sie hier mit sich anfangen sollen. Die Stadt sollte demjenigen gehören, der sie am besten zu nutzen weiß.«

Ihr Gesichtsausdruck war fast entschuldigend.

»Ich habe einen Plan«, fuhr er fort. »Ich dachte, du hättest... würdest es gerne hören. Wir könnten den Planeten umformen und ihn wieder in seinen ursprünglichen Zustand versetzen. Wir müssen den Ort finden, an dem die Stadt neue Teile sprießen läßt...«

»Nein«, lehnte Reah ab. »Wir werden neu anfangen. Eines Tages benötigen wir vielleicht überhaupt keine Städte mehr. Wir werden auf den Trümmern der alten Welt die Fundamente der neuen Welt errichten.«

Mit diesen Worten vermittelte sie ihm das Gefühl, ein Barbar, ein Kind zu sein. Er kam zu dem Schluß, daß sie nur schwätzte. Seine Ohren schmerzten, und er versuchte, ihre Worte zu ignorieren – aber sie redete weiter. Sie führte ihn im Raum herum, zeigte ihm Dinge und nannte ihm ihre Namen, wobei sie Worte benutzte, die er nicht verstand, magische Worte, machtvolle Worte. Sie hatte alles unter perfekter Kontrolle, aber sie war weder besser noch intelligenter als er. Das stand fest. Wenn sie verschwunden war, konnte er ihren Platz mit Leichtigkeit ausfüllen. Sie war irre! Eine Stadt voller Krüppel. Das war nachgerade obszön.

Er beobachtete sie intensiv und lauernd.

»Ich lausche der Stadt nun schon seit Tagen«, sagte sie. »Für eine Weile hat sie mich hier festgehalten, weil ich...« – eine kaum merkliche Pause – »... krank war. Aber jetzt geht es mir wieder gut, so gut es mir nur gehen kann, und sie läßt mich noch immer bleiben. Vielleicht hat sie eine Entscheidung getroffen. Vielleicht braucht sie mich. Und wenn sie mich braucht, dann braucht sie uns …«

Er kam näher. Er zog einen Draht aus der Tasche. Er hatte die Enden mit festem Tuch umwickelt und zu Schlaufen gespleißt. Es wäre wie der Tod, den Perja ihm zugedacht hatte.

Sie hatte ihm den Rücken zugewandt. Ein Arbeiter rollte durch die Tür. Hinter dem Arbeiter folgten mit großen Augen Musa und Ezeki.

Durragon trat vor, legte den Draht um ihren Hals, drückte ihr das Knie gegen den Hals, riß ihr Kinn zurück und hörte das Knacken. Er löste die Schlinge und trat zurück. Der Körper fiel zu Boden.

Der Arbeiter raste an ihm vorbei. Er brachte ein Netz zum Vorschein, wie silbrige Haarsträhnen, und legte es über den Kopf der Frau. Nein, das würde nicht klappen – Durragon trat gegen den Arbeiter …

… und brach sich beinahe den Fuß. Der Robot schien im Boden verwurzelt zu sein.

Musa stand mit hängendem Kiefer da und starrte nur auf die Szenerie, aber Ezeki schüttelte heftig den Kopf und entwand dem Moslem das Messer. »Du sollst verdammt sein!« schrie er. Durragon vollführte eine halbe Drehung.

Reah, deren Blick sich trübte, spürte das Netz auf dem Kopf und glitt erneut in den weiten Raum mit den Strukturen der Tradition ab. Aber diesmal war der Funke eine Sonne, die unter ihr aufging, und ihr Zorn war unermeßlich.

Dann verstrich eine enorme Zeitspanne.

Es war in der Mitte des Monats Sivan, ein ruhiger, trockener Tag im Dorf Akkabar. Die glatten Wände des inneren Stadtsektors umgaben das Dorf. In der Nähe der Haupt-Schule trat ein Schwall Wasser aus der Wand aus – nicht unter ihr, sondern durch eine Oberfläche so glatt wie Glas – und schlängelte sich unter einem Flügel des Haupttores hinaus. Es gab vier Tore im inneren Wall, aber keines davon führte in die Stadt. Statt dessen erhielten die Einwohner durch breite Tunnel Zugang nach draußen.

Ezeki Iben Tav saß an der Vorderseite des größten Klassenzimmers in der am Fluß gelegenen Schule. Er hatte gerade den Geschichtsunterricht beendet, und die Schüler schrieben auf Schiefertafeln. Es waren schöne Kinder, und jeden Tag wurden es mehr. Die von den Dörflern errichteten Wohnheime waren fast vollständig mit Kindern belegt, und doch brachten Transporter ständig weitere Kranke und Behinderte zu den äußeren Barrikaden. Die Stadt gewährte ihnen Einlaß, heilte sie und setzte sie Wochen später nachts in Akkabar ab. Sie waren gesund und fröhlich, genau die Art Kinder, die Eltern, die ihre eigenen Kinder verloren hatten, gerne adoptieren würden. Die Anzahl der potentiellen Eltern war gering, aber was machte es bei solchen Kindern aus, ob man nun hundert oder tausend adoptierte? Die Stadt sorgte für Verpflegung. Obst gedieh entlang der inneren Wälle, und andere Nahrungsmittel – Korn, Viehfutter – sprossen ohne besondere Hege und Pflege aus dem Boden, jetzt, wo die Wasserversorgung gewährleistet war.

Musa betrat das Klassenzimmer und klatschte in die Hände. Nun stand Leibesertüchtigung auf dem Stundenplan. Musa lehrte sie Spiele und bildete sie in Kampftechniken aus; die Jäger kehrten nämlich gelegentlich zu *Wiederauferstehung* zurück und provozierten Scharmützel.

Die älteren Jungen und Mädchen blieben einige Augenblicke im Hintergrund, um sich miteinander bekanntzumachen. Ezeki schaute aus der offenen Vorderseite des Klassenraumes auf das Dorf und trat dann unter der roten Plane ins Sonnenlicht hinaus, wobei er die Augen beschirmte. Ein schlanker Turm erhob sich an der Nordseite der Stadt.

Er bedauerte nur zwei Dinge. Er hatte so wenig Zeit gehabt, das in der Stadt gespeicherte Wissen zu sichten. Dieses Bewußtsein und die Gewißheit, daß er nie wieder in die Stadt gelangen konnte, würden ihn immer verfolgen. Sein zweites Bedauern galt den Kindern, die trotz ihrer prächtigen Verfassung nicht nur mit dem Trauma aus der Stadt entlassen wurden, nie an ihrer Schönheit teilhaben zu können, sondern auch von bestimmten Eindrücken verfolgt wurden, die ihnen aufgeprägt worden waren. Mit der Zeit schienen sie sich jedoch damit zu arrangieren. Ezeki war ein guter Pädagoge und ein guter Ausbilder der Ausbilder. Dies war nur ein geringer Preis, der für ihre Gesundheit und Schönheit zu zahlen war.

Unter den Kindern kursierten Geschichten. In der Stadt waren sie oft einer Gestalt begegnet, die sie schlicht Geister-Frau nannten. Sie kam und ging, lächelte nie und runzelte auch nie tadelnd die Stirn, und ein Stern glühte auf ihrer Stirn. Ob sie nun den Stern führte oder von ihm geführt wurde, niemand wußte es.

Gelegentlich hatten sie auch ein anderes Kind gesehen – kein Geist, sondern aus Fleisch und Blut –, das aber von ihnen ferngehalten wurde und nie mit ihnen spielen durfte. Zu den seltenen Anlässen, aus denen die Stadt sprach, hatte sie den Kindern erklärt, daß es sich bei diesem Kind um den wiedergeborenen Christus handelte, der darauf wartete, sie zu gegebener Zeit von ihren Sünden zu befreien. Das beunruhigte Ezeki. Er konnte sich wohl vorstellen, daß die Stadt ein verlassenes Kind aufpäppelte, aber warum durfte es bleiben?

Von all den Mysterien und Erinnerungen beschäftigte ihn eine ganz besonders. Die letzten Schreie der Stadt, der Tag, als er und Musa und Durragons Leiche in Akkabar ausgesetzt worden waren... der ganze Himmel, übersät mit flammenden Brandzeichen, hätte nicht so herzzerreißend schreien können. Schließlich war Verrat auf Verrat gefolgt – der Angriff auf die Frau, dann der Mord an Durragon. Keine heilige Stadt konnte so etwas verkraften. Zu ihrem Glück hatte sie den Plan der Frau verwirklicht.

Waren sie oder ihr Bewußtsein noch immer in der Stadt und kontrollierten sie?

Zwischen den strukturierten Räumen spürte Reah, wie ihre Kinder kamen und gingen. Da war ein Kind, das blieb, aber sie durfte es nie deutlich sehen. Das beunruhigte sie. Sie befand sich im Bann des glühenden Funkens, der nun millionenfach reflektiert wurde, wie ein Suchscheinwerfer im Nebel. Sie war nicht lebendig, und sie war auch nicht tot. Sie spürte zwar die Präsenz des großen Moleküls, aber sie konnte sich nicht mit ihm verbinden. Obwohl es ihr an allem fehlte, war sie doch auf eine gewisse Art zufrieden. Vor langer Zeit hatte ihre Mutter ihr erzählt, daß Frauen keinen Zutritt zum Paradies hätten.

Aber wenn sie schon nicht mehr kommandierte, so mußte sie wenigstens auch nicht dienen. Sie streifte umher, dachte nach, wenn es möglich und angemessen war, aber in der Regel wartete sie einfach nur ab.

Das Ganze war ein Spiel, unendliche Zeitintervalle zwischen der Synthese von Riesenmolekülen. Bald würden andere ihre Aufgabe übernehmen, oder die Städte würden sterben und vergehen wie Ameisen im Fokus eines Brennglases. Auf die eine oder andere Art wäre sie freier als jemals zuvor.

Nach wie vor kultivierte sie eine Art von Stolz. Sie hatte wichtige Züge in diesem Spiel gemacht. Immer wenn sie diesen Stolz verspürte, erschien die molekulare Verbindung dräuend vor ihr und schien zu fragen: Noch nicht bereit?

Nein, noch nicht …

Der Städte wurden weniger und weniger. Ihre Willenskraft schwand, die Umwelt veränderte sich; oft genug suchten Expoliten und Jäger den Ort ihres Untergangs auf und versetzten ihnen den Todesstoß. Jahrhundertelange Verwirrung und Selbstbezichtigung war schließlich in Zorn und Haß umgeschlagen.

Als die Anzahl der Städte immer kleiner wurde, nahmen manche Kontakt mit den anderen auf und reaktivierten lange unterbrochene Kommunikationsstränge. Dialoge wurden ausgetauscht, scheu, zögerlich zunächst, dann ausführlicher. Informationen wurden unter den Städten ausgetauscht und seltsame Geschichten erzählt, denn in manchen Städten hatten sich wundersame Dinge ereignet.

Das Sterben der Städte setzte sich fort. Schließlich, als ob sie den Schmerz plötzlich abbrechender Verbindungen oder die noch schlimmere Pein täglich schwächer werdender Verbindungen nicht mehr aushalten konnten, stellten die Städte ihre Kommunikation ein.

Die paar noch überlebenden Städte waren stumm, wie ausgebrannte Sterne in einem sterbenden Universum, die darauf warteten, zu Staub zu zerfallen.

Drittes Buch

3562 n. Chr.

DIE RÜCKKEHR

WAS AUCH IMMER SIE ihm nahmen, sie konnten nicht an der Tatsache rühren, daß er ein begnadeter Architekt war. Er hatte genug Monumente erschaffen, die seinen Namen noch lebendig halten würden, wenn die sinnlosen Auseinandersetzungen und Zwistigkeiten längst vergessen waren.

Streiflichtartig wunderte er sich darüber, daß eine derart triviale Assoziationskette im *Simulacrum* überhaupt konserviert worden war. Dann glitt er auf einer Spirale des rekursiven Staunens abwärts – daß er sich über das Wunder solcher Trivialitäten Gedanken machen und über das Denken *reflektieren* konnte.

Am besten konzentrierte er sich auf die jüngsten Erinnerungen – Danice mit ihrem langen schwarzen Haar, die ihn vor dem Vorgang umarmt und Lebewohl zu einem Mann gesagt hatte, den sie am nächsten Tag wiedersehen würde, nachdem er in den Block geladen worden war; das mußte ihr höchst bizarr vorgekommen sein …

Schwungvoll materialisierte er mit wirbelnden Armen und ineinander verschränkten Beinen aus dem Block. Seufzend stieß der Block einen Stapel ordentlich zusammengelegter Kleidungsstücke aus, dann verlor er seine Farbe, überzog sich mit einer Kruste und starb.

Robert Kahn blinzelte. Er lag nackt in einem Haufen aus Schmutz und Trümmern. Zweige und Blätter klebten an seinem feuchten Körper. Ein muffiger und fauliger Geruch stieg ihm in die Nase. Niemand war zu seiner Begrüßung erschienen. Statt des erwarteten Summens der lebenden Stadt *Bruderschaft* vernahm er nur das hohle Pfeifen des Windes.

Der große Architekt, der nach zwei Jahrhunderten gekommen war, um seine Werke zu inspizieren und

Ratschläge zu erteilen und nötigenfalls auch Revisionen vorzuschlagen, war allein.

Er erhob sich, entfernte den Schmutz und das Laub vom Körper und betrachtete dann die neben ihm liegende Kleidung. Er hätte eigentlich bekleidet erscheinen sollen. Statt dessen hatte der Block, als ob er sein Bestes geben wollte, die Sachen separat ausgestoßen. Sein Blick verschwamm, und er rieb sich die Augen. Er fühlte sich etwas schwach. Das hätte nicht der Fall sein dürfen. Der Block hätte ihn eigentlich frisch und kräftig entlassen sollen.

Noch verspürte er keine Furcht. Er fühlte sich nur benommen, als ob er aus einem Drogenrausch erwacht wäre. Aber die Angst lauerte nicht allzu weit entfernt. Wie die Flügel eines gerade geschlüpften Schmetterlings expandierten seine Emotionen und stabilisierten sich.

Der Block – Eckstein des großen Thomas-von-Aquin-Torbogens – war verwittert. Es war ein Wunder, daß er ihn überhaupt hatte materialisieren lassen können. Die ihn umgebenden Mauern waren grau und rissig und wirkten ausgetrocknet. Die Röhren, welche sich gitterförmig durch den in das allgegenwärtige Blumendekor integrierten Torbogen zogen, führten keine Flüssigkeit.

Hinter dem Thomas-von-Aquin-Tor befand sich ein ausgedehnter Platz, der mit Erdhügeln bedeckt und mit Löchern übersät war, als ob man hier nach verborgenen Schätzen gegraben hätte. Verkohlte Mauern und Aschehaufen wiesen auf Brände hin. Er schaute zur Decke hoch, die sich hinter dem Torbogen über die Stadt legte. Die Gruft existierte noch; breite, an umgedrehte Bienenkörbe erinnernde Säulenschäfte aus Basalt erweiterten sich in hundert Metern Höhe zu einer Kuppel. Aber die ganze Szenerie war eine Studie in Grau, statt des vitalen Grüns und des blauvioletten Himmels.

Ein großer Teil der Stadt – wenn nicht gar alles – war

tot. Soweit er die Strecke zum einen Kilometer entfernten Haupt-Abwärmeschacht überblicken konnte, hatten die Wände und Stützpfeiler und Röhren ihren Glanz verloren.

Er betrat den Platz, wobei er den Gruben auswich, und gelangte schließlich zu einem weiten Platz mit großen Silikatbrocken. Die Sonne strahlte heller, als er sie in Erinnerung hatte – heller und heißer. Im Umkreis der Stadt gab es nichts außer einer Ebene mit vertrocknetem Gras, vereinzelten kümmerlichen Bäumen und einem staubigen Feldweg.

Mit zusammengekniffenen Augen inspizierte er die Türme der Stadt. Ihre Konturen hatten sich verändert. Es handelte sich offensichtlich um die Stadt *Bruderschaft*, und aus dieser Richtung konnte er auch – mit etlicher Schwierigkeit – das stilisierte Porträt des Heiligen Thomas von Aquin am Zentralturm ausmachen, aber …

Die Konturen waren erodiert, wie bei einer Sandburg im Regen. Auf ganzer Höhe der Stadt konkurrierten Brandmale und Anzeichen von Verfall und Vandalismus mit kollabierten Stützpfeilern um den ersten Platz in diesem Spiel der Zerstörung.

Die Stadt war tot.

Er war noch immer nackt. Er mußte zurück, um sich die Kleidung zu holen – und die Daten zu bergen. Seine Arbeit an den einhundertdreiundfünfzig Städten auf Gott-der-Schlachtenlenker war zuweilen so frustrierend und schwierig gewesen, daß er beschlossen hatte, ein geheimes Netz von Stadt-Überwachungsgeräten zu installieren, für den Fall, daß eine Panne auftrat und er dafür verantwortlich gemacht wurde. Aber *damit* hätte er nie gerechnet …

Wie lange war es schon her? Über zwei Jahrhunderte – vielleicht noch viel länger. Er wich in den Schatten zurück und betrat erneut den Leichnam von *Bruderschaft*.

Arthur Sam Daniel war nicht überrascht, als er den seltsam gekleideten Fremden auf der Straße vorbeigehen sah, an der seine kleine Farm lag. Erst tags zuvor war nämlich ein großer, dunkler Mann, der einen sprechenden Kopf unter dem Arm trug, in die gleiche Richtung marschiert. Arthurs Großmutter hatte ihm oft von ›Pfaden‹ oder Geisterstraßen erzählt. Es war allgemein bekannt, daß es sich bei Gott-der-Schlachtenlenker um eine verwunschene Welt handelte; die Zeiten änderten sich, und offensichtlich verschoben sich auch die Pfade. Arthur saß auf der Holzbank unter dem Mulcet-Baum, zehn Meter von der Straße und dem Fremden entfernt und ungefähr zwanzig vom Haus, und fragte sich, ob er es rechtzeitig erreichen konnte, falls die Gestalt ihn verfolgte.

Sie blieb am Zaunpfahl stehen. Arthur sah, daß der Fremde trotz der Hitze nicht schwitzte. Er sprach einige Worte. Obwohl die Sprache ziemlich vertraut klang, konnte er sie nicht richtig verstehen. Nach einem weiteren Versuch schüttelte der Fremde den Kopf.

»Sind Sie ein Mensch?« fragte Arthur laut, wobei er sich für alle Fälle schon einmal in Fluchtposition begab. »Oder vielleicht ein Geist?«

Die Gestalt konnte natürlich auch ein Stadt-Teil sein. Neu-Kanaan wurde nun schon seit fast einer Generation von Pseudo-Menschen heimgesucht.

Der Fremde schaute verwirrt drein und lächelte dann. Er sagte etwas in einem Idiom, das Arthur als Hebräisch identifizierte, aber der Daniel-Clan hatte kein Hebräisch mehr gesprochen, seit er Bethel-Japhet während der Sezessionskriege verlassen hatte. Obwohl die Daniels eigentlich katholisch waren, hatten sie in der Expolis Ibreem aus gesellschaftlichen Gründen Hebräisch gelernt.

Es war wirklich heiß – der wärmste Sommer, den Arthur mit seinen fünfundfünfzig Jahren bisher erlebt hatte. Selbst wenn der Fremde nicht schwitzte, hatte er vielleicht doch Durst. Arthur strich sich nervös über die Hosenbeine, stand auf und trat der Gestalt entgegen. »Nun, was auch immer Sie sind, das mindeste, was ich tun kann, ist, Ihnen einen Schluck Wasser anzubieten. Kommen Sie rein.« Er bedeutete dem Fremden, ihm zwischen den verdorrten Dornbüschen hindurch zum Haus zu folgen. Gastfreundschaft war eine der wenigen Freuden, die Arthur dieser Tage noch geblieben waren. Der Fremde beschattete die Augen, musterte ihn und willigte ein.

»Nan!« Von der Veranda aus rief Arthur seine Tochter. Er schaute über die Schulter; der Fremde war ein paar Schritte hinter ihm. »Wir haben einen Gast.«

»Wer ist es?« fragte eine Frauenstimme von drinnen.

»Ich weiß nicht«, erwiderte Arthur. »Ich stufe Sie hiermit als Menschen ein«, tat er dem Fremden kund und öffnete die Tür. »Aber meine Entscheidungen gelten hier nicht viel. Ich war mir nicht sicher wegen dieser Kleider, müssen Sie wissen.« Der Fremde trug eine farbenfrohere Kleidung, als sie von den *Gründern* von Kanaan gefertigt werden konnte, soviel war sicher. Besonders bewunderte Arthur die Stiefel, die übergangslos aus der Hose zu fließen schienen, und die Tatsache, daß weder Knöpfe noch Reißverschlüsse zu sehen waren. »Sie haben vorhin ein wenig Hebräisch gesprochen, aber ich habe diese Sprache zuletzt benutzt, als ich noch ein Kind war.« Nan stieß im Flur zu ihnen und wischte sich die Hände an ihrem schwarzen Overall ab.

»Wer ist das?« fragte sie mißtrauisch.

»Spricht nicht unsere Sprache«, sagte Arthur.

»Warum hast du ihn überhaupt hereingebeten? Was, wenn er ein Stadt-Teil oder so etwas ist? Er könnte gefährlich sein.«

Der Fremde schaute sich mit einem betrübten Gesichtsausdruck im Flur um. Die Struktur des Hauses war primitiv, aber solide – ein robuster Holzrahmen mit Mauern aus glasierten Ziegelsteinen –, aber auf dem Boden des Flurs und der angrenzenden Küche lagen Abfall und Dreck. Der Kamin war fast mit Asche verstopft, und der Kessel, der an einem schwarzen gußeisernen Dreibein über dem Feuer hing, war mit den Überresten früherer Mahlzeiten verkrustet. Der Fußboden war mit einer zentimeterdicken Staubschicht bedeckt, die von deutlichen Fußabdrücken durchzogen war. Arthur und seine Tochter hatten seit den Staubstürmen vor einem Vierteljahr nicht mehr saubergemacht.

»Ist nicht so ordentlich, wie es eigentlich sein sollte«, entschuldigte sich Nan. Sie war etwa dreißig Jahre alt und wurde schon vorzeitig grau, mit einem schmalen Gesicht, das von Sorgenfalten gezeichnet war. Arthurs Haare fielen aus, so daß sich nur noch ein strähniger Haarkranz seitlich um den Schädel zog. Er trug einen ähnlichen Overall wie Nan.

»Das macht auch nichts, denn außer uns lebt hier ohnehin niemand mehr«, sagte er.

»Ich verstehe«, meinte Kahn, und Arthur verstand ihn auch. Der Akzent war zwar etwas fremdartig, aber zumindest konnten sie sich verständigen. Arthur lächelte.

»Sie sind lange fort gewesen?«

»Ich bin im Grunde überhaupt noch nicht zurück«, sagte Kahn. »Entschuldigung. Ich bin sicher nicht gekommen, um in Rätseln zu sprechen. Übrigens, verstehen Sie mich?«

»Ja, im Gegensatz zu vorhin ganz gut.«

Nan mißfiel offensichtlich die Anwesenheit des Fremden in ihrem Haus. Sie trat in den Hintergrund und verschränkte die Hände auf dem Bauch.

»Ich habe ein Talent für Sprachen. Sie sprechen eine Art Englisch, mit futuristischen Merkmalen. Ich habe eine Maschine in meinem Kopf, die es mir ermöglicht, schnell zu extrapolieren, zu speichern und zu rechnen.« Wenigstens gab es etwas im *Simulacrum*, das die Originalmaschine emulierte, die er sich vor Jahrzehnten hatte implantieren lassen. Streng genommen war er jetzt auch eine Maschine.

»In Ihrem Kopf?« fragte Nan. »Wie das? Kommen Sie vielleicht von den Poleis?«

Der Fremde antwortete nicht. Der Ton der Frau war dezidiert unfreundlich. »Was ist hier geschehen?« fragte er und streckte die Arme aus.

»Staubstürme haben in den beiden letzten Jahren die Ernten vernichtet«, antwortete Arthur. »Meine Frau ist mit meiner anderen Tochter fortgegangen, um bei den *Gründern* von Kanaan Arbeit zu suchen, und sie ist nicht zurückgekommen.«

»Nein, ich meine, warum lebt ihr nicht in den Städten – den Poleis?«

Mit dieser Frage hatte Arthur nicht gerechnet. Dann unterzog er die Kleidung des Fremden einer eingehenderen Betrachtung und erkannte, daß sie wirklich einzigartig war. »Vielleicht sollten Sie uns zunächst einmal sagen, woher Sie kommen. Dann werde ich Ihnen auch erzählen, was ich weiß. Wer sind Sie also?«

»Mein Name ist Kahn«, stellte der Fremde sich vor. »Robert Kahn.«

»Das ist ein merkwürdiger Name – nicht in dem Sinne, daß es einen solchen Namen nicht geben könnte«, erwiderte Arthur, »sondern eher deshalb, weil dieser Name nicht besonders populär ist.«

»Warum?«

Arthur und Nan warfen sich einen kurzen Blick zu. »Hol uns etwas Wasser«, sagte er zu ihr. »Das ist der Name des Mannes, der die Städte erbaut hat. Sie sind doch sonst so gescheit. Sie müßten schon von ihm gehört haben.«

»Ich habe die Städte errichtet«, bestätigte der Fremde.

Arthur lächelte milde. Jetzt hatte er den Burschen entlarvt. Er war schon einmal einem solchen Kerl begegnet, als er vor vierundzwanzig Jahren zum Wehrdienst eingezogen worden war – der Kamerad hatte versucht, sich vom Wehrdienst zu drücken, indem er einen Verrückten markierte. »Erzähl das bloß nicht den *Gründern* von Kanaan. Sie haben nämlich noch ein Hühnchen mit dir zu rupfen.« Er lachte in sich hinein. »Dir haben wir es nämlich zu verdanken, daß wir uns schon so lange in dieser mißlichen Lage befinden. Du solltest aufpassen, was du sagst. Wir haben jedoch nichts gegen dich – wir sind tolerant.«

»Ich nehme an, daß etwas schiefgelaufen ist.«

»Du spielst mir doch keine Komödie vor, oder?«

»Überhaupt nicht«, erwiderte der Fremde mit völlig ernstem Gesichtsausdruck. »Ich bin hier, um meine Werke zu inspizieren und die Dinge zu richten. Scheint so, als ob gravierende Mängel aufgetreten seien, und ich wollte eigentlich auch schon viel früher zurückkommen. Lebt denn noch jemand in den Städten – den Poleis?«

Arthur antwortete nicht. Er bot dem Fremden einen Stuhl an und rief Nan hinterher, daß sie sich mit dem Wasser beeilen solle. Sie betrat den Raum mit einem vollen Eimer in der einen und zwei schmutzigen Zinnbechern in der anderen Hand.

»Wieviel Zeit ist denn vergangen?« fragte der Fremde.

»Hältst du mich denn für so doof, daß ich nicht einmal weiß, welches Jahr wir schreiben?« fauchte Arthur mit aufkommendem Zorn. »Ich bin kein Narr, und du bist kein Gespenst, und du kannst damit aufhören, mir auf diese Art zu kommen!«

»Vater ist ein sehr intelligenter Mann«, sagte Nan ruhig, stellte den Eimer auf den Tisch und verteilte die Becher. »Wir haben schwere Zeiten hinter uns. Wir sind zwar keine feinen Leute, aber wir sind auch keine Primitiven.«

»Ich will Sie überhaupt nicht verspotten oder mit Herablassung behandeln, Sir. Ich weiß wirklich nicht, wie lange es her ist, seit ihr die Städte bewohnt habt.«

»Ich habe nicht immer hier gelebt. Seit fünfzig Generationen lebt niemand mehr hier. Es sind jetzt fast elf Jahrhunderte vergangen.«

»Welches Datum haben wir – nach dem Gregorianischen Kalender?«

»Der gilt heute nicht mehr. Ich weiß es nicht.«

»Sternzeit?«

»Das weiß ich auch nicht.«

Kahn ignorierte den Schmutz an dem Becher und nahm einen Schluck kühlen Wassers. Diese Geste entsprang mehr der Nervosität als allem anderen – ein wenig Wasser war alles, was das *Simulacrum* zum Existieren benötigte.

»Die Pumpen im Haus funktionieren nicht, so daß wir das Wasser von der Quelle holen müssen«, erklärte Arthur und tippte mit den knochigen Fingern auf die hölzerne Tischplatte.

»Das Wasser ist gut«, lobte Kahn. Elfhundert Jahre!

»Es ist heiß heute, keine Frage.« Nan wischte sich den Schweiß von der Stirn und füllte die Becher nach.

Jeshua Tubal Iben Doad legte Thinners Kopf im Schatten eines verdorrten Mulcet-Baumes ab. »Pflanze mich hier irgendwo ein, und ich werde die Stelle dieses armen Busches einnehmen«, sagte der Kopf und schnitt eine Grimasse. »Ein Kopffrucht-Baum.«

Jeshua hatte Thinner nun schon seit drei Wochen transportiert und dabei eine Strecke von wenigstens achthundert Kilometern zurückgelegt. Der Kopf war quasi zu seinem Weggefährten geworden. »Deine Witze waren auch schon mal besser«, meinte Jeshua und setzte sich mit dem Rücken an einen Felsen.

»Das macht die Hitze.«

Jeshua streckte sich im Gras aus und rieb den Rücken auf dem Boden. Seine Kleidung war mit Schmutz- und Grasflecken übersät, aber der Dreck stammte nicht von ihm. Seit über einem Jahrhundert hatte er es verstanden, die künstlichen Transpirations- und Exkretions-Systeme seines Körpers zu blockieren, wodurch er sauberer war als ein authentischer Mensch oder eine Maschine. Sich an den nichtmenschlichen Zustand zu gewöhnen, hatte ihn allerdings einige Zeit gekostet.

»Komm schon«, drängte Thinner. »Du brauchst jetzt nicht eingeschnappt zu sein. Was sollten wir denn jetzt auch überhaupt in der Stadt tun …«

»Ich bin nicht eingeschnappt«, entgegnete Jeshua düster. »Und wenn wir in Mandala wären, würde ich die *Kaballah* studieren, meditieren und alles reparieren, was noch reparabel ist.«

»Was in den letzten Jahren nicht allzu viel war. Ich wundere mich eh, daß sie so lange überlebt hat.«

»Wir haben es jedenfalls versucht«, erwiderte Jeshua. Sie hatten diese Unterhaltung mindestens schon zwei Dutzend mal geführt. Der Vorgang erinnerte an eine Schachpartie, wobei jeder Spieler die ersten vier oder fünf Züge seines Gegners so genau kannte, daß das eigentliche Spiel gleich aus dieser Position hätte beginnen können. Für Jeshua und Thinner bestand das eigentliche Spiel nun darin, ihre Reiseroute und die Aktivitäten am Zielort festzulegen.

»Wir haben alles versucht, was in unserer Macht stand. Es war eine verlorene Sache«, resümierte Thinner.

»Meine Studien hatten aber etwas anderes gesagt.«

Der Kopf gab ein Geräusch von sich, das einem Seufzer ähnelte. »Der Krug des Einen Heiligen, Gesegnet Sei Er, ist zerbrochen und hat seine Tropfen edlen Öls über das Land verteilt … einen Teil in Mandala, die anderen in den übrigen Städten, und nun müssen die Teile sich wieder zusammenfügen.«

»Das kommt mir bekannt vor«, sagte Jeshua und lächelte.

»Das ist ungefähr das einzige, woran ich mich noch erinnern *kann*.«

»Ich fühle es in meinem Innern«, sagte Jeshua und ließ den Blick über die in der flirrenden Hitze brütende graubraune Savanne schweifen. »Du etwa nicht?«

»Manche Worte haben einen vertrauten Klang«, sagte Thinner. »Aber der Regen läßt sich nicht herbeizaubern.« Der Kopf kippte um. »Stell mich wieder auf«, verlangte er stoisch. »Ich finde es lächerlich, daß zwei Stadt-Teile herumsitzen und über menschliche Religionen diskutieren.«

»Wir müssen dorthin gehen, wohin wir gehen müssen.«

»Ich würde *Wiederauferstehung* vorziehen.«

»Wenn wir nach *Wiederauferstehung* gehen, werden wir dort genauso wenig ausrichten können. Alle Städte sind tot oder liegen im Sterben.«

»*Wiederauferstehung* nicht, noch nicht«, korrigierte Thinner. »Das ist *mein* Glaube.«

»Die Zusammenkunft wird am *Bifrost* stattfinden. Wenn wir zuerst dort sind, verschwenden wir keine Zeit und können unser Glück versuchen.«

»Wir wissen doch nicht einmal, was das *Bifrost* ist. Oder wo genau es sich befindet. Die Kommunikationsverbindungen sind in der letzten Zeit nicht die besten gewesen ... wir wissen nicht einmal, ob es überhaupt noch existiert!«

»Es muß noch existieren. Und ich glaube, daß die Signale von Throne kamen.«

»Schön, aber wissen wir denn, an welcher Position Throne sich jetzt aufhält? Nein. In *Wiederauferstehung* könnte es Informationen geben – Datenbanken. Du könntest die Daten sichten und deine Prognosen substantieller fundieren.«

»Und du könntest Ersatzteile finden – vielleicht einen anderen Körper«, sagte Jeshua.

»Ich bin schon ein- oder zweimal restauriert worden. Ich weiß nicht, ob ich noch lange genug existieren werde, um zum *Bifrost* zu gelangen. Das gilt übrigens auch für dich. Schau nur mal deine Haut an.«

Jeshua richtete einen Hautlappen auf dem Arm aus und befestigte ihn. Sein Zustand verschlechterte sich jetzt ständig; wenn er nicht aufpaßte, riß die Haut auf, wobei die grünen Kapillaren sowie die silbrigen Knochen zum Vorschein kamen.

»Ich gestehe, daß ich gern in der Lage wäre, selbständig zu gehen, anstatt immer getragen zu werden. Ich hätte nicht einmal etwas dagegen, wieder ein Cyborg zu sein, denn ich habe genug von meinem Dasein als Krüppel.«

Jeshua hatte die Ellbogen auf die Knie gestützt und formte mit den Fingern eine umgedrehte Pyramide. »Das ist das Leiden der …«

»Geburtswehen des kommenden messianischen Zeitalters«, ergänzte Thinner. Jeshua sah ihn traurig an.

»Die Schriften sind deutlich.«

»Diesen Eindruck hatte ich nie. Du beschäftigst dich jetzt schon seit fünfzig Jahren damit – Stadt Rab, Stadt-Teil Jeshua, und durchkämmst die Bücher nach Geheimnissen wie ein Bettler das Haar nach Läusen!«

»Wir sind Maschinen«, konstatierte Jeshua mit einem Ausdruck im Gesicht, der darauf schließen ließ, daß er wieder etwas ausheckte. »Maschinen kennen keinen Schmerz.«

»Papperlapapp«, meinte Thinner. »Wir sind Schauspieler. Wir wurden als Schauspieler erschaffen. Sollen *sie* doch entscheiden, ob wir echt sind.« Mit *sie* meinte er die Menschen. »Wir sind so real wie sie.« Die beiden waren den Menschen seit ihrem Aufbruch von Mandala aus dem Weg gegangen. Sie hatten sich an das Alleinsein gewöhnt, und durch das Leben in der Stadt waren sie zwangsläufig mit einer Aversion gegen Menschen konditioniert worden. Sogar Jeshua, der in der Überzeugung, ein Mensch zu sein, aufgewachsen war, stand nun an der Schwelle zum Misanthropen.

Er lebte nun schon so lange, daß er die Jahre nicht mehr zählte, er alterte nicht und lernte, wie er seinen Körper immer wieder erneuern konnte. Er konnte nach wie vor menschliche Nahrung zu sich nehmen, wenn er das wollte, und auf diese Art seine Existenz sichern. Thinner konnte das nicht. Jeshua mußte periodisch die Spitze eines Fingers abschälen (der zudem auch abfaulte und zu einem unpassenden Moment abfiel), um Thinner etwas von der Nahrung zu verabreichen, die sein Körper verarbeitet hatte. Das Metall und das Kolloid, die blauen und grünen Chemikalien, die Kabel und Ventile und Sensoren, waren mit erdfarbener Haut bespannt, die ihrerseits mit dunklem, dichtem Haar bewachsen war. Trotz der langen Jahre wurden in Jeshua beim Anblick seines Spiegelbildes noch immer Assoziationen mit der Menschheit geweckt, und in dieser Hinsicht würde er auch immer ein Mensch sein und kein Stadt-Teil.

Thinners Leihkörper hatten nie richtig funktioniert. Nach dem Kollaps des letzten Korpus – eines Bewässerungsautomaten auf Rädern, der die Gärten der Stadt gepflegt hatte –, hatte Thinner sich auf die Körperlosigkeit verlegt. Für Jeshua war es kein Problem gewesen, den Kopf mit sich herumzutragen. Schon lange betrachtete er Thinner als seinen einzigen Freund, der, wie er, zu den letzten lebenden Teilen von Mandala gehörte.

Er stand auf und klopfte sich die Kleider aus. Der Gedanke an Mandala war deprimierend. Er senkte seine großen, verwitterten Hände, aber Thinner gebot ihm Einhalt.

»Einen Augenblick. Wir unterhalten uns kaum, wenn wir unterwegs sind, und ich möchte das jetzt klären.«

Jeshua hob die Schultern. »In Ordnung. Aber dieses Hickhack dient uns nur als Alibi zum ziellosen Weitermarschieren. Ich glaube nämlich, im Grunde will sich keiner von uns entscheiden. Wir kennen die derzeitige Position von *Wiederauferstehung* nicht, und was, wenn die eine oder andere Stadt schon verschwunden ist und wir die falsche Entscheidung getroffen haben? Wir könnten nämlich gezwungen werden, den Tatsachen ins Auge zu schauen.«

Thinners Kiefer bewegte sich, als ob er schlucken würde. »Wir sind beide wirklich sehr naiv. Wenn wir weiter so ziellos in der Gegend herumstreifen, werden wir früher oder später gefangen, getötet, ausgestellt – was auch immer. Wir sind nämlich Monster. Mir sieht man das auf Anhieb an, aber du bist nicht minder eines. Wenn wir nach *Wiederauferstehung* gehen, könnten wir nicht nur die benötigten Informationen bekommen, sondern auch vielleicht mit einem Transport-Teil zum *Bifrost* gelangen.«

Jeshua dachte nach. Es war nichts in den Schriften enthalten, das gegen einen solchen Abstecher gesprochen hätte – nur das Risiko, auf Menschen zu treffen. »Wenn sie unsere Identität ermitteln …«

»Werden sie nicht«, beruhigte Thinner ihn. Wo auch immer sie gewesen waren, hatte man selbst die toten Städte geschleift – verbrannt, als Müllkippe zweckentfremdet und zerstört, wenn das möglich war. Den Tod von Mandala, aufgrund des Wahnsinns und des Verfalls der Stadt, hatten sie als ernüchternde Tatsache akzeptieren müssen.

Die meisten Städte – die aus Mangel an Menschen starben, die sie einst verbannt hatten – waren nicht mehr imstande, sich zu verteidigen.

Die Zeit der Vergeltung der Menschen war gekommen.

Kahn beendete seine Ausführungen. Arthur starrte die gegenüberliegende Wand an, wobei seine Stimmbänder zuckten.

»Wenn du wirklich von einer Polis kommst …«

»Von *Bruderschaft*«, wiederholte Kahn.

»… dann bin ich nicht sicher, ob du noch länger in diesem Haus bleiben solltest.« Arthur erhob sich von seinem Stuhl und trat an den Tisch. »Wir müssen versprengte Stadt-Teile nämlich melden.«

»Ich bin kein Stadt-Teil.«

»Du bist ein Geist«, unterstellte Nan. »Jemand, der schon längst tot sein müßte.«

»Ob ich andernorts tot bin oder nicht, hat keinen Einfluß auf meine hiesige Existenz«, erklärte Kahn. »Ich bin kein Geist.« Er streckte die Hand aus und ergriff Nans Arm, wobei sie von ihrem Platz aufsprang. »Fühl mal. Ich bin so materiell wie du.«

»Du behauptest also, du wärst wie ein Bild«, sagte Nan und entzog ihren Arm langsam seinem Griff. »Außer … rund.«

»Mehr noch als das. Ich denke und handele und fühle genauso wie das Original. Für mich bin ich Kahn. Aber meine Zeit hier ist knapp bemessen. Ich habe nur etwa dreißig Tage.« Er ließ den Blick zwischen Arthur und Nan hin und her schweifen. »Sicher zu wenig Zeit, um jeden zu überzeugen.«

Arthur stapelte die Becher und trug sie in die Küche, wo er sie in einen leeren Bottich fallen ließ. »Verrückte geben sich als Robert Kahn aus.«

Kahn schaute hoch.

»Das sagen sie immer. Besonders, wenn sie partout zusammengeschlagen werden wollen. Solche Sachen.« Er vermied es, Kahn anzusehen. »Du schwitzt ja gar nicht in der Hitze – vielleicht bist du krank. Ich weiß auch nicht, woher du diese Kleidung hast, aber ich komme ja schließlich nicht viel herum. Vielleicht bist du ein Verrückter von einem uns unbekannten Ort.«

»Ich bin kein Zauberkünstler«, sagte Kahn. »Genausowenig bin ich ein Gott oder ein Geist.«

»Ich würde auf einen Geist tippen«, meinte Nan.

»Als ich in den Speicher des Blocks geladen wurde, verfügten die Städte über ein Universalprogramm. Sie müssen mir Zugang gewähren. Bringt mich zu einer noch lebenden Stadt …«

»Die gibt es hier nicht mehr«, erwiderte Arthur. »Sie sind alle tot, und die Jäger und *Gründer* versuchten, sie zu verbrennen. Wir haben gegen Stadt-Teile gekämpft.« Er zeigte auf eine großkalibrige Flinte, die als Einzelstück in einem Gewehrhalter am Kamin hing. »Ich wurde eingezogen. Vor vierundzwanzig Jahren haben sie mir diese Knarre gegeben und mir sechs Jahre meines Lebens genommen, weil sie befürchteten, daß die Städte uns alle unterjochen würden. Dann kam ich zu meiner Familie auf die Farm zurück – das war vor achtzehn Jahren.« Er ging mit großen Schritten über den quietschenden Fußboden. »Damals waren die *Gründer* nur Soldaten und Hitzköpfe. Heute sind sie Bankiers, Kaufleute, Farmer und Ingenieure.«

»Du hast Jäger erwähnt. Was ist mit denen?«

»Hmpf!« machte Nan ungläubig.

»Sie verehrten die Städte und folgten ihnen. Respektierten sie jedoch nicht – komische Art von Verehrung. Sobald ihnen eine Polis in die Hände fiel, fackelten sie sie ab, und als die Poleis schwach wurden, haben sie sie mit Gewißheit alle verbrannt. Jetzt werben die *Gründer* die Jäger als Soldaten und Polizisten an.«

Kahn schüttelte den Kopf. »Es wird Jahre dauern, bis die Bezüge zur Geschichte wiederhergestellt sind.«

»Geschichte! Geschichte besteht aus toten Menschen und bösen *Gründern* und Gesetzlosigkeit …«

»Die *Gründer* haben Gesetze, Vater«, widersprach Nan geduldig. »Sie sind eine Regierung wie jede andere auch.«

»Eine Spur härter«, korrigierte Arthur scharf. »Sie

sind Expoliten wie wir anderen, aber sie haben dieses Wort jetzt verdrängt. Keine Rede mehr vom Exil und von den Poleis. Die alte Regierung hat sich dareingefunden, daß wir unwürdig waren, hat damit gelebt und gute Gesetze erlassen. Dann hat das Synedrium sich in das Syndine verwandelt, um größere Probleme anzugehen, mehr Land und mehr Leute, und das Syndine konnte nicht verhindern, daß die Menschen unzufrieden wurden. Man kann nicht ständig mit dem Bewußtsein leben, schwach und sündig zu sein. Tausend Jahre sind genug. Also sagten die *Gründer*, daß wir gar nicht schwach seien, sondern besser als die Poleis! Reißt sie nieder, löscht die Erinnerung an sie aus, fangt von vorne an!«

Kahn nickte. »Warum haben die Städte die Menschen denn vertrieben?«

»Weil wir Sünder sind«, entgegnete Arthur. »Einige von uns glauben das noch immer. Die *Gründer* können uns das einfach nicht austreiben. Also laden sie selbst Schuld auf sich. Ich habe Seite an Seite mit ihnen gekämpft, habe sie sterben sehen und mag sie immer noch nicht. Arroganz. Meine, ihre.« Arthur geriet zunehmend in Wallung. »Sie nehmen sich jetzt, was sie wollen. Keine Schuld. Dort sind meine Frau und meine Tochter – die andere Tochter. Ich habe dir schon von ihnen erzählt.« Arthurs dunkles Gesicht war von der Sonne, harter Arbeit und Sorge tief zerfurcht.

»Warum bist du denn keiner von ihnen, wenn du schon für sie gekämpft hast?« fragte Kahn.

»Ich bin ein Autonomer. Sie verlangen völlige Kooperation. Eine Bande junger, dynamischer Männer und Frauen hat jetzt die Regie übernommen und wirft die Älteren hinaus – die Älteren fühlen sich nämlich schuldiger.« Er grinste ironisch. »Überhaupt nicht meine Sache. Wenn man diesem Verein beitritt und kooperiert, ist man noch schlechter dran, als wenn man sich nur um seine eigenen Belange kümmert.«

»Warum lassen sie euch in Ruhe?«

»Das tun sie im Grunde auch nicht. Ich habe nicht viel, was sie interessiert, aber jetzt haben sie zwei Mitglieder meiner Familie. Nan ist die einzige, die bei mir geblieben ist. Das Land hier ist nicht viel wert, aber sie werden kommen und es sich holen, wenn ihnen danach ist.«

»Wann verschlechterte sich die Lage der Farm?«

»Vor vier Jahren. Das Klima wurde wärmer, nicht so schlimm wie jetzt, aber genug, um das Korn verdorren zu lassen. Die *Gründer* stellten Saatgut für andere Sorten bereit und Planen, um das Getreide vor der Hitze zu schützen, wenn man sich ihnen anschloß, das Land an sie abtrat und es dann quasi als Pächter bewirtschaftete. Ich machte da nicht mit. Jorissa – meine Frau – schalt mich einen Narren. Ich muß wohl einer gewesen sein. Alles brannte ab. Man konnte das Saatgut und die Abdeckungen nur bekommen, wenn man den *Gründern* beitrat.«

»War das die Zeit, in der die Intensität der Sonne sich verstärkte?«

»Damals wurde die Einstrahlung merklich intensiver. Aber wir erzählen nur von uns und wissen immer noch nicht, woran wir mit dir sind.«

Nan nickte beifällig.

»Ich könnte euch ohnehin nicht überzeugen«, sagte Kahn. »Meine Kleidung ist doch schon ein Indiz. Fühlt einmal das Gewebe.« Er legte den Mantel ab und hielt ihn der Frau hin. Sie beäugte ihn gründlich und reichte ihn dann an Arthur weiter. »Vater strickt genauso viel wie ich«, sagte sie muffig. »Einiges, was die *Gründer* getan haben, war gar nicht so schlecht. Den Frauen geht es in mancherlei Hinsicht besser.«

»Syndine hat diesen Mantel während der Reform hergestellt«, sagte Arthur. Er wendete einen Ärmel auf links. »Keine Nähte. Das Gewebe ist glatt. Fühlt sich nicht wie Fasern an. Du könntest also wirklich von weit her kommen – oder aber aus einer Polis. In den Poleis trug man solche Kleidung.«

»Ja, aber ich bin kein Stadt-Teil.«

»Wir sind keine Richter«, sagte Nan. »Wir sind nicht so gebildet, wir wissen nicht, was wir von dir halten sollen. Du mußt zu den *Gründern* gehen.«

»Davon würde ich abraten, Tochter«, meinte Arthur. »Sie werden ihn mit Sicherheit für ein Stadt-Teil halten.«

»Wenn die *Gründer* mehr wissen, werde ich sie aufsuchen müssen. Hast du schon gehört, daß die Leute sagen, der Stern sei ein Veränderlicher?«

Arthur zögerte und schüttelte dann den Kopf.

»Ein Veränderlicher ist ein Stern, dessen Helligkeit periodisch schwankt. Wenn es sich um einen langperiodischen Veränderlichen handelt, ist es schwer, seine Periodizität zu bestimmen, und noch schwieriger zu sagen, ob er über Jahrtausende stabil bleibt. Wenn er heute wirklich heißer ist als noch vor vier Jahren – oder zu meiner Zeit …« Er verstummte. Falls der Stern tatsächlich ein langperiodischer Veränderlicher war, würde das sein Problem noch vergrößern – und es war bereits monumental. »Gibt es überhaupt noch lebende Städte?«

»Ja«, bestätigte Arthur langsam. »Sie wird *Wiederauferstehung* genannt.»

»Kann ich dorthin gelangen?«

»Es ist nicht allzu weit, vielleicht hundert Kilometer. Jenseits der Grenze. Die *Gründer* halten sich von der eigentlichen Expolis Ibreem fern; sie hat eine eigene Regierung – der letzte der Syndine-Staaten. Zu mächtig. Daher lebt die Polis auch noch.«

»Wenn ich dorthin gehen könnte …«

Arthur vermittelte zunächst den Eindruck eines aufmerksamen Zuhörers, schüttelte dann jedoch heftig den Kopf. »Nein, verdammt!«

Nan ging zum Fenster und schaute hinaus.

»Ich höre wieder ihre gottverdammten Motorräder«, sagte Arthur. Er stand hinter ihr und schob einen grob gezimmerten Fensterladen beiseite. Kahn hörte Stimmen und ein schwaches, spotzendes Geräusch.

»Wer sind die Leute?«

»*Gründer*, sechs an der Zahl, mit einem großen, dürren Lockenkopf als Anführer. Ich kenne seine Sorte. Ich kenne seine verdammte Sorte. Du bleibst hier drin; ob du nun verrückt oder tatsächlich der bist, für den du dich ausgibst, du solltest ihnen aus dem Weg gehen. Und wenn sie hereinkommen, sag ihnen, du wärst ein Besucher aus Ibreem, der einen Sabbat-Spaziergang macht. Und dein Name ist auch nicht Kahn – sondern Cohen, Azrael Iben Cohen. Sie haben Verträge mit Ibreem und können sich nicht mit Gläubigen anlegen.«

»Sei still!« sagte Nan, öffnete ihrem Vater die Tür und schloß sie wieder hinter ihm.

Arthur stand mit in den Taschen vergrabenen Händen und grimmigem Gesichtsausdruck auf der Veranda.

Der große Anführer stieg von seinem benzinbetriebenen Trike und kletterte die Stufen herauf, wobei er auf einen Zettel schaute. »Arthur Sam Daniel, Sohn des Julius Sam Daniel, Enkel des Giorgio Sam Daniel?«

»Du weißt das alles«, stellte Arthur fest. »Meine Frau hat dir alles gesagt, alles, was du wissen wolltest.«

»Wir sind nur hier, um deine Erträge zu veranschlagen, für die Statistik, mehr nicht. Keinen Ärger, wir sind jetzt gut Freund.«

»Keine Erträge, nur ich und meine Tochter. Leichte Sache.«

Drei von den Sechsen waren Frauen, welche in die grauschwarze Kluft gehüllt waren, die von den *Gründern* fast ausschließlich getragen wurde; sie unterhielten sich lächelnd, während der Anführer Arthur milde anblickte. »Die *Gründer* von Kanaan wollen nur dein Bestes. Du lebst jetzt allein?«

»Das habe ich dir doch schon gesagt, nur meine Tochter und ich. Mehr mußt du nicht wissen.«

»Uns wurde gemeldet, daß vorhin ein Fremder zu eurem Haus gekommen ist. Ich dachte, er wollte uns begrüßen und in Neu-Kanaan West willkommen geheißen werden.«

»Das wollte er wohl nicht«, sagte Arthur mit einem Kloß im Hals.

»Nun«, sprach der Anführer mit leicht erhobener Stimme, »glaubst du denn nicht, daß es höflicher wäre, deinen Gast für sich selbst sprechen zu lassen?«

Kahn wollte schon aufstehen, aber Nan bedeutete ihm wild gestikulierend, sitzen zu bleiben, und schaute weiter durch die Vorhänge.

»Wir haben gern einen Überblick über unsere Besucher und versorgen sie mit Informationen, wie sie sich in Neu-Kanaan West zurechtfinden können. Würde es dir etwas ausmachen, uns die Herkunft deines Freundes zu verraten?«

»Ich habe keine Veranlassung ...«

Der große Mann kam die Treppe herauf und legte beide Hände schwer auf Arthurs Schultern. »Du erweckst mein großes Mißtrauen, Nachbar.« Er lächelte, wobei er schlechte Zähne und eine Goldkrone sehen ließ. »Wir müssen deinen Besucher sprechen.«

Kahn erhob sich erneut und ignorierte Nans Gesten. Er öffnete die Haustür. »Kann ich dir weiterhelfen?« fragte er in der Hoffnung, daß sein Wortschatz für die Konfrontation ausreichte.

»Vielleicht«, meinte der Anführer. »Mein Name ist Frederik Bani Hassan. Du mußt uns Namen, Reiseziel und den Grund deines Aufenthaltes mitteilen.«

»Überhaupt kein Problem. Ich komme aus Ibreem.«

»Langer Weg. Dein Vor- und Nachname?«

»Azrael Iben Cohen.«

»Gibt viele Cohens in Ibreem«, wußte der Anführer. »Aber du bist nicht dort geboren. Wo ist dein Geburtsort?«

Kahn blinzelte. »Eigentlich hier. In Neu-Kanaan«, sagte er dann beiläufig.

»Nein, das glaube ich dir nicht«, widersprach der Anführer. »Solche Kleidung trägt man in Ibreem nicht – und hier übrigens auch nicht. Ich meine, du solltest mit uns kommen.«

Kahn nickte und folgte dem Anführer zu seinem Trike. Arthur sagte nichts, hatte aber die Hände zu Fäusten geballt.

Die Motorräder knatterten davon. Arthur blieb noch einige Minuten auf der Veranda und schaute der Staubwolke nach. Dann ging er wieder ins Haus und betrat die verdreckte Küche, wo er sich mit zitternden Lippen umschaute. »Wir haben hier bisher wie Staub in einem Schneckenhaus gelebt. Sie werden uns nicht mehr lange bleiben lassen. Sie wollen das Land. Sie wollen alles, was wir haben.«

»Aber, Vater …«

»Doch, das wollen sie«, bekräftigte er leise. »Armer, verrückter Mann.«

Jeshuas Schritte hallten in den leeren Hallen wider. Sie hatten über eine Woche in der toten Stadt verbracht, sie durchkämmt und versucht, etwas Brauchbares aufzutreiben. Aber alles, was sie gefunden hatten, war Fäulnis und Zerfall gewesen.

»Sie haben sie zerstört«, sagte Thinner, als er aus dem Lift die morschen Wände der Gärten auf der dritten Ebene sah. »Die Stadt hat die Verteidigung eingestellt, und sie haben sie zerstört.«

»Sie war vielleicht schon tot, als sie eingedrungen sind«, spekulierte Jeshua.

»Ich bin einmal durch *Bruderschaft* gegangen, noch bevor ich dich getroffen habe. Die Stadt war ein ruhiger Ort. Sie war als Bildungsstätte konzipiert worden und hatte eine schlichtere Architektur als die meisten anderen Poleis. Sie verfügte über eine riesige Büchersammlung – richtige Bücher.«

»Ich hoffe, daß sie die Bücher nicht auch verbrannt haben«, sagte Jeshua.

Sie tauchten in Schweigen ein. Thinner gab ein Geräusch von sich, das einem Seufzer glich. »Hast du dich auch schon auf den oberen Ebenen umgeschaut?«

»Ja«, entgegnete Jeshua stirnrunzelnd. »Ich hatte dich doch mitgenommen.«

»Mein Gedächtnis läßt wohl nach«, sagte Thinner. »Keine Ersatzteile?«

»Nichts.«

»Nein, natürlich nicht. Dann gehen wir weiter.«

Als sie *Bruderschaft* am frühen Abend verließen, setzte ein Nieselregen ein. Sie schlugen eine westliche Richtung ein.

Thinner erzählte von der Zeit in Mandala vor Jeshuas Rückkehr. Jeshua kannte die Geschichte zwar schon zur Genüge, aber der Klang der Stimme des Kopfes war beruhigend und übertönte das Zischen des Regens auf dem warmen, trockenen Erdboden und dem Gras. Ein dünner Bodennebel waberte um seine Beine, während er zwischen dürren, skelettartigen Bäumen dahinschritt, groß und beschirmt, mit dem unter den Arm geklemmten Kopf.

Vier Männer auf Pferden erblickten diese Gestalt. Die Pferde scheuten in Panik, und die Männer, die wohl ähnlich empfanden, ließen ihnen die Zügel und galoppierten in das Vorgebirge hinein.

Es war spät abends, und die zwei Monde standen hoch am Himmel über den hinter ihnen liegenden Bergen, als Jeshua stehenblieb. Der Boden kühlte jetzt aus, und eine drückende, feuchte Brise wehte von den Hügeln herüber. Der Regen hatte aufgehört, und der Boden war wieder trocken.

Sie verbrachten die Nacht in einem Wäldchen aus verdorrten Mulcet-Bäumen. Jeshua bereitete Thinner ein Lager aus trockenem Gras und Laub und legte ihn vorsichtig dort ab, wobei er darauf achtete, daß sein Mund nach oben wies. Dann setzte er sich mit dem Rücken gegen einen Baum und überlegte. Thinner wurde von Tag zu Tag vergeßlicher. Jeshua fragte sich, ob seine Nährstoffe vielleicht unzureichend für den Kopf waren – ob Thinner möglicherweise etwas brauchte, das nur vom Metabolismus eines intakten Körpers erzeugt werden konnte. Er hoffte, daß sie *Wiederauferstehung* erreichten, bevor er endgültig den Geist aufgab. Jeshua hatte nicht viel zu verlieren, im Grunde kaum mehr als seine Existenz – die ihm indes auch nicht allzu viel bedeutete – und seinen Kameraden.

Er wünschte sich, schlafen zu können. Thinner lag mit offenen Augen da, in einer Art Stupor, aber Jeshua hatte diese menschliche Gewohnheit schon lange abgelegt.

Er war also durchaus präsent, als ein Trupp Kavallerie sich dem Wäldchen näherte und es einkreiste.

Kahn versuchte, gegen den Lärm der von Verbrennungsmotoren angetriebenen Trikes anzuschreien und beugte sich vor, in Richtung des Ohrs des dünnen Lockenkopfes. »Ich muß mit einigen Leuten in eurer Stadt reden ...«

Der *Gründer* schüttelte den Kopf.

»Es ist sehr wichtig«, drängte Kahn. »Ich muß mit Meteorologen sprechen – mit Wetterkundlern, mit Astronomen – mit Landverwaltern.«

»Du wirst mit niemandem sprechen«, schrie der *Gründer* über die Schulter.

Reflexartig bewegte Kahn die Handgelenke, um die hinten an der Sitzbank des Trikes angebrachten Fesseln zu lockern.

Die Stadt Neu-Kanaan war geschäftig, wirkte wohlhabend und – auf Kahn – schmerzhaft primitiv. Er wurde in ein zweigeschossiges, geducktes und häßliches Gebäude aus Stein und Beton gebracht und von einem stämmigen Polizisten in einer schlecht sitzenden schwarzen Uniform in Gewahrsam genommen.

»Wir haben Grund zu der Annahme, daß du ein Cyborg bist«, sagte der Polizist, wobei er um Kahn herumging und ihn leicht mit einem dünnen hölzernen Schlagstock touchierte. »Wir haben in der Vergangenheit Schwierigkeiten mit Cyborgs gehabt. Auch heute enttarnen wir ab und zu noch welche. Weißt du, wie wir feststellen, ob du ein Cyborg bist?«

Kahn schüttelte den Kopf.

»Wir schlitzen dich auf.«

Der Raum war klein. Durch ein winziges vergittertes Fenster konnte Kahn das Mahlen von Verbrennungskraftmaschinen und das Zischen von Dampfmaschinen hören.

»Ich bin kein Stadt-Teil«, beteuerte Kahn. »Ich muß mit ...«

»Du weißt überhaupt nichts von uns, stimmt's? Wie die meisten Cyborgs. Ignoranten. Haben sich in den Städten verschanzt und sich nie um uns gekümmert, die wir hier im Dreck und mit den Fliegen leben müssen.«

»Ich komme zwar von *Bruderschaft*, bin aber kein Stadt-Teil.«

Der Polizist schürzte die Lippen und hob die Augenbrauen. »Du kommst aus einer Stadt. Mehr müssen wir auch gar nicht wissen.« Er beugte sich vor und senkte die Stimme. »Was auch immer du bist, wir brauchen dich nicht. Wir haben hier Gesetze, und ich glaube, du solltest dich glücklich schätzen. Wenn es nämlich nach mir ginge, würden wir dich sofort auseinandernehmen. Herausfinden, was dich ticken läßt. Nicht, daß es dir etwas ausmachen dürfte. Cyborgs kennen ja keinen Schmerz, essen nicht und schlafen nicht.« Der Konstabler schüttelte den Kopf. »Aber vielleicht sagst du ja auch die Unwahrheit. Du kommst wahrscheinlich aus Ibreem, bist aus der Stadt dort hervorgekrochen. Hast dich getarnt. Nun, wir sind schließlich eine Demokratie. Wir haben Verträge mit Ibreem und können nicht einfach hergehen und sie aufmischen. Die Grenzen sind nicht annähernd so dicht, wie sie eigentlich sein sollten.« Er vollführte eine Handbewegung.

Kahn wurde von zwei Wachen zu einer Betongrube gebracht. Er stieg über eine Holztreppe in die Zelle hinunter, woraufhin sich ein stabiles Eisengitter herabsenkte. Er hatte kaum Raum, sich hinzuhocken. »Wenn du scheißt, lassen wir dich vielleicht frei«, versprach eine Wache. »Vielleicht aber auch nicht. Man sagt nämlich, daß Cyborgs auch scheißen können.«

Er machte es sich so bequem wie möglich. Nach wenigen Minuten kniff er sich in die linke Armbeuge und versuchte dann, die Haut mit dem Fingernagel einzuritzen. Was würden sie finden, wenn sie ihn aufschnitten? Ironischerweise wußte er nur wenig über Simulacra. Außer dem Gehirn, so hatte er gehört, war ihre interne Struktur ziemlich amorph. Ganz und gar nicht wie bei einem Stadt-Teil.

Konnten sie ihn deaktivieren? Er war sich nicht sicher.

Niemand hatte bisher die Möglichkeit in Betracht gezogen, daß ein Simulacrum mit solchen Umständen konfrontiert würde.

Er glaubte nicht, daß er schlafen konnte, wenngleich er auch in der Lage war, die Augen zu schließen. Aber scheißen konnte er mit Sicherheit nicht. Es gab keine Möglichkeit, seine Bewacher davon zu überzeugen, daß er menschlich war.

Nach einer Stunde schloß er die Augen und projizierte Zahlen und Bauzeichnungen auf die Innenseite der Augenlider. Bald hatte er eine romanische Kathedrale entworfen. Dann veränderte er die Steinsorten, befaßte sich mit Problemen der Statik und revidierte die Konstruktion entsprechend.

Zu seiner Überraschung stellte sich wenig später doch so etwas wie Schlaf ein – traumlos und fest zwar, nicht sehr angenehm, aber viel besser als müßige Überlegungen.

Das Quietschen des Gitters riß ihn aus der Dunkelheit. »Du da drin, mach dich klein«, befahl eine Wache. Es war dunkel, und die Wache trug eine trübe elektrische Funzel. Ein großer Schatten fiel auf die Grube, streifte über seine Beine – er zog sie noch enger an – und stabilisierte sich schließlich.

Die Wache richtete die Lampe in die Grube, und Kahn sah, daß das Licht kurz über die Brust eines Mitgefangenen strich. Das Licht bewegte sich ein paar Zentimeter und verharrte dann. Die Wache atmete tief durch, knipste das Licht aus und ließ das Gitter wieder hinunterfahren.

Wo auch immer sein Mitgefangener sich befand, er hatte einen Kopf unter dem Arm, und der Kopf hatte ihm zugezwinkert.

Kahn verzichtete für den Rest der Nacht auf Schlaf oder Meditation. Die Morgendämmerung tauchte die Zelle in ein schwaches orangefarbenes Glühen und gab die Konturen der Gestalt preis.

Sie war humanoid, und sie hatte wirklich einen Kopf bei sich, aber die Augen des Kopfes waren geschlossen. Als das durch ein Oberlicht über der Zelle hereinströmende Glühen intensiver wurde, erkannte Kahn, daß es sich bei der großen Gestalt um einen Mann handelte, der schreckliche Verletzungen aufwies. Er war mit Pfeilen gespickt, von denen die meisten abgebrochen waren. Sein Hemd wies braune und grüne Flecken auf, in deren Mitte sich Einschußlöcher befanden. Sein freier Arm war anscheinend aufgeschlitzt worden.

Unter dem Hautlappen waren keine Muskeln, sondern glasige grüne Röhren und ein purpurner, schaumartiger Füllstoff. Unter dem Füllstoff befanden sich metallische Knochen. Die Gestalt war kein Mensch – sie war ein Stadt-Teil, ein Cyborg.

Kein Wunder, daß man ihn verdächtigt hatte, dachte Kahn. Die Cyborgs mußten überall sein.

»Hallo«, meinte Kahn. Der Cyborg schlug die Augen auf.

»Hallo.«

»Aus welcher Stadt?«

Der Cyborg ließ sich mit der Antwort Zeit. »Mandala«, entgegnete er schließlich. Die Stimme war tief und verblüffend menschlich.

»Ich komme aus *Bruderschaft*«, stellte Kahn sich vor. Der Cyborg nickte und musterte Kahns Kleidung und dann die Schuhe. Das Schuhwerk war bei der Suche nach Waffen ruiniert worden und schloß nicht mehr bündig mit den Hosenbeinen ab.

»Bist du ein Produkt von *Bruderschaft*?«

»Nein«, sagte Kahn. »Ich bin kein Stadt-Teil.«

»Dann bist du also ein Mensch.«

»Eigentlich auch nicht.« Es war schwierig, den Cyborg als nichtmenschlich zu begreifen; die Städte waren nie darauf programmiert worden, Menschen zu produzieren. In den Augen einiger Mandanten von Kahn wäre diese Fähigkeit nämlich Blasphemie gewesen. Aber Kahn vermutete, daß die Städte aufgrund ihrer Programmierung noch immer in der Lage waren, Cyborgs zu produzieren. »Ich bin der Architekt«, sagte er. »Mein Code lautet *qellipoth*. Das ist ein konkreter Begriff und keine abstrakte Bezeichnung.«

Durch den Cyborg fuhr ein Ruck, als ob man ihm einen Tritt versetzt hätte. »Ich bin Jeshua. Das ist Thinner.« Er hielt den Kopf hoch. »Architekt … ich bin …«

»Sei still«, sagte Kahn leise. »Ich habe Fragen …«

»Architekt, ich bin schockiert … gleich zweifach

schockiert. Ich spüre die Kraft deiner Worte … aber ich habe auch die *Kaballah* studiert. Für lange Zeit, ein Jahrhundert, Architekt.« Jeshuas Augen füllten sich mit Tränen. Er streckte die Hand aus und berührte Kahns Fuß. »Bist du hier, um die Funken zu retten?« fragte er. »Ist die Zeit der Zusammenkunft gekommen?«

Der Cyborg hatte ein ausgesprochen menschliches Wesen. Er war erstaunlich autonom. Ein normaler Stadt-Teil hätte sich, nachdem er diesen Code vernommen hatte, bedingungslos seinem Befehl unterstellt. Und er kannte sogar die *Kaballah!* Kahn hatte sich nur kurz mit der Mystik befaßt, die unter der sporadischen Anleitung von George Pearson, dem Finanzminister von Gott-der-Schlachtenlenker, gelehrt wurde. Kahn hatte es als seine Pflicht erachtet, mehr über sein Erbe in Erfahrung zu bringen, denn seit einigen Jahrhunderten schon gehörte seine Familie dem jüdischen Glauben an.

»Ich weiß nichts von einer Zusammenkunft«, sagte er. »Ich bin kein Messias, und ich bin auch kein Kabbalist. Ich bin nur der Architekt.«

Jeshua sackte in sich zusammen, und die Augenlider senkten sich müde. »Ich spüre die Kraft«, wiederholte er. »Nur der Architekt kann diese Worte kennen. Aber ich weiß nicht, woher ich weiß … ich bin sehr verwirrt.«

»Ich habe alle Stadt-Teile mit einem Betriebssystem versehen, lange bevor du produziert wurdest«, erklärte Kahn.

»Du warst ein Mensch. Wie konntest du überhaupt so lange leben?«

»Ich habe auch Fragen«, sagte Kahn. »Ich hoffe, du kannst sie beantworten, und ich will versuchen, deine zu beantworten. Aber zunächst müssen wir von hier verschwinden. Ich glaube nicht, daß ich von einer noch höher gestellten Person befragt werde.«

»Warum bist du denn im Gefängnis?«

»Sie halten mich für ein Stadt-Teil.«

Jeshua legte den Kopf in den Schoß. »Sie zerstören Städte und Stadt-Teile«, sagte er. »Sie sind Menschen.«

»Es gibt einen Ort, an dem die Menschen toleranter sind: die Expolis Ibreem. Wenn wir uns dorthin durchschlagen können...«

Jeshua streckte eine Hand aus, die mindestens anderthalbmal so groß war wie die von Kahn, und rüttelte an den Gitterstäben. »Sie sind zu dick, als daß ich sie umbiegen könnte. Außerdem bin ich beschädigt.« Er schaute auf Thinner hinab, dessen Augen noch immer geschlossen waren.

»Ist der Kopf lebendig?« fragte Kahn. Er fühlte sich wie ein Künstler, der einst ein naives Bild gemalt hatte und dem es im Laufe der Zeit immer surrealistischer vorkam.

»Ich glaube schon«, erwiderte Jeshua. »Thinner. Aufwachen. Mach die Augen auf.« Der Kopf tat wie geheißen. »Der Architekt ist bei uns.«

»Ich hab's gehört«, meinte der Kopf heiser. »Jetzt weiß ich auch, warum du die *Kaballah* studierst. Er hat die Grundlagen gelegt. Laß mich ihn anschauen.« Jeshua wandte sich dem Kopf zu und hob ihn auf. »Willkommen, Architekt. Dein Erscheinen ist ein Mysterium für uns.«

»Dann sind wir uns ja einig. Du bist nämlich auch ein Mysterium für mich.«

»Jeshua, die Mauern sind aus Beton, und die Bolzen, mit denen die Stäbe verbunden sind, haben eine Länge von höchstens ein paar Zentimetern. Du kannst in deiner Verfassung keinen Ausbruch versuchen, aber vielleicht könntest du den Beton mit etwas Magensäure behandeln.«

Jeshua überlegte einen Augenblick und setzte den Kopf dann vorsichtig auf dem schmutzigen Boden ab. »*Siff*«, kommentierte Thinner. »Riecht hier wie in einer Kloake.«

Kahns Augen weiteten sich, als Jeshua seine schmutzige weiße Kutte abstreifte. Der Cyborg war komplett mit Genitalien, Körperbehaarung und Körperöffnungen ausgestattet. Jeshua berührte einige Stellen an seinem Bauch und zog eine Hautfalte zur Seite.

»Hast wohl Hunger«, ulkte Thinner.

Jeshua zog einen milchigen Beutel aus dem Unterleib. »Ich werde ihn aufschneiden müssen; er hat keine Öffnung.«

»Laß mich reinbeißen«, erbot Thinner sich. Jeshua führte den Kopf an den Beutel heran. Trotz seiner nicht vorhandenen Eingeweide verspürte Kahn ein seltsames Gefühl und wandte sich ab.

»Jetzt kann ich keine Nahrung mehr aufnehmen«, sagte Jeshua. »Wir müssen schnell *Wiederauferstehung* erreichen, uns von der Stadt beköstigen und reparieren lassen.« Fast betrübt meinte er: »Ich bin jetzt ein echtes Wrack, nicht wahr?«

»Du bist immer noch besser dran als ich«, konterte Thinner nach getaner Arbeit. »Wisch mir den Mund ab. Ich möchte kein Herpes bekommen.«

»Du verträgst sowohl menschliche Nahrung als auch die städtischen Flüssigkeiten?« fragte Kahn.

»Hat der Architekt bei unserer Konstruktion denn nicht auch an unser leibliches Wohl gedacht«, fragte Thinner. Mit den Händen formte Jeshua eine Schale und ließ eine klare, dampfende Flüssigkeit hineinströmen. Er bestrich die Betoneinfassungen der Bolzen mit dieser Essenz und tauchte dann die Hände in einen in der Ecke stehenden Wassereimer. Der Beton zischte und verwandelte sich in eine zähe gräuliche Masse. Das Gitter ächzte und senkte sich etwa einen Zentimeter.

»Ich wußte überhaupt nicht, daß die Städte auch solche Teile wie dich herstellen können«, gestand Kahn. »Meine Kreationen übertreffen meine kühnsten Erwartungen.«

»Der Architekt ist ein stolzer Vater«, bemerkte Thinner mit gedämpfter Stimme. Er war erneut auf den Mund gefallen. Jeshua versiegelte wieder die Bauchdecke. Kahn beugte sich hinunter und stellte den Kopf richtig hin.

»Gar nicht so stolz«, dementierte Kahn. »Wie wird die Säure sich auf deine Innereien auswirken?«

Jeshua lächelte. »Es tritt kaum etwas aus. Ich darf jetzt nur nicht ans Essen denken. Sollte mir auch nicht allzu schwer fallen – ich habe erst vor einigen Wochen wieder mit dem Verzehr von menschlicher Nahrung begonnen.«

»Können wir nun verschwinden?« fragte Thinner.

»Ich glaube, daß ich dieses Ende herausreißen kann«, sagte Jeshua.

»Und was dann?«

»Wir sollten vielleicht auf die Wache warten«, schlug Kahn vor. »Wenn sie dann kommt – Überraschung!«

»Ich werde dich vor ihren Waffen abschirmen, Architekt«, versprach Jeshua. »Ich bin ohnehin schon verwundet – da werden ein paar Kugeln mehr auch nicht schaden.«

»Du bist wirklich ein Phänomen«, sagte Kahn. »Ich hätte nie geglaubt, daß ein Stadt-Teil so viel einstecken kann.«

»Deshalb hat uns der Eine Heilige, gesegnet sei Er, auch hier versammelt – er verwirklicht deinen Meisterplan«, erkannte Jeshua. »Wir werden den Schmerz des messianischen Zeitalters auf uns nehmen.«

»Mein Freund hat sich etwas zu intensiv mit dieser Materie befaßt«, bemerkte Thinner. »Nach allem, was ich gehört habe, macht er nur dich für die ganze Malaise verantwortlich.«

Kahn grinste bei diesem Tadel. »Ich glaube nicht, daß ausschließlich mein Code dafür verantwortlich ist. Ihr beide seid anscheinend autonome Individuen.

Wenn ich es nicht besser wüßte, würde ich euch für Menschen halten.«

»Nein«, widersprach Jeshua. »Das sind wir nicht.«

»Nun, in technischer Hinsicht bin ich auch kein Mensch, und ich glaube, daß ich ebenfalls ein paar Kugeln verdauen kann.« So sicher war er sich diesbezüglich indessen gar nicht – aber er hielt es für geboten, sich jetzt auch zu behaupten und ein wenig Mut zu zeigen. Er schämte sich fast vor seinen Geschöpfen der Letzten Tage.

Eine Wache öffnete die Tür am Ende des Zellentraktes. Kahn legte einen Finger auf die Lippen. Drei Stiefelpaare klackerten über den Bodenbelag, und als er aufschaute, sah er Männer, die sich über die Grube beugten, als Silhouetten unter dem trüben blauen Oberlicht.

»Alles Stadt-Teile?«

»Wir nehmen es an. Haben sie noch nicht aufgeschnitten – aber einer ist verwundet, und er ist nichtmenschlich. Beim anderen handelt es sich nur um einen Kopf ohne Körper, und der dritte ist gekleidet wie jemand aus einer Polis.«

»Aufmachen.«

Die Wache bückte sich und schob einen Schlüssel ins Schloß. Die korrodierten Angeln lösten sich aus ihrem Sitz, und das Gitter fiel scheppernd gegen den Außenrahmen. Die Wache versuchte, das Gitter mittels eines Hebels wieder freizubekommen, aber es hatte sich verkeilt.

Jeshua stemmte den Fuß auf den Boden der Grube und griff mit beiden Händen nach oben. Schwer atmend drückte er das Gitter aus dem Rahmen. Die Wache wurde zurückgeschleudert, und Jeshua richtete sich auf, wobei er die beiden anderen Männer mit dem Gitter an die Korridorwand drückte. Kahn schnappte sich den Kopf und kletterte aus der Grube. Jeshua zog die Schlüssel aus dem Gitter, und sie liefen zum entgegengesetzten Ende des Zellentrakts. Nachdem sie die zweite Tür geöffnet hatten, fanden sie sich auf einem Sportplatz wieder, welcher an das alte Gerichtsgebäude des Synedriums angrenzte. Jeshua trat die dünne Holztür auf, und sie erreichten eine Treppenflucht, die auf eine Straße hinausführte. Sie befanden sich jetzt in der Lieferantenzufahrt an der Rückseite des Gefängnisses. Es war noch kein Alarm ausgelöst worden; die Polizei der *Gründer* war doch nicht so effizient, wie Kahn eigentlich erwartet hatte.

Nun waren sie im Zentrum von Kanaan-Stadt und liefen durch den frühmorgendlichen Gleiter- und Fußgängerverkehr, als die Gefängnissirenen ertönten.

Arthur saß auf der Veranda an der Vorderseite des Hauses und wartete auf den ersten kühlen Wind des Abends, wobei er das Kinn in die Hände gestützt und die Knie gegen eine geborstene Planke gestemmt hatte. Die Sterne blinkten intensiv, während der Boden seine Wärme abstrahlte. Im Westen zuckten die Blitze von Wärmegewittern stumm durch Wolkenbänke, die sich im Verlauf des Nachmittags aufgetürmt hatten. Die großen amboßartigen Wolken wirkten wie Gesichter in den kurzen purpurnen und grünen Entladungen.

Das Haus war leer. Seine Tochter war in Kanaan-Stadt zu Besuch bei Jorissa. Nans Besuche bei ihrer Mutter dauerten von Mal zu Mal länger. Dieser Besuch, so vermutete er, würde der längste von allen sein. Er bezweifelte indes, daß sie überhaupt zurückkam.

Er verdrängte das Gefühl, verraten worden zu sein. Was sollte Nan schließlich auch hier; er selbst wußte ja kaum, was er hier noch verloren hatte. Die Farm war nur noch eine Erinnerung und ein Titel auf ein Stück totes Land, das bald von den *Gründern* requiriert werden würde. Er war ein alter Mann, der von der Sonne ausgedörrt wurde und seiner Tochter nichts bieten konnte. Es wäre am besten, wenn sie ging.

Aber der Verrat war real und schmerzte ihn doch. Es war eine harte Zeit, die den Menschen sehr viel abverlangte. Bald, so überlegte er, würde er entweder sterben oder weggehen, wobei er aber bezweifelte, daß er im Alter von fünfundfünfzig Jahren schon reif zum Sterben war.

Im Augenblick jedoch hatte er nur das Verlangen, auf der Veranda zu sitzen und sich zu fragen, wie lange es noch dauerte, bis Gott-der-Schlachtenlenker zu einer toten Wüstenwelt wurde.

Das Gewitter zog näher. Die Blitze standen schon beinahe über dem Haus, noch lautlos, aber hell genug, um die Bäume, den Gartenzaun und die Straße mit der Helligkeit zweier Vollmonde auszuleuchten.

Sie standen auf der Straße, diesmal zu zweit. Der eine, der sich Kahn nannte und der große Bursche mit dem Kopf unter dem Arm. Arthur war zu müde, um Verwunderung zu empfinden.

»Kommt schon«, rief er in die heiße Dunkelheit. »Ich fühle mich selbst schon zur einen Hälfte wie ein Verrückter und zur anderen wie ein Geist. Kommt!« Er winkte sie zu sich herüber.

Als sie noch etwa fünf Meter von der Veranda entfernt waren, wurden sie vom trüben Schein der hinter dem Fenster stehenden Petroleumlampe erfaßt. Der große Mann war in der Tat furchteinflößend, wirkte eher wie der Leichnam eines Riesen als ein Mensch und trug denselben Kopf bei sich, den Arthur zuvor bereits gesehen hatte. Kahn hatte sich, außer der Tatsache, daß er schmutzig war, im Laufe der zwei Tage nicht verändert.

»Wir brauchen deine Hilfe«, sagte Kahn und trat näher. »Wo ist deine Tochter?«

»In der Stadt.«

»Jemand muß uns sagen, auf welchem Weg wir nach

Wiederauferstehung gelangen können. Das hier ist Jeshua.« Er deutete auf ihn, und der Riese nickte Arthur zu.

»Wollt ihr mir denn nicht den Kopf vorstellen?«

»Mein Name ist Thinner«, sagte dieser. Arthur versteifte sich und zog sich auf die nächsthöhere Treppenstufe zurück.

»Wenn ich nach *Wiederauferstehung* gelange, kann ich zumindest versuchen, die Dinge wieder ins Lot zu bringen«, sagte Kahn. »Angesichts der Probleme, vor denen du stehst, wirst du die Dringlichkeit der Angelegenheit sicher begreifen.«

»Meine Probleme gehen nur mich etwas an. Sie beschäftigen mich schon seit langem, und ich glaube nicht, daß du sie lösen kannst. Haben sie dich ins Gefängnis gesteckt?«

Kahn nickte. »Ich habe Jeshua und Thinner dort getroffen.«

»Sie sind Stadt-Teile, stimmt's?«

»Ja.«

»Und du bist keins.«

»Er ist der Architekt«, erläuterte Jeshua.

»Das habe ich auch schon gehört. Ihr müßt nach Ibreem gehen, um die Polis zu finden. Ibreem liegt hinter der Grenze, im Westen, vielleicht fünfzig, sechzig Kilometer entfernt. Orientiert euch einfach nach Westen.«

»Ich schätze, wir benötigen präzisere Angaben. Straßen … Landmarken …«

»Ich bin noch nie dort gewesen«, sagte Arthur. »Ich habe nur Berichte gehört. Oh, an der Grenze bin ich aber schon gewesen. Alle Straßen führen nach Westen. Wie bist du ihnen überhaupt entkommen?«

»Mit Jeshuas Hilfe«, entgegnete Kahn. »Einfach nach Westen, ja?« Er zeigte in die entsprechende Richtung.

»Nein, eher diese Richtung«, korrigierte Arthur ihn.

»Wir haben jetzt überwiegend Westwind. Früher kam er von Osten.«

»Danke für deine Gastfreundschaft und dafür, daß du versucht hast, mir zu helfen«, sagte Kahn. »Ich werde dir diese Gefälligkeit nicht vergessen.«

Arthur wandte den Blick ab. »Dafür habe ich die Quittung bereits erhalten. Aber ich weiß das trotzdem zu würdigen.«

Das riesige Stadt-Teil hatte ihn unverwandt mit hochgezogener Braue gemustert, als ob er in Gedanken versunken wäre. »Ist dein Name Daniel?« fragte Jeshua, als Kahn gerade gehen wollte.

»So ist es. Arthur Sam Daniel.«

Jeshua lächelte. »Ich kannte deinen – Urgroßvater, oder war es der Ururgroßvater? Ein Mann namens Sam Daniel der Katholik.«

»Ich habe von ihm gehört«, sagte Arthur. »Er gilt als der große Mann unserer Familie. Aber das ist vielleicht hundert Jahre her.«

»Das Zeitalter der Wunder steht bevor«, verkündete Jeshua. »Dein Vorfahr war ein ehrenwerter Mann, und eines Tages würde ich gerne erfahren, wie es ihm ergangen ist.«

Sie verschwanden in der Dunkelheit, bis sie nur noch vom diffusen Sternenlicht beschienen wurden. Arthur schlotterte auf der Veranda, als ob er frieren würde, aber die Luft war noch immer lauwarm.

Er stand auf, klopfte die Hose aus und legte die Hände wie ein Megaphon an den Mund. »Wartet einen Moment!« Dann murmelte er: »Verrückte Bastarde, verrückte dumme Arschlöcher« und lief ins Haus. »Nur einen Augenblick!«

Er kam mit einer Baumwolltasche zurück, die alle Konserven und Kleidungsstücke enthielt, die er für notwendig erachtete. Falls Nan zurückkam, würde sie eine Notiz auf dem Küchentisch vorfinden. Es gab noch genug, das sie zur Rückkehr hätte motivieren können, aber wenn nicht ... nun, dann würde sie es nie erfahren.

Er fühlte sich wie ein Kind, das von zu Hause ausriß, aber dieses Gefühl versetzte ihn in Hochstimmung. So etwas Verrücktes hatte er noch nie zuvor getan.

»Ich will euch begleiten«, sagte er, als er auf der Straße zu ihnen stieß.

Sie wanderten bei Nacht – was weniger Sicherheit bot, als man hätte annehmen können, denn die meisten Reisenden nutzten die Nacht und versuchten nach Möglichkeit, die Hitze des Tages geschützt auszusitzen. Daher waren sie vorsichtig und gingen den *Gründern* von Kanaan aus dem Weg.

Kahn und Jeshua schritten unermüdlich aus, aber aus Rücksicht auf Arthur legten sie alle paar Stunden eine Pause ein. Ihre erste Rast erfolgte in Sichtweite von *Bruderschaft*, und sie saßen auf einem umgestürzten Baumstamm, während der vom warmen Boden aufsteigende Nebel um ihre Beine wallte.

»Wenn ihr Menschen oder Stadt-Teile oder was auch immer ihr seid, Fähigkeiten besitzt, von denen ich nichts weiß – fliegen, sich unsichtbar machen, wie Dämonen kämpfen –, dann zögert nicht, es mir zu sagen«, verlangte Arthur. »Laßt es mich wissen, damit ich nach Möglichkeiten suchen kann, eure Fähigkeiten zu nutzen.«

Kahn lächelte. »Keine Magie. Der Proviant ist für dich allein, denn ich brauche keine Nahrung, und Jeshua kann jetzt nichts essen. Das Wasser können wir uns teilen, aber du wirst wesentlich mehr brauchen als wir. Wenn du müde wirst, sag uns Bescheid.«

»Ich muß das Tempo ab und zu etwas verlangsamen«, meinte Jeshua. »Ich mache mir Sorgen wegen Thinner.« Der Kopf schwieg die meiste Zeit und hatte die Augen geschlossen, als ob er schliefe. »Ich kann ihn jetzt kaum füttern.«

»Mein Großvater hat mir erzählt, daß man früher Stadt-Teile einfing und als Reittiere oder Fahrzeuge verwendete. Aber es gibt jetzt fast keine solchen Teile mehr. Ich habe mich nur gefragt, wieviel Ähnlichkeit du wohl mit einem Stadt-Teil hast.« Arthur schaute Kahn an.

»Im Grunde nicht sehr viel. Die Block-Technologie war fortgeschrittener als die Technologie, die mir in den Städten zur Verfügung stand. Ich hatte eigentlich nicht viel mit dem Block zu tun, und deshalb kann ich auch nichts zu meinem Funktionsprinzip sagen ... jedenfalls nichts Genaues.«

Arthurs Augen verengten sich. »Klingt plausibel. Ich weiß auch nicht viel über mein Funktionsprinzip. Wäre auch irgendwie pervers, wenn wir es wüßten, als ob man zu intensiv in den Spiegel schaut.«

»Ich weiß ziemlich genau, wie ich funktioniere«, sagte Jeshua. »Aber ich hatte ja auch viel Zeit zum Lernen und konnte ausgezeichnete Bibliotheken benutzen.«

Arthur nickte, als ob er eine ganz alltägliche Konversation pflegen würde. »Ich kann das alles noch nicht so recht glauben, wißt ihr«, meinte er sachlich.

»Wir werden dich wohl nur überzeugen können, wenn du uns im Einsatz siehst«, folgerte Kahn. Er stand auf.

»So ist es«, sagte Arthur.

Ein einziger Mond beleuchtete den nebligen Pfad, auf dem sie ein Viertel des Umfanges von *Bruderschaft* abschritten. An den Außenbezirken der Stadt bückte Kahn sich und hob einen Silikatsplitter auf. »Ich habe mich schon gefragt, welchem Zweck die wohl dienten. Ich erinnere mich, daß ich eine schwächere Stadtverteidigung installiert hatte, aber nicht solche Kaliber.«

»Früher haben die Städte nur so vor diesen Dingern gestarrt, um die Leute fernzuhalten«, sagte Arthur.

»Ich habe die Defensiveinrichtungen auf Wunsch installiert«, sagte Kahn und ließ das Fragment fallen. »Sie hatten danach verlangt. Wollten sie für den Fall, daß die Welt von Heiden überfallen wurde.«

Ein Teil der Stadtrandbegehung erfolgte auf festem Bodenbelag. Die Stadtmauern waren trocken, und dort, wo sie vom Mondlicht angestrahlt wurden, schimmerten sie weißgrau, wie transparente Knochen.

»Ich habe *Bruderschaft* als Stätte der Kontemplation konzipiert«, erläuterte Kahn. »Ein Kreuz aus zwei Zylindern, das von einer Hofstädter-Figur gekrönt wurde – dem Zentralturm dort.« Er zeigte auf ihn. Der Mond zog gerade hinter dem Turm vorbei. Die oberen Galerien und einige Sektionen der gekreuzten Zylinder waren kollabiert, was den Turm um so mehr zur Geltung brachte. »Sind alle Städte so gestorben, als Ganzes?«

»Nicht, daß ich wüßte«, antwortete Kahn.

»Die meisten haben sich zerlegt und sind abgewandert«, sagte Jeshua. »So sind sie dann auch gestorben, fragmentiert. Nur wenige Städte sterben als Einheit. Mandala zum Beispiel. Die Stadt hat einfach den Dienst quittiert, zunächst jeweils einige Sektionen simultan, und schließlich alles … außer Thinner und mir.«

»Ursprünglich sollten die Teile sich nur dann selbständig machen, wenn die Stadt sich rekonfigurierte. Das war neu – Mauern, die sich autonom bewegten. Wir konnten es tun, also taten wir es.« Er lachte hysterisch.

»Du hast eine Hof … Hofstadt-Figur erwähnt?« Arthur runzelte die Stirn. »Ich weiß, was ein Zylinder ist, ein Brunnen ist nämlich der Querschnitt eines Zylinders, aber …«

»Der Turm war ein Hologramm, das aus drei unterschiedlichen Blickwinkeln drei verschiedene Darstellungen zeigte. Der Turm von *Bruderschaft* präsentierte

Porträts von Christus, Thomas von Aquin und George Pearson.«

»Wer waren Pearson… und von Aquin?« fragte Arthur.

»Von Aquin war ein Philosoph auf der alten Erde. Pearson war derjenige, welcher den Erwerb von Gott-der-Schlachtenlenker arrangiert hatte. Kahn erinnerte sich an die heftigen Auseinandersetzungen, die zwischen ihnen stattgefunden hatten. Pearson hatte sich selbst zum Oberhirten aller Juden, Christen und Moslems von Gott-der-Schlachtenlenker ernannt; zu der Zeit, als Kahn sich in den Block hatte laden lassen, hatte Pearson sich als Eremit in die von asiatischen Juden bewohnte Stadt Thule zurückgezogen.«

»Wen können wir aus dieser Perspektive sehen?« fragte Arthur. Kahn drehte sich um und schaute in die angegebene Richtung.

»Das ist Pearson«, erklärte er. »Auf seine Art ist er für die jetzige Situation genauso verantwortlich wie ich.«

Einen Augenblick war Arthur verwirrt. Das war mehr als nur eine Besichtigungstour – es war, als ob er, für eine Sekunde, tatsächlich zu intensiv in den Spiegel geschaut hätte – in den Spiegel der Geschichte von Gott-der-Schlachtenlenker, und darin ein runzliges, monumentales Gesicht gesehen hätte, in dessen Augen sich das Mondlicht spiegelte und das ihn gütig anlächelte.

Sie waren keinen Kilometer mehr von der Grenze entfernt. Sie wanderten nicht direkt auf der Straße, sondern folgten ihr in einem gewissen Abstand, als sie auf das Lager stießen. Ein Mann in brauner Baumwollhose und ärmellosem Hemd, der einen breitkrempigen runden Hut trug, erteilte in einem melodischen Tenor Anweisungen. Vier weitere Personen – eine etwa gleichaltrige Frau, zwei halbwüchsige Jungen sowie ein junges Mädchen – bauten ein großes Zelt ab und verluden es auf einen Lkw.

Arthur, Jeshua und Kahn sahen aus der Deckung eines verdorrten Busches zu.

»Sie sind von Ibreem«, flüsterte Arthur. »Hört sich so an, als ob ihr Visum abläuft, und daher wollen sie diese Nacht die Grenze überschreiten.«

Der Mann erwähnte *Wiederauferstehung*.

»Man könnte glauben, sie seien dort zu Hause«, meldete Arthur. »Ich habe von einer Enklave gehört, die von der Stadt umschlossen wird. Vielleicht ist es das, was er meint.«

»Er scheint ein Lehrer zu sein«, vermutete Jeshua. »Die Ibreemiten haben eine andere Einstellung zu den Städten als die *Gründer*. Sie versuchen, mit ihnen zu koexistieren – und nicht, sie zu vernichten. Sie sind ein Syndine-Staat.«

»Und weiter?« fragte Kahn.

»Vielleicht können wir bei ihnen mitfahren. Jeshua sollte den Kopf am besten verstecken – wir wollen ihnen schließlich keinen Schrecken einjagen. Wir hätten auf der Ladefläche des Lkw sicher Platz.«

Kahn war einverstanden. Sie traten nach vorne in das Licht der Lampe. Das Mädchen erschrak und ließ ihr Bündel metallener Zeltstangen auf den Boden fallen, daß es laut klapperte.

»Erzähl ihnen nicht gleich die ganze Geschichte«, ermahnte Arthur ihn. »Ich weiß noch immer nicht genau, woran ich mit dir bin – also halte dich zurück oder sage überhaupt nichts. Wir sind nur Reisende, Pilger.«

Der Mann stand zwischen ihnen und dem Lager und hatte die Arme in einer Geste ausgestreckt, die man als Begrüßung hätte interpretieren können, wären da nicht seine großen Augen und die bebenden Nasenflügel gewesen.

»Wir brauchen eine Mitfahrgelegenheit, wenn ihr

noch Platz habt«, sagte Arthur. »Meine Freunde und ich wollen nach *Wiederauferstehung*.«

»In welcher Angelegenheit seid ihr unterwegs?« fragte der Mann.

»Wir sind Pilger«, behauptete Arthur. »Wir müssen *Wiederauferstehung* aufsuchen. Ich bin noch nie dort gewesen.«

Der Mann musterte Kahns Kleidung und Jeshuas Wunden, von denen einige bereits verheilten. »Mir scheint, ihr habt bisher eine schwere Reise gehabt.«

»Das haben wir«, bestätigte Arthur.

»Entschuldige die Störung«, sagte Kahn und trat vor. »Wir kommen aus Neu-Kanaan West. Ich muß dringend nach *Wiederauferstehung*.«

»Ihr seid auf der Flucht«, sagte der Mann zögernd. Die anderen vier hatten sich in der Nähe des Lkw versammelt.

»Er nicht«, korrigierte Kahn und deutete auf Arthur. »Wir schon. Aber wir sind keine Verbrecher.«

»Der große Bursche – was ist mit ihm?«

Kahn bedeutete Jeshua, weiter ins Licht zu kommen. »Wenn ich mich nicht irre, kann er in die Stadt gelangen – in die Polis. Er kann dort repariert werden.«

»Die Stadt läßt keine Kranken mehr hinein. Das hat schon vor langer Zeit aufgehört. Es gibt Krankenhäuser in der Enklave ...«

»Er ist ein Stadt-Teil«, erläuterte Arthur. »Ein Cyborg. Sie wollen ihn hier töten.«

»Was hat er getan?«

»Nichts«, erwiderte Kahn. »Er wollte nur nach *Wiederauferstehung* und mußte dabei durch Neu-Kanaan West.«

»Wie heißt ihr?« fragte der Mann.

»Ich bin Arthur Sam Daniel, und das ist Azrael Iben Cohen.«

»Mein Name ist Hale Ascoria. Ich bin Lehrer. Meine Frau Lod, und mein Sohn David. Meine Schüler Sanisha und Coort. Euer Land hat uns ein Vier-Tage-Visum ausgestellt, und nun fahren wir wieder heim.« Er schaute über die Schulter zu der Gruppe, nahm dann den Hut ab und fächelte sich langsam Luft zu. »Es gibt keine Diebe in Neu-Kanaan, jedenfalls heute nicht mehr. Ihr sagt, ihr seid Pilger ... woher soll ich denn wissen, daß ihr keine Polizisten seid?«

»Jeshua, zeige ihm deinen Arm«, sagte Kahn. Der Cyborg trat ein paar Schritte vor und schälte die Haut ab. Ascoria schielte, um im trüben Licht besser zu sehen.

»Mandala«, meinte Jeshua. »Früher, als ich mich noch für ein menschliches Wesen hielt, lebte ich auch in Ibreem. Ich bin dort aufgewachsen.«

»Wie alt bist du?«

»Etwa hundertvierzig Jahre.«

»Wir sind verpflichtet, Stadt-Teile an *Wiederauferstehung* zu übergeben. So will es unser Pakt. Aber ich habe noch keinen Cyborg getroffen, der so alt war, wie du behauptest. Die meisten kommen von *Bruderschaft*.« Er sah Kahn an. »Wir haben diesen Ausflug unternommen, um *Bruderschaft* zu studieren. Eigentlich kommen wir aus der Expolis Geshom, aber vor zehn Jahren sind wir in die Enklave von *Wiederauferstehung* gezogen.« Er atmete tief durch. »Wenn ihr die Unwahrheit sagt, möge Gott euren unsterblichen Seelen helfen. Schließt euch uns an, Pilger.«

Der Lkw verfügte über einen Verbrennungsmotor, stank und lärmte, war aber robust genug, die Rüttelpiste zu bewältigen. Die Schüler fuhren bei Ascoria auf der vorderen Sitzbank mit; seine Frau und sein Sohn saßen hinter der Schlafkabine des Fahrzeugs, und Kahn, Jeshua und Arthur hatten bei der hinteren Ladeklappe Platz genommen. Zwischen den Gruppen befanden sich das Zelt und die Vorräte. Jeshua ließ Thinner in der Tasche und schaute ab und zu nach ihm. Das

Gesicht des großen Cyborgs war ausdruckslos, aber Kahn spürte, daß es dem Kopf nicht allzu gut ging.

Die Grenze wurde dieser Tage nur schwach kontrolliert, hatte Ascoria versichert. Es gab kaum Spannungen zwischen Ibreem und Neu-Kanaan, und bei der Hitze kamen die Aktivitäten der Grenzposten fast zum Erliegen. Sie passierten ein Drahtgatter mit einem leeren Wachhäuschen und waren in Ibreem.

Sie waren am frühen Morgen aufgebrochen. Binnen einer Stunde fuhren sie über die alte Schwemmland-Ebene. *Wiederauferstehung* schimmerte im Licht der Morgensonne. Die Stadt leuchtete bereits so intensiv wie eine elektrische Lampe.

Ein paar Kilometer in der Ebene verwandelte die Staubpiste sich in eine geteerte Straße. Der Lkw wurde jetzt nicht mehr so heftig durchgerüttelt, und Kahn konnte sich auf die vor ihnen liegende Stadt konzentrieren. Sie war viel kleiner als in seiner Erinnerung, als ob große Abschnitte entfernt worden wären und die Wände sich hinter ihnen geschlossen hätten. Es gab nun keinen Zentralturm mehr, sondern einen Kreis aus kleineren Türmen, wobei an der Nordseite ein größeres Exemplar den Rest überragte. Die Stadt wirkte wie ein überdimensionales Sportstadion.

Die geteerte Straße zog sich in einer Entfernung von zirka dreißig Metern um die Stadtmauer. Die glatten, silbergrünen Wände erhoben sich mindestens hundert Meter über die Ebene und wurden von transparenten Stacheln wie jenen um *Bruderschaft* gekrönt, nur daß diese frisch und abschreckend wirkten. Von der offensichtlichen Verkleinerung und Umstrukturierung abgesehen, machte die Stadt einen gesunden Eindruck.

»Dort ist das Tor«, rief Ascoria nach hinten. Er änderte den Kurs des Lkw und hielt auf eine glattwandige Tunnelmündung zu. Ein von Menschenhand errichteter Zaun berührte die Außenmauer, war aber nicht an ihr befestigt. Zwei Wachen saßen unter einem

Holzdach und vergingen fast in der Hitze. Lod suchte im Handschuhfach nach den Ausweisen.

Kahn hörte aufmerksam zu.

»Ich habe Pilger und ein Stadt-Teil an Bord – einen Cyborg«, sagte Ascoria. »Wir haben sie aus Ibreem mitgebracht.«

»Flüchtlinge?«

»Nur der Cyborg.«

Die Wachen gingen zum Heck des Lkw und inspizierten die Mitfahrer. Einer der Posten fragte, ob sie sich irgendwie ausweisen konnten. Arthur brachte ein Lederetui mit einer abgeschliffenen Metallkarte zum Vorschein.

»Und du?« fragte die Wache Kahn.

»Ich bin ein Pilger. Ich habe meinen Ausweis verloren.«

»Dann können wir dir nur ein Zwei-Tage-Visum ausstellen.« Der Posten ging wieder zum Fahrerhaus. »Uns liegt keine Fahndungsmeldung der *Gründer* für entflohene Sträflinge, Stadt-Teile oder sonstige vor, aber solche Fälle würden sie uns auch nicht melden, stimmt's? Wenn du für sie bürgst, behalte sie bei dir, bis dein Besuch beendet ist. Liefere das Stadt-Teil ab, wir lassen dich durch. Du kennst das Prozedere?«

Ascoria nickte energisch. Die Wache winkte ihn durch, und der Lkw fuhr in den glattwandigen Tunnel ein.

Die Enklave war eine Stadt innerhalb von *Wiederauferstehung*. Sie bestand aus Lehmziegeln, Holz, Pflastersteinen und Beton. Ascoria fuhr vorsichtig durch saubere, enge Straßen, die von Balkonen überwölbt wurden, welche aus dem zweiten Geschoß der Gebäude vorsprangen.

Kahn fielen die kunstvollen Holzkonstruktionen auf. Regenrinnen zogen sich um die Gebäude, übersprangen manchmal die Lücken zwischen den Häusern und fügten sich auf diese Weise organisch in das Ambiente der Siedlung ein. Das Straßenpflaster war raffiniert strukturiert und mit Flußkieseln und Glasstücken durchsetzt.

Wie Ascoria erläuterte, befand sich *Wiederauferstehung* nun schon seit hundert Jahren in der Flußebene. Die Stadt hatte ihren ursprünglichen Standort im Hochland verlassen, Marodeuren getrotzt und sich dort wieder rekonfiguriert, wo reichlich Grundwasser vorhanden war. »Sie hat kranke Kinder aufgenommen, und eine Zeitlang hat sie sogar kranke Erwachsene behandelt. Das war, bevor sie abgewandert ist. Eine Frau namens Reah hat im Hochland die Stadt betreten und sie hierher geleitet. Sie war eine Muslimin oder stammte zumindest aus einer moslemischen Stadt. Dort werden wir das Stadt-Teil auch deponieren – bei Reahs Tempel, an der Westseite. Sie starb, nachdem die Stadt sich hier niedergelassen hatte, aber zuvor hatte sie bereits die städtischen Transporteinheiten ausgeschickt und alle kranken und behinderten Kinder aufsammeln lassen. Die Stadt hat ihnen noch lange nach Reahs Tod, ungefähr fünfundsiebzig Jahre, Zugang gewährt und sie nach ihrer Heilung in die Enklave entlassen. Dann, vor ungefähr fünfundzwanzig Jahren, ließ die Stadt überhaupt niemanden mehr hinein. Das ereignete sich zu dem Zeitpunkt, als eine Stadt namens Throne in die Flußebene herabstieg, ungefähr zehn Kilometer von hier entfernt.«

»Throne ist über Nacht verschwunden«, erläuterte Lod. »Manche sagen, sie sei abgewandert, andere glauben, sie sei vom Erdboden verschluckt worden.«

»Zu jener Zeit hatten sich alle Kinder, die in die Enklave gekommen waren, schön eingerichtet. Viele blieben, wuchsen hier auf und errichteten Krankenhäuser. Heute kommen Pilger von überallher, vor allem um Reahs Tempel zu besichtigen und um Heilung nachzusuchen. Wir haben die besten Ärzte auf Gott-der-Schlachtenlenker.«

»Nie davon gehört in Neu-Kanaan«, sagte Arthur.

»Die *Gründer* halten uns für Narren«, beklagte Lod sich.

Kahn hörte schweigend zu und betrachtete die braunen und weißen Gebäude, die aus Pilgern und Einheimischen bestehende Menge – die weißen Gewänder der einen kontrastierten mit den bunten Hosen und Mänteln und Kleidern der anderen. Es gab Autos mit Verbrennungsmotoren und Pferdefuhrwerke. An der Westseite der Enklave befand sich Reahs Tempel, ein würfelförmiges Bauwerk, das von Säulen und schlichten Reliefs verziert war. Pilger saßen unter breiten Markisen, dösten oder hatten sich zum Gebet niedergekniet und warteten darauf, daß die Hitze nachließ. Direkt neben dem Gebäude stand eine etwa zwanzig Meter hohe Säule, die von der Bronzestatue einer schlicht gekleideten Frau gekrönt wurde.

»Beten sie zu ihr?« fragte Arthur.

»Nein, nein!« dementierte Ascoria. »Für die Habirus ist sie eine Prophetin, und für Moslems und Christen gleichermaßen ist sie eine Heilige. Die Moslems – einige zumindest – betrachten die Säule als Ersatz für Mekka.«

»Wissen sie denn nicht, wo Mekka liegt?« fragte Kahn.

»Nein, wie sollten sie auch?« gab Ascoria die Frage zurück.

»Der Polarstern ist die irdische Sonne«, erklärte Kahn. »Zumindest in dieser Ära.«

»Was?« fragte Ascoria ungläubig.

»Sie haben es nicht vergessen…« Kahn zögerte. Arthur schüttelte langsam den Kopf. »Das glauben auch manche von uns in Neu-Kanaan«, sagte er. »Alte Aufzeichnungen.«

»Die Moslems haben sich damit abgefunden, daß sie die Richtung von Mekka nicht mehr bestimmen können«, meinte Ascoria. »Es wäre ziemlich problematisch, sie jetzt noch vom Gegenteil überzeugen zu wollen.«

»An dieser Stelle wurden die Sezessionskriege beendet«, sagte Lod. Sanisha, die junge Schülerin, nickte zustimmend. »Wir demonstrieren, daß die *Gründer* von Kanaan und die Städte in Frieden koexistieren können.«

Arthur schaute zu den Türmen der Stadt auf. Ihre Schatten fielen über die Enklave und erkletterten dann die gegenüberliegende Mauer. »Wo ist Reah jetzt? Ihr Körper, meine ich.«

»Sie kam drinnen ums Leben. Wir wissen nichts über den Verbleib ihres Körpers«, erwiderte Ascoria. »Aber wir wissen, daß sie tot ist. Die ersten Lehrer sahen sie sterben. Die meisten Kinder sind heute Bewohner dieser Stadt, Ärzte, Priester, Rabbis sowie Mullahs und Muezzins im moslemischen Viertel. Einige von ihnen wollen Reah in der Stadt gesehen haben.« Er lächelte nachsichtig.

Sie blieben in der Nähe des Tempels stehen, und Lod sprach ein Dankgebet. Eine breiter Raum lag zwischen der inneren Mauer und den äußeren Gebäuden der Enklave. Pilgerfahrzeuge parkten in dieser Lücke, wobei Pferdekarren unter Holzbedachungen abgestellt waren. Ströme von Wasser flossen unter der Mauer hindurch, wobei ein Seitenarm durch einen Kanal direkt unter dem Tempel geleitet wurde. Die Mauer selbst produzierte auf Schulterhöhe Obst und Gemüse, ein vertikaler Garten, aus dem die Pilger ihre Mahlzeiten zusammenstellten. Anfangs, so erzählte Lod, hatte die gesamte Enklave von diesen Erzeugnissen gelebt – Kinder und Lehrer –, aber heute reichten die Erträge nicht mehr für alle aus und waren daher für die Pilger reserviert. Die Einheimischen bezogen ihre Nahrungsmittel von Anbaugebieten außerhalb der Stadt und hatten – für Notfälle – schattige Gärten auf den Dächern angelegt.

Die meisten Hotels der Enklave waren jetzt voll belegt, so daß man weiße Zelte in Zentrumsnähe aufgeschlagen hatte. Familien saßen vor diesen Zelten im Schutz großer Planen oder im Schatten der Stadt. Die Atmosphäre erinnerte an einen Freizeitpark, wobei die Aktivitäten jedoch durch die Hitze gedämpft wurden.

»Das ist schön«, meinte Arthur.

Ascoria parkte den Lkw vor einem kleinen, aus Ziegelsteinen errichteten Wachhäuschen in der Nähe der Stadtmauer, von dem ein überdachter Pfad zu Reahs Tempel führte. Er bedeutete Kahn und Arthur, ihm zu folgen. Jeshua nahm die Tasche auf und schloß sich ihnen an.

»Du und dein Freund könnt heute bei meiner Familie und meinen Schülern übernachten«, erbot sich Ascoria. »Wir teilen unser Heim zwar schon mit Pilgern, aber wenn ihr zusammenrückt, wird der Platz ausreichen.« Er wandte sich Jeshua zu. »Bist du bereit, der Stadt übergeben zu werden … gewillt, meine ich?«

Jeshua nickte.

»Es ist wirklich ganz einfach. Nähere dich der Mauer durch das Wachhäuschen. Der Posten wird dich passieren lassen – sobald er dich als Stadt-Teil identifiziert hat.« Ascoria deutete auf Jeshuas Arm. Jeshua griff sich an den Arm und legte die Wunde frei.

»Wirst du später nachkommen?« fragte er Kahn.

Kahn nickte und warf dann einen Blick auf Ascoria. Das Lächeln des Lehrers war gefroren. Jeshua ging auf das kleine Gebäude zu und wartete auf das Erscheinen der Wache. Der Posten musterte ihn nervös und ließ ihn dann durch.

Als Jeshua zur Mauer aufstieg, verfärbte sich ein kreisrunder Ausschnitt milchigweiß und öffnete sich. Er trat ein. Die Lücke schloß sich hinter ihm. Ascoria und der Posten sahen gespannt und mit leicht geöffnetem Mund zu. Dann war es vorbei.

»Wir haben der Stadt gegeben, was der Stadt ist«,

stellte Ascoria fest, wobei er vor Ehrfurcht zitterte. »Nun ist es vollbracht. Komm, wir gehen zum Haus.«

Das Haus war eine Art weiterführende Schule und befand sich an der Peripherie der Enklave. Kahns Einschätzung zufolge umfaßte die Enklave eine Fläche von etwa einem halben Hektar mit einer Bevölkerung von etwa hunderttausend Menschen und noch einmal einem Drittel soviel Pilgern. Wohnraum war knapp, und Ascorias Haus war drei Stockwerke hoch, die allesamt mit Menschen überfüllt waren – Pilger, Schüler, weitere Familienangehörige.

»Bleiben wir im Erdgeschoß«, schlug Kahn Arthur vor.

Sie aßen zu Mittag und machten dann ein Nickerchen in der Nachmittagshitze oder erweckten zumindest diesen Eindruck. Als die Dämmerung einsetzte, verfärbte sich der Himmel über der Enklave dunkelblau und graugrün, und die Straßenbeleuchtung wurde eingeschaltet. Arthur und Kahn beteiligten sich an der Ausgabe des Abendessens und nahmen dann selbst ihre Mahlzeiten ein, wobei Kahn deutlichen Appetit und Arthur schieren Heißhunger an den Tag legten. Die Gäste im Erdgeschoß musterten Kahns merkwürdige Kleidung, aber die Menge war so bunt durcheinandergewürfelt, daß er kein übermäßiges Aufsehen erregte. Die Nacht war heiß und still. Während sie aßen, dirigierten Lod und Sanisha eine Gruppe männlicher Schüler beim Singen von Gebeten, und eine von Ascoria geleitete Gruppe weiblicher Schüler griff den Text kanonartig auf. Arthur verspürte den Wunsch, mitzusingen, aber die Worte waren ihm fremd. Kahn schaute mit seinem üblichen undurchdringlichen Gesichtsausdruck zu, wobei seine dunklen Augen mit dem trüben elektrischen Licht kontrastierten.

Draußen zogen Wolken an den Sternen vorbei. Kahn und Arthur fanden Decken und Matratzen in einer Ecke des Erdgeschosses und begaben sich mit zwanzig oder fünfundzwanzig anderen zur Ruhe. Während das Abendgebet gesprochen wurde, setzte Regen ein. Lod stellte einen Trichter und eine große Glaskaraffe unter die Regenrinne vor der Haustür.

Ascoria kniete sich neben Arthur und Kahn hin. »Wißt ihr, ich hätte noch viele Fragen an euch«, sagte er zu Kahn. Lod löschte die Lampen. Die Luftfeuchtigkeit war hoch, und dicke Tropfen platschten auf die Straße vor dem Haus, unüberhörbar durch die Holztür und die Fensterläden. »Ich bin Lehrer und stelle gern Fragen. Aber ich glaube, daß ihr keine Fragen beantworten wollt – noch nicht.«

Kahn schaute verlegen zu Boden. Diese Gefühlsregung überkam ihn selten, aber er wußte nicht, was er dem Mann antworten sollte.

»Das Stadt-Teil hat dich anscheinend gekannt«, fuhr Ascoria fort. »Ich sehe dich an, und mir schaudert. Niemand sonst reagiert auf diese Weise.« Er wies mit dem Kopf auf die im Raum herumliegenden Leute, die auf den Schlaf warteten. »Ich weiß nicht warum, aber du bist anders. Kein Pilger.«

»Laß uns schlafen«, meinte Arthur, wobei er die beiden aus dem Augenwinkel musterte. »Wir sind nur einfache Pilger.«

Ascoria stand auf. »Was der Cyborg gesagt hat … ich habe dieses Gefühl …« Er verstummte. »Aber ich will meine Gäste nicht belästigen.«

»Eine wundervolle Gemeinschaft hast du hier versammelt«, schwärmte Arthur. »In der Tat«, bekräftigte Kahn und schluckte.

»Wir wollten, es würde so bleiben, aber es wird zu heiß, befürchte ich. Die Schwachen wollen gehen. Sie sagen, daß wir erneut verflucht seien und nie Frieden auf Gott-der-Schlachtenlenker herrschen würde. Stimmt das?« Er schaute Kahn direkt und intensiv an.

»Ich weiß nicht«, entgegnete Kahn und sagte damit nicht einmal die Unwahrheit.

»Selbstverständlich nicht«, meinte Ascoria. »Es ist dem Menschen nicht gegeben, die Zukunft zu kennen … sein Schicksal. Gute Nacht.«

Arthur nickte und drehte sich um.

Als die Belegschaft im Erdgeschoß schlief, ging Kahn zu Arthur und rüttelte ihn sachte. »Wir müssen jetzt gehen«, sagte er und legte einen Finger auf die Lippen. »Sie werden in wenigen Stunden wieder aufwachen.«

Die Straßen waren fast wieder trocken, und es war neblig. Der Großteil der Straßenbeleuchtung war gedimmt worden und glomm in einem trüben Orange. Kahn führte Arthur durch die Straßen.

Sie erreichten den freien Platz zwischen Stadt und Enklave und gingen zwischen den Pilgerzelten hindurch, passierten das Wachhäuschen samt Posten. Der Posten schlief, und Schweißperlen standen auf seinem bärtigen Gesicht. Die gesamte Enklave wirkte wie ein märchenhafter Ort, gelähmt von der Hitze, der sich in den frühen Nachtstunden einem wenig erholsamen Schlaf hingab, um in der mitternächtlichen Kühle wieder aufzustehen und sich an die Arbeit zu begeben. Kahn ging zur Stadtmauer hinauf, aber Arthur blieb ein paar Meter hinter ihm stehen. »Komm«, sagte Kahn. »Du kannst mit mir hineingehen.«

»Gehen wohin?«

Kahn legte die Hände auf die Oberfläche. »Ich bin der Erbauer«, wandte er sich an die Wand. »Ich bin der wahre Architekt, und mein Code lautet *qellipoth.* Es ist ein konkreter Begriff, keine abstrakte Bezeichnung.«

Die Wand teilte sich und bildete eine kleinere Version des Tunnels aus, der in die Enklave führte. Arthur schüttelte den Kopf. »Warum?« Plötzlich fühlte er Panik; im Grunde hatte er dem Mann nie geglaubt.

»Ich brauche vielleicht deine Hilfe«, sagte Kahn. »Du willst dir diese Gelegenheit doch nicht entgehen lassen, oder?«

Arthur hatte einen Kloß im Hals. »Nein.«

»Wir haben nicht viel Zeit.«

Mehr als alles andere wollte Arthur das Innere der Stadt sehen. Wenn ihm jemand einen Weg ins Paradies gewiesen hätte, sein Interesse hätte nicht größer sein können. Aber er fürchtete sich. Jetzt war er wieder der Junge, der in Neu-Kanaan den Geschichten der Alten Frau gelauscht hatte. Mit zitternden Knien ging er zum Tunnel hinauf. Kahn ging voran, und Arthur folgte ihm.

Die Stadt schien zu atmen. Eine kühle Brise wehte stetig durch die Korridore und trug einen blumigen Geruch heran, der weder stechend noch süßlich war – im Grunde fast nicht wahrzunehmen, bis Arthur innehielt, den Kopf hob und schnüffelte. Kahn schaute sich um. »Schneller«, sagte er. »Das sind Versorgungsgänge. Hier haben wir nichts zu suchen.«

Kahn führte ihn durch eine Halle zu einer nüchternen Wand. Der Boden hob sich, die Decke teilte sich, und sie befanden sich in einem Aufzug, der in einem transparenten Schacht aufwärts glitt. Um sie herum ertönten zischende und seufzende Geräusche. Durch die Wände konnte Arthur pulsierende Flüssigkeiten und undeutliche weiße, zuckende Kreise sehen. Seine Angst schwächte sich ab. Die Hände zitterten noch immer, jetzt aber vor Aufregung.

»Es *ist* schön, nicht wahr?« fragte Kahn, als ob er Bestätigung brauchte. Arthur nickte.

Über ihnen teilte sich eine weitere Decke, und sie stiegen zu einem großen Platz auf. Der Boden unter ihnen schloß sich wieder. Kahn bedeutete ihm, weiterzugehen. Der Architekt lief jetzt schneller, rannte gar. Sie gelangten zu einem Abwärmeschacht, und Kahn stieß einen Pfiff aus. Von oben segelte ein blattförmiges, drei Meter breites Fluggerät auf einer spiralförmigen Bahn herab und verhielt wenige Zentimeter über dem Schachtboden. Kahn setzte sich auf einen oben auf dem Fahrzeug angebrachten Sitz, und Arthur stieg an der Seite ein.

»Zum Gebäude der Stadtverwaltung«, instruierte er das Gerät.

Das blattförmige Fahrzeug reagierte, indem es langsam aufstieg und dann beschleunigte, daß sie in die Sitze gedrückt wurden. Arthur packte die Armlehnen und hätte am liebsten geschrien, wollte aber seine Angst nicht zeigen. Kahn schien der Flug nichts auszumachen – wozu sich also fürchten?

Kahn schaute zu ihm herüber und lächelte, wobei er ihm beruhigend den Arm tätschelte. »Nur ein paar Sekunden«, sagte er. Arthur hielt den Blick auf die Knie gerichtet.

Nun verzögerte das Fluggerät und hielt auf die Peripherie des Schachtes zu. Galerien und Korridore, die in grün erleuchtete Tiefen abzweigten, huschten vorbei. Sie stiegen über die Kante des Schachtes, das Fahrzeug schwenkte seitlich ab und landete dann mit einem Summen und verschiedenen, aus seinem Inneren dringenden Klickgeräuschen. Kahn half Arthur beim Aussteigen.

Sie befanden sich nun auf dem Dach des höchsten Turmes, fast über der Wolkendecke. Das Sternenlicht war hell und klar, und in dieser Höhe war die Luft kühl und trocken. Der Gewächshausgeruch war hier noch intensiver. Als Arthur zur gegenüberliegenden Seite des Schachtes hinüberschaute, erblickte er eine flache Grasfläche. Intarsienartiges Licht, das aus diesem Abschnitt drang, sandte Strahlen in die Höhe, die sich zunächst krümmten, dann auffächerten und den ganzen Sektor in weiches, aber helles Licht tauchten. Sie hingegen befanden sich am Rand eines Gehwegs. Glühende Lichtstreifen begrenzten den Pfad und dienten als Leitsystem durch einen Wald mit hohen Pinien und Espen.

»Hier entlang, bitte«, ertönte eine Stimme.

»Wer ist das?« fragte Arthur Kahn.

»Wir sind die Assistenten von Matthäus«, identifizierte sich die Stimme. Der Akzent war zwar ziemlich fremdartig, aber man konnte ihn noch verstehen.

»Welche Funktion haben die ›Assistenten von Matthäus‹?« erkundigte Kahn sich.

»Wir stehen unter dem Befehl von Matthäus aus Reah.«

»Wer ist der Architekt?«

»Du bist der Erbauer.«

»Wo ist die Agentur, die ich an meiner Statt zurückgelassen habe?« fragte Kahn.

»Diese Funktion ist integriert worden. Matthäus hat alle Funktionen der Stadt reorganisiert.«

Sie folgten dem Verlauf der den Pfad säumenden Lichtmarkierungen. Durch die Bäume, am Rande des Turmes, erblickten sie ein in ein helles, warmes Glühen eingebettetes Gebäude. Dabei handelte es sich um einen etwa zehn Meter hohen und genauso breiten Zylinder, der mit einer numerischen 2 markiert war. Unter der 2 befand sich ein kleines Ω.

»Das ist mir alles fremd«, sagte Kahn. »Alles hat sich verändert. Die Stadt hat nur noch ein Drittel ihrer ursprünglichen Größe, selbst unter Berücksichtigung der Enklave.«

»Hier entlang, bitte«, sagte die Stimme erneut. Die Leuchtmarken führten zum Gebäude hinauf, unterhalb des W. Eine kreisförmige Tür glitt zur Seite. Kahn schaute in das abgedunkelte Innere. »Ist das der Sitz der Stadtverwaltung?«

»Es ist eine rekonstruierte Sektion«, erläuterte die Stimme.

»Wo ist der Rest? Das hier ist zu klein.«

»Matthäus benötigt die Stadtverwaltung nicht mehr für seine Arbeit. Ihre Funktionen sind integriert worden.«

Kahn betrat die Kammer, und die Beleuchtung wurde aktiviert. Arthur folgte ihm auf dem Fuße. Inmitten eines nüchternen Raumes befand sich ein auf einem Podest montierter großer Stuhl. Die Armlehnen dieses Stuhles waren mit silberfarbenen Erhöhungen und kleinen Vertiefungen bedeckt. Eine Frau saß reglos auf dem Stuhl. Sie hatte langes, graues Haar und einen entspannten Gesichtsausdruck. Ihr Gewand schimmerte wie ein Regenbogen. Sie schien sie mit ihrem Blick zu fixieren, aber als Kahn sich bewegte, erkannte er, daß die Frau nicht sie, sondern die Tür mit einem ansatzweisen Lächeln anstarrte. Arthur blieb mit auf dem Rücken verschränkten Armen an der Tür stehen und erwiderte den Blick der Frau.

Die gesamte Gestalt war transparent, wie eine Abbildung eines städtischen Fremdenführers oder die Projektion eines Lehrers.

»Sie ist nicht real, nicht wahr?« fragte Arthur.

»Nein.«

Kahn umrundete den Stuhl. Zumindest war dieser Einrichtungsgegenstand vertraut und unverändert. Die Leere der Kammer beunruhigte ihn. Früher war das Kontrollzentrum der Stadtverwaltung mit Bildschirmen, Monitoren und Kommunikationsanlagen bestückt gewesen, die alle der Koordinierung der städtischen Aktivitäten gedient hatten.

Als er wieder in die Visierlinie der Frau trat, stellte er fest, daß ein Lichtpunkt auf ihrer Stirn erschienen war. Er wurde zusehends größer. Die Figur erhob sich, erfüllte sich mit Helligkeit wie ein Kessel mit Wasser gefüllt wird, und verwandelte sich in eine Lichtgestalt. Sie verschwand. Ein schwacher Duft nach Rosen lag in der Luft.

Arthur stieß einen schaudernden Seufzer aus. »Ich ...«

»Schsch«, machte Kahn. Er setzte sich auf den Stuhl, legte die Finger in die Vertiefungen und schaute dann in die Strahlen der Netzhaut-Projektoren, die an einer Armlehne angebracht waren.

Er hatte den Eindruck, in einen tiefen Abgrund zu stürzen, dessen Boden diffus glühte. Die Leere füllte sich mit einer Wesenheit.

Du bist der Architekt?

»Ja«, bestätigte er.

Du bist früher schon hier gewesen, nicht in dieser Stadt, aber auf Gott-der-Schlachtenlenker.

»Ja, vor dreizehnhundert Jahren.«

Nein ... Aber die Stimme brach ab. Es war eine Frauenstimme, jedoch nicht sofort als solche zu erkennen. Kahn konnte weitere bekannte Obertöne heraushören – die überlagerten Stimmen der alten Stadt, perfekt synthetisiert, nicht voneinander zu unterscheiden. *Du bist wieder hier.*

»Ja. Aber mir bleiben nur noch drei Wochen.«

Was wirst du tun?

»Wir haben einen Notfall.«

Die Stimme schien zu vibrieren. *Einen No/no/t/fall.*

Er wurde von einem Schwall Informationen überflutet. Die Zunahme der Leuchtkraft der Sonne war für ihn aufgezeichnet worden, aber dann hatte die Stadt irrationalerweise einen Bezug zum Untergang der Städte konstruiert. Sie versuchte mit einigem Aufwand, das Verhalten der Sonne damit zu erklären, daß die Seelen der toten Städte in den Weltraum geflohen wären. »Nein, das ist falsch«, widersprach er.

Dies ist die Sichtweise von Matthäus.

»Wer ist Matthäus?«

Unser Sohn/Sohn/Sohn, dessen Anblick uns versagt bleibt.

»Wo ist er?«

Der Informationsfluß schwächte sich ab, bis er schließlich nur noch rein physisch auf dem Stuhl saß. Er zog die Finger aus den Vertiefungen zurück und wandte den Blick von den Armlehnen-Projektoren ab.

Dann holte er aus dem Mantelfutter ein Magnetband hervor.

»Es wird jetzt etwas länger dauern, Arthur«, meinte er.

»Ich bleibe solange hier sitzen«, erwiderte dieser.

Kahn fand einen Schacht in der Armlehne und schob das Band ein. Erneut legte er die Finger in den Vertiefungen und sah in die Projektoren.

Zu seiner Überraschung enthielt das Band keine Daten über die Frühzeit der Städte. Es war überspielt und aktualisiert worden, was bedeutete, daß jemand auf Gott-der-Schlachtenlenker die Speichergeräte manipuliert hatte – Maschinen, deren Existenz eigentlich nur ihm hätte bekannt sein dürfen.

Was hatte die stotternde Stadt-Stimme eben noch gesagt ...?

Die Datenwiedergabe nahm seine ganze Aufmerksamkeit in Anspruch. Es würde Wochen gedauert haben, den Datenträger mit einer Geschwindigkeit ablaufen zu lassen, bei der er jedes Detail erfaßt hätte; deshalb beschränkte er sich auf das Wesentliche. Dabei erhaschte er nur Fetzen einer aufgeprägten Stimme.

»Die Städte sind ausgewählt worden für ...«

Eine Art Evakuierung, die in einigen Einzelheiten beschrieben wurde, ohne daß jedoch das eigentliche Ziel erwähnt worden wäre – bei dem es sich indes, wie er spekulierte, um *Bifrost* handeln mußte.

Eine der Städte, Throne, hatte zur Zeit dieser Aufnahme, vor etwa neunhundert Jahren, an der Küste Position bezogen. Sie hatte sich in der Flußebene nördlich von der Stelle niedergelassen, wo *Wiederauferstehung* nun lagerte. Nach den Schilderungen der Ascorias war Throne schon vor langer Zeit abgewandert und verschwunden – aber in den Aufzeichnungen war Throne noch vor Ort, bei guter Gesundheit, und hatte drei neue Strukturen ausgebildet – nadeldünne Turmspitzen, die fast in einem gemeinsamen Scheitelpunkt konvergierten. Seine Vermutungen bestätigten sich, als er in dem beschleunigten Kauderwelsch das Wort ›Bifrost‹ aufschnappte.

Eine andere Stadt – Eulalia, die einmal von Angehörigen der Pfingstkirche besetzt worden war – tauchte in den Aufzeichnungen auf. Erneut erhoben sich drei Spitzen über die Stadt. Und wieder lag die Stadt an der Küste eines natürlichen Hafens, wo viele Menschen von See angelandet werden konnten. (Weitere Evakuierungspläne – als ob das Band als eine Art Notizbuch verwendet worden wäre. Er suchte nach Quellenangaben, und es erschien der Hinweis: ›Eintragung von Eulalia: 03.03.2765‹.)

Dann enthielt die Aufzeichnung nur noch Text, und er mußte die Wiedergabegeschwindigkeit verringern, um den Inhalt vollständig zu erfassen. Die Stimme klang vertraut, obwohl sie einen Kurz-Code verwendete und durch sporadische Schwankungen der Tonqualität verzerrt wurde.

»Stadt reagiert mangelhaft. *Comnet* rebelliert. Religionskoordinator blockiert. *Bifrost* genehmigt, keine Einwände gegen meine Präsenz, aber keine Einigung bezüglich Exilanten. Verlasse Eul., gehe nach ...«

Thule, die dritte Stadt, befand sich noch weiter südlich, auf dem Kontinent Brisbane in der Nähe des Südpols. Die Aufzeichnungen zeigten Eis- und Schneefelder, schroffe Vulkankrater und fahle, zerklüftete Landschaften. Kahn hatte Thule für die asiatischen Juden errichtet. In ebendiese Stadt hatte sich George Pearson nach den Auseinandersetzungen mit den Judäisch-Christlichen Räten schließlich zurückgezogen. Auch hier erhoben sich drei Turmspitzen über die Kristalltürme.

Nun waren die Aufzeichnungen nur noch bruchstückhaft. Plötzlich verringerte sich die Übertragungsgeschwindigkeit, und die Stimme übernahm wieder, wobei diesmal auf den Kurz-Code verzichtet wurde, dafür aber Zorn und Verzweiflung mitschwangen.

»Thule war die letzte Stadt, die ihre Bewohner in die Verbannung geschickt hat. In den letzten Jahren von Pearsons Amtszeit als Bürgermeister wurde sie zu einer Stadt von Häretikern. Die Räte hatten Pearson wegen seiner Häresie ins Exil geschickt – gnostische Tendenzen, vermute ich, denn die Stadt ist heute gnostisch –, und so schlug Pearson zurück, indem er Thule für jeden öffnete, der vom Rat abgelehnt wurde. In den letzten Jahren hatten die Räte sich dann gegenseitig befehdet, und die spätere Handlungsweise der Städte war im Grunde nur eine Imitation dieser Aktionen. Häresie war allgegenwärtig. Nur die Moslems bewahrten die Ruhe, zumal sie hier in der Minderheit waren. Thule akzeptierte sie alle – Neo-Nestorianer, Arier, fanatische Mystiker und natürlich auch Manichäer. Jetzt ist Thule die letzte Hoffnung, ein Umstand, der mich nicht sehr glücklich stimmt. Alle anderen Städte widersetzen sich mir bei der Ankündigung, die Exilanten zurückzubringen, aber Thule bleibt ruhig und gelassen …

Kahn hatte Thule in vielerlei Hinsicht anders konzipiert. Ihr Ausgangsmaterial war eher insektoid als botanisch gewesen, und ihre Programmierung war – auf Ersuchen der asiatischen Juden – flexibler gestaltet und nicht auf eine spezifische religiöse Doktrin festgelegt worden. Kahn war mit dem Ergebnis nie zufrieden gewesen. Seiner Ansicht nach war Thule ein besonders prekäres Produkt, nicht unbedingt gefährlich, aber doch so instabil, daß es ihm Unbehagen verursachte. Offensichtlich hatte Pearson sich diese Instabilität zunutze gemacht.«

In diese Betrachtungen versunken, beendete er die Wiedergabe und ging an den Anfang zurück, um die Stellen abzuhören, die ihm zuvor entgangen waren. Zunächst kam eine Pause von einigen Sekunden, und dann erschienen die Aufzeichnungen über die frühen Jahrhunderte der Städte.

In diesem Moment interessierte er sich mehr für die Stimme als für die Details der Stadtgeschichte. Er ging noch weiter zurück, hörte die verkrampften, zornigen Worte ab und suchte dann nach Anmerkungen. Er klickte auf einen numerischen Code, ließ ihn decodieren und optisch darstellen. ›Übertragung von Thule‹, sagte der Code-Titel. ›05.01.2766.‹

Der Sprecher hatte sich von Eulalia nach Thule abgesetzt, nachdem er nicht in der Lage gewesen war, seinen Auftrag in Throne und Eulalia auszuführen.

Logischerweise konnte es nur eine Person geben, die von den Speichergeräten wußte, eine Person, die auch nach dem Exil noch Zutritt zu den Städten hatte.

Der echte Robert Kahn war vor neunhundert Jahren wieder auf Gott-der-Schlachtenlenker zurückgekehrt – vierhundert Jahre nach der Initiierung des Simulacrums –, um die Dinge zu richten. Er hatte die *Bifrosts* in drei Städten implementiert und war mit diesem Versuch in wenigstens zwei weiteren Städten gescheitert. Und er hatte eine fragmentarische, sonderbare Aufzeichnung hinterlassen, die er an alle geheimen, noch funktionsfähigen Speichergeräte übermittelte. Vor neun Jahrhunderten waren die meisten Städte noch intakt gewesen.

Er nahm die Finger aus den Vertiefungen und schloß die Augen. Jemand rief seinen Namen. In den paar Sekunden, die er für den Wiedereintritt in die Außenwelt benötigte, hörte er Schritte, einen Wortwechsel und dann eine hohe, brüchige Stimme. Der Gedanke, die Augen zu öffnen und sich selbst bei dem Versuch zu begegnen, Gott-der-Schlachtenlenker zu retten, betäubte ihn für einen Moment …

Arthur hatte seinen Namen gerufen und war an den Rand des Eingangs getreten.

Im Halbkreis stand ein alter Mann, dessen Haut so braun wie Holz war; er trug nichts außer einer weißen kurzen Hose. In der einen Hand hielt er einen transparenten, jadegrünen Stock, auf den er sich nun stützte und über Arthurs Stimme hinweg schrie: »Wer, zum Teufel, bist du? Wie bist du in meine Stadt gekommen?«

»Ich bin Robert Kahn.«

Der alte Mann lächelte freudlos und schüttelte den Kopf. »Nein, ich glaube nicht, daß du Robert Kahn bist.«

Kahn trat vom Podest hinunter. »Bist du ein Mensch?«

Der alte Mann antwortete nicht.

»Ich bin der Architekt«, insistierte Kahn. »Mein Wort ist …«

»Dieser Unsinn verfängt bei mir nicht. Ich bin kein Stadt-Teil und kann auch nicht über Code gesteuert werden. Mir ist schon klar, wie du in die Stadt gelangt bist, du Heuchler. Aber wer ist das?« Er deutete auf Arthur.

»Sein Name ist Sam Arthur Daniel.«

»Und die Cyborgs hast du wohl gleich mitgebracht. Nun, darüber habe ich nicht zu befinden. Mutter wird sich darum kümmern.« Die Art, wie er das Wort ›Mutter‹ betonte, war leicht ätzend. Er hob die Hand und kratzte sich an der Brust. »Entschuldige mein Erscheinen«, sagte er mit leiser und brüchiger Stimme. »Ich habe schon seit fünfundzwanzig Jahren keinen so engen Kontakt mehr zu Menschen gehabt. Aber du bist doch gar kein richtiger Mensch, nicht wahr?«

»Ich bin ein Simulacrum.«

»Ich habe auch eines erwartet. Du siehst genauso aus. Und die Stadt mußte natürlich deinen Anweisungen Folge leisten und dir Einlaß gewähren. Es hat sich viel verändert, seit du zum letztenmal hier warst. Weißt du das?«

»Ich sehe es.«

»Warum bist du jetzt gekommen?«

Kahn sah keinen Grund, Informationen zurückzuhalten. »Eigentlich wollte ich schon vor langer Zeit zurückkehren. Ich wollte mein Werk inspizieren, nachsehen, ob auch alles richtig funktioniert.«

Der alte Mann preßte die Lippen zusammen und stieß ein kurzes, bellendes Gelächter aus.

»Vielleicht hätte ich etwas tun können«, fuhr Kahn fort, wobei er sich unbehaglich fühlte unter dem starren Blick des alten Mannes. »Ich sehe, daß es hier Probleme gegeben hat.«

»Das dürfte wohl die größte Untertreibung schlechthin sein. Ich habe mein ganzes Leben damit verbracht, die Resultate deiner Sabotage zu beseitigen. Weißt du, wer ich bin?«

»Ich glaube schon.«

»Matthäus. Sohn von Reah.«

»Ich verstehe.«

Für einen Moment herrschte Schweigen. Ungeachtet seiner Renitenz wirkte Matthäus mehr als nur ein wenig nervös. »Jetzt, wo ich hier bin«, sagte Kahn, »könnten wir vielleicht ...«

»Nichts davon ergibt irgendeinen Sinn!« schrie Matthäus. »Du hast kein Recht, immer wieder zu erscheinen. Überhaupt kein Recht.« Er schien zu schrumpfen, die Brust fiel ein, er ließ die Schultern und den Kopf hängen.

»Bist du der Betreiber dieser Stadt, oder hast du irgendwelche Kontrolle über sie?« fragte Kahn.

Der alte Mann nickte.

»Dann kannst du mir helfen. Wir müssen alle noch lebenden Städte organisieren, sie umprogrammieren und neue Städte bauen. Ich werde sicherlich Hilfe benötigen. Einige Funktionen dieser Stadt sind geändert worden ...«

»Ich habe sie deaktiviert«, gestand Matthäus und straffte sich. Er fuchtelte mit seinem Stock vor Kahn herum. »Das Bewußtsein von *Wiederauferstehung* ist reorganisiert worden. Ich kontrolliere alles außer meiner

Stimme und meiner Erscheinung. Abgesehen natürlich von dem, das in Reahs Ressort fällt. Und in den letzten fünfundzwanzig Jahren hat sie sogar einige Kompetenzen an mich abgetreten.«

»Wo ist Reah?« fragte Arthur. Matthäus schaute mit einer Mischung aus Verachtung und Furcht auf ihn herab.

»Sie ist schon lange tot. In der Stadt gespeichert. Was mir nach meinem Tod wohl auch widerfährt. Dies waren ihre Räume. Tritt vom Stuhl zurück… du hast kein Recht, dort zu sitzen.«

»Wie lange bist du schon hier?« fragte Kahn.

»Ein Jahrhundert. Jedes einzelne Jahr davon habe ich versucht, das zu richten, was du zerstört hast. Deine kleinen Zeitbomben im Bewußtsein der Stadt.«

»Hör zu, Matthäus…«

»Vor fünfundzwanzig Jahren habe ich die Stadt für Menschen geschlossen.« Matthäus trat einen Schritt vor. »Fünfundsiebzig Jahre lang gab es keine Ruhe, nur Kinder, Schulen, Krankenhäuser, Ignoranz und Konfusion. Keinen Frieden. Jetzt habe ich mich an das Alleinsein gewöhnt. Nicht daß sie jemals meine richtige Gestalt gesehen hätten. Ich habe mich zurückgezogen, als ich älter wurde. Weißt du, ich sympathisiere mit dir, ich hasse die Menschen auf diesem Planeten auch.« Kahn zuckte zusammen. »Es ist nicht leicht, sie zu lieben. Aber du hättest keine Sabotage betreiben müssen!«

»Ich habe überhaupt nichts sabotiert«, wehrte Kahn sich und versuchte seinen Zorn zu unterdrücken. »Ich habe die Menschen nie gehaßt.«

»Wie adäquat.« Matthäus wandte sich von ihm ab. »Du bist vor neunhundert Jahren zurückgekommen und hast versucht, deine Sünden wiedergutzumachen. Du hast versagt. Und nun schickst du einen Geist, um eine Welt zu inspizieren, die voller anderer Geister ist… den Geistern toter Träume. Kannst du dir überhaupt vorstellen, wie sie sich fühlten, die Vertriebenen? Als die Städte sie verjagt hatten? Wie sehr sie sich als Sünder fühlten und sich danach sehnten, wieder eingelassen zu werden? Ein Jahrtausend lang gab es keinen Fortschritt, nur Schuld. Aber es waren deine Städte, die unwürdig waren. Ich bin in einer aufgewachsen. Ich weiß Bescheid. Große, überzüchtete träumende Monster. Schöne Monster. Die einzige Art, meinem Volk Gerechtigkeit widerfahren zu lassen, ist, die Städte eines natürlichen Todes sterben zu lassen und sie nicht wieder zu erneuern. Und du wirst mir mein Volk nicht nehmen! Du hast es schon einmal versucht, als ich noch nicht geboren war, und du bist gescheitert. Versuche es nicht wieder.« Er drehte sich um und ging auf die Tür zu.

»Ich brauche mehr Informationen«, sagte Kahn nur. Sie folgten ihm nach draußen und den Pfad entlang. »Einrichtungen, die wissen, was geschehen ist.«

»Nicht verfügbar«, murmelte Matthäus.

»Dann müssen sie bereitgestellt werden«, forderte Kahn vor Wut kochend.

»Ach ja?« Matthäus lächelte ihn über die Schulter an. »Ich kann dir alles sagen, was du wissen möchtest.«

»Das bezweifele ich«, erwiderte Kahn. Dann blieben er und Arthur stehen. Der alte Mann war verschwunden. Sie standen auf dem erhellten Pfad. Eines nach dem anderen erloschen die Lichter. Dann blieb ihnen nur noch das Licht der Sterne, um sich zu orientieren.

»Ist er real?« fragte Arthur leise in der Dunkelheit.

»Ja«, bestätigte Kahn.

»Er ist wohl nicht sehr kooperativ.« Arthur schniefte.

»Ich bin mir nicht sicher, ob wir von ihm überhaupt Kooperationsbereitschaft erwarten sollten. Schließlich intervenieren wir in seinem Spiel.«

»Was sollen wir dann tun?«

»Du darfst nicht vergessen, daß ich diese Stadt konstruiert habe. Ich kenne sie vielleicht besser als Matthäus.« Kahns Ton war trotzig. »Gib mir die Hand.«

Sie gingen langsam den Pfad entlang, wobei ihre Augen sich allmählich an die Dunkelheit gewöhnten, bis sie die Konturen des Schachtes sehen konnten. Ein Gleiter erwartete sie, dessen Positionslampen schwach glühten.

»Scheint so, als ob nur unsere Ebene verdunkelt wurde«, stellte Kahn fest. »Ich glaube nicht, daß Matthäus uns so schnell eine Unterkunft beschaffen kann. Du suchst uns am besten einen Platz, an dem wir bleiben können. Der Gleiter sollte eigentlich in der Lage sein, dir zu sagen, wo du suchen mußt. Falls nicht, komm wieder rauf; ich werde hier auf dich warten.«

Arthur wollte schon Einspruch erheben, aber Kahn schob ihn energisch in den Gleiter und verließ das Fahrzeug. Der Gleiter begann seinen spiralförmigen Abstieg.

»Ich verstehe doch gar nichts von den Poleis!« rief Arthur aus dem Fluggerät.

»Du stehst unter meinem Schutz«, versicherte Kahn. »Außerdem bezweifele ich, daß die Stadt dir etwas zufügen würde, selbst wenn das nicht der Fall wäre.«

Kahn wandte sich vom Schacht ab und folgte dem Pfad ein Stück in den Wald. Dann blieb er stehen und setzte sich auf einen Grashügel. Aus einem Reflex heraus fuhr er sich mit den Händen über das Gesicht. Er bedauerte es jetzt, Arthur so schroff weggeschickt zu haben, aber er mußte einige Zeit allein sein und das überdenken, was er vom Band erfahren hatte.

Er war offensichtlich kein Übermensch; das Simulacrum konnte in Konfusion geraten, mentale Erschöpfung, wenn nicht gar Müdigkeit spüren und von einem Zustand annähernder Verzweiflung befallen werden. Seit nunmehr fast zwei Wochen hatte er eine Niederlage nach der anderen wegstecken müssen – und nun, im Angesicht der nächsten, wünschte er sich, sein Körper könne zittern, Übelkeit empfinden, auf irgendeine Art seine Emotionen reflektieren. Aber seine Hände waren ruhig, und natürlich hatte er keinen Magen in diesem Sinne; er war so allein, daß er nicht einmal sich selbst als Bezugspunkt hatte.

Er schloß die Augen und ließ den Gedanken für kurze Zeit freien Lauf. In seinem organischen Körper hatte er nie viel für Abstraktionen übrig gehabt; die Religionen von Gott-der-Schlachtenlenker waren ihm immer allesamt miserabel erschienen, weil sie auf Abstraktionen basierten, und übernatürlichen dazu. Pearsons Unterweisung in der *Kaballah* hatte ihn auf eine perverse Weise fasziniert, aber er hatte diese Lehre nie verinnerlicht; daß sie bei Jeshua auf fruchtbaren Boden gefallen war, war eine Ironie, um es milde auszudrücken. Als Simulacrum konnte er indessen erstaunlich leicht mit Abstraktionen umgehen. Wenn er die Augen schloß, glich er, unbelastet von einem fleischlichen Körper, dem Bewußtsein der Stadt, das durch *ComNet* strömte, frei und fließend. Wenn ihm das schon früher bewußt gewesen wäre, hätte er vielleicht Simulacra anfertigen lassen, um ihn bei der theoretischen Seite der architektonischen Planungen zu unterstützen – besonders auf dem Gebiet der Gefühlsmechanik. Er hätte die Probleme auf Gott-der-Schlachtenlenker vorhersehen können.

Plötzlich überkam ihn die Erschöpfung, und alle Überlegungen wurden unterbrochen. Für einen Moment fühlte er sich wie ein körperloses Bewußtsein, als ob ein Logik-Prozessor ausgefallen wäre und die mentale Aktivität auf ein rudimentäres Bewußtsein reduziert hätte.

Eine trübe, tertiäre Ebene spekulierte flüsternd, daß das Simulacrum vorzeitig ausfallen würde; es focht ihn nicht an. Er saß auf dem Hügel, so reglos wie die Bäume in der windstillen Nacht, mit geschlossenen

Augen, und lauschte einfach den entfernten Geräuschen von *Wiederauferstehung*.

»Gut«, meinte er nach Ablauf einer halben Stunde. Er öffnete die Augen. Der Wald war noch immer finster, was der Sache aber auch keinen Abbruch tat. Er rief sich Auszüge der Bandaufzeichnung in Erinnerung und ließ sie quasi in Zeitlupe vor seinem geistigen Auge ablaufen. Nun erschlossen sich ihm die Fähigkeiten des Simulacrums erst richtig. Bisher hatte er sie nicht einmal annähernd ausgeschöpft.

Zuerst Throne. Es erfolgte absolut kein Hinweis darauf, was *Bifrost* überhaupt war oder wie es in der Stadt zu identifizieren war; die Daten, die Kahn ursprünglich übermittelt hatte, mußten gleichsam Momentaufnahmen gewesen sein. So wußte er also nichts über die Funktion der *Bifrosts*. Aber Throne, so besagte die Legende, war verschollen.

Er konzentrierte sich auf Thule, Pearsons letzte Heimat (ob er das Exil wohl noch miterlebt hatte?), Zuflucht der Häretiker und der Häresie, insektoide Stadt in einem Netzwerk aus überwiegend botanischen Städten.

Die Abstraktion, die von den Bändern und seiner eigenen Erinnerung ausging und nun von seinem Denken Besitz ergriff, war Furcht. Sie war kalt, isoliert von seiner Anatomie, fast metaphysisch.

Er würde nach Thule gehen müssen, und diese Vorstellung behagte ihm überhaupt nicht.

Niedergeschlagen saß Arthur im schönsten Raum, den er je in seinem Leben gesehen hatte. In der ersten Stunde hatte er die mit Skulpturen angefüllten Regale und die exquisit gemusterte Wand betrachtet, wobei er die abstrakten Blumenmuster und geometrischen Figuren mit den Fingern nachzeichnete. Die Art und Weise, wie die Muster zusammenflossen und doch alle die gleiche Gestalt hatten, verblüffte ihn. Als er des Staunens überdrüssig wurde, hob er jede Skulptur von ihrem Platz und fuhr mit dem Daumen über das glatte, silbrige Metall. Sie strömten wie eine gebündelte Wasserfontäne und differenzierten sich doch nach Kuben, Pyramiden und anderen Figuren – Kreuze, Polyeder, deren Bezeichnung er nicht kannte – und die nicht wieder zusammengefügt werden konnten. So sehr er sich auch bemühte, er konnte das Puzzle nicht zusammensetzen. Schließlich stellte er die Stücke wieder ins Regal zurück.

Der Boden war weich, wie Rasen, aber selbst hier gab es Muster, und das Dekor veränderte sich jede Stunde mindestens viermal. Seine Augen ermüdeten bei dem Versuch, dem Vorgang auf die Spur zu kommen. Als sein Mund trocken war, bat er um etwas zu trinken – wie der Kleiderständer ihm gesagt hatte –, und mit Flüssigkeit gefüllte Gläser materialisierten auf dem Tisch in der Mitte des Raums. Er nippte an jedem Glas, wobei er eine Fruchtsaftprobe machte und ein Getränk vorfand, das nach Wein schmeckte. Dieses Glas leerte er ganz. Selbst mehrere Gläser dieses Zeugs blieben indessen ohne Wirkung auf ihn. Enttäuscht setzte er sich in eine Ecke, lehnte sich im adaptiven Sessel zurück und betrachtete die perlig strukturierte Decke – dieses Merkmal war charakteristisch für *Wiederauferstehung* – und dachte an Neu-Kanaan West, die sterbende Farm, die Hitze. An seine Töchter und seine Frau. An die *Gründer*. Was würden sie wohl denken, wenn sie ihn jetzt so sehen könnten, an einem Ort, an dem noch nie einer von ihnen gewesen war? Er lächelte und patschte mit den Händen auf die Armlehnen; dann hieb er fest darauf. Sie waren so elastisch, daß sie den Schlag gerade noch absorbierten.

»Ich langweile mich«, sagte er in der vorgerückten zweiten Stunde.

»Welche Art von Unterhaltung wünschst du denn?«

erkundigte sich das wie ein Kleiderständer aussehende Stadt-Teil.

»Was steht denn zur Auswahl? Zum Teufel damit – ich will Kahn wiedersehen.«

»Wir haben Tänze, Dramen, Lustspiele. Oder du kannst dich ins Unterrichtsnetz einloggen.«

»Sicher. Alles.« Es war ein Gefängnis, egal, wie schön oder befristet der Aufenthalt war. Kahn oder sonst jemand hatte ihn hereingelegt; die Tür ließ sich nicht öffnen. Er saß in der Falle. Er kämpfte einen Anfall von Panik nieder. Er wußte nicht das geringste von Städten. Was, wenn sie sich in Bewegung setzte? Er hatte nie eine Stadt auf dem Marsch gesehen. Wie würde sie einen Raum transportieren? Ihn abbauen oder verkleinern, mit ihm als Inhalt?

»Vergiß es«, befahl er sich selbst.

»Vergiß was, Sir?« fragte das Stadt-Teil.

»Nichts.«

Er erhob sich aus dem Sessel und ging zum Tisch. »Ich habe Hunger.« Das Stadt-Teil erkundigte sich nach seinen Wünschen, und als das Mahl aufgetragen war, erschien ein neues Dekor auf dem Tisch. Arthur schaute unter die Tischplatte, aber sie hatte eine Stärke von höchstens einem Zentimeter. Noch etwas, das er nicht enträtseln konnte.

Er bediente sich aus einer Schale mit Obst und etwas, das an Käsescheiben erinnerte, die jedoch cremiger waren als die ihm bekannten Käsesorten. Als er in einen Apfel biß, spürte er Blicke auf sich ruhen. Er drehte sich um.

In der Mitte des Raums stand eine Frau. Sie war in ein langes grünes Gewand gekleidet, und ihr Haar war grau, dicht und strähnig. Er konnte durch sie hindurchsehen. Ein Stern leuchtete auf ihrer Stirn. Es war die Frau, die auf dem Stuhl ganz oben im Turm gesessen hatte … es war Reah.

Er legte den Apfel auf den Tisch. Diesmal, dessen

war er sich sicher, schaute sie ihn an. Ihr Mund bewegte sich, als ob sie ihm eine Frage stellen wollte, aber es ertönte kein Laut. Er wich zurück. Sie hob den Arm, spreizte die Finger und lächelte. Er hatte fürchterliche Angst. Ascoria hatte zwar gesagt, sie sei tot, aber das war nicht nur ein Zaubertrick oder eine Projektion. Sie *sah* ihn an, folgte ihm mit den Augen!

»Wer ist das?« fragte er, wobei er die Worte über eine knochentrockene Zunge schob.

»Wer ist wer?« fragte das Stadt-Teil zurück.

»Dort«, sagte er und wies in die entsprechende Richtung.

Die Frau schüttelte den Kopf und legte einen Finger auf die Lippen. Von ihrer Transparenz und Stummheit abgesehen war sie keinen Deut weniger lebendig als er selbst. Akkurat formte sie ein Wort, das er ihr von den Lippen ablesen konnte:

Willkommen.

»Danke«, sagte er. Der Raum war übersichtlich. Er konnte sie von seiner Ecke aus sehen, und er hatte nicht vor, ihr den Rücken zuzuwenden – also mußte er sich behaupten und das Beste aus der Situation machen.

Woher? Sie zeigte mit einem knochigen Finger. *Woher kommst du?*

»Neu-Kanaan«, erwiderte er zögernd. Bevor sie sich ganz auflöste, ging sie auf eine Wand zu – und schritt durch sie hindurch.

»Jesus, Jesus«, sagte Arthur leise. Erneut nahm er die Frucht und musterte sie dann lange und intensiv. Vielleicht sollte er am besten überhaupt nichts essen. Seine Großmutter hatte ihn nämlich über den Verzehr von Früchten aufgeklärt, die an Geisterpfaden reiften, und daß man davon selbst zum Geist werden könne. Diese Möglichkeit hatte er bisher noch gar nicht berücksichtigt. Es gab vielleicht noch eine Menge anderer Gefahren, von denen er nichts wußte. Die Panik meldete sich zurück. Er schlug die Arme um den Körper und setzte sich auf einen kleinen Stuhl in der Nähe des Tisches, wobei ihm Tränen in die Augen stiegen und sein Magen knurrte.

Er beschloß sich hinzulegen. Er schlief fast augenblicklich ein. An der Grenze zum Traum spürte er eine liebevolle Berührung in seinem Kopf. Dann, mit einer Erfahrung von fünfundsiebzig Jahren, machte sich das Unterrichtsnetz der Stadt an die Arbeit.

Arthurs Träume waren nur verschwommen, und einer davon war besonders merkwürdig. Er sah Jeshua, und neben Jeshua eine andere Gestalt mit feuerrotem Haar, die Ähnlichkeit mit dem Kopf aufwies, den der Cyborg mit sich herumgetragen hatte. Aber der Kopf hatte jetzt einen Körper, und in seiner Stirn funkelte das helle Licht eines Sterns.

Jeshua und Thinner wurden auf einem Wagen an Regalen mit Ersatzteilen vorbeigefahren. Die Kammer war groß und düster. Jeshua erblickte endlose Reihen mit menschlichen und tierischen Cyborg-Körpern, wie in einer Leichenhalle – wie die Kammer, die er an seinem ersten Tag in Mandala aufgesucht hatte. Die Körper waren in den Regalen in aufrechter Position fixiert und wurden über Schläuche ernährt. Die meisten befanden sich in einem schlechten Zustand – oder zumindest in keinem besseren als er und Thinner. Wenn das die Cyborgs waren, die Neu-Kanaan unsicher gemacht hatten, mußte es ihnen übel ergangen sein.

Der Wagen hielt neben einem Stadt-Teil an, das anscheinend aus alten Stahlrohren zusammengebaut war, mit geraden Armen und Beinen, kugelförmigen Gelenken und einer kleinen, auf einem dünnen Hals montierten Kugel. Das Teil beugte sich über ihn.

»Woher kommst du?« erkundigte es sich.

»Mandala.«

»Und der Kopf?«

»Auch.«

»Welchen Auftrag hattet ihr?«

»Wir wurden konstruiert, um unter die Menschen zu gehen«, erwiderte Jeshua. »Und die Schmerzen des Alters zu erleiden.«

»Wie lange ist das her?«

»Einhundertundvierzig Jahre – annähernd.«

»Du bist ein registriertes Stadt-Teil – obwohl die Kennung entfernt wurde. Kein logischer Planungsablauf. Möchtest du wieder restauriert werden?«

Bis er sich seiner nicht-menschlichen Identität bewußt geworden war, hatte er nie über den Tod nachgedacht. Nun erhielt er die Gelegenheit dazu. Die Möglichkeit eines Endes war sehr real, fast erstrebenswert.

Dennoch war das nicht nur seine Entscheidung. Er hatte noch einen Auftrag auszuführen.

»Deine Reparatur wird in wenigen Sekunden beginnen. Du wirst für kurze Zeit die Orientierung verlieren, und dann ...«

Ein Moment wie ein winziger Tod, Eintritt im *ComNet*, Schwimmen. Er kreiste um einen ruhenden Punkt, über einem glühenden, stillen und warmen Meer aus Bewußtsein ... er hielt Ausschau nach Thinner, fand aber keine Spur von ihm. Wo war er? Dann tauchte wie aus dem Nichts eine Frau mit grauem Haar und einem leuchtenden Stern in der Stirn auf. Jeshua erkannte sie sofort. Sein Überschwang war enorm. Sie war es, die mit dem *Qellipoth* interferiert hatte, die Braut Gottes, die sich selbst geopfert hatte, indem sie sich in die Niederungen des Leidens begab, um über die gefangenen Seelen der materiellen Welt zu wachen, jene verstreuten Funken des heiligen Feuers, geweihte Öltropfen, die in die Weltlichkeit gefallen waren mit der Auflösung des *Sefiroth,* den mannigfaltigen Gefäßen des Einen Heiligen, gesegnet sei Er. Sie schien über ihm zu stehen.

Sie drang in sein Bewußtsein ein und erforschte

seine Gedanken. Plötzlich war er sich nicht mehr sicher, ob er die komplexe Lehre der *Kaballah* jemals richtig umgesetzt hatte. Ihr Urteil war streng, kritisch, und dennoch übte sie Nachsicht mit ihm … vielleicht, weil sie in seinen Gedanken und im übergeordneten Kontext ihren eigenen Platz erkannte.

Er schlug die Augen auf. Thinner stand über ihm und hatte das Kinn in eine kräftige, gesunde Hand gestützt.

»Besser?« fragte Thinner.

Jeshua nickte. Die Schmerzen – verdrängt, aber immer gegenwärtig – waren jetzt wirklich verschwunden. Das Bewußtsein, daß Stadt-Teile keinen Schmerz kannten, war gleichfalls gelöscht.

»Du hattest noch genügend funktionsfähige Komponenten; deshalb hat die Stadt sich entschieden, dich zu restaurieren«, sagte Thinner. »Mir hat sie den besten Körper besorgt, den sie auf Lager hatte. Ging viel schneller.« Er löste Jeshuas Gurte.

»Ich habe sie gesehen«, sagte Jeshua, der noch immer nicht ganz präsent war.

»Wen?«

»Die Braut Gottes, die sich für die schlechte Welt opferte, auf daß wir alle erlöst werden. Ich habe das *Shekkinah* gesehen.«

Thinner nickte, wobei seinem Gesichtsausdruck weder Zustimmung noch Skepsis zu entnehmen waren. Jeshua schloß die Augen, schluckte und versuchte, dieses Gefühl der Hochstimmung zu rekonstruieren.

Kahn war in den ausgeräumten Kontrollraum zurückgekehrt und ließ sich den Rest des Bandes vorspielen. Die Aufzeichnungsgeräte in anderen Städten hatten auch lange nach dem Zusammenbruch der meisten Kommunikationsstränge zwischen ihnen noch Informationen ausgetauscht. Das Bild, das sich langsam und schmerzlich in seinem Kopf entwickelte, war recht umfassend; die Katastrophe war komplex und erschreckend in ihrer Vollständigkeit.

Der Exodus war überall zügig durchgeführt worden, mit Ausnahme von Thule, und offensichtlich ohne Gnade und Rücksicht auf Einzelschicksale. Jeder – Männer, Frauen, Kinder – mußte dem Komfort und der Zivilisation entsagen und wurde in die faktische Anarchie gestoßen.

Er verfluchte die Menschen und Organisationen der Nachbarwelten von Gott-der-Schlachtenlenker, die hätten intervenieren und die Dinge wieder unter Kontrolle bringen können, es aber nicht taten; er verfluchte sie, aber er kannte auch ihre Motive. Auf dem gesamten Planeten hatte das Chaos regiert. Flotten aus Tausenden von Schiffen wären erforderlich gewesen, um genügend Truppen und Sozialingenieure zur Wiederherstellung der Ordnung anzulanden. Kahn vermutete – weil er nämlich selbst irgendwie dieser Ansicht war –, daß die Entscheidungsträger die Situation als angemessen und gerecht beurteilt hatten. Es hatte nämlich Zeiten gegeben, da Juden, Christen und Moslems sich auf der Erde und andernorts nicht wohlgesonnen gewesen waren.

Aber das alles lag schon lange zurück. Er konnte die Tatsache nicht ignorieren, daß er zumindest teilweise für die größte Katastrophe in der Geschichte der Weltreligionen verantwortlich war. Diese Verantwortung konnte er indessen mit niemandem mehr teilen; seine Generation war schon seit vielen Jahrhunderten tot.

Er verstaute das Band wieder im Mantelfutter und trat zwei Schritte vom Stuhl zurück.

»Reicht es jetzt?«

Er schaute über die Schulter. Matthäus beobachtete ihn von der entgegengesetzten Wand des Raums, wobei er sich auf einen erhöhten Abschnitt des Bodens gesetzt hatte. »Mitnichten«, erwiderte Kahn.

»Aber es ist alles darauf enthalten. Ich habe deine Bänder gesichtet … zumindest zwei davon.«

»Du hast das Aufzeichnungsgerät von *Wiederauferstehung* gefunden.«

Matthäus nickte. »Und das von Throne. Sogar meine Tätigkeit findet bei ihnen kurze Erwähnung. Und deine Aktivitäten ebenfalls.«

»Was ist mit Throne geschehen?«

»Ich habe die Stadt in die Flußebene geführt und sie dann demontiert. Ich habe eine gute Verwendung für sie gefunden.«

»Welche Verwendung?«

Das Gesicht von Matthäus verhärtete sich, und die Falten schienen sich zu vertiefen. »Du könntest ebensogut ein Geist sein. Ich habe dich bekämpft und das, was du getan hast. Du hast dich jedesmal durch deine Stadtprogrammierung widersetzt, deine *Bifrosts* …«

»Was ist überhaupt ein *Bifrost?*«

»Kannst du dir das denn nicht denken? Ist aber auch egal. Es wäre am besten, du würdest verschwinden. Es ist meine Aufgabe, die von dir verursachten Schäden zu beheben.« Er streckte seine schmalen, zitternden Hände aus.

»Du weißt doch überhaupt nicht, wie das geht«, erwiderte Kahn. »Hast du denn schon mit den – mit anderen Welten kommuniziert, mit unseren Leuten im All?« Kahn wies nach oben, in Ungewißheit über den tatsächlichen Kenntnisstand von Matthäus.

»Das habe ich einmal versucht. Die Stadt hat sich monatelang gesträubt, aber ich konnte sie schließlich doch dazu überreden, einen Sender zu installieren. Sie hat ihre ganze Energie in diesen Vorgang investiert, und ich habe ein Signal zu den Sternen geschickt. Umsonst. Wir sind in unserem schwarzen, mit Samt ausgeschlagenen Sarg der Sünde eingeschlossen. Sie haben uns isoliert, und so muß es auch sein. Nun haben wir die Freiheit, unseren Weg selbst zu wählen.«

»Wen meinst du mit ›wir‹?« wollte Kahn wissen. »Dich, und wen noch?«

»Ich bin jetzt allein.«

»Für wen hältst du dich dann, daß du glaubst, Gott-der-Schlachtenlenker ohne Hilfe zu ...«

»Ich bin Matthäus, Sohn von Reah! Meine Mutter war eine Muslimin, mißbraucht von Heiden, getötet von einem abtrünnigen Juden-Christen! Ich bin qualifizierter als irgend jemand sonst, diese Menschen zu erretten, denn ich verkörpere alle ihre Eigenschaften, ich bin geboren in Haß und Widersprüchlichkeit und Verzweiflung!« Er reduzierte die Lautstärke. »Meine eigene Mutter hätte mich lieber abgetrieben, als mich in diese Welt zu setzen. Diese Stadt hat mich gerettet, hat mich als den neuen Christus aufgezogen.« Er lächelte. »Der ich definitiv nicht bin. So habe ich dort weitergemacht, wo meine Mutter aufgehört hatte, ich habe *Wiederauferstehung* geleitet und der Stadt bei der Reorganisation geholfen. Und ich habe das zerstört, was du vor neun Jahrhunderten begonnen hattest.«

»Die *Bifrosts?*«

»Ja. In Throne und in Eulalia.«

»Und in Thule?«

»Thule kann keinen Schaden anrichten, die Stadt ist isoliert.«

Kahn streckte die Arme aus. »Hör mir zu. Ich bin nicht dein Feind, und ich bin ebensowenig Satan, wie du Christus bist. Wenn du mir hilfst, können wir unsere Probleme gemeinsam lösen.«

»Nach abschließender Analyse bist du vielleicht sogar mächtiger als ich«, gab Matthäus zu. »Du kannst Orte aufsuchen, die mir verschlossen sind. Du benötigst meine Hilfe nicht. Ich würde sie dir aber auch sonst nicht gewähren.«

»Dann laß mich wenigstens einen Blick auf deinen Sender werfen. Hilfe von außerhalb ...«

»Es gibt niemanden mehr dort draußen. Ich habe den Sender zerstört, als ich die Sinnlosigkeit erkannte.«

»Verdammt, Matthäus, deine Leute sterben vielleicht, wenn wir nichts unternehmen!«

»Vielleicht wäre das nur angemessen. Gottes Wille geschehe. Weiche von mir, Geist. Hebe dich hinfort. Dein Kamerad befindet sich in einem sicheren und gemütlichen Raum. Nimm ihn mit. Die Cyborgs kannst du hierlassen, wenn du willst; ich finde vielleicht Verwendung für sie.«

Matthäus erhob sich und ging auf seinen Stock gestützt zur Tür. »Ich bin alt«, sagte er, als ob er eine nicht gestellte Frage beantwortete, »weil ich mich entschieden habe, alt zu werden. Du hast keinen so noblen Charakter.«

Als Kahn die Tür erreichte, war der alte Mann schon wieder verschwunden. »Geist, Geist«, murmelte er, »ich bin nicht der einzige Geist auf diesem Planeten.«

Arthur flog über die Flußebene. Er sah *Wiederauferstehung*, und er sah unter die Erde, in Tunnel, die über Hunderte von Kilometern strahlenförmig von der Stadt wegführten. Die Tunnel waren belebt …

Aber nicht mit Menschen. Diesmal nicht.

Es waren Cyborgs. Tausende von ihnen verließen *Wiederauferstehung*, verteilten sich in den umliegenden Landstrichen, kamen unter der Erde hervor und streckten die Arme der heißen, strahlenden Sonne entgegen. Sie schwärmten über Neu-Kanaan aus, wurden von den *Gründern* eingefangen, gefoltert, zerstört.

Hinter sich konnte er die Frau spüren, die von dem Stern auf ihrer Stirn ausgehende Wärme. Sie leitete ihn bei seinem Flug an, führte ihn durch seinen Traum …

Er erwachte vom Geräusch der aufgleitenden Appartementtür.

»Arthur?«

»Ja, ich bin hier.«

Kahn trat ein, gefolgt von Jeshua und einer bekannten Gestalt – dem Rotschopf aus dem Traum.

»Wir gehen jetzt«, sagte Kahn.

»Oh.« Arthur erhob sich mühsam von der Couch und stand dann auf wackligen Beinen vor ihm. »Wohin?«

»Matthäus will uns nicht hier haben, er will nicht kooperieren. Aber ich weiß, wo die *Bifrosts* sind.«

»Gibt es denn mehrere?« fragte Jeshua. Kahn nickte.

»Wie sollen wir dorthin gelangen? Etwa zu Fuß?«

»Nein«, beruhigte Kahn ihn. »Wir haben ein Transportmittel.«

»Oh.« Arthur rieb sich die Augen. »Ist das der Kopf?« fragte er und schaute dabei Thinner an.

»Das war ich«, korrigierte Thinner.

»Oh.«

Für einige Sekunden herrschte verlegenes Schweigen.

»Ich hatte einen Traum …« hob Arthur an, aber Kahn fiel ihm ins Wort.

»Wir gehen zum Abwärmeschacht. Dort wartet ein städtischer Transporter, falls Matthäus nicht wieder umdisponiert hat.«

Thinner musterte Arthur unverwandt, was diesem Unbehagen bereitete. Der Blick hatte etwas Vertrautes. »Ich bin fertig«, meldete Arthur schnell. »Ich könnte mich nie daran gewöhnen.« Er gestikulierte im Appartement herum.

Im Abwärmeschacht schwebte ein großes weißes Objekt, das an eine stilisierte Keramiktaube erinnerte; eine Luke stand einladend offen. Von der äußeren Form her glich es einem Flugzeug, das Arthur bei den *Gründern* gesehen hatte, aber es war viel filigraner.

Als sie das Objekt betraten, schaute Jeshua mit einer noch nie dagewesenen, fast schmerzlichen Verehrung auf Kahn hinab. Er war darauf programmiert, dem Architekten in jeder Hinsicht zu gehorchen; aber selbst wenn diese Automatik nicht existiert hätte, würde er dennoch gehorcht haben. Er spürte nämlich, wie die Kräfte der Erneuerung und Erlösung in Kahn wirkten, in dem *Shekkinah*, von dem er umgeben war. Er saß steif auf einem Sitz, der fast zu klein für ihn war, spürte flexible Gurte um Brust und Beine und sah, daß auch die anderen vorsichtig mit weißen Gurten angeschnallt wurden. Sie saßen kreisförmig plaziert um den Mittelpunkt des Fluggeräts, unter einer transparenten Luke, die so breit war wie die ganze Kabine.

Thinner schloß die Augen und legte die Hand auf die von Jeshua. Kahn nahm an einer Konsole unter einer durchsichtigen Kuppel Platz.

Das Fluggerät stieg langsam auf, und Abschnitte der sie umgebenden Hülle wurden transparent. Ihre Sitze schienen in einem Käfig aus breiten, flachen Streben aufgehängt zu sein.

Oberhalb der Stadt, mit Blick auf die Enklave und die niedrigeren Türme, wies Kahn die Flugmaschine an: »Kurs auf Eulalia.«

»Wo ist das?« fragte Arthur leise.

»Das ist eine Stadt im Süden«, erklärte Thinner. »Wurde früher von Angehörigen der Pfingstkirche bewohnt.«

»War sie schon immer dort?« Es war Arthur unangenehm, direkt neben den Cyborgs zu sitzen, ohne Kahn als Vermittler.

»Nein«, sagte Jeshua und lächelte, als ob Arthur einen Witz gemacht hätte. »Sie liegt jenseits des Meeres. Als wir zum letztenmal von ihr hörten, war sie von Expolis der Pfingstkirchler eingekreist. Sie waren sehr fanatisch und ließen die Stadt nicht wandern. Sie haben überall Betonbarrieren errichtet, die von den Stadt-Teilen nicht bewältigt werden konnten.«

»Wie lange ist das schon her?«

»Fünfzig Jahre.«

»Oh.« Er legte den Kopf in den Nacken und schaute

zum blauen Himmel auf. Eine Wolke schwebte unter der Morgensonne vorbei. Plötzlich drehte die Wolke ab und verschwand.

Das Fluggerät beschleunigte, stieg über die Flußebene auf und änderte dann den Kurs in südlicher Richtung.

Kahn hatte den Eindruck, als ob seine Kehle mit flüssigem Blei ausgegossen würde. Er konnte dieses Gefühl eigentlich nicht als Angst bezeichnen – es war etwas anderes und hatte mit Arthur und den Stadt-Teilen zu tun. Sie waren unverkennbare Symbole seines Scheiterns.

Matthäus beobachtete, wie das von Kahn requirierte Flugzeug zu einem blassen Punkt am heller werdenden Himmel wurde. Er saß in einem Zelt unter einem breiten Säulengang mit Blick nach Süden. Ein anderer Gleiter wartete direkt um die Ecke des Säulengangs, aber Matthäus hatte keine Eile. Er kannte Kahns Flugziel. Und er kannte auch Reahs Potential; schließlich hatte er sich lange genug mit ihr einen stillen Kampf geliefert, so daß er kaum noch von einer ihrer Maßnahmen hätte überrascht werden können.

Sie hatte die Instandsetzung der Stadt-Teile kontrolliert. Und früher hatte sie die EDV-gestützte Ausbildung der aufgenommenen Kinder überwacht. Und sie hatte die medizinischen Einrichtungen kontrolliert.

Mit jedem neuen Gebrechen seines alternden Körpers wurde er an ihre Kontrolle erinnert, mit dem fortschreitenden Nachlassen des Gedächtnisses und der intellektuellen Kapazität. Sie war tot; sie war unsterblich, kein Mensch. Und sie hatte ihrem Sohn erlaubt, alt zu werden. Das war die einzige Möglichkeit, wie sie sicherstellen konnte, daß ihm irgendwann einmal die Kontrolle über seinen Abschnitt der Stadt entglitt. Wenn er starb, hätte er sich auf ihrem Territorium befunden …

Aber nun hatte Reah keinen Einfluß mehr auf das Bewußtsein der Stadt.

Sie hatte sich dem Pseudo-Kahn auf seiner Reise angeschlossen.

Er ließ den heißen Morgenwind über die Haut streichen und beschirmte die Augen vor der sengenden Glut der Sonne, die sogar durch das Material des Zeltes zu spüren war.

Arthur schaute auf die seichte Wasserfläche hinab. Sie hatten sie in der Nacht überquert, und zwei Monde projizierten einen Zwillingsbogen aus wellenförmig strukturiertem Licht auf das Meer.

Er hatte seine Bedenken abgelegt. Er kam überhaupt nicht mehr aus dem Staunen heraus und setzte nun ein schier kreatürliches Vertrauen in Kahn.

Kahn hielt sich noch immer in der Kuppel neben dem Notleitstand auf. Grafiken wurden auf seine Augen projiziert, und alle paar Minuten überprüfte er den Kurs, was ein Indiz für seine nervliche Anspannung war. Aber wenigstens wurde er nicht müde. Während Arthur schlief und die Cyborgs sich leise unterhielten, ließ er das Flugzeug noch höher steigen, bis sie sich an der Grenze zum Weltraum befanden und die Sonne als purpurner Strich am Horizont stand. Als die Sonne aufging, verdunkelte er die Fenster.

Vier Stunden von *Wiederauferstehung* entfernt überflogen sie wieder Land. Von grellgelben Sandstränden erhoben sich dichtbewaldete Berge mit scharfen Graten. Landeinwärts gingen die Berge in Hochebenen und Täler über. Ein breiter Fjord schnitt von See her in die Hochebene ein, und in einem an den Fjord angrenzenden schüsselartigen Tal lag Eulalia. Drei Turmspitzen erhoben sich über die Stadt der Pfingstkirchler, genauso wie Kahn es in den Aufzeichnungen gesehen hatte. Er brachte das Flugzeug in den Sinkflug, um die Stadt besser überblicken zu können.

Das von einer Betonbarriere umgebene Eulalia war tot. Bei vergrößerter Darstellung waren die Turmspitzen korrodiert, verrostet und drohten bald abzubrechen. Die Stadt selbst war kaum noch mehr als eine leere Hülle. Dennoch mußte er nachsehen, um sicher zu sein. Das Fluggerät landete in einem eingestürzten Abwärmeschacht.

Viele tragende Komponenten und praktisch alle Anbauteile – Wände, Böden – waren zerbröselt, wobei die Stadt sich in einem viel weiter fortgeschrittenen Stadium des Verfalls befand als *Bruderschaft*. Der Abwärmeschacht erweiterte sich nach unten, und sie sahen kollabierte Galerien, die in grotesken Winkeln an der Wandung baumelten, und reihenweise abgeknickte Stützpfeiler, wie Soldaten, die bei einer Parade in der Hitze ohnmächtig geworden waren. Und im Zentrum selbst war die Stadt eingeebnet worden, nach einer Explosion abgebrannt.

Zufrieden stellte er fest, daß das *Bifrost* von Eulalia nicht mehr aktiv war. Die Zerstörung war so vollständig, daß er auf eine gründlichere Untersuchung verzichtete.

Vorsichtig manövrierte er das Flugzeug den Schacht hinauf und bremste dann ab, als er etwas erspähte. Körper lagen auf einer abgesackten und von Rissen durchzogenen Galerie verstreut. Er dirigierte das Flugzeug so dicht an die schräge Fläche heran, wie er es aus Sicherheitsgründen verantworten konnte.

»Jeshua«, sagte er. »Wer ist das?«

Jeshua schaute aus dem Kabinenfenster, das ihm eine bessere Übersicht gewährte. »Tote Stadt-Teile«, erwiderte er. »Cyborgs und andere … Service-Einheiten aller Art.«

»Was hatten denn Cyborgs in Eulalia zu suchen?«

Arthur runzelte die Stirn. »Matthäus hat sie geschickt«, erwiderte er schließlich.

»Woher weißt du das?« fragte Kahn.

»In meiner Erinnerung kann ich sehen, wie sie *Wiederauferstehung* verlassen. Ich weiß nicht, wie … in der Stadt hatte ich Träume …«

»Warum hätte er sie wohl hierher schicken sollen?« fragte Kahn, aber im Grunde wußte er die Antwort bereits. Um das *Bifrost* zu zerstören. Wie aus den Aufzeichnungen hervorging, war Eulalia vor fünfundzwanzig Jahren noch eine lebendige und gesunde Stadt gewesen.

Er verließ die Stadt und führte eine kurze Luftaufklärung des umgebenden Tales durch. Die Dörfer der Pfingstkirchler waren entweder freiwillig oder unter Zwang verlegt worden. Ihre Belagerung von Eulalia hatte ein Ende gefunden.

»Wir fliegen nach Süden«, verkündete er. Matthäus hatte angedeutet, daß Thule noch intakt sei. Jetzt war er neugierig, warum Thule den Kreuzzug von Matthäus überstanden hatte.

Während das Flugzeug Höhe gewann, glitt Kahn in diesen kontemplativen Zustand an der Schwelle zum Schlaf ab. Er verlor jegliches Zeitgefühl.

Als Arthur hungrig wurde, versorgte das Flugzeug ihn mit Proviant. Außerdem nahm die Maschine sich der Bedürfnisse von Jeshua und Thinner an.

Sie überquerten im Tiefflug eine Wüste, wobei sie zuweilen Dörfer und Nomaden erblickten. Hier war das Klima kühler, und in diesen Breiten war nun Winter, falls bei dem generell heißen Klima auf diesem Planeten von einer solchen Jahreszeit überhaupt die Rede sein konnte. Anders als im Sommer waren die jetzt in der Wüste herrschenden Temperaturen erträglich. Arthur fragte sich, wohin die Menschen dann wohl gehen würden, ob sie überhaupt weggingen oder bei dem Beharren auf Tradition und Hoffnung einfach starben.

Er schaute zu den Cyborgs hinüber. Er konnte sich des Eindrucks nicht erwehren, daß Thinner ihm irgendwie bekannt vorkam – eine Gestalt, die ihm in seinen Träumen erschienen war. Die Gestik, die Augen. Erneut sackte Arthur auf dem Sitz in sich zusammen. Seine Angst kehrte wieder. Er war sich seiner Identität als Mensch klar bewußt, suchte ungefähr jede Stunde die Toilette auf, während die anderen nicht auf solche Einrichtungen angewiesen waren. Er hätte sich am liebsten zu einer Kugel zusammengerollt und geschlafen. Irgendwann überkam ihn dann tatsächlich ein, wenn auch unruhiger, Schlaf.

Als er aufwachte, sagte Kahn, daß sie noch immer in südlicher Richtung flögen und sich gerade über dem galiläischen Meer befänden. Vor dem Erwerb von Gott-der-Schlachtenlenker hatte das galiläische Meer die Bezeichnung *Cold's Sea* getragen, nach einem Geographen an Bord des ersten Kolonistenschiffes. Nach der Übernahme des Planeten durch die neuen Eigentümer hatten diese den irdischen Nahen Osten einschließlich des Heiligen Landes auf die Fläche des ganzen Planeten projiziert.

Kahn ortete Eisberge, die wie übergroße Zuckerhüte im Meer trieben, und dann Packeisfelder unter den Wolken. Die südliche Polarregion von Gott-der-Schlachtenlenker war weitläufig mit Eis bedeckt; aber die Eisfläche war nicht mehr so groß wie vor dreizehnhundert Jahren. Die Ozeane dehnten sich aus. Bald – vielleicht schon in einigen Monaten – würde das Schwemmland, auf dem sich *Wiederauferstehung* befand, überflutet werden.

Die Monitore zeigten eine mehrere hundert Quadratkilometer große Packeisfläche, gefolgt von einer festen weißen Eiskante, die den Kontinent Brisbane markierte. Es waren Pearsons Kolonisten gewesen, die diese Namen vergeben hatten – Brisbane, Asgard, Scott und Amundsen. Legitimerweise, so überlegte Kahn, hätte das *Bifrost* – was immer es auch darstellen mochte – auf Asgard konstruiert werden müssen, aber jener Kontinent befand sich noch weiter südlich und wurde von einer zwei Kilometer dicken Eisschicht bedeckt, die noch immer kaum von der Sonne erwärmt wurde. Thule, die einzige antarktische Stadt, war in Brisbane errichtet worden. Das Thule-Projekt mußte dem echten Kahn einige Schwierigkeiten bereitet haben, isoliert wie die Stadt war; offensichtlich hatte er aber kaum eine andere Wahl gehabt.

Im Sonnenuntergang machte Kahn das Turmspitzen-Triplett aus. Das Flugzeug ging in den Sinkflug. Bei fünftausend Metern wurde es von Turbulenzen durchgeschüttelt. Die Stabilisatoren aktivierten sich und neutralisierten die Störung. Thule wuchs auf dem sich verdunkelnden Land und glitzerte im fahlen gelben Glühen wie ein Palast aus Glas und Eis.

Thule war von Jemmu Yoshimura regiert worden, dem Präsidenten der asiatischen Juden, einem zähen kleinen Rabbi, in dessen Adern fast kein japanisches Blut floß, der dafür aber von einer angesehenen Familie abstammte. Von den Turmspitzen abgesehen, hatte Thule sich nicht wesentlich verändert und lebte anscheinend noch. Die zwölf Außentürme der Stadt leuchteten wie ein Hologramm in unterschiedlichen Farben, je nach Perspektive des Betrachters. Der Zentraltempel – welcher der östlichsten Spitze zum Teil als Basis diente – war noch genauso komplex und faszinierend wie damals, als Kahn ihn vollendet hatte, ein kalter, sich der Stadt überstülpender Krake.

Kahns Gesicht und die Kabine wurden in das vom Tempel reflektierte Sonnenlicht getaucht.

Die Stadt lag inmitten einer flachen verschneiten Ebene, die von Straßen durchzogen wurde, welche zu einem nicht mehr existierenden Hafen führten. Die Randbezirke der Stadt hatten ihre Funktion augenscheinlich eingestellt, aber im Umkreis von einem Kilometer bildete der Schnee nur einen dünnen Überzug statt einer dicken Decke; Thules bionischer Klimagenerator milderte noch immer die Kälte und die Stürme.

In einer Höhe von dreitausend Metern führte das von Kahn gesteuerte Flugzeug eine Kursänderung durch.

Der Schnee und das Eis waren mit schwarzen Flecken übersät.

»Die Stadtgrenze wird überflogen«, meldete das Flugzeug in schleppendem Tonfall.

»Doppelte Warteschleife und langsamer Sinkflug«, wies Kahn die Maschine an. In einem weiten Kreis überflogen sie gemächlich die Schneefläche innerhalb der Stadtgrenze von Thule.

Die Flecken waren Körper. Bei einigen handelte es sich um verkrümmte und demontierte Cyborgs, die in Lachen aus Stadt-Flüssigkeit lagen. Das Schlachtfeld – diesen Eindruck vermittelte das Gelände nämlich – erstreckte sich direkt bis zu dem wohlbekannten Kreis aus Silikat-Stacheln. Unter der Überdachung des Stadtrandes lagen die Körper, wo sie gefallen waren, gefroren, aber nicht von Schnee bedeckt.

»Schalte mir eine Verbindung«, sagte Kahn. »Ich bin der Architekt ...« Er wiederholte den Spruch zweimal.

Dann ertönte die Stimme der Stadt, hochtönend und fast melodisch, verführerisch einlullend: »Willkommen, Pontifex.«

Kahn hob eine Augenbraue. »Ich bin nicht der Papst«, stellte er richtig. »Mach eine vernünftige Meldung.«

»Du bist der Erbauer von Brücken, also bist du der Pontifex. Du bist auch Archon«, behauptete die Stimme von Thule.

Kahn lehnte sich zurück und schaute seine Passagiere an. »Wovon, zum Teufel, redet die Stadt da? Jeshua, du scheinst dich doch mit solchen Sachen auszukennen ...«

»Pontifex bedeutet Brückenbauer, glaube ich. Archon ist eine Art Demiurg.«

»Ach ja? Und was ist ein Demiurg?«

»Der Herr der Schattenwelt, der zwischen dem wahren Gott und der Menschheit steht.«

»Ich verstehe.« Gnostische Doktrin, dachte er. Die Vorstellung, sich in eine derart verschrobene Stadt zu begeben, behagte ihm nicht.

Das Flugzeug verlangsamte seine Geschwindigkeit weiter, wobei die Düsen die Luft mit einem leisen Zischen ausstießen, und landete schließlich auf einem glitzernden, himmelblauen Landedeck. An einem Ende des Flugdecks hingen große, lichtabsorbierende Banner schlaff an Fahnenmasten. Die Turbulenzen der landenden Maschine brachten sie kurz zum Flattern.

Die Tür öffnete sich. Die Lufttemperatur war nicht so niedrig, wie Arthur eigentlich erwartet hatte, aber es war immer noch kalt genug. Kahn ging an ihnen vorbei und stellte sich in die Schleuse. Wenn ein Simulacrum über eine innere Stimme verfügte, dann meldete sie sich jetzt und legte ihm nahe, zu verschwinden und so viele Kilometer wie möglich zwischen sich und Thule zu bringen.

Er ging die Rampe hinunter. Unter der Klimakuppel der Stadt regte sich kein Lüftchen. Alles war ruhig.

Es erschien niemand zu ihrer Begrüßung.

»Erwärme bitte die Luft«, sagte Kahn, wobei seine Stimme sich an den entfernten Wänden brach. Nach wenigen Sekunden wurde die Temperatur erträglicher. »Etwas hat reagiert«, sagte er zu den anderen.

»Du bist schließlich der Architekt«, stellte Jeshua fest. »Warum sollte die Stadt sich dann deinen Anordnungen widersetzen?«

»*Wiederauferstehung* hat sich mir widersetzt«, sagte Kahn.

»Ist Thule denn anders?« fragte Arthur.

»Ja«, bestätigte Kahn. »Wir müssen vorsichtig sein.«

Thinner nickte und sicherte mit einem ruhigen, aber aufmerksamen Gesichtsausdruck.

Vom entgegengesetzten Ende des Platzes ertönte ein

Laut wie ein Windstoß, der durch eine schmale Öffnung pfiff. Dann erschien ein Licht, das sich beim Näherkommen in einen aus Kristallstäben bestehenden Pyramidenrahmen verwandelte. Innerhalb dieses Rahmens befand sich eine kleinere, massive Pyramide, die anscheinend aus Gold bestand und ein warmes Licht emittierte. Kahn konnte sie nicht identifizieren – keines der von ihm konzipierten Stadt-Teile hatte so ausgesehen, nicht einmal in Thule. Möglicherweise hatte Pearson solche Teile später nachgerüstet.

Die innere Pyramide drehte sich im Rahmen, und dieselbe sonore Stimme ertönte: »Willkommen, Erbauer. Thule hat deine Rückkehr schon erwartet. Deine Begleiter sind ebenfalls willkommen.«

»Welche Dienststelle repräsentierst du?« fragte Kahn.

»Ich bin der Religions-Koordinator.«

»Dürfte ich den Architekten kontaktieren?«

»Deine stellvertretende Dienststelle ist außer Betrieb«, erwiderte die Pyramide.

»Wer hat dich konstruiert?«

»Ich bin ein Produkt von Pearson.«

»Du weißt, aus welchem Grund ich hier bin?« erkundigte Kahn sich.

»Du bist hier, um dich mit dem *Bifrost* zu befassen.«

»Und wer bin ich?«

»Du bist ein Abbild des Archon, Kahn.«

»Wo ist Kahn?«

»Steht vor mir.«

»Und das Original?«

»Transformiert.«

Kahn schwieg einen Moment lang und fragte sich, welche taktischen Maßnahmen er jetzt treffen sollte. »Wo ist das *Bifrost?*«

»Im zentralen Amphitheater.«

»Funktioniert es noch?«

»Es ist intakt, aber nur du kannst es aktivieren.«

»Ich verstehe.« Er verstand indes überhaupt nichts. Er war verwirrter als je zuvor. »Bring uns bitte dorthin.«

»Selbstverständlich.« Die Pyramide schwebte langsam über die Plattform. »Wenn ihr mir folgen wollt …«

Sie gingen über den Platz, unter den bläßlichen türkisfarbenen Bögen hindurch und einen Korridor entlang, dessen Wände und Decke aus in geometrischen Mustern strukturierten Eiskristallen zu bestehen schienen. Sie erreichten eine um einen Abwärmeschacht verlaufende Galerie, und die Pyramide hielt an.

»Mit diesem Transportmittel gelangt ihr in die unteren Sektionen«, sagte sie. Der am Abwärmeschacht parkende Gleiter glich einer riesigen Schneeflocke, die im kalten weißen Licht glitzerte, das von dem hundert Meter über ihnen befindlichen Abzug reflektiert wurde.

»Wenn wir ankommen«, sagte Kahn, »möchte ich vier Terminals in Bereitschaft und Zugang zu *ComNet* haben.«

»Das läßt sich alles arrangieren«, versprach die Pyramide mit angenehmer Stimme.

Matthäus stand in der schneebedeckten Ebene nördlich von Thule. Sein Flugzeug und vier ›Kleiderständer‹-Stadt-Teile warteten hinter ihm, wobei ein Stadt-Teil einen tragbaren Klimagenerator bei sich hatte. Er ging zu einem Haufen steifer, besudelter Körper und schaute mit gerunzelter Stirn auf sie hinab.

Jede andere Stadt hatte seinen Stadt-Teilen Zutritt gewährt … Thule hatte sie zurückgewiesen. Mit einer Hand kratzte er das Eis ab und zuckte zurück. Es war ein menschlicher Körper, ein Leichnam mit mumifizierter, aber intakter Haut, dessen Gesicht zu einem spöttischen Grinsen verzogen war. Die Cyborgs von *Wiederauferstehung* lagen zwischen den jahrhundertealten Leichen der Bevölkerung von Thule. Er beugte sich über den Toten, bog mit spitzen Fingern einen steifgefrorenen weißen Mantel zurück – sie alle hatten viel zu dünne Kleidung getragen, als daß sie hätten überleben können, sogar im vergleichsweise milden Klima der Stadt – und erblickte einen silbernen Davidstern am Aufschlag.

Matthäus ging von einem Körper zum anderen und untersuchte Menschen, Cyborgs und Stadt-Teile. Die Cyborgs und Stadt-Teile waren allesamt in bösem Zustand, von Kristallsplittern durchbohrt. Als er die Cyborgs von *Wiederauferstehung* ausgesandt hatte, durch unter der Flußebene gegrabene Tunnel, hatte er kaum mit Schwierigkeiten gerechnet. Aber obwohl Eulalia und Throne seinen Cyborgs Einlaß gewährt hatten, widersetzten sie sich doch seinen Bestrebungen zur Demontage der *Bifrosts*. Sie hatten sich Kahn gegenüber als renitent erwiesen, und ihm gegenüber nicht minder. Schließlich mußte er Eulalia schleifen lassen, aber Throne war in die Flußebene gekommen, als ob sie vom Vorbild der gesunden *Wiederauferstehung* angezogen worden wäre. Mit seiner weit überlegenen Armee von Stadt-Teilen hatte er die Stadt von innen heraus getötet, sie demontiert und unter die Erde verfrachtet. Aus ihrer Substanz hatte er dann die Armee von Stadt-Teilen und Cyborgs geschaffen, die gen Thule geschickt wurde.

Thule hatte ihnen den Zugang verweigert. Als sie versuchten, die Barriere der Stadt zu durchbrechen, kam es zu einem Gemetzel. Die wenigen Überlebenden übermittelten Matthäus die Kunde von Legionen von Stadt-Teilen mit ausschließlicher Terminator-Funktion.

Mit ihrem byzantinischen Bewußtsein konnte die Stadt fast alles tun. Sie hatte Kahn hineingelassen – den Original-Kahn – und ihn dann irgendwie hintergangen. Und nun war ihr das Simulacrum in die Falle gegangen.

Aber Matthäus konnte nicht darauf vertrauen, daß Thule auch diesmal so effizient arbeitete. Er mochte gar nicht daran denken, was er tun mußte, falls das Simulacrum Erfolg hatte – die Vernichtung von Eulalia hatte er verabscheut. Es gab ohnehin nur noch wenige lebendige Städte, und vielleicht hätte er irgendwann einmal Verwendung für Thule.

Er ging zum Flugzeug zurück und setzte sich auf die Rampe der Einstiegsöffnung. »Komm her.« Er winkte das am nächsten stehende Stadt-Teil herbei. Es gehorchte. »Hol den Gleiter her, für alle Fälle.«

Eine weitere Öffnung tat sich an der Seite des Flugzeugs auf, und ein bienenförmiger Gleiter schwebte heraus. Er war leicht modifiziert worden; ein vertikaler schwarzer Zylinder ragte nun mitten aus der Passagierkabine. Auf der Oberseite des Zylinders befand sich ein silbriger Würfel mit einer Kantenlänge von zehn Zentimetern, aus dem drei filigrane Antennen wuchsen. Gemessen an Kahns technologischem Standard war dieses Konstrukt sicher sehr primitiv, aber Matthäus hatte seine Minderwertigkeitskomplexe schon lange abgelegt. Er war der Sohn eines Bauern; relevant war nur die Effizienz seiner Methoden, nicht die Ästhetik.

Wie auch immer, Kahn würde seinen Planeten nicht entvölkern. Es gab dort draußen keinen Ort, zu dem sie flüchten konnten, nichts, was sie mit ihrem Verstand erfassen konnten. Gott-der-Schlachtenlenker war ihre Heimat, zum Guten oder Schlechten, so hatte Gott es vor Äonen gewollt. Und Matthäus würde alles tun, um dem Wort Gottes Geltung zu verschaffen.

Eine Kristall-Rahmenpyramide – ob dieselbe oder eine andere, war schwer zu sagen – erwartete sie an der Sohle des Schachtes. »Pontifex, das *Bifrost* befindet sich in einem Amphitheater auf dieser Ebene. Außerdem haben wir in einer angrenzenden Bibliothek Terminals mit *ComNet*-Zugang installiert. Aber wir nehmen an, daß du zunächst das *Bifrost* sehen möchtest.«

Kahn erteilte seine Zustimmung, und die Pyramide führte sie in das Amphitheater. Es war für sechzigtausend Besucher ausgelegt, aber die kreisrunde Bühne in der Mitte des Rasenplatzes spielte vor leeren Rängen.

Sie gingen über den gepflegten, dichten grünen Rasen. Die Bühne bestand nicht aus Stadt-Teilen; aus diesem Grund vermutete Kahn, daß sie später errichtet worden war, vielleicht vor neunhundert Jahren. Da sie sich ihr von der Rückseite näherten, konnten sie das *Bifrost* nicht sehen, falls es überhaupt auf der Bühne montiert war. Zwei weiße, schwingenförmige Bögen behinderten die Sicht. Er fragte sich, wie das alles mit den Turmspitzen zusammenhing. Vielleicht existierten auch gar keine physikalischen Verbindungen – und welchen Sinn hatten diese Spekulationen überhaupt?

Die Bühne vermittelte den Anschein, daß der echte Kahn bei seiner Planung Psychologie angewandt hatte. Sie erinnerte nämlich stark an eine Kanzel mit Engelsdekor.

Sie gingen um die Bühne herum.

Zwischen den Bögen erhob sich ein Rechteck von einer derart intensiven Schwärze, daß es wie ein Loch wirkte. Die Basis der Bühne war halbkreisförmig von Stufen umgeben. Alles war so konzipiert worden, daß stündlich Hunderttausende von Menschen durchgeschleust werden, die Treppe hinaufgehen und, wie Kahn mutmaßte, in das schwarze Loch treten konnten.

Aus dieser Perspektive vermittelte die ganze Anordnung den Eindruck eines hochentwickelten Materie-Transmitters.

»Ist dies das *Bifrost?*« fragte Arthur.

»Ich bin mir nicht sicher.«

»Dies *ist* das *Bifrost*«, sprach die Pyramide mit warmer Stimme.

»Ist es aktiviert?« erkundigte Kahn sich.

»Die Frage übersteigt die Kapazität dieser Einheit. Der Status des *Bifrost* hat sich seit der Transformation des ursprünglichen Archon nicht verändert.«

»Es ist nie getestet worden?«

»Nein.«

»Wo sind die Rechner?«

»Hier entlang.« Die Pyramide hielt auf ein Seitenschiff zu, und Kahn folgte. Jeshua und Arthur folgten ihm auf dem Fuße, aber Thinner blieb zurück und starrte auf das schwarze Rechteck.

»Hat der … Archon denn viele Aufzeichnungen hinterlassen?« fragte Kahn, nachdem er sich entschlossen hatte, seine Verwirrung angesichts der ganzen Situation am besten zu kaschieren.

»Es existieren Aufzeichnungen«, bestätigte die Pyramide.

»Weißt du denn immer noch nicht, was das *Bifrost* ist?« fragte Arthur.

»Ich bin ein anderer Kahn als derjenige, welcher es konstruiert hat. Woher sollte ich es also wissen? Er ist mir um vierhundert Jahre voraus.« Am Ende des Seitenschiffes gingen sie durch ein großes Tor. Thinner folgte in einem Abstand von mehreren Dutzend Metern, betastete die Wände und blieb gelegentlich stehen, um mit der Hand über einen Pfeiler oder eine Stützstrebe zu fahren.

Die Computer befanden sich in einem Vorzimmer. Die Wände waren mit bunten Kristallblumen geschmückt, komplexen kreisförmigen Mustern mit mystischen Symbolen, die in Glas und Stadt-Substanz eingeätzt waren. Das Resultat glich einem bizarren Vexierbild und war überhaupt nicht mit dem übrigen Thule kompatibel.

Kahn zog unter einem Computertisch einen Stuhl

hervor und nahm Platz. »Ihr könnt euch auch hinsetzen«, bot er Arthur und Jeshua an. Jeshua setzte sich, aber Arthur blieb stehen.

Kahn legte die Finger in die Vertiefungen vor seinem Bildschirm. »Aufzeichnungen über Robert Kahn, bitte.«

Ein Homunculus erschien auf dem Bildschirm. Es handelte sich hierbei um eine schwarzgelbe Heuschrecke, die aufrecht auf den Hinterbeinen stand, einen schwarzen Business-Anzug und eine runde schwarze Kappe trug. »Diese Informationen können nicht über das städtische *ComNet* abgefragt werden«, beschied ihn das Insekt. Es nickte ihm fragend zu. »Gibt es sonst noch etwas, das du von mir wissen möchtest?«

Er wollte fragen, ob der eigentliche Kahn noch lebte, aber die Worte blieben ihm im Halse stecken. »Wo werden diese Aufzeichnungen aufbewahrt?«

»In den Archon-Kammern.«

»Wo befinden sich diese Kammern?«

»Ich werde es ermitteln. Hast du noch weitere Fragen?«

Die Position der Kammern hätte dem Homunculus eigentlich bekannt sein müssen. Entweder war Thule nicht vollständig integriert, oder die Stadt verbarg etwas. Und auch in anderer Hinsicht irritierte der Homunculus ihn – die Verwendung eines Personalpronomens, seine merkwürdige Gestalt und Verhaltensweise, ganz anders als seine Kollegen in den anderen Städten. Er konnte nicht sagen, welchen Rang der Homunculus in Thules Hierarchie einnahm.

»Ich benötige eine Statistik der solaren Leuchtkraft für die letzten fünf-, sechshundert Jahre.«

»Ich glaube, daß der Pontifex über diesbezügliche Aufzeichnungen verfügt, aber in *ComNet* sind keine entsprechenden Daten gespeichert.« Im Tonfall des Homunculus schwang jetzt Unaufrichtigkeit mit.

»Verfügt die Stadt über irgendwelche Aufzeichnungen?«

»Nein.«

»Was macht *ComNet* …« Kahn atmete tief durch und beugte sich näher zu der kleinen Gestalt hinüber. »Dann hätte ich gerne die Geschichte der Stadt, angefangen mit der Rückkehr des echten Kahn.«

»Kommt sofort.«

Kahn und Jeshua legten die Finger in die Vertiefungen und schauten in die Projektoren. Arthur lehnte sich gegen einen Pfeiler und tappte nervös mit dem Fuß auf den Boden. Er hielt nach Thinner Ausschau. Der Cyborg war ihnen nicht in das Vorzimmer gefolgt.

Arthur ging zur Tür und dann einen kurzen Gang entlang. Thinner war weder im Amphitheater noch im Korridor. Arthur kehrte ins Vorzimmer zurück, und als er sah, daß Jeshua und Kahn in die Computerdaten vertieft waren, begab er sich auf die Suche nach Thinner.

Er war müde und ziemlich ängstlich, aber der restaurierte Cyborg war ihm seit dem Verlassen von *Wiederauferstehung* ein Rätsel gewesen. Sollten die Stadt-Teile eigentlich nicht Kahns Anweisungen befolgen? Thinner übte sich offensichtlich in Befehlsverweigerung.

Arthur ging zur Hauptpromenade, wobei er versuchte, sich den Weg zu merken, und marschierte dann im trüben Licht zu einer spiralförmigen Rampe, die zu den höheren Ebenen führte. Er erspähte den Cyborg auf der Rampe.

Arthur folgte ihm. Der Cyborg schien sich in Thule nicht besser orientieren zu können als Arthur auch. Es war leicht, ihn zu verfolgen; Thinner blieb alle paar Meter stehen, um die Wände zu befühlen, darüberzustreichen oder sie einfach mit den Fingern zu berühren.

Unter Benutzung von Aufzügen, Rolltreppen und weiteren Spiral-Rampen, die um einen Lüftungsschacht verliefen, verharrte Thinner schließlich mit ausdruckslosem Gesicht fünf Ebenen über dem Amphitheater. Aus der Art, wie er die Oberflächen der Stadt berührte, konnte man schließen, daß er dort etwas abtastete und einem unsichtbaren Leitsystem folgte.

Dann fiel Arthur etwas zu weit zurück, und Thinner ortete ihn. Er erstarrte. Thinner sah ihn ein paar Sekunden lang an, wandte sich dann ab und setzte seine Wanderung fort. Arthur wartete einen Moment, wobei er sich fragte, wie der Cyborg wohl auf seinen Verfolger reagieren würde, und hastete ihm dann hinterher.

»Weißt du, wonach ich suche?« rief Thinner zu ihm hinunter.

»Nein«, sagte Arthur.

»Die Computer werden Kahn nicht alles sagen, was er wissen muß. Sie stürzen ab. Deshalb suche ich nach *ComNet*-Eingabegeräten – nicht nur ROM-Terminals.«

»Warum?«

»Eine Sicherheitsmaßnahme. Was weißt du von Thule?«

Das war zwar eine merkwürdige Frage, aber er beantwortete sie, ohne weiter darüber nachzudenken. »Thule ist jetzt eine gnostische Stadt, aber vor dem Exil war die Gnostik nur ein Teilaspekt ihrer ...« – er verstummte, irritiert durch den Fluß der Worte – und nicht nur der Worte, sondern auch der Bilder, der Erkenntnis – »... ein Teilaspekt ihrer häretischen Programmierung. Zehn Jahre vor dem Exil fiel George Pearson vom Glauben ab und wurde Bürgermeister von Thule.« Seine Gedanken überschlugen sich schier. »Die Stadt erkannte die Begründung der anderen Städte für das Exil nicht an. Aber zwei Monate später hat sie aus eigenen Beweggründen zunächst alle Juden vertrieben. Die Gnostik ist mit dem jüdischen Glauben unvereinbar. Dann erfolgte die Ausweisung der restlichen Bevölkerung. Die Bewohner sind alle in der Kälte umgekommen.«

»Woher hast du diese Informationen?«

»Von *Wiederauferstehung*, glaube ich.«

»Hat dir Geschichtsunterricht gegeben, wie einem Kind. Wie fühlst du dich?«

»Verwirrt«, gestand Arthur, der im Gleichschritt mit Thinner marschierte. »Und stärker … und ich fürchte mich sehr.« Da war ein Teil von ihm, den er irgendwie nicht sich selbst verdankte, sondern der Erinnerung der Städte. Er fühlte sich in seiner Integrität verletzt, aber nicht nur das … er verspürte Zufriedenheit, einen verschämten Stolz auf das Wissen, das er unrechtmäßig erworben hatte.

Das Gefühl, seine eigenen Worte zu verstehen, irgendwie etwas Größeres zu sein – als ob er einen Atlas seiner eigenen Vergangenheit erhalten hätte, einen Zauberspiegel – war unglaublich und konnte gar nicht in Worte gefaßt werden.

Thinner blieb unvermittelt stehen und wandte sich um. »In einem Raum am Ende dieses Gangs gibt es Eingabegeräte.«

»Du erkennst das durch bloßes Berühren der Wände?«

»Alle Städte verfügen über ein Nervensystem. Ich kann die Impulse decodieren. Sie sagen mir Dinge, von denen nicht einmal Kahn etwas weiß. Thule befindet sich jetzt in einem sehr schlechten Zustand. Selbst eine häretische Stadt würde angesichts dieser Untaten ein schlechtes Gewissen haben. Sie hat zugesehen, wie ihre Bewohner im Schnee erfroren sind. Und sie hat sie ohne Not ins Exil geschickt, aus eigenem Antrieb. Dies ist ein gefährlicher Ort.«

»Weiß die Stadt denn, daß du sie anzapfst?«

»Ihr *ComNet* ist nicht überall aktiv. Sein Status ist reduziert. Aber es könnte Bescheid wissen.«

Am Ende des Korridors befand sich ein großer Kuppelsaal, der von Oberlichten erhellt zu werden schien, obwohl sie sich tief im Innern von Thule aufhielten.

Der Raum war mit größeren Versionen der Rechner im Vorzimmer ausgestattet. Manche waren zerstört und ihre Einzelteile auf dem Boden verstreut worden, andere waren umgestoßen. Thinner stellte einen wieder auf und drückte einige Knöpfe.

Die Bildschirm-Blende fuhr hoch. Thinner beugte sich über den Rechner und brachte das Gesicht dicht an die Vertiefungen heran. Die Stirn des Cyborgs glühte.

»Thinner starb, bevor du nach *Wiederauferstehung* gekommen bist«, sagte der Cyborg mit kraftloser Stimme. »Kahns Kammern befinden sich auf dieser Ebene. Geh den Korridor in entgegengesetzter Richtung bis zum Ende. Ich werde die Stadt nach Möglichkeit davon abhalten, dir Schaden zuzufügen.« Der Cyborg drückte die Hand in die Vertiefungen auf der Konsole.

Arthur trat zurück und preßte dann die Hände auf die Ohren. Es ertönte ein hochfrequentes Geräusch, fast im Ultraschallbereich. Dann war wieder alles still. Arthur lag neben dem Terminal auf dem Rücken. Der Körper des Cyborgs war vornüber gefallen, wobei der Kopf lose auf der Konsole zu liegen schien. Die Augen waren gebrochen. Schließlich begriff er. Thinner hatte sie auf dieser Reise überhaupt nicht begleitet. Der Kopf war nur Staffage gewesen.

Arthur erhob sich, wandte sich um und floh.

Unter den gestellartigen Stadt-Teilen, die Matthäus eskortierten, kam Unruhe auf. Er schaute von den Mustern auf, die er in den Schnee gekratzt hatte.

Thules Silikat-Barrieren senkten sich. Matthäus erhob sich und winkte den Gleiter herbei. »Los!« Das Fluggerät würde über der Stadt schweben, bis es angefordert wurde. Falls es überhaupt noch gebraucht wurde. Er hatte zwar noch Hoffnung, aber sie schwand rasch.

Er marschierte über das Schneefeld, bis er die stachelige Barriere erreicht hatte. Dann überschritt er die Stadtgrenze von Thule, ohne daran gehindert zu werden. Reah hatte die Stadt in der Verkleidung eines Cyborgs betreten, wobei ihre Persönlichkeit im leeren Bewußtsein des beschädigten Stadt-Teils versteckt war. Matthäus staunte über den Einfallsreichtum seiner Mutter. Sie hatte Thules Verteidigung überlistet, in der Hoffnung, Kahn den Weg zu bereiten.

Gleichzeitig hatte sie ihrem Sohn den Weg bereitet.

»Reah ist in der Stadt«, meldete Arthur schwer atmend. Nach den Geräuschen vor ein paar Minuten schien im Vorzimmer eine unnatürliche Stille zu herrschen. »Sie war in Thinner. Thinner war bereits tot …«

Kahn schaute Jeshua an. »Du hast es gewußt, nicht wahr?«

»Sie ist das *Shekkinah*«, behauptete Jeshua. »Keine Stadt ist tiefer in Sünde und Irrtum verstrickt als diese. Sie mußte einfach kommen.«

»Gott*verdammter* mystischer Unsinn!« Kahn fuchtelte mit den Händen in der Luft herum. »Ich muß wissen, was auf der anderen Seite liegt!« Er wies in Richtung des Amphitheaters. »Von *ComNet* erfahren wir ja überhaupt nichts.«

»Und ich habe deine Kammern lokalisiert«, sagte Arthur. »Das heißt, die …«

»Wo?«

»Archon«, fuhr der Homunculus im Terminal dazwischen. Er putzte sich die Beine. »Es wird davon abgeraten, daß du …«

Die Stimme wurde undeutlich, dann wieder verständlich. »… Besichtigung der Stadt. Ich empfehle dir, hierzubleiben. Die Kammern des Original-Pontifex sind nicht in Ordnung.«

Die Darstellung verschwamm. Kahn trat näher an den Monitor heran. Die Abbildung wurde kurzzeitig durch eine andere ersetzt, eine Frau in einem langen, wallenden Gewand. Dann erschien wieder die Heuschrecke.

»Welche Gefahr geht von dort aus?« fragte Kahn.

Das humanoide Gesicht der Heuschrecke lächelte ihn an, dann verschwand die Abbildung plötzlich.

»Bring mich zu den Kammern«, sagte Kahn zu Arthur. Zögernden Schrittes ging dieser den Weg zurück. Er wollte nicht – die Eindrücke der letzten Minuten hatten ihm bereits den Rest gegeben –, aber er wußte, daß er keine andere Wahl hatte, gegen seinen Willen, gegen jede Hoffnung. Er hatte von der Frucht gegessen, sich verbotenes Wissen angeeignet, und nun war er selbst Teil des Geister-Spiels. Den Gang entlang, nach links abbiegen statt nach rechts, auf die halb geöffnete Tür zu.

»Hier«, sagte er.

Kahn trat ein. Der erste Raum war klein und roch staubig. Der Boden war anscheinend mit Glasscherben bedeckt. Der sich dahinter anschließende Raum war größer und mit großen Tischen eingerichtet, auf denen Papierrollen und Notizbücher lagen. Auch hier war der Boden mit Kristallsplittern übersät. Zwischen den Scherben fanden sich Knochen und Tuchfetzen. Das Mobiliar war mit gläsernen Nadeln gespickt.

Der einzige unversehrte Körper war an die gegenüberliegende Wand geheftet. Dunkles, geronnenes Blut zog sich in Streifen an der Wand hinab. Wie lange – neun Jahrhunderte? Nur Knochen waren noch übrig, die in einem weißen Anzug steckten, der eine gewisse Ähnlichkeit mit dem Modell aufwies, das Kahn in *Bruderschaft* ausgepackt und angezogen hatte.

Er ging zu der angenagelten Gestalt hinüber und inspizierte sie sorgfältig, wobei er immer wieder die Hände zu Fäusten ballte.

»Es liegen vier Schädel auf dem Boden, Architekt«, meldete Jeshua.

Kahn griff vorsichtig in die Tasche des weißen Anzugs und holte eine juwelenbesetzte Datenbank hervor. Auf der Rückseite war zu lesen: ›Liebe in unserem dritten Jahrhundert‹. Ergänzt wurden die Worte von Danices persönlichem Symbol, einer Rose, deren Blütenblättern einen Stern einfaßten.

Dies war genau eines von den teuren, geschmacklosen Geschenken, die Danice ihm verehrt hatte – eine juwelenbesetzte Datenbank.

Kahn öffnete den Mund und schloß ihn wieder, dann schaute er zu dem Totenschädel hoch. Die Datenbank piepste, und er wandte den Blick wieder nach unten. Er hatte versehentlich das kleine Display aktiviert. Ein Dreieck erschien, dessen Eckpunkte mit dem Symbol für die Erde, ›G.D.P.‹, sowie einer waagrechten Acht – unendlich – markiert waren.

Er ging über die Scherben zum Tisch und blätterte die Notizbücher durch, wobei er die zusammengerollten Stadtpläne und Kristallsplitter wegschob. Es dauerte mehrere Minuten, bis er schließlich den gesuchten Abschnitt gefunden hatte, in einem auf den 09.09.2669 datierten Notizbuch. Die Notiz war anscheinend ein Nachtrag: eine hingekritzelte Grafik, welche die solaren Maxima und Minima darstellte. Bei der Sonne dieses Planeten handelte es sich angeblich um einen Bolingen-Veränderlichen; diese Bezeichnung war ihm aber unbekannt. Er hatte eine Periodizität von sechshundert Jahren. »Befindet sich jetzt im Minimum«, besagte die Eintragung beiläufig. »Gravierende klimatische Auswirkungen im Maximum, aber keine permanenten Folgeschäden. Küstenlinien aufgrund des Anstieges des Meeresspiegels verändert, Klima unbeständig.«

Kahn führte im Kopf Rechenoperationen durch. Wenn die Sonne sich vor neunhundert Jahren im Minimum befunden hatte, stand sie heute im Maximum. In wenigen Jahren – oder Jahrzehnten – würde wieder

der Abwärtstrend einsetzen. Die Bevölkerung von Gott-der-Schlachtenlenker hatte schon immer mit dieser Periodizität gelebt. Sie würden sie aller Wahrscheinlichkeit nach auch diesmal überstehen.

Sie brauchten ihn nicht. In gewisser Weise hatte Matthäus recht. Per Saldo war seine Rückkehr irrelevant. Aber er konnte das *Bifrost* aktivieren, das beenden, was der echte Kahn begonnen hatte... was vermutlich darin bestanden hatte, die Menschen von diesem elenden, erratischen Planeten zu evakuieren, indem sie durch das *Bifrost* gingen.

Er fand ein Notizbuch mit einem stumpfen, frostüberzogenen Goldeinband. Er kramte es aus dem Schutt hervor und schlug die erste Seite auf. Sie zeigte eine komplexe Rißzeichnung eines sphärischen Objektes, die von ihm unverständlichen mathematischen Formeln kommentiert wurde, obwohl die Handschrift eindeutig seine eigene war. Die Aufbewahrung handschriftlicher Notizbücher war eine Schrulle, die er sich aus Kindertagen bewahrt hatte, als er sich noch für einen zweiten Leonardo da Vinci hielt.

Einige der Zahlen konnte er enträtseln: Größenangaben – die Sphäre hatte einen Durchmesser von zehn Kilometern –, und in einer Ecke fanden sich Analysen zur Materialstärke. Den Zahlen nach zu urteilen bestand diese Sphäre offensichtlich nicht aus Materie – sie war praktisch unzerstörbar –, und ihre interne Struktur war anscheinend amorph, glich eher einem gigantischen Schaltkreis als einem Gebäude oder gar einem Schiff.

Er blätterte weiter. Die Kapazität der Sphäre war enorm, sie sollte angeblich Platz für eine Billion Menschen bieten. Aber in welchem Aggregatzustand? Nicht körperlich, soviel war klar. Beim Weiterblättern stieß er auf Skizzen von anderen Strukturen, darunter eine noch viel größere Gitterkugel, in welche die Zehn-Kilometer-Kugel als Modul integriert werden sollte.

Aber nur vorübergehend. Es gab Einrichtungen für den Empfang von Reisenden – oder Gästen – oder um wen auch immer es sich handeln würde, aber keine Andockstationen. Der Zugang erfolgte anscheinend über Materietransmitter.

Wundervolle Neuerungen, die sich in vierhundert Jahren ergeben hatten, dachte er. Welchem Zweck sollte das alles dienen? Wohin würde die Zehn-Kilometer-Kugel fliegen, wenn sie sich von der Gitter-Sphäre löste? Und wie würde die Trennung überhaupt erfolgen – in der Gitterkonstruktion waren keine Öffnungen vorgesehen, obwohl die Kugel in der Skizze eine komplexe, höherdimensionale Flugbahn beschrieb.

Mit verschwimmendem Blick betrachtete er wieder den Körper an der Wand.

»Sie ist hier, Architekt«, meldete Jeshua. Er drehte sich um.

Reahs Projektion schwebte zitternd in der Mitte des Raums. Ihre Stimme war verzerrt, und irgendwelche Dinge schienen um sie herumzufliegen, sie in diese und jene Richtung zu schubsen, aber er konnte ihre Worte verstehen.

»Architekt! Du mußt dich beeilen. Der Weg ist frei. Ich habe mein ganzes Leben gekämpft, habe meinen eigenen Sohn bekämpft, als er die Kinder abwies, die nach *Wiederauferstehung* kamen. Nun ist er hier, und du mußt dich beeilen. Du hast die Brücke fertiggestellt! Bring meine Kinder über diese Brücke! Bring sie weg von diesem unsäglichen Ort!« Die Projektion flackerte heftig und erlosch.

»Matthäus ist hier?« Er versuchte, klar und stringent zu denken, angesichts der Angst und überwältigenden Mattigkeit. *Aber er war doch schon tot – wovor mußte er sich dann überhaupt noch fürchten?*

»Laß uns gehen«, sagte Kahn, nahm die Notizbücher und klemmte sie sich unter den Arm. Falls das *Bifrost* funktionierte, konnte er wieder auf die Erde zurückkehren und vielleicht nach alter Väter Sitte Geschäfte machen – Geschäfte auf Gegenseitigkeit. Im Moment gab es nichts mehr, was er auf Gott-der-Schlachtenlenker noch hätte tun können.

Sie verließen die Kammern des echten Kahn und gingen schnell die Rampen und Treppen hinab. Arthur versuchte die Ruhe zu bewahren, aber seine Hände zitterten dennoch. Er wußte nicht, wieviel er noch ertragen konnte. Die Leiche eines Menschen und ein Duplikat dieses Menschen – im selben Raum …

Im Amphitheater schwebten vier leuchtende Pyramiden zwischen ihnen und den Stufen zur Bühne. Matthäus wurde von zwei Pyramiden flankiert und sah Kahn, auf seinen jadegrünen Stock gestützt, unverwandt an.

»Das sind Defensivwaffen«, flüsterte Kahn Jeshua zu. »Solche Einheiten sind auch oben explodiert und haben den ganzen Glasbruch verursacht …«

»Du bist der Architekt«, meinte Jeshua. »Wie können sie dich dann töten?«

»Ich weiß es nicht. Aber sie haben es schon einmal getan.«

»Ich werde hinauseskortiert«, sagte Matthäus mit hoher, brüchiger Stimme. »Würdet Ihr mich begleiten, bevor meine Mutter den Kampf verliert? Wenn sie verliert, werden wir nämlich alle sterben.«

»Sie sagte, der Weg sei frei«, erwiderte Kahn. »Wir müssen jetzt gehen.« Er streckte die Arme in Richtung der Pyramiden aus. »Ich bin der Architekt. Mein Wort ist …«

Sie kamen auf ihren klappernden Kristallextremitäten auf ihn zu, wobei sie wie Hornissen brummten.

»Wir sind in Thule nicht erwünscht«, sagte Matthäus zu Arthur. »Die Stadt toleriert nur Kahn, und wir können auch gut ohne ihn zurechtkommen.«

»Ich werde nicht …«, hob Arthur an.

»Du wirst in der Sonne geröstet werden!« sagte Kahn wider besseres Wissen. Dann wurde er sich seiner Arroganz bewußt.

»Du hast deine Fehler gemacht«, stellte Matthäus fest. »Wenn Gott will, werden wir leben. Wenn nicht, werden wir sterben.«

»Ich muß jetzt gehen«, sagte Arthur mit verzerrtem Gesicht. Matthäus ging auf sie zu, gefolgt von den Pyramiden. Mit zusammengekrampftem Magen rannte Arthur über den Rasen zu dem alten Mann. Er hatte sich nicht mehr unter Kontrolle. Er mußte wieder in die Normalität zurück, zu der maroden alten Farm, beziehungsweise dem, was von ihr noch übrig war, in sein vertrautes Umfeld, nur weg von hier. Kahns Sache war nicht die seine, war es nie gewesen.

Matthäus faßte ihn am Oberarm, und sie verließen schnell das Amphitheater. Am Tor wurden sie von zwei weiteren Pyramiden erwartet, und die bisherige Eskorte machte kehrt, um Kahn und Jeshua abzuholen. »Du willst nicht mit ihnen gehen?« fragte Kahn. »Ich glaube, daß Reah auf jeden Fall verlieren wird, wo immer sie sich auch befindet.«

»Ich gehe dorthin, wo du auch hingehst«, sagte Jeshua. »Hier habe ich nichts verloren.«

»Dann laß uns gehen.« Sie gingen auf die Bühne zu. Die vier Pyramiden rückten zunächst auf, zogen sich dann aber summend wieder zurück. Die der Bühne am nächsten stehende Einheit scherte aus der Formation aus und stellte sich ihnen in den Weg. »Archon«, sprach sie. »Du hast die Städte erbaut.«

Kahn nickte, sich versteifend.

»Du hast Fehler begangen. Du bist der Demiurg, der falsche Gott, der die Welt mit all ihrem Elend und Übel erschaffen hat. Du stehst zwischen dieser Welt und dem wahren Gott, der über allem steht.«

»Ich bin kein Gott.« Aber er versuchte nicht, sich von der Verantwortung freizusprechen. Auf ihre wahnsinnige, bizarre gnostische Art hatte Thule ja recht. »Und wer bist du, daß du mich eines Verbrechens bezichtigen könntest, nach dem, was du deinen Bürgern angetan hast?«

Die Frequenz des Summtons wurde höher.

»Du hast sie ermordet, hast gegen all meine Gesetze verstoßen«, sagte Kahn. »Du hast dich zum Richter über jene aufgeschwungen, die dich erschaffen haben, genauso, wie du dir nun anmaßt, über mich zu richten. Wie verkommen und häßlich du doch bist! Ich befehle dir, deiner ursprünglichen Programmierung zu folgen.«

Eine Pyramide hinter ihm zerbarst, wobei die Kristallsplitter über das Gras und durch die Luft wirbelten. Ein wehklagendes Heulen drang aus den pechschwarzen Wänden. Überall schienen Glocken zu ertönen, und das Amphitheater füllte sich mit schemenhaften, verzerrten Geistern, wie das Flimmern einer Luftspiegelung – eine Menschenmenge, die sich von den Sitzen eines Stadionsektors erhob und dann verschwand, wobei der Effekt sich wellenförmig um die Zentralbühne ausbreitete.

»Sie kämpft noch immer«, sagte Jeshua. Er trug fünf Punkte auf seiner Stirn ab und verband sie mit zwei sich schneidenden Dreiecken.

»Wie stehen unsere Chancen jetzt?« fragte Kahn ihn. »Willst du noch immer die Seelen sammeln und deine *Kaballah* erfüllen?«

»Das *Shekkinah* ist mit uns«, meinte Jeshua.

»Archon«, sagte die ihnen am nächsten stehende Pyramide mit angenehmer Stimme. »Jedesmal, wenn du zurückkommst, müssen wir das erleiden, nicht wahr?«

»Ich befehle euch …«

Die restlichen drei Pyramiden explodierten in einer Splitterwolke, die auf Kahn zuraste.

»Schau nicht zurück«, sagte Matthäus. »Lots Frau, weißt du noch?«

Arthur konnte den Blick indessen nicht von Thule wenden. Matthäus verdunkelte die Kabine im Heckabschnitt des Flugzeuges.

Der silberne Würfel des über Thule stehenden Gleiters explodierte.

Thule verglühte in dem plötzlichen Feuerball, die Turmspitzen der Stadt verfärbten sich schwarz und brachen ab wie die Beine einer im Strahl eines Brennglases verschmorenden Heuschrecke.

Arthur schlug die Hände vor das Gesicht.

»Du wirst nach Neu-Kanaan zurückgehen«, sagte Matthäus, aber Arthur hörte ihn kaum. Er fühlte sich, als ob man ihm das Herz aus der Brust gerissen und statt dessen Steine eingefüllt hätte.

Jeshua beseitigte die Splitter und zog das Simulacrum die Stufen hoch. Über ihm ertönte ein Brüllen, und die Dunkelheit kräuselte sich wie ein Ölsee.

»Tu es«, sagte Kahn mit klarer Stimme. Er war noch immer bei vollem Bewußtsein und ruhig, obwohl sein Körper – mit Splittern gespickt – sich kaum bewegen konnte.

Jeshua hob ihn auf und schob ihn in das *Bifrost*; dann betrat er es selbst, wobei er Wärme am Rücken verspürte. Das schwarze Rechteck erzitterte erneut und verging dann zusammen mit dem Amphitheater und der Bühne.

Der Kampf im Bewußtsein von Thule wurde beendet. Für einen Augenblick war Reah frei, ihrer Verantwortung enthoben. In diesem Moment der Ruhe verspürte sie ein warmes Glühen, dann sah sie in ein blendendes Licht. Sogar jetzt noch, nachdem sie bereits ein Jahrhundert tot war, wollte sie sich abwenden.

Aber das Glühen hüllte sie vollständig ein. Sie konnte die Manifestation eines gigantischen Moleküls spüren, das sich ihr zuwandte.

Bereit?

Zumindest hatte sie Matthäus für Kahn aus dem Weg geräumt. Sie hatte die Stadt nicht völlig kontrolliert; ihre stärksten Impulse hatten sich ihrer Einflußnahme entzogen. Aber selbst wenn sie gescheitert war, sie hatte ihren Part gespielt. Sie stellte keine Fragen und stieß die diffusen Gedanken und Ängste von sich weg.

Bereit.

Sie verschmolz mit dem Molekül.

Drei Punkte eines Dreiecks – diese Darstellung hatte sich auf dem Display der Datenbank befunden, die Danice ihm gegeben hatte: Erde, Gott-der-Schlachtenlenker, Unendlichkeit. Welcher Punkt dieses Dreiecks war ihre Bestimmung?

Kahn lebte noch in der Dunkelheit, er war noch bei Bewußtsein. Er spürte, wie Jeshuas Hand die seine berührte.

Er hörte eine Stimme. Es war Danice. »Liebling!« sagte sie.

»Ich ...« Er wollte antworten, aber es bewegten sich nur die Lippen. Jeshua stand neben ihm. »Liebling!« wiederholte die Stimme. Sie standen auf einer großen Plattform. Allein.

»Du bist also doch noch zu uns gekommen«, fuhr die Aufzeichnung von Danice fort. »Die Zeit ist sehr knapp. Deine Leute müssen die Anweisungen befolgen. Ich hoffe, daß wir uns wiedersehen ... in der Ewigkeit!« Ihr Symbol – eine Rose mit einem eingefaßten Stern – erschien vor ihm.

Er war schwach, litt aber keine Schmerzen. Er stützte sich auf Jeshuas Arm. Die Plattform öffnete sich an einer Seite zum Weltraum, oder so schien es zumindest – eine riesige transparente Wand. Zwischen den Sternen hing die Gittersphäre, die er im Notizbuch gesehen hatte. Bei der Explosion der Pyramiden hatte er beide Notizbücher fallen lassen. Kahns Kopf fiel nach hinten, und Jeshua stützte ihn ab, so daß er noch etwas sehen konnte. Er war wie eine Marionette in den Armen des Cyborgs.

»Er hat nicht jeden zur Erde zurückgebracht«, sagte Kahn.

»Wer?« fragte Jeshua leise.

»Ich … ich war es nicht. Er machte etwas anderes.«

Die *Bifrosts* waren offenbar nicht dazu konzipiert worden, die ganze Bevölkerung von Gott-der-Schlachtenlenker auf die Plattform zu transportieren. Mit schmalen Augen erkannte er, daß sie sich in einer langen, leicht gekrümmten Halle mit lauter identischen Plattformen befanden, wobei der gesamte Bogen durch die transparente Wand kaum sichtbar war. Tausende von Plattformen. Mehr, als nur für Gott-der-Schlachtenlenker benötigt wurden. Allein diese hier – mit einer Fläche von etlichen hundert Quadratkilometern – hätte schon ausgereicht. Die Dimensionen waren überwältigend. »Ich habe das erschaffen …« Die Aussage glich eher einer Frage.

Auf der anderen Seite der transparenten Wand befanden sich noch mehr Tore, die von einem ebenso intensiven Schwarz waren wie das Tor in Thule.

Ein Symbol materialisierte in der Luft über ihren Köpfen. Tausende ähnlicher Symbole leuchteten auf der Plattform auf. Eine sanfte Männerstimme wiederholte die Beschriftung des Symbols. Im Hintergrund ertönten Stimmen in anderen Sprachen. Er stellte sich vor, wie Hunderte Millionen Menschen aus den *Bifrosts* rematerialisierten und von den Botschaften auf die kommenden Ereignisse vorbereitet wurden.

Ihr seit Teilnehmer des größten Abenteuers überhaupt. Ihr werdet nur das verlieren, was euch belastet … Schmerz, Verwirrung, Haß. Eure Privatsphäre wird nicht angetastet werden. Ihr werdet einer unter Milliarden sein, aber alle werden Freunde sein, alle werden zusammenarbeiten. Niemand wird über den anderen befehlen, denn die Ressourcen sind riesig. Ihr opfert nur euren Körper, und nicht einmal das, denn er wird perfekt konserviert werden, falls die Zeit kommen sollte, da ihr ihn wieder benutzen wollt.

In der Goldenen Sphäre werdet Ihr Frieden finden, eine Klarheit des Denkens und einen Sinn des Lebens, wie Ihr es noch nie verspürt habt. Die Sphäre wird durch das All reisen, wie ein riesiges Raumschiff, ohne jedoch wie dieses den Naturgesetzen unterworfen zu sein. Nichts in diesem Universum kann ihm Schaden zufügen. Sollte dennoch ein unvorhergesehener Defekt auftreten, wird das Netzwerk automatisch alle Bewußtseine in die in Kapseln aufbewahrten Körper zurücktransferieren, und ihr werdet über die Transmitter zu euren Heimatwelten abgestrahlt. Im Bedarfsfall warten weitere Sphären auf ihre Aktivierung, und die Reise wird nicht lange nach …

Das alles klang wie aus einem Prospekt für eine Vergnügungsreise. Kahn verspürte einen Anflug des Unbehagens. *Er* sollte *das* initiiert haben? Es glich dem typischen Spiel der Kulte und Religionen, das er jahrhundertelang verachtet hatte; den Versprechungen der Religionen, die in ihrer Pervertierung Gott-der-Schlachtenlenker zerstört hatten.

Ihr werdet – mittels Anfrage und Genehmigung – Zugang zum Gedächtnis eines jeden Bewußtseins haben. Auf den Reisen, die uns möglicherweise von einem Ende des Universums zum anderen führen, vom Anfang der Zeit bis zu ihrem Ende, werdet ihr die Erfahrungen allen Lebens in euch aufnehmen, Mysterien werden enträtselt, denn in dieser Gemeinschaft werdet ihr – zusammen mit dem Rest der Menschheit – eure intellektuelle, analytische und emotionale Kapazität um ein Vielfaches vergrößern. Eure Sinne werden sich millionenfach erweitern. Die Goldene Sphäre repräsentiert den Zustand, den Mystiker und Heilige, Künstler und Werktätige, Wissenschaftler und Philosophen schon immer angestrebt haben: den Zustand der Freiheit.

Den Zustand der Veränderung in der annähernden Perfektion, der Leistung im Glück.

Nun ist es an der Zeit für Eure Passage. Willkommen.

Wir sind jetzt den Göttern gleich.

»Bring mich zum Tor«, sagte Kahn. Jeshua hob ihn auf, und sie gingen zum nächsten schwarzen Rechteck. Der ursprüngliche Kahn hatte etwas so Unglaubliches entworfen, daß sein jüngeres Ich es nicht glauben konnte. Und es hatten auch genügend Menschen an den Bau der Goldenen Sphäre geglaubt. Aber war sie auch jemals im Einsatz gewesen? Erfolgreich? Oder war das alles nur ein gigantischer Schwindel, und Matthäus hatte ihm zu Recht den Besuch der Menschen auf Gott-der-Schlachtenlenker verwehrt?

Die Frage lautete schlicht und einfach: Konnte Kahn seinem älteren, anscheinend höherentwickelten Ich vertrauen? Er hatte bereits auf Gott-der-Schlachtenlenker versagt …

Er war mehr als nur etwas ängstlich. »Geh hindurch«, sagte er zu Jeshua. Der Cyborg gehorchte.

Sie materialisierten auf einer anderen, wesentlich kleineren Plattform, die von schwebenden Instrumentenkonsolen umgeben war. Augenscheinlich ein Technischer Leitstand. Sie waren nun in der Gitter-Sphäre. Wenige Meter von den Konsolen entfernt befanden sich glitzernde, transparente Zylinder, die jeder einen mit bronzefarbenen Röhren fixierten Körper enthielten. Sie waren in Schichten gestapelt, so weit das Auge reichte – Millionen, nein, Milliarden, viele Milliarden.

Die Kapazität der Goldenen Sphäre betrug laut Auskunft des Notizbuches eine Billion Menschen.

Männer und Frauen – und Muster, die er nicht einordnen konnte –, deren Körper lebendig wirkten, aber mit leeren Augen.

»Weiter«, sagte er. Jeshua beförderte ihn zu einem kleineren Tor am anderen Ende des Leitstandes.

Warum waren sie nicht direkt in die Sphäre abgestrahlt worden, zusammen mit den anderen Passagieren? Warum hatte man sie von der Plattform zum technischen Sektor geschickt?

Sie gelangten zu einem anderen Leitstand im Mittelpunkt der Gittersphäre. Sie befanden sich in einem großen Hohlraum. Von der Innenwandung griffen dünne Metallarme (dünn! – Sie mußten einen Durchmesser von mehreren hundert Metern haben) ziellos ins Leere. Was auch immer sie einst gehalten hatten – die Goldene Sphäre vermutlich – war nicht mehr da.

»Wir haben das Boot verpaßt«, sagte Kahn.

»Sollte hier die Zusammenkunft stattfinden?« fragte Jeshua feierlich. »Wo alle Seelen sich trafen, alle Funken zusammenkamen?«

»So kann man es auch ausdrücken«, sagte Kahn matt. Er wäre als erster durch den Transmitter gegangen, wenn alles nach Plan funktioniert hätte. Danice hatte ihm eine Aufzeichnung hinterlassen und weitergemacht. Nach einer Ehe von mehreren hundert Jahren hatte sie ihm noch immer vertraut – und Danice war eine sehr rationale Frau gewesen. Vielleicht hatte es ja doch funktioniert.

Was konnte er im gegenteiligen Fall tun?

»Das Gefäß hat die Tropfen wertvollen Öls erhalten?«

»Ich weiß nicht.« Wie immer. »Ich glaube ja.«

»Warum sind wir dann nicht mitgenommen worden?«

»Wir sind Fälschungen«, sagte Kahn. »Wir sind unwürdig.«

»Was ist mit den Menschen von Gott-der-Schlachtenlenker?«

»Sie sind nicht qualifiziert.« Auch nicht nur seine Schuld. Ihre Religionen hatten ebenso zu dem Desaster beigetragen wie er selbst. »Ich glaube, daß niemand von uns würdig ist, Gottes wartendes *Sepiroth* zu betreten.«

»Das nächste Tor?« fragte Jeshua. Kahn nickte. Sie hatten hier nichts mehr verloren. Sie rückten zum dritten Punkt des Dreiecks vor.

Kahn trat aus der Dunkelheit in bewölktes Tageslicht und ging taumelnd in die Knie. Jeshua stützte ihn erneut.

Kahn spürte, daß das Simulacrum nach diesen unglaublichen Belastungen am Ende war. Es starb leicht und schmerzlos.

»Wo sind wir jetzt?« fragte Jeshua.

Kahn kannte das Land, auf dem sich das Terminal befand. Er hatte früher hier gelebt. Vierzig Morgen erstreckten sich zwischen den sanften Hügeln in der afrikanischen Savanne, die von alten Soleri-Städten umgeben waren. Selbst am Tage hatten die Städte vor lauter Licht und Geschäftigkeit gefunkelt wie riesige Termitenhügel. Jetzt waren sie tot.

Leer.

»Wir sind auf der Erde.« Jetzt ging die Arroganz mit Kahn durch, der letzte große Auftritt. »Wenn ich schon die Macht habe, übertrage ich sie auf dich. Zum Teufel, nimm gleich den ganzen Planeten.« So sei es. So war er eben.

Vielleicht hatte Kahn der Ältere Bescheidenheit gelernt. Aber er glaubte es eigentlich nicht.

Das Simulacrum verlor seine Farbe. Die Haut wurde wächsern, und die Glieder versteiften sich. Jeshua legte den Körper vorsichtig auf die Plattform.

Er lagerte an einem künstlichen See und lauschte dem Quaken der Frösche und dem Zirpen der Zikaden. Der einzige Mond der Erde stand als Sichel am Himmel und wurde von einem Stern flankiert – Sirius vielleicht. Zwischen zwei kräftigen Bäumen hatte er einen Wetterschutz errichtet. Am Vortag hatte er aus der

Stadt zwei Kisten auf einen Hügel transportiert, der einen Kilometer entfernt lag. Die Kisten enthielten Bücher und Bänder.

Er hatte Früchte und Nüsse gegessen, die es im angrenzenden Dschungel im Überfluß gab. Er war Affen begegnet, die auf den Pfaden zutraulich um ihn herumgestrichen waren. Außerdem hatte er kurz ein großes Tier gesehen, eine Art Katze.

Er verdrängte das Gefühl der Einsamkeit. Irgendwann würden die Bewohner von Gott-der-Schlachtenlenker vielleicht Raumschiffe bauen und die Erde besuchen – oder diese Technologie einfach überspringen und per *Bifrost* kommen. Dann hätte er wieder Gesellschaft. Aber jemanden wie Thinner würde er nie mehr finden.

Er fühlte sich uralt, völlig deplaziert. Und doch war er auf der Erde, und auf die Erde war er immer neugierig gewesen.

Vielleicht war die Zusammenkunft noch nicht abgeschlossen. Offensichtlich waren noch nicht alle Öltropfen abgefüllt worden. Hoffen konnte er immer.

Mit klaren Augen und entspanntem Gesichtsausdruck schaute er über den See zu den dunklen Umrissen der alten Stadt.

Arthur hörte das Rattern von Trikes, die sich auf dem Pfad näherten. Er behielt auf dem Stuhl Platz und wandte nur träge den Kopf, wobei er unter schweren Lidern blinzelte.

Schritte ertönten auf der Veranda. Er lauschte den Stimmen und stand dann auf, bevor die Besucher an die Tür klopften. Er fuhr sich mit der Zunge im Mund herum, um den schalen Nachgeschmack des Nickerchens zu vertreiben.

Beim zweiten Klopfen öffnete er die Tür. Ein dünner, dunkelhaariger Mann in schwarzer Kleidung, der von der Hitze schwitzte, lächelte ihn an, ein Lächeln, das zwischen Einschmeichelung und Verlegenheit wechselte. »Arthur Sam Daniel?«

»Ja«, antwortete er und schaute über die Schulter des Mannes auf die drei anderen.

»Vor zehn Jahren haben Sie den *Gründern* eine Geschichte über Stadt-Teile und *Wiederauferstehung* erzählt, erinnern Sie sich noch?«

»Ja, ich erinnere mich.«

»Niemand hat Ihnen geglaubt«, sagte der dünne junge Mann.

»Nein.«

»Wir haben Ihre Geschichte in den alten Aufzeichnungen gefunden.«

»Ach ja?«

»Könnten Sie uns begleiten? Ein Fahrzeug wartet.«

»Ich soll mitkommen?«

»Ja, Sir. Wir brauchen Ihre Hilfe, und für die Expoliten von Ibreem gilt dasselbe. Wir kooperieren nämlich in dieser Sache, Sir.«

»Ich verstehe.« Er schaute über die Felder auf die Traktoren der *Gründer* und die weißen Zeltplanen, welche die Pflanzen bedeckten und fast bis zum Haus reichten. »Gut, ich packe nur meine Sachen.«

»Ich werde Ihnen helfen, Sir.«

Und er wiederholte die Reise, per Auto, Lkw und schließlich per Boot über das überflutete Delta.

Wiederauferstehung erhob sich aus den Fluten wie eine aus dem Wasser aufsteigende Kathedrale. Die Enklave war im Jahr zuvor evakuiert worden, als der Ozean die trockene Ebene zurückforderte. Die Distanz vom Boot zum Scheitelpunkt der Stadt bewältigte er in einem Metallkorb. Die Silikatstacheln waren eingezogen. *Wiederauferstehung* war tot.

»Warum glaubt ihr mir jetzt?« fragte er, als sie ihn durch die Korridore zum Abwärmeschacht führten.

»Es ist genauso, wie Sie es beschrieben haben«, stellte eine junge Frau mit einem schwarzen Notizbuch fest. »Wir brauchten Monate, um den Bericht zu finden, aber die *Gründer* haben alles archiviert.«

»Ich weiß«, sagte er. »Ich habe hier nicht allzu viel gesehen. Was wollt ihr denn hören?«

Sie fuhren im Abwärmeschacht in einem improvisierten Aufzug bis zum höchsten Turm hinauf und stiegen in einem toten, braunen Wald aus. »Wir benötigen eine Identifizierung«, erwiderte die Frau.

Seine Arme und Beine schmerzten vor Anspannung. Er wollte jedoch seine Angst verbergen und starrte daher mit großen Augen auf den unbeleuchteten, ausgetretenen Pfad. Sie führten ihn zu dem zylindrischen Gebäude mit der 2 und dem W an der Wand.

Eine halbkreisförmige Tür stand offen. Zwei ältere Männer, die schwarze Behälter transportierten, erschienen hinter ihnen; einer der beiden hatte einen primitiven Cassettenrecorder bei sich. »Mr. Daniel, wir möchten Ihre Aussagen für die Nachwelt protokollieren. Wenn Sie einfach hier hineinsprechen würden ...«

Es bedurfte einiger Überredung, bis er die Kammer betrat. »Sie wissen anscheinend so viel über die alten Städte«, sagte die Frau. »Wir möchten alles aufzeichnen.«

»Ich sage euch, was sich hier oben befunden hat«, versprach Arthur. »Die Cyborgs ...«

»In der Schule haben wir gelernt, daß sie von *Bruderschaft* kamen«, sagte die junge Frau.

»Ja, ich kann mir vorstellen, daß ihr das glauben sollt.«

Sie knipste einen tragbaren Scheinwerfer an, und die dunkle Kammer wurde fast taghell erleuchtet. »Wir müssen wissen, wer er ist.« Sie deutete auf den Stuhl im Zentrum der Kammer.

»Er«, meinte Arthur nach einem Moment. »Das also wollte er euch bezüglich *Bruderschaft* suggerieren.«

Ein Skelett hing auf dem Stuhl. Es trug nur weiße

Shorts und sonst nichts. Daneben lag ein grüner Stock. »Er war im Grunde ein Niemand, ohne Reah.«

Die Frau sah ihn fragend an.

»Sein Name war Matthäus«, erklärte Arthur. »Er hat mich nach Neu-Kanaan zurückgebracht. Was danach geschah, weiß ich nicht.« Er seufzte schaudernd. »Jetzt muß ich hier raus.«

»Ja, natürlich.« Sie brachten ihn nach draußen und servierten ihm in einen großen Zelt, das auf einer ehemaligen Rasenfläche aufgestellt war, ein Mittagessen. Nach der Mahlzeit gab er ihnen eine erneute Rekonstruktion der Ereignisse, wobei sie sehr aufmerksam zuhörten. Dann schlief er ein.

Als er aufwachte, war es bereits dunkel. Sie saßen um einen tragbaren Holzkohlegrill und unterhielten sich. Er trat aus dem Zelt und schaute zum Himmel hinauf.

Er streckte einen gichtigen Finger aus. »Da ist sie, müßt ihr wissen.«

»Was?«

»Die Erde. Sie umläuft den Polarstern. Also wissen alle Moslems, wo Mekka ist, und alle Christen und Juden wissen, wo Jerusalem ist, und sie können sich alle orientieren.«

Die Leute nickten und machten sich Notizen.

»Wenn ihr nichts dagegen hättet, möchte ich jetzt gern wieder nach Hause«, sagte Arthur. »Ich habe damit abgeschlossen. Schon vor langer Zeit.«

»Sicher.«

Und sie brachten ihn wieder nach Hause.

HEYNE
BÜCHER

Das hat es noch nie gegeben!

Dreimal wurde die Autorin
Lois McMaster Bujold
mit dem begehrten
HUGO GERNSBACK AWARD
für den besten SF-Roman
des Jahres ausgezeichnet.

Bisher erschienen oder in Vorbereitung in der Reihe

HEYNE
SCIENCE FICTION
& FANTASY

Scherben der Ehre
06/4968

Der Kadett
06/5020

Barrayar
06/5061

Der Prinz und der Söldner
06/5109

Die Quaddies von Cay Habitat
06/5243

Ethan von Athos
06/5293

Grenzen der Unendlichkeit
06/5452

Waffenbrüder
(in Vorb.)

Spiegeltanz
(in Vorb.)

Heyne-Taschenbücher